收藏深圳岁月

廖虹雷　著

中国出版集团公司
華文出版社

图书在版编目（CIP）数据

收藏深圳岁月 / 廖虹雷著 . -- 北京：华文出版社，2021.12
ISBN 978-7-5075-5564-6

Ⅰ . ①收… Ⅱ . ①廖… Ⅲ . ①散文集－中国－当代
Ⅳ . ①I267

中国版本图书馆 CIP 数据核字（2021）第 268149 号

收藏深圳岁月

作　　者：廖虹雷
选题策划：钟卫芳
责任编辑：景洋子
手绘插图：莫金鸣
出版发行：华文出版社
地　　址：北京市西城区广外大街305号8区2号楼
邮政编码：100055
网　　址：http://www.hwcbs.com.cn
电　　话：编辑部　010-58336252　　发行部　010-58336202
　　　　　总编室　010-58336239
经　　销：新华书店
印　　刷：北京尚丞印刷科技有限公司
开　　本：710mm × 1000mm　　1/16
印　　张：21.25
字　　数：300千字
版　　次：2022年1月第1版
印　　次：2022年1月第1次印刷
标准书号：ISBN 978-7-5075-5564-6
定　　价：78.00元

序

PREFACE

深圳，从前并非是一个小渔村

越来越多的人知道，先有深圳墟（圩），后有深圳市名；深圳墟，又因深圳河成为与香港边界河而扬名。

更有意思的是，深圳是在宝安拔地而起的；而在深圳市声名鹊起之前，宝安已是华夏名邑。

可是……

一

“改革开放前，深圳只是个小渔村。”

这个说法，一度让大众津津乐道，也让媒体无比兴奋。“小渔村”这个词一夜爆火，广泛流传，几十年间，它几乎成了深圳的代名词。

但是，这个走红了的“经典之说”，隐隐地伤害了原住民的情感。了解深圳历史的早期移民也对此拒不认同，甚至认为如此伪命题把深圳的前身宝安县边缘化，或者有意无意地“虚化”深圳的历史。

“渔村说”的发明者现在不可考。不过，有不少人却较起真来，而且还作了一番深入的研究。《宝安县志》（1997 年版）编委会副主任、常务副主编曾观来曾写过多篇文章，详细记录了“渔村说”的缘起。1990 年，在深圳建市 10 周年之际，新闻媒体人和所有深圳人一样欢欣鼓舞，但是，在一片庆贺的声浪中，也夹杂着一些虚假的东西在议论和流传，甚至有的还被不负责任地见诸杂志报端。比如：1970 年深圳没有照相馆；1979 年前深圳没有眼镜店；全深圳只有一个工程师、一台电话机、一辆公共汽车、三间工厂、127 名工人……经济落后，文化沙漠……然后，从文化沙漠中，有人引申出了“小渔村”。

“渔村说”便是这样“脱颖而出”的。

你别说，对“小渔村”之说法，老深圳人曾经保持缄默，因为它在当时确实形象地反衬了深圳日新月异的变化。从此，“小渔村”被作为昔日深圳代名词迅速流传开来。

“深圳从小渔村到国际化大都市的蜕变”，“深圳昔日本是南海边上平凡纯朴的小渔村，借着改革开放的春风，迅速发展成商厦林立的国际化大都会”。[①]2004 年 11 月 6 日晚，在中央电视台第二频道举办的“城市中国颁奖典礼”上，深圳代表团自豪地说：“深圳从小渔村发展成现代化大城市……”人民教育出版社将《小渔村变大城市》的长篇教案放到官方网站上，宣称“深圳从无到有”；还设置教学目标、教学重点与难点、教学准备、教学过程等，并且不知道从哪找来一组 1979 年前后呈现深圳面貌的画面，引导学生认识深圳经济特区。这个教案首先被北师大作为六年级品德与社会（上册）教学课件，鄂教版五年级下册品德课件；接着，浙江省嘉善县某中学在七年级进行示范教学，然后省内多处中学采用。

2007 年 8 月 31 日，《深圳特区报》在《深港东部“明日之城”腾飞在即》一文中报道：“深圳从一个落后的边远小渔村发展到现代化国际大都市的发展历史……”2008 年 10 月 1 日，《人民日报》第二版刊载其驻深

① 深圳市史志办公室编《深圳史志文丛 史志鉴识集》，海天出版社，2010 年 7 月版。

圳记者《改革开放的旗帜……》一文，再次突出“小渔村”之说；10月2日，深圳《晶报》全文转载。同年11月1日，《南方都市报》A12版《看陆天明讲述深圳〈命运〉》写道：“小说讲述了深圳由口岸渔村蜕变为经济特区的故事。”

之后，全国不少媒体相继用各种说法重复“小渔村”之说，报道高潮基本出现在深圳建市逢五逢十周年期间。《深圳：小渔村创造大奇迹》①，《深圳蜕变：从小渔村走向创客之都》②，《深圳——小渔村38年“蝶变”特区 创新点燃起舞之魂》③，《深圳：从小渔村到大都市的精彩巨变》④……这些文章甚至直接把“小渔村”放在标题中。到了2020年，仍然可见不少官方报刊、自媒体公众号、影视平台等在为特区40周年庆生时，大量高谈“渔村说”。更令人吐槽的是，一则短视频竟铿锵豪迈地在旁白中说道：“世上本无深圳……”甚至把“小渔村”直接抹去。

呵呵，经过这二三十年的传播，无论报章说、会议说、广播说、电视说，还是书里说、报告说、展览说，喋喋不休，日说夜说，“小渔村”深入人心，几乎难以撼动。

二

如果说深圳是个小渔村，倒也没有完全说错。

因为深圳一半山水一半城，东起大亚湾，西至珠江口，三面临海，为滨海形胜之地。全市总面积近2000平方千米，其中海岸线长257千米，海域面积1145平方千米，还有87个海岛（含干出礁，总面积7平方千米）。

---

① 徐蕾：《深圳：小渔村创造大奇迹》，《人民日报》海外版2008年12月2日第03版。
② 周子勋、张孔娟：《深圳蜕变：从小渔村走向创客之都》，《中国经济时报》2015年11月30日A01版。
③ 项义姝：《深圳——小渔村38年“蝶变”特区 创新点燃起舞之魂》，《每日经济新闻》2017年7月3日。
④《深圳：从小渔村到大都市的精彩巨变》，《中国地名》2010年10期。

旧时，光是渔港、码头就有东涌、西涌、东山、南澳、沙鱼涌、官涌、土洋、溪涌、梅沙、盐田、西山下、沙头角、赤尾、船埗头、上埗、下埗、皇岗、水围、白石洲、大涌、湾下、蛇口、水湾头、赤湾、南头大新、妈湾、大铲、西乡、固戍、福永、清平、桥头、沙井、埗涌、茅洲河、松岗的码头等40多处。如果说深圳是个小渔村，那么这个渔村里面未免有太多渔港和码头了吧！

深圳古称宝安县，也曾叫新安县，200多年前鸦片战争还没有爆发的时候，新安县包括香港、九龙、新界，全境辖地面积达3076平方千米。1842年，英国通过《南京条约》割占香港；1898年，通过《展拓香港界址专条》，“租借”九龙；1899年，又通过《香港英新租界合同》，“租借”新界地区。香港、九龙、新界地区被强行分“租”出去后（1997年共同作为香港特别行政区回归祖国），宝安县（今深圳市）仍有近2000平方千米。世界上哪一个渔村能够拥有近2000平方千米规模的？

根据深圳博物馆编《深圳古代简史》① 记载：东晋咸和六年（331）设置宝安县。唐至德二年（757）宝安县改称东莞县。直至明朝万历元年（1573），又从东莞县析出，重新恢复宝安县建制，更名新安县。由于县界疆域多次更迭，加上连年战争，灾害频发，此时新安县境内在编的民户只有7608户，丁口33971人（因为逃避重税，普遍隐瞒户口），分为恩德乡、延福乡和归城乡3个乡，下设7个“都”、56个“里”。如果说440多年前，这个只有3万余人的岭南滨海新邑是个“小渔村”的话，今天看来还不是太离谱。

清康熙元年（1662），清政府为防御郑成功盘踞台湾反攻，实施长达8年的“迁海政策”，下令东南沿海居民内迁50里，2年后再强令内迁30里，严禁渔民下海捕鱼、晒盐、养蚝。处在沿海地区的宝安县深受打击，人口严重流失。1669年，清廷在当地官民屡屡奏请下，终于取消“迁海令”，粤东、赣南、闽西和周边县的大量移民进入新安县垦荒耕田，播种五谷，

---

① 深圳博物馆编《深圳古代简史》，文物出版社，1997年版。

人口才有了增长。经过 150 多年的发展，到了清嘉庆二十三年（1818），新安县人口增至 23.9 万人，村庄增至 865 个。1979 年建立深圳市前，宝安县人口为 32 万人。深圳特区建设突飞猛进。2010 年 11 月第六次全国人口普查公布，深圳市常住人口达 1036 万人。2021 年 5 月 15 日，第七次全国人口普查公布深圳市常住人口为 1756.01 万人[①]。

如果拥有一两千万人口的深圳也算作“小渔村”的话，这个渔村无疑是世界上的超级渔村了。

三

由于“渔村说”盛行，派生出“深圳没有名山大川”“深圳没有什么历史”，总之一句话：“深圳是文化沙漠。”

深圳果真是文化沙漠吗？

从大鹏咸头岭新石器时代晚期墓葬、宝安臣田村铁仔山汉墓葬和盐田大梅沙春秋晚期墓葬等多处出土文物的考古发现来看，深圳有近 7000 年人类活动史、6000 多年的人类开发史和海洋经济发展史、1700 多年的城市史、600 多年的海防史和 300 多年的客家移民史与华侨史。

最令深圳人引以为豪的是咸头岭新石器遗址。据新华网 2007 年 4 月 8 日北京电讯，2006 年度全国十大考古新发现，广东深圳咸头岭新石器时代遗址荣列其中。这个惊人的消息，又把深圳人类活动的历史大大地往前推进了。距今 6000 年到 7000 年的咸头岭新石器遗址，被国内权威专家命名为考古学新文化类型——“咸头岭文化”。

在人类历史的长河中，深圳可谓人文荟萃，名人辈出。如宝安东晋孝子黄舒，福永凤凰村的南宋文天祥侄孙文应麟，下沙村的南宋进士黄石，笋岗村的明朝开国元勋何真，明代在南头水寨抗击葡萄牙殖民者的广东海

① 载 5 月 16 日《南方都市报》。

道副使汪鋐，清代为民请命的广东巡抚王来任，清代守御大鹏千户所城的赖世超家族“三代五将军”及抗倭名将刘起龙将军，香港开埠后的首富何东，清末民初中国第一个法学女博士郑毓秀，民国“植树节”倡议人、全国著名林业专家——布吉村的凌道扬，中国现代防疫医学泰斗——观澜樟坑径村的陈安良，香港著名商界领袖、平湖新墟奠基人刘铸伯，我国早期工运先躯——南山陈屋的陈郁，东江纵队司令员、坪山华侨将军曾生……

清宣统二年（1910）出版的大清地图中，在刚刚通车不久的香港至广州的九广铁路上，深圳被标注为重要的一站。1924 年民国全国地图上，深圳镇位于毗邻香港的宝安县辖内。1950 年 5 月新出版的中华人民共和国地图中，深圳在香港与广州之间显著“露脸”，也就是说新中国成立以后，深圳通过铁路可通往广州、北京、上海各地，表明它的地理位置的重要。1953 年及以后出版的全国地图上，深圳已经成为宝安县人民政府所在地。1979 年 3 月深圳建市，那以后，随着城市飞速的发展，深圳的版图越来越为世人瞩目。

2021 年 1 月 4 日，深圳大学建筑与城市规划学院邀请笔者为应届毕业生及研究生通过线上、线下的形式讲授人文历史课（同时连线省内外 9 所大学）。笔者经思考再三并且与学院领导磋商决定，题目定为“深圳并非从小渔村走来”：把深圳历史简要概括为“三个一千年”（千年盐场 、千年蚝场 、千年珍珠场），“三个第一枪”（屯门海战、九龙海战、三洲田起义），“三个名门望族”（沙井陈、沙头黄、大鹏赖），“两个古城”（南头古城、大鹏古城），“两大民系”（广府民系、客家民系），“两个古港”（明代的赤湾港、清代的沙鱼涌港）以及“一座宋帝陵”（1279）、“一座赤湾古庙”（1431）、“一条中英街”（1899）……由点及面地勾勒出深圳数千年历史中的数个精彩瞬间。

讲座吸引了许多对深圳本土历史文化研究感兴趣的学子听课和讨论。一位研究生说，讲座中生动的人文历史给他们带来强烈震撼，认为，“深圳是座有着深厚历史文化底蕴的都市。城市规划设计需要在活化历史的基础上创新”。

是的，学子们与许多市民感触相同，深圳不仅有着厚重的历史，而且还有灿烂的人文风貌。明代南头水寨、大鹏所城海防要塞，彰显深圳地处南海和珠江口“省会藩篱”地理位置的重要。南头、西乡、福永、沙井、新桥、观澜、石岩以及平湖、布吉、龙岗的明末清初民居，鲜明地体现了岭南独特的建筑风格。明代闻名遐迩的“新安八景”——赤湾胜概、梧岭天池、杯渡禅踪、参山乔木、卢山桃李、玉勒温泉、鳌洋甘瀑、龙穴楼台，展示出古代深圳的风景名胜；2004年8月新评选出来的深圳八景——大鹏所城、莲山春早、侨城锦绣、深南溢彩、梧桐烟云、梅沙踏浪、一街两制和羊台叠翠，成为中外游人的打卡景点。百年罗湖桥、百年小吃云片糕、百年凉帽、百年东生源莨绸纱，石岩山歌、大鹏山歌、龙岗皆歌、宝安咸水歌、盐田渔歌和松岗扒龙舟、蛇口渔村开丁节、沙井千年蚝俗、龙岗坂田和观澜大船坑舞麒麟、松岗七星狮舞和上川醒狮舞、南澳草龙舞、龙岗布龙舞、平湖纸龙舞、沙头角鱼灯舞，下沙黄氏祭祖大盆菜，南山天后庙“辞沙”等，无不浸润着深厚的岭南历史和古朴的民俗文化，它们是深圳人民宝贵的精神财富。

如此深厚的物质和非物质文化遗产根基，绝对不是一个小渔村所能拥有的。

其实，在大众传媒还不是十分发达的年代，官方文件对深圳早期的定位已经十分明确。1997年出版的《宝安县志》称：“自鸦片战争后，深圳成为中国与英租地港九相毗邻的边陲小镇。” 文中说深圳是边陲小镇而不是小渔村，表述中肯，切合实际。

2010年9月6日，时任总书记胡锦涛在深圳经济特区建立30周年庆祝大会上的重要讲话中指出：“经过30年的不懈努力，深圳迅速从一个边陲小镇发展成为一座现代化大城市。”

2019年8月26日，《新京报》刊发的署名文章《70年：深圳从“边陲农业县”到“先行试验区”》强调，深圳起点并非“小渔村”。

2020 年 10 月 14 日，习近平总书记在深圳经济特区建立 40 周年庆祝大会上的重要讲话中说道："40 年来，深圳奋力解放和发展社会生产力……实现了由一座落后的边陲小镇到具有全球影响力的国际化大都市的历史性跨越。"

综上所述，深圳从"边陲小镇"或者"边陲农业县"发展起来的提法，是科学的概括，也是对一段时间以来那些不符合实际的所谓"渔村"说法予以彻底的否定，为深圳历史正名之路画上了圆满的句号。

初夏时分，挑灯夜话。倏然想起在散文集《收藏深圳岁月》出版前，按惯例写下一些话，如上，是为序。

廖虹雷

2021 年 5 月 20 日于深圳罗湖

目录

CONTENTS

山间岁月

SHANJIAN SUIYUE

沧海桑田深圳河

有人说，深圳市名源自深圳镇，深圳镇名源自深圳墟，深圳墟名源自深圳河。而深圳河不过是一条又小又浅的“河沟水圳”。此话说对了一半。说深圳河是小水沟的人，恐怕他看到的只是今天被深圳水库、笔架山水库、马泻（梅林）水库等截流后的近乎干枯的河流，而没看到古时“在深圳，河沟深浚，凡遇雨潦、潮涨，往来维艰；更有不知深浅，动遭淹溺”（见清康熙《新安县志》）的另一番景象。

远的不说，先听一曲罗大佑委婉温润的歌：“小河弯弯向南流，流到香江去看一看……”深圳河南流香港，流进深圳湾，汇入浩瀚南海。她散发出开放、包容的气质，滋养了两座举世瞩目的城市——深圳和香港。

深圳河是深圳与香港的边界河。“河”的历史不短，但“界河”的历史却不长。

界河始于1840年的鸦片战争。众所周知，这一场硝烟结束后，英国殖民主义者占据了香港。1898年，英国又逼迫清廷签署《展拓香港界址专条》，深圳河作为深港的边界写入条约。1899年，清廷官员和英国大臣沿深圳河勘界立石，从此，“深圳河”为世界熟知。

深圳河之名在历史中的演变

深圳河起名的历史有多久远？1960年编印的《宝安县志》（油印本）载：“深圳河，又名清河，因河上游植被较好，草木茂盛，河水清清而得名。

主流发源于布吉伯公坳，它汇合了发源于梧桐山的沙湾河和发源于打石坪的布吉水两支流而从深圳出海……在深圳以下的河流可以通行帆船。”

深圳河主流长 37 公里，流域面积 312.5 平方公里。其中，深圳一侧 187.5 平方公里，香港一侧占四成，有 125 平方公里。后来，经过勘测，深圳河有 3 条主要支流：一条发源于平湖上木古村和布吉甘坑村交界的牛尾岭（海拔 214.2 米），山岭不高，却是东江水系和珠江水系的分水岭；牛尾岭东坡的小溪流汇入东江水系，西坡的水汇入深圳河的支流布吉河，西南坡的汇入深圳河的上游沙湾河，是距离最远的水源。第二条支流，是发源于梧桐山（海拔 943 米）南麓的梧桐河，流进香港境内上水河、木湖、新田河和平原河，经打鼓岭转入深圳河。第三条支流是发源于阳台山（海拔 587 米），南面水系流经白芒、塘朗和西沥的大沙河。

3 条支流的发源地不一样。那么，深圳河的源头在哪儿？深圳市老水务专家王若兵先生认为，人们通常所称的深圳河，是指沙湾河与莲塘河汇合处——三岔河以下的河段。因此，关于深圳河的源头，主要有两种说法：香港方面认为深圳河在三岔河以上的干流为莲塘河，发源于梧桐山；深圳则认为深圳河三岔河以上的干流为沙湾河，发源于牛尾岭。

其实，确定河流源头的原则就是“唯长为源”。沙湾河长 20.9 公里，莲塘河长 12 公里。显而易见，沙湾河是深圳河的干流，沙湾河的源头牛尾岭为深圳河的发源地。

作为深港的深圳河，在深圳一方有沙湾河、布吉河、清水河、福田河、皇岗河、新洲河和大沙河；在香港一方有梧桐河、莲塘河、石上河、双鱼河、新田河和平原河。

沧海桑田，河流变迁。上溯 300 多年前，清康熙《新安县志·卷之三·地理志》就有对深圳河的记载：“滘水，在城东（南头县城，笔者注，下同）四十里，发源于梧桐、莆隔（今布吉）、龙跃头（今香港上水）诸山，西流曰‘钔口’（是钳口之误，位于现在罗湖区莲塘与罗芳的河段）河，北出曰‘大沙河’（今沙湾），二支分流，至滘山合流而西，曰‘滘水’，经横岗山（《嘉庆县志》为黄岗，今福田皇岗村），逶迤四十余里，入后

深圳河左边为香港新界地区，右边为深圳福田区（薛云麾摄）

海（今蛇口后海）。”

由此可见，深圳界河上段古时被称为“钳口河”，下段叫作“滘水河”。“滘水”即是古时的“清河”，清河之前，曾叫“罗溪”。明代早期罗湖村开基第二代人袁百良，在他《卜居》一诗中写道：“罗溪水长渔歌晚。”这是目前深圳河最早的文字记载。后来由“罗溪”更名为滘水，则是在清代康熙“迁海”之后（见彭全民《深圳掌故漫谈》）。

从罗溪、滘水、清河到深圳河的名称演变，据说是因为常年飓风骤雨，山洪暴发，河水泛滥，深圳河两岸形成许多“陂堰”（湖水山塘），如石湖陂（今香港上水）、沙塘陂、石陂、黄壳陂（今黄贝岭）等（见清嘉庆《新安县志》）。陂堰蓄洪排涝，堵聚流水，此时宽大的“清河”变成水深的“浚河”，是否因当地方言“清浚河”演变成“深圳河”不得而知，但它继续汇合沿途的梧桐河、沙湾河、布吉河、福田河、新洲河和大沙河等，入深圳湾，出珠江口，连接浩瀚的南海。因此，有关研究人员说从前的深圳河湾曾被视为深圳河，也不是没有根据。

深圳河上的风花雪月

深圳河湾如果是深圳河，这河倒真不小。

明万历《广东通志》（1602）载有麻雀岭渡、罗湖渡、下埗渡、白石渡和黄岗渡等“横水渡”及“长河渡”渡口的记载。

古时，深圳交通主要靠水运，南澳、大鹏、葵涌、盐田、香港、九龙、屯门、南头、西乡、福永、沙井、松岗不必说，就连罗湖、福田一带，也可以通过深圳河连接珠江口，从深圳墟的罗湖渡（今罗湖桥下）船埗头或下埗渡开船，或经皇岗渡、白石洲渡、南头渡出海，直抵汕头、香山和广州各地。资料显示，1950年前的大沙河可通船只，从蛇口的船可经大涌河至西沥（今西丽）来往运输砂石、山货及海鲜特产。深圳建市初期，开展大规模建设，深圳河岸的上埗码头、皇岗码头等，每天装卸红砖砂石和钢筋水泥等建材，船只穿梭，一片繁忙。更令人惊讶的是，深圳河在罗湖桥下的一段，曾经有过灯红酒绿、花艇游弋的热闹岁月。

据一则民国史料披露，民国初年，有一个叫张寿的人在深圳墟内开办了一家摊馆，招引港客聚赌。因其时香港不允许开设赌馆，许多赌客便来到一河之隔的深圳下赌。1930年前后，广东省税捐局局长关道的心腹郑润

20世纪30年代深圳大滩的“深圳大饭店”（又名又生公司大赌场）（原载1939年《香港星岛周报》第16期）

琦看见深圳赌业兴盛，在广州募集10万元，加上关局长等人的股本一起交给他的弟弟“郑六叔”，插足深圳开赌场。

“郑六叔”靠着硬后台，在深圳墟上大街吞并了张寿的摊馆，设立了大利赌业公司。接着，他在深圳火车站旁边的空地上，搭起一座大棚，将赌场扩至此处。除了这座大赌场外，墟内还有5家小摊馆，都是大利公司所设。港客坐九龙至罗湖的火车，当天来回，深感方便。赌场规定，赌客进场送香烟一包、叉烧米粉或烧鹅饭一碗（当作午餐）；无论输赢，一律提供回程路费，赌客再也不用担心输光回不去。此招一出，生意滔滔。

不久，税捐局局长关道下台，大利公司失去了靠山。广东大军阀陈济棠的哥哥陈维周、小老婆莫秀英，乘机收购了大利公司，在大赌场原址盖起了一座宫殿式的“深圳大饭店”，取名“又生公司”。后来陈济棠失势，“又生公司”被香港一家资本雄厚的代理人傅老榕买断，并且一统深圳十数间赌场，在地处深圳河边的大赌场兼营大烟馆，提供赌、吹、嫖全套服务。其时，赌赢的人，下到深圳河上的小艇消夜喝花酒，喝足了又想赌了，再将赌注和筹码放进赌场垂下花艇的吊篮里参赌。直至1939年春，日军飞机轰炸罗湖桥，又生赌场被炮火殃及，傅老榕逃到澳门继续开赌馆。

有些扯远了，为的是说深圳河之“繁华”。然而，深圳河还有令人荣耀的一面。就在1976年“不爱红装爱武装”的岁月里，我亲历了在解放路人民桥至嘉宾路水闸口的深圳河段举行的“军民千人水上游行”，隆重纪念毛主席畅游长江10周年活动。

那时候的深圳河，虽不见明代“水长渔歌晚”的景色，但河水丰盈，清澈见底，鱼跃虾欢……

深圳河留下丰富的人文史迹

深圳河流域不大，可深圳河畔的故事还真不少。无论在几百年前反抗荷兰和英国殖民主义者的侵略战争中，还是在艰苦卓绝的抗日战争和解放战争中，这里都留下了许多可歌可泣的英雄事迹。

《宝安县志》载：“光绪二十四年（1898）六月，《展拓香港界址专条》在北京签字，将深圳河以南、界限街以北，连同235个岛屿共984.53平方公里的土地租给英国，期限99年。”“次年（1899）三、四月，‘新界’锦田、元朗、大埔、八乡、屏山等村数千武装民众进行反‘展拓香港界址’的斗争，遭英军镇压。”“同月，英军占领深圳、布吉，新安、东莞，人民奋起抗击，迫使英军于11月22日退至深圳河以南，挫败其扩大‘新界’的野心。”

大革命时期，深圳河畔又轰轰烈烈地展开了一场支援著名的省港大罢工的斗争。1925年7月23日，中共领导的革命武装——铁甲车队在周士第率领下进驻深圳一带，沿深圳河封锁香港，支援省港大罢工。深圳墟的“思月书院”、湖贝村的“怀月张公祠”和蔡屋围村的燕贻学校，是著名的省港大罢工接待站，见证了当年深圳人民接待成千上万的罢工工友，反击英帝国主义在上海、广州沙基大屠杀的斗争场景。

叶挺的东江游击指挥部设在深圳墟南庆街鸿安酒家

1938年10月12日，日军在大亚湾登陆。1939年春节，日军飞机轰炸深圳河上罗湖桥和深圳墟上大街、鸭仔街，炸死百余人。次年，岗田8411部队1300多人再次占领深圳墟。同年11月至12月，叶挺将军在南庆街13号的鸿安酒家，秘密设立东江游击指挥部（公开为“第四战区东路守备军总指挥部”）。1941年初，日寇第二次在大鹏湾登陆。12月8日，日军越过深圳河攻陷香港，东江抗日游击队奉命派出数支队伍进入九龙新界，开展对敌斗争，涌现出许多传奇的故事。其中值得一说的是莲塘

“坳下村血战”和莲麻坑“三打日寇军工铅矿山”的故事。

1943年2月，东（莞）宝（安）惠（阳）边人民抗日游击队为开辟梧桐山抗日根据地，派出由特派员王慕率领的独立小队，深入到深圳河边的莲塘坳下村、径肚村、铁门扇村等地，为部队做好购粮和征税工作。不料，游击队活动行踪被坳下村伪保长获悉，他偷偷跑到10里路外的深圳墟向日军告密。2月18日清晨，日军出动大队人马扑向莲塘坳下村。独立小队的战士们迅速寻找有利地形，打退敌人多次进攻。日军见游击队人数不多，调整兵力，在掷弹筒和机关枪的火力掩护下，交替冲杀过来，五六个游击队员当场牺牲，王慕特派员也在指挥过程中英勇献身。独立小队长戴鼎看着牺牲的战友，怒火满腔，带领大家插上刺刀，跟日本鬼子肉搏，随后戴鼎队长牺牲了。战斗持续到下午5时多，全小队20多名战士壮烈牺牲，日军也付出了伤亡30多人的代价。坳下村血战，是深圳河边最为惨烈的一次战斗，烈士的鲜血染红了深圳河畔。

莲麻坑村，坐落在深圳河南岸的香港新界，与莲塘长岭村隔河相望。莲麻坑村有一座铅矿山，日本人占领香港后，为大肆掠夺战略资源，抓了不少群众去开采。1943年夏天，莲麻坑村村民叶维里和被日军抓去当矿工的伙伴叶盘娇、叶煌青商量，打算偷矿上炸药炸矿山。后因不小心触动了警报器，惊动了日本鬼子而失败。

1944年初，已经参加了游击队的叶维里向领导报告了日寇在矿山的具体情况，建议捣毁莲麻坑日军工原料基地，引开敌人兵力，解救被日军重兵包围的受伤美国航空兵。游击队认为此战一箭双雕，马上组织了部队和沙湾武装民兵200余人，夜袭铅矿山。谁知，沙湾有个“鬼头仔”向敌人报信。游击队在奔袭途中遭遇一股日军的猛烈阻击，在敌强我弱的情势下，部队被迫撤回。

1944年冬天，时任东江纵队第二支队第三大队侦察员的叶维里，再次建议大队长曾春连攻打铅矿山。部队根据叶维里侦察的敌情，决定率领200多名游击队员，从长岭村和打鼓岭分两路攻打铅矿场。经过激烈的战斗，我军击毙日军多人，焚毁了矿山的设备和车辆，缴获了大批物资，熊熊的烈火烧了七天七夜，彻底捣毁了日军的军工生产基地。

革命烽火燃烧在深圳河两岸，革命的地下斗争也蛰伏在深圳河沿线。在东至沙头角、莲塘、罗芳、上埗，西至皇岗、水围、白石洲等沿河村庄，中国共产党建立了四五条地下交通线，获取大量情报，有力地打击了敌人。最令深圳人骄傲的是，1942年上半年，东纵遵照中共中央的指示，冲破日军严密封锁，把被困在香港的何香凝和柳亚子等人用船营救到海丰马宫港东江抗日游击区，再安全护送到惠州、韶关等地；又把邹韬奋、茅盾、戈宝权等800多名文化名人和爱国人士，惊险地分批秘密护送过深圳河，穿过梅林坳，抵达阳台山抗日根据地白石龙村，然后再将他们安全送往解放区，出色地完成了党交给的营救任务。茅盾称赞这次营救工作"是抗战以来，简直可以说是有史以来，最伟大的'抢救'工作。这真正是一场秘密大营救"。

（原载2017年1月13日《深圳商报》"发现深圳"专栏）

深圳，从田野里走来

深圳的“深”从水，“圳”从土从川。它一生下来就“土”，尽管它这 40 年梳妆打扮成美轮美奂的现代化大都市，但骨子里还蕴藏着从田野里走来的痕迹。最显而易见的是，我们从东到西，从南至北的南澳、大鹏、葵涌、坪山、龙岗、横岗、盐田、平湖、石岩、龙华、观澜、光明、松岗、沙井、南山、福田、罗湖，甚至沿深南大道每一步地方——黄贝（背）岭、湖（背）贝、莲花山、香蜜湖、田面、岗厦、沙头、白石洲、大涌、赤湾等村落名字，不是山就是湖，不是田就是湾。

现代深圳人喜欢山川湖海。1000 多年前，古深圳人就喜爱栖息在这块半山半海的宝地。说它是宝地，是因为这一连串“土”地，养育了一代又一代的深圳人，也“裂变”出香港和深圳两个超级现代都市。

深圳地名的有趣归类

如果说深圳的前人有智慧的话，那么，从村名就可见一斑。不用亲临实地，光听名字便略知村落所处的地形地貌、风水方位，可以了解它蕴含的人文历史。

深圳地区的地名来源粗略归纳有几种：一、含古代神话和历史传说的地名，如龙岗八仙岭村、福永凤凰村、石岩应人石村、龙华望天壶（湖）村、大鹏黄猄坑村、西丽留仙洞村、南山区龟（桂）庙村、大鹏王母村、龙岐（旗）村、沙头角庵（恩）上村等；二、用所在地原籍和姓氏建村的，

清末民初深圳河一带的村庄（档案图片）

如松岗上下山门（文氏）村、龙岗罗瑞合（罗氏）村、坪山大万（曾氏）村、光明白花村等；三、根据地理环境、方位风水、动物植物矿物取名的；四、最有趣的还有用颜色和数字作为村名的。下面分别予以说明：

因“田”取名的村庄有：田背、田心、田寮、田峯、田面、田头、田脚、坂田、水田、沙田、田径、田埔、田湾、田作、马田、龙田、黄田、金田、新田、洪田、稔田、荣田、格田、旱田、下田、西田、福田、罗田、田寮下、牛田埔、田心围、田祖上、田作村、田头埔、田段心、积谷田、良安田、深水田、周田莆等。随着深圳建市 40 多年的迅速发展，当年的山地丘陵被夷平，大片水田被填实建高楼。现在罗湖国贸大厦一带繁华的商业圈，就是当年罗湖村、向西村的成片稻田；地王大厦、红岭及八卦岭工业区原是蔡屋围、洪围等村的连片田地；华强商业街一带则是在上埗、福田村的水田和峯地上发展起来的。

在沙滩或湖海边建村的有：上沙、下沙、沙头、沙尾、沙嘴、沙湾、沙西、桔钓沙、沙井、沙积（绩）、沙坝、沙坑、沙吓、沙栏吓、沙浦、沙背、沙岗、沙园、叠沙、梅沙、沙垦、沙沥、沙河、沙湖、沙井头、沙背沥、沙头角、沙林棚、沙园埔、金沙、上（下）企沙、黄沙坑、水头沙、水围、水祖坑、水湾头、罗湖、湖贝、湖南围、莲湖、莲塘、吉麻湖、吉溪、焦湖、贵湖塘、岳湖岗、西湖塘、新陂塘、甲子塘、学湖浪、潭头、江边、湾头、湾厦、塘头、山塘尾、流塘、塘坑、塘下涌、白石塘、沙塘布村等。

盐田、盐灶、盐寮、盐村、盐寮下、盐排、盐场、盐田径、盐田排、盐田仔、盐田村（西乡镇）、盐田坳、盐下灶村等可追溯到宋元明清古盐场遗址；衙边村、衙前村、军田村、官田村、官湖村、官龙村、臣田村、官井头、官新合、官路下、王母围、龙岐（旗）、皇岗村、皇帝田、将军围、将军澳、将军帽、下军围、落马洲等，不是靠近官府或官府盐税的司丞所在地建村，就是为纪念宋末皇室一行避难新安遗迹而取名。

还有以“坑”命名的村子也不少：西坑、南坑、东坑、东边坑、料坑、塘坑、田坑、汤坑、吓坑、丙坑、沙坑、丹坑、甘坑、茜坑、桔坑、樟坑、梅坑、桔子坑、杨梅坑、棺材坑、松子坑、木棉坑、石榴坑、米坑、竹坑、杉坑、正坑、长坑、大坑、三坑、双坑、焦坑、深坑、石坑、上坑、中坑、坑背、格坑、成坑、福坑、老坑、贵坑、羊坑、鹤坑、青麟坑、牛仔坑、石龙坑、长龙坑、黄榄坑、禾沙坑、早禾坑、獛狗坑、黄猄坑、山猪坑、猫坑、猪肠坑、白泥坑、大水坑、大船坑、水坑、水祖坑、黄生坑、黄沙坑、黄泥坑、水斗坑、响水坑、库坑、老大坑、君子坑、中其坑、黄背坑、磨刀坑、赤公坑、瓦窑坑和坑梓等。

以植物命名的有：龙眼山村、龙眼园、龙湾村、桂花、苦竹、黄竹、竹坑、文竹、竹村、竹园、根竹园、竹园围、簕竹角、竹头背、黄竹坜、竹山下、雪竹径、菱塘村、莲塘围、蒲（葫）芦围、芋荷塘、茅平村、茅山村、荷坳村、白芒村、梅林村、油松村、榕树背、麻勘村、麻地村、蔗园埔、金桔、桔岭、葵涌、梨园、沙园仔、木棉湾、木湖村、萝卜坝、兰围村、莘塘、笋岗、茶岗、桑园、杨梅坑、杨梅岗、梅仔、梅林、梅岭、水萌、榄口、水蕉、蕉塘、蕉窝村、松山下、枫木寮、黄榄坑、栗木岗、樟溪、樟树莆（布）、樟坑径、樟树滩、樟畲村、木古、草莆、草围、草塘围、苦草洞、荔枝庄、梧桐寨、油柑头、百合村、黄果坜、花香炉、槟榔湾、西瓜埔、谷仓吓、禾围、早禾坑、禾场头、禾塘光、禾塘坪（今塘尾村）、禾仓岭、禾曲岭、禾沙坑、尘谷坑、芋地埔、石榴坑、松子坑、松柏萌、松元厦、榕树澳、树山背、姜头围、菱香径、芒角村、金瓜湾、枫新村、松园头、薯田、新橘、桔钓沙等。从村名来看，深圳无疑是盛产林木瓜果、花草菜薯的丰腴之地。

以动物命名的村落有：凤凰村、凤凰岗、凤岗里、凤石村、鹤洲、鹤坑、鹤斗、鹤薮、鹤寮、龙门、龙口、青龙头、龙岗仔、水背龙、龙背村、龙井、吉龙、井水龙、龙塘围、龙溪、龙湖、龙山、龙西、龙东、龙田、龙湾、龙兴围、黄龙湖、黄龙陂、龙华墟、狮头岭、白虎头、象岭村、象角塘、鳌湾、鳌冚、鳌（牛）湖、蚌岗、蚌岭村、蚝涌、大蚝村、蚝壳墩、金龟村、龟（桂）庙村、鸭母脚、燕川、兔岗、�狗（狐狸）窝（今部九社区）、狗尾岭、土狗莆、猪牯石、牛栏前、牛眠岭、牛轭岭、牛头角、牛牯角、牛仔园、牛始埔（鳌池埔）、牛地埔、牛凹村、牛田埔、牛池湾、牛岭吓、牛唇岭、牛角龙、牛背岭、望牛岗、马峦、马沥、马塘、马岭、马桥、马公塘、石马旧村、石马径、马山头、马鞍岭、马油塘、马竹村、放马埔、马蹄山、鹅公岭、鹅公岌、鹅公陂、鹅春岭、鸡柏岭、鸡㘭笼、鸡㘭下、鸭仔塘、鸭寮围、鹿嘴村、蛇岭、蛇口墟、黄猄坑、燕岗、鹊山、羊公塘、羊头围、羊尾（扬美）村、羊母帐、羊头岭、猪凹村、犬眠地、虾山、虾山涌、鲤鱼门、鱼涌、沙鱼涌、沙螺湾、画眉凹。更有趣的还有以农家肥为村名的，如牛屎（始）埔村、马尿（料）水、料（尿）坑村、大芬（粪，俗名）村、羊屎村、鸭屎围（沙湾南岭村）、鸡屎墩、鸡屎（西）坑、猪屎坑村等，可见这些被视为农家宝的有机肥，在人们生活中是有着相当分量的。

以矿物珠宝命名的村庄有：珠岗（光）头、金地、金沙、金成、黄金洞、银珠岭、铁岗、高铁村、铁场、铁屎湖、铁屎墩、玉塘村、玉勒（律）村、铜鼓围、锡降村、玻璃围（福永）、水贝村（公明、大鹏及罗湖各一村）、石角头、石灰陂、石灰湖、石陂头、石禾塘、石井村、应人石、盘古石、石厦、石岗、石凹、石家、石围、石桥头、滑石子等。如今深圳水贝一带成为占全国半数以上的珠宝生产销售集散地，看来其历史渊源不可谓不深。

以颜色命名的村庄有：赤湾、赤澳、赤勘、赤子香、赤水洞、赤岭头、赤花岭、丹竹头、丹坑村、红岗、红花、红围、红岭围、红朱岭、红花岭、朱古石、朱洋坑、白龙岗、白石岗、白石龙、白石洲、白泥坑、白鸽湖、白虎头、白沙、白湖、白岗、白芒、白沙苒、白芋沥、白石厦、白沙湾、白石嘴、白沙莆、白沙水、白水塘、白石塘、白灰围、灰瓦窑、乌涌、乌石岩、乌泥浪、乌石岭、乌石莆、乌石垅、乌料龙、乌木本、乌罐涌、乌石下、金竹村、金沙村、金鸡岭、金花围、蓝山村（今盐田南山村）、蓝坑村、碧岭、碧眼、青山下、青松、青排村、青草林、清湖、青林径、青砖围、青龙头、黄田、黄贝岭、黄埔村（沙井）、黄家庄、黄牛塘、黄松岗（今松岗）、黄金洞、黄草浪、黄阁坑、黄背坑、水黄田（今水田村）等。

以地理方位命名的村子有：东坑、东新、东皋、东乡、东周、东角头、东坑莆、东安围、东和墟（今沙头角）、东涌、东栅、东庵排、向东、坪东、南岭、南山、南园、南门墩、南水围、南社围、南畔、南塘围、南澳渔村、南坑、南洞、南坑埔、南屋岭、向南、向西、西联村、西涌、西坑、西沥（丽）、西山、西田、西乡村、西岭下、西洋尾、坪西村、北头（投）村、北灶、北港、北龙、北角围、后亭村、后山村、上排村、上屋、上川、上洋、上洞、上面岗、上水径、上李朗、上角、上坝、上塘、上峯、上沙、上星、上寮、上下坪、上村（公明）、上南、下黄里、下排、下屋、下水径、下李朗、下洞、下峯、下陂、下沙、下步庙、下窝村、吓屋村、下寮、下村（公明）、高原村、高岭村、高屋围、低山村、横岗墟、横朗村、横岭村、横坑村、大窝、大望、大涌、大浪（蓢）、大凼、大塘、大碓、大屋、大水坑、大船坑、大布巷围、大水湾、长岗、长岭、长沥、长圳、长坑围、长山下、长安围、长岭陂村等。

东南西北前后上下的村名都有，独缺左右方位，为何？据说古人以右为尊贵，不将村落冠名“右”，自然也不以“左”为名。可见深圳古人起村名顾及“尊卑”之平实理念。

还有用数字命名村庄的，如半天云村（南澳）、半坝村（坪山）、半边月村（横岗）、一甲村、甲岸村、甲飒洲、甲片村、正甲村、独树村、独竹村、双伍村、双坑村、双安村、孖庙村、孖岭村、二澳村、二黄店村、叁盛村、三合村、三围、三井、三坑、三溪、三河、三角、三家村、三星塘、三栋围、三间屋、三间仔、三洋湖、三棵竹、三祝堂、三祝里、三角楼、三洲田、三石下村、四联村、四方埔、四丰村、五联村、五和、伍屋、伍家陈、六约村、六联村、七斗种村、七木桥村、七星湾村、八合村（后与上川并为上合村）、八卦村、九祥岭、九肚围、九龙寨、九江围、九围村、九巷村、下十围、十约墟（沙头角墟古称）、坪山大万村等。不仅一至十都有了，还有龙岗丙坑村、丁甲岭村、福田巴丁村的“丙”“丁”“丁甲”，甚至于公明甲子塘村的“甲子”——干支都有了。

以姓氏命名的村庄更多了，蔡屋围、赖屋山、周家村、邓家蔚、孟公屋、袁家围、杨屋、李屋、李朗、陈屋、叶屋、洪围、巫屋、郑屋、林屋、钟屋、张屋、江屋、梁屋、庄屋、曾屋、潘屋、文屋围、伍屋围、唐家村、罗屋围、佘屋、许屋、刘屋、冼屋、凌屋、任屋、池屋、黄屋、徐屋、郭屋、宋屋、赖屋、谢屋、黎屋、简屋、辛屋、何家围、黎围、谢坑、彭坑、钟坑、兰屋围村等。

以习俗起名的村子挺有趣。坪山有个“对面喊村”，“喊”即客家人呼唤之意。清乾隆年间，有位叶氏从惠阳河树下村迁到坪山新联村定居。不久，又有个叫许庭聪的卖货郎从福建来到这个村子买田立业。之后叶、许两家开枝散叶。叶氏后代在新联村南面建起新屋地村（当地称“田心老围”）。许家人后代在新联村的西面建起了树山背村，接着又在东面建起了水祖坑村。许家的第九代许凤升娶了叶家的女儿，也在新联村的北面不远处盖房。由于女婿与丈母娘家、媳妇与婆婆家关系相处很好，所以逢年过节，许凤升家都在备好饭菜后，站在田边朝对面大声喊：“喂，过来吃饭吧！”这边的公公、婆婆、岳父、岳母等听见了，就互相说：“对面喊了，快去吧！”时间一久，许凤升住的地方就被大家叫作“对面喊村”了。

坑梓田段心村有个“阿婆叫沥”。客家人说的“叫”，是“哭”的意思；“沥”则是“溪流”。清康熙年间，惠州白马碗窑的黄立中迁至坑梓安家垦耕。乾隆至光绪的130多年间，黄立中的后人沿着一条小河，相继在两岸建起了新乔世居、龙田世居、盘龙世居和吉龙世居等多座客家围屋。由于黄氏后人开垦田地逐渐增多，客家人大多数由女性承担插秧等农活，而男人则负责犁田耙田（也有部分外出经商或到海外谋生）。到了插秧季节，缺少人手下田，其时又难请到帮工，往往河这边早已耙好了田，河那边还等着插秧。误了季节，一年就要白做了。这把在河边干活的阿婆急得“叫（哭）”起来。此后，这条河边的小村子便被称作“阿婆叫沥”村。

富有地方风情和民间传说的还有石岩的“阿婆髻（又称丫髻冈）村”“应人石村”，龙岗的“仙人岭村”，南山的“龟庙村”“留仙洞村”，龙华的“樸狗窝村（今写成部九窝）”，横岗大康的“七斗种村”和大鹏的“王母围”“黄猄坑”（皇帝受惊）村等。

深圳地名的历史嬗变

云卷云舒，世事变迁，星移斗转，沧海桑田。

数百年间，深圳的村庄无一不在变动消长。笔者 20 多年来在古村落的田野考察中，发现许多地名颇为有趣的嬗变。今顺手采撷几则与大家分享：黄松岗不“黄”，乌石岩不“乌”，新桥村不“新”，牛湖村非“牛”；盐田没盐，布吉没布，深圳不深，罗湖不见湖；周家村不姓“周”，赖屋山不姓“赖”，蔡屋围古姓陈，邓家蓢却姓“潘”……

黄松岗不“黄”。清康熙二十七年（1688）《新安县志》载有“黄松冈墟”。《深圳市地名志》曰：黄松冈墟建于南宋咸淳六年（1270），1950 年改为松岗墟。自此，松岗墟、松岗乡、松岗公社、松岗镇、松岗街道等名称都没有了“黄”字。

乌石岩不“乌”。清嘉庆二十四年（1819）《新安县志》载有“乌石岩墟”。《深圳市地名志》谓：乌石岩于北宋建隆二年（961）有此名，乃“宝安胜地，乐利名场”。墟名源自众多黑色岩石及“乌石岩”古寺。1951 年土改后，乌石岩初级社、高级社、公社、乡镇和街道均改名为石岩，再也没出现“乌”字。

新桥村不“新”。宝安区新桥村不是新建的村。据清乾隆年间《新桥曾氏族谱》和祠堂族碑记载，新桥曾氏祖先于宋建炎三年（1129），从广东南雄县珠玑巷南下逃难。曾仕行、曾仕贵兄弟俩逃至广州，以防意外，为保住血脉，兄弟俩分别沿珠江东西两岸南逃。哥哥曾仕行在西岸番禺小龙村落脚，弟弟曾仕贵先抵东莞定居，后迁至宝安沙井永兴桥古桥旁边建一村庄，取名新桥村。这样算来，从新桥村曾仕贵始祖立村至今足有数百年历史，“新桥村”确实不新。

牛湖村非“牛”。龙华区牛湖村，据清康熙《新安县志》载名为“鳌湖村”。雍正三年观澜建大布巷庙（清乾隆年间重修为观澜古寺），鳌湖村人曾捐资修庙。因“鳌”“牛”方言同音，1949 年后，当地人将鳌湖村写成“牛湖村”，之后与君子布村合并为牛湖大队，1984 年改为牛湖乡。鳌本是湖海中的大龟鳖，可见“牛湖”村名非源于牛。

盐田没盐。盐田墟，因古代晒盐而得名。清康熙元年（1662），清廷为防止沿海居民接济台湾的郑成功反清，实行迁界令，致使盐场废置。后来，盐田不产盐，成为渔港，今为世界著名的盐田集装箱港口。

布吉没布。布吉古称莆隔村，与草莆村、莆心村相邻，入康熙县志。清光绪三十二年（1906）香港九龙至广州铁路开筑，1911 年建成通车。铁路建设初期，计划在莆隔设站，勘探人员问当地人此地名称，乡人用客家话回答“莆隔”。操粤语的设计人员听成“布吉”，便标注在图纸上成了火车站站名。从来与“布”没有半毛钱关系的布吉站，把这个名字将错就错地沿用了 100 多年。

深圳不深。1960 年编印的《宝安县志》（油印本）载：“深圳河，又名清河，因河上游植被较好，草木茂盛，河水清澈而得名。”清河古称“罗溪河”“滘水河”“河沟深浚”（见《新安县志》）。深圳河主流长 37 公里，流域面积 312.5 平方公里，其中深圳和香港各约占一半。1960 年 3 月，深圳水库建成，深圳河被截流蓄水（后人工开渠引流东江水一起输送香港），如今成为泄洪排涝的河道。

罗湖不见湖。罗湖桥边的罗湖村，古代因深圳河水洪涝，形成多个“湖塘”，后来湖边建有罗湖、石湖、湖贝、新湖、湖南围等村落。据 1919 年《罗湖袁氏家谱》显示，明洪武初年（1368），有位叫袁彦安的秀才，从东莞

1979年，外国游客从香港方向眺望深圳（日本裔美国人：出目里利吕井摄，南兆旭提供）

迁至宝安罗湖村卜居。罗湖村原有罗、黄两姓的客家人，袁姓为后来加入。当时3姓中，罗家人见姓袁的家族越来越人多势众，便迁往了别处，从此罗湖村不再有“罗”姓。1979年，深圳市建立，遭遇一场特大洪水，罗湖口岸被淹成泽国。次年，市政府决定搬掉50米高的罗湖山，将130万立方米的山土用于填高洼地，造出1.3平方公里的黄金地段，建成了今天高楼林立的国贸一带。罗湖根治了水患，从此罗湖不见“湖”。

周家村不姓“周”。公明街道周家村不姓周，全村皆姓麦。据麦氏族谱载，隋朝隋文帝赐予麦姓的后裔麦守信，于明洪武十四年（1381）迁居宝安周家村，为周家村麦氏始祖。麦氏后人承袭先祖麦铁杖将军习武崇艺、勤耕苦读的传统，屡出武举人与武进士。清康熙至咸丰年间出过5位将军，分别是爷爷麦隆（诰封怀远将军）、父亲麦世球（武举人）和麦蕖（武进士）祖孙三代将军，以及另一户麦胜福、麦庆父子将军。周家村被誉为“将军围”。麦氏族人在将军围的基础上又发展出石围、南庄、石家，加上周家村，共计4个村子。周姓人全部迁走。1957年，4个村子合并为“将石乡”，人民公社时称“将石大队”，今更名为“塘尾社区”。

赖屋山不姓“赖”。龙华区有个赖屋山，早年全村人姓赖。传说从前村里有位横行霸道的大恶霸，外号“老（螃）蟹”。“老蟹”是个淫棍，家有三妻四妾仍强占民女，凡是从他的村子经过的新娘，必须在他家留宿一夜，方可放行成亲。有一天，东莞嫁来的一位新娘乘轿途经赖屋山村，“老蟹”企图把新娘劫下施暴。不料，这位新娘的亲戚是个有名的土匪头子，他闻讯大怒，连夜带人把罪恶累累的恶棍杀了个横尸花厅，平时狐假虎威的爪牙也被杀得精光，最后土匪头子还放了把火，祸及全村百姓。幸亏村里一位接生婆，及时将刚出生的一对双胞胎男婴裹藏在挑担里，趁黑夜逃往坪山落脚，才留下赖氏血脉。但从此，赖屋山村再无人姓赖。

蔡屋围古姓陈。罗湖金融中心的蔡屋围，早年是陈姓人的赤坎村，又叫老陈家。据 1986 年蔡屋围抄录的《蔡氏分谱》所记，宋代蔡屋围先祖蔡元定的后裔从福建辗转迁至东莞再迁入宝安沙浦村。明洪武元年（1368）九世祖蔡基俊则由沙浦村迁往罗湖赤坎，在陈家围旁边立村（今地王大厦一带），为蔡屋围开基祖。清中叶，蔡氏人口繁衍，买了陈家围的田地，围墙筑门，真正形成了“蔡屋围”。改革开放后，蔡屋围成为以地王大厦为地标的繁华的金融、商业中心。昔日的旧村只剩下“蔡屋围一坊”至“蔡屋围七坊”的小街横巷名。

邓家蓢却姓“潘”。沙井万丰村古称“邓家蓢”，顾名思义，邓家蓢人应姓邓。清康熙年间的《邓家蓢房谱》载：宋末，潘英甲由南雄珠玑巷迁至宝安靖康，即福永“怀德”立村，取名怀念祖德之意。怀德村潘氏百年兴旺，后分迁一支到附近的邓家蓢发展。潘姓家大业大人口多，邓姓陆续迁往福永塘尾村。明中叶，潘英甲的第十世孙潘甲第，是新安县历史上获皇帝赏赐“重宴鹿鸣”之一人。他借机把“邓家蓢”改为“万家蓢”，意为姓氏互融，万家兴旺。1954 年，“万家蓢”更名为“万丰村”，寓万家丰收含义，沿用至今。

（原载 2016 年 7 月 27 日和 8 月 4 日《宝安日报》，分上下两期刊发）

阳台山深藏悠久的历史文化

深圳的山不少，可山不高；深圳的山名气不大，却有独特的气质。

梧桐山因漫山遍野的“罂莳”（又名包里桐）而被古人冠以“梧桐山”之名；七娘山因古代为“出粮”之地（又传说七仙女降临）则取谐音“七娘山”。而阳台山皆因有悠久的历史文化、丰富的唐赋韵味及地理风水之深蕴而得名。这就应了那句哲语：如果没有历史的底蕴，山水无疑是苍白无力的。

家乡的“羊蹄山”俗名

我的家乡阳台山，位于宝安、龙华、南山三区交界处，海拔 587.3 米，在深圳西北部的宝安区境内排行老大，然而在全市山脉的排名中却落后了一小截，位居梧桐山、七娘山后。但是，这个屈居“老三”的“称号”，丝毫不影响它的雄伟、峻拔、壮丽和神秘。

阳台山是古称，近年称羊台山，可是自我懂事开始，就跟着乡人叫它“羊蹄山”，周边的客家人都是这样叫。龙华大浪的谢为民先生说，从东边方向望阳台山，可见山顶有好几块巨大的石头，恰似羊的蹄子，所以叫羊蹄山。的确，登山者从龙华区赖屋山村方向上至山顶，即有一巨大石块，高 2~3 米，直径 3~5 米，大石的三分之一处有大裂缝，整体外观的形状、颜色、光滑度等就像山羊的一只蹄子。于是，“羊蹄山”（又称羊蹄岭）的名字便在乡民之间叫开了。民间“一只山羊奔腾飞跑而留下的脚印”的说法，随后在方圆百里传开。

羊蹄山，我虽然随着客家村民叫了大半辈子，却一直苦于找不到有关文献出处。一次，我在研读史籍中，蓦然发现清康熙《东莞县志·京山司图》（1689 年版）中载有“羊蹄山”；后来又读到了清道光年间（1821—1850），抗夷名将丁日昌两次路过新安县，写有《过羊蹄岭》《宿羊蹄岭题壁》等诗：“树色四山合，泉声万壑齐。乱云横马足，斜日度羊蹄……”顿时让我高兴了好一阵子。那些天，大凡见到老乡和文友都掩盖不住兴奋的心情：“找到了，找到羊蹄山的记载了！”

我孩提时的小伙伴，如今都已古稀之年，大家相聚时，话题通常离不开顽童时代天真淘气的记忆。60 多年前，我们几个小屁孩每年暑假的“保留节目”，就是结伴从龙眼山村攀往羊蹄山的头潭、二潭、三潭和长潭“扎猛”（跳水）。在清凉的山潭里游泳，享受透心凉的快意，然后再偷摘沙梨、龙眼和野生油柑子、山棯子吃。尤其是把偷到的沙梨丢进山潭里浸泡，游泳半个小时后，大家比赛潜进深潭底捞沙梨，看谁捞得多，最后坐在礁石上饱食一顿天然的“冰镇水果”，分外清甜爽口和惬意。

那时的羊蹄山，不仅是孩子们玩耍的地方，还是村民常年耕山躬亩中观察气象的“灵气”之地。

龙华石凹、赤岭头、早禾坑、白石龙村一带乡民，开门即可远眺高耸的羊蹄山峰。谢为民老乡说，过去村民较难得到天气预报，最怕摊晒稻谷和晾晒物品时赶上突如其来的大雨。于是，人们常常望着羊蹄山山顶预报天气——“天上鱼鳞斑，晒谷不用翻”“有雨山戴帽，无雨云揽腰”。也就是乌云罩顶，即大雨将至，得赶紧收谷收物；而当羊蹄山山顶云开日出，就可以重新晒起谷物……羊蹄山山顶巨石上的风云变化成了农家非常实用的“气象台”。每当傍晚泛出红云，天高云淡，山体清新，林谷翠绿，其间又有飞来的鸢婆（老鹰）高空盘旋，抑或白鹤低飞啁啾，方圆百里的羊蹄山次日定会艳阳高照，断无台风暴雨。

久远的“阳台山”古名

羊蹄山是乡间的俗名，就如同山村里孩子叫阿猫阿狗的小名一样，长大后才有了大名，或者再起个儒雅的字和号。既然羊蹄山是俗名，它的正名就是“阳台山”了。

如果说从东边的龙华街道方向远眺，阳台山是“羊蹄”形的话，那么从北边的石岩街道方向看去，便是“阳台”的山。从龙眼山村登到山顶，顿见地势平坦宽阔，是个观看日出的最佳平台。“日照之台”也许是阳台山得名的初意。

明嘉靖年间（1522—1566）黄佐《广东通志·东莞县》载：“西南五里曰阳台山，山巅之南稍平，形若几案。”也就是说，500年前的古人，即准确地表达了该山体之位置与形态等地理特征。

换句话说，官员和文人雅士根据当地俗名“羊蹄山”的谐音，按山顶“稍平”“几案”的形态取名“阳台山”。据考，当地的客家话，羊蹄的“蹄”（tāi）字与官话阳台的“台”字同一音韵。这是其一。

其二，阳台山的“阳”，在《说文解字注》中释：“山南曰阳。”阳台山位于岭南第一山“东樵山”（博罗县的罗浮山）南110公里（司马迁称罗浮山为“粤岳”），是罗浮山的南延余脉。又，清嘉庆《新安县志》谓“阳台山，由梧桐发脉”，梧桐山为“邑之祖龙也”。可见，阳台山是宝安“祖龙”脉系，没有半点悬念。再者，《康熙字典》曰：“水北为阳。”阳台山位于珠江出海口的伶仃洋北面20公里。于是，古人便根据山水地标，将宝安中西部最高的山取名阳台山。

其三，阳台山峰峦叠翠，树木参天，古藤绕缠，飞瀑流涧，晨漫雾霭，夕流云雨，非常契合巫山神女的一段著名爱情神话。《水经注》卷三十四曰：“丹山西即巫山者也。又帝女居焉。宋玉所谓天帝之季女，名曰瑶姬，未行而亡，封于巫山之阳。精魂为草，实为灵芝，所谓巫山之女，高唐之阻。旦为朝云，暮为行雨，朝朝暮暮，阳台之下。”从此，“阳台”成为

阳台山鸟瞰（黄毓明摄）

一个典故。数百年前，大约岭南的文人墨客将这个典故与宝安这座“宝山”联系起来，将其命名为“阳台山”。

由此看来，阳台山之名是在久远的历史长河、在岭南的地理风水意蕴和丰富的民间传说中逐渐形成的。

其实，阳台山一带的历史远比500多年前的明朝记载还早。根据石岩街道洲石路旁蝴蝶地古遗址、塘头村和罗租村果场的新石器晚期及青铜文化遗址出土的文物显示，距今4000年前的新石器至商周时期，石岩地区就有人类居住。

清乾隆敕撰《钦定大清一统志·卷三百三十九·广州府·山川》载：“阳台山，在新安县东北三十里，横亘五十里，山顶平衍，形若几案。有龙潭，下有乌石岩，其南支有董公岭（今西丽街道龙井村附近），去县十里。”古志书中说阳台山下有“乌石岩”，即今石岩街道。“石岩镇（今街道），原名乌石岩，清嘉庆年间建墟。墟内旧有石洞，洞内有观音塑像，中央有大石座，供奉者燃鞭炮掷其上，呈褐色，谓观音显灵，因名‘乌石岩庙’。后人修筑为‘慈石古寺’，古寺牌楼书‘乌石岩’，旧墟因而得名。”（见

《宝安县志》）

据《重修慈石古碑》刻载，北宋建隆二年（961）已有居民垦耕栖息，原称乌石岩慈石古寺乃“宝安胜地，乐利名场”。慈石古寺曾经过3次维修，“溯自清道光二年（1822）经前贤修饰，冠冕堂皇”，至“清咸丰十年（1860）幸巨公之仍旧卓然大观”是第一次维修；第二次维修是清光绪二十五年（1899）；直至民国二十九年（1940）进行第三次整修，古寺的牌楼上塑为“乌石岩”。

阳台山一带的客家人，把巨大的黑色花岗岩石称作“乌石鼓”。也就是说，阳台山遍布许多黑色的大石头。阳台山乌石鼓多，传说也多。很久以前，这里山陡林密，古樟虬曲，怪石屹立，尤以一处天然乌石洞为最。然而美中不足，此乌石洞三面环绕，独缺顶盖一面，乡民皆期望将此石补上。于是日日祈祷，天天烧香。忽一夜，狂风大作，电闪雷鸣，乌石岩轰然撼动，声震四野。次日云开日出，乡民见石洞居然有了巨大块石盖着，像三个鸡蛋上面再顶着一个鸡蛋，惊险之至，造型之妙，堪称一绝。“乌石岩峒”之名由此而生。清嘉庆《新安县志·胜迹略》对这个传说有文字载之：“乌石岩，在阳台山下，内有石岩三面，东缺一面，顶有大石，堪作墙。乡民祝曰：‘惟愿此石，可补四面，周围无缺矣。’是夜，神即移石补足，石痕犹在。”

阳台山之西北侧山坡上，有一块“石鼓石”，山下的龙眼山村可以望见。其石较圆，上平，犹如一面石鼓，置于山脊之上，仿佛时时预备给将军击鼓，扬马催征。

除了石鼓石外，山的西麓下还有块“人仔石”（方言），高约5米，石的中腰部较细，宛如一个武士身系皮带，上呈人头状，恰如人藏于山岗在引颈张望。

“人仔石”往西南不远处，有块形似仙姑、朱红色的“仙姑化石”。清康熙《新安县志》载：“仙姑化石，在阳台山，石面四时红艳，人呼则应，又名应人石。”如今，应人石地名尚在，并有应人石村庄，而石却不存。这个“应人石”源自一个凄美的民间传说：在很久以前，阳台山下的一个小村庄里住着一对勤劳、善良、相亲相爱的年轻夫妻，丈夫为了一家人的安宁生活，被迫为贪婪的财主冒险去常有毒蛇猛兽出没的深山老林里寻找长生不老药。妻子按照与丈夫的约定，每天下午在山下呼喊丈夫的名字3遍，她每喊一遍，深山里都会响起隐约的呼应，但日复一日，月复一月，丈夫一去不回。妻子忍不住思念和期盼之情，冒着生命危险爬上阳台山顶寻找丈夫。她一边喊一边朝着应声的方向爬去，待爬到近前，才发现每天回应她的竟然是一块大石头！睹物思人，妻子伤心欲绝，哭天喊地，突然天空划过一道白光，紧接着雷电交加……天遂人意，妻子死后变成了一尊石头，与附近的应人石遥遥相望。远远望去，这两尊石头仿如长相厮守、永不分离的夫妻……人们为了纪念这对恩爱的夫妻，把山下的村子叫作应人石村。石岩街道的民间文学故事"应人石传说"，成为深圳市和广东省非物质文化遗产保护项目。

走向阳台山南麓，有条深幽的石燕谷，山谷上端有个石燕岩，岩下有个大山洞，谓之"巴黎洞"。此洞口窄内宽，宽阔处达40余平方米。20世纪30年代抗日战争时期，东江抗日游击队曾经在洞内隐蔽了一个营的战士。解放战争时期，游击队又于此设立指挥所和医院，此洞被战士们冠以"军事会议厅""地下礼堂"之称。洞中流着一股潺潺的清泉，冬暖夏凉。新中国成立前夕，部队撤离巴黎洞时，有战士曾用刺刀在洞壁上刻了一首诗："生命据点巴黎洞，悬崖峭壁当英雄；莫谓无情黄鹤去，扫清匪特再重逢。"可惜此诗在"文化大革命"中已被毁。

阳台山东面与龙华冷水坑附近有一个"咬圆笼洞"（又叫"老鼠咬云龙洞"），石洞四周草木荫蔽，洞中有一眼泉水可饮用。传说600年前的一个春节，阳台山人为躲避元兵，就藏在这个山洞中。元兵被杀退后，来不及把两匹拴在山洞上的战马牵走，洞中之人闻听洞顶时不时有马蹄"嘚嘚"之声，以为元兵未走，便不敢出洞。饥饿之下，又没有刀具，面对带进洞里的砧板大圆笼年糕粄，大家只好直接用嘴咬。几天过去，圆笼粄被咬食完，战马蹄"嘚嘚"声仍未停止。一些胆大的人被派出洞口探听虚实，才知道是战马拴在树上，元兵已退，于是各自回家。圆笼粄救了全村人，

阳台山大营救纪念碑

于是此岩被称为“咬圆笼洞”。

除了“乌石岩峒”“应人石”“人仔石”“咬圆笼洞”等传说外，还有“嫩七娘峒”“仙人脚印”“山顶白人庙”“试剑石”“泼墨石”“石笼鸡岩洞”和摩崖古刻等古迹。早些年，《深圳特区报》曾报道过深山崖石上的“天书”，像文字图案一样的符号一直吸引不少游人前往探秘，然而到目前为止，那些符号仍无人破译出来。

阳台山是抗日战争和解放战争时期游击队根据地，龙眼山的“部队医疗旧址”、游击队“三次阳台山战斗旧址”、东江纵队营救香港沦陷区文化名人的“蕉窝山村旧址”以及1943年东宝行政苏四区政府“大钦窝旧址”等革命遗址，都留下了许多可歌可泣的故事。

阳台山中深藏着的悠久的历史文化、丰富的民间传说和红色革命故事，使这里的山水更富有神韵和灵气，也使这座英雄的山岭更加声名远播。

恢复有历史内涵的阳台山名

既然羊蹄山、阳台山有着久远的历史年头，为什么后来又将此山命名为缺乏文化底蕴的“羊台山”呢?

“羊台山”最早出现在清同治五年（1866）由意大利传教士佛伦特里绘制的中英文双语《新安县全图》上的标注，这也是唯一可查的古代文献上的记载。明清乃至民国时期，大多使用繁体字“陽臺山”，中间也出现简体字、繁体字的交替使用，如“陽台山”和“阳臺山”。

1954年，中国文字改革委员会成立；1956年，国务院公布《汉字简化方案》，其中将“陽”字明确简化为“阳”。仅在清末出现过一次的“羊台山”地名，可能因“羊”字比“阳”字更简单，加上与“阳”同音，后来频繁出现在报纸、书籍和地图中，直至1987年修订《深圳市地名志》时，“羊台山”便成为官方唯一使用地名。“阳台山”名便在正式出版的图书、报纸和文件中失落了。

2012年，《宝安日报》刊登曾宸枢的《从“阳台山”看地名规范化》和田礼禾的《“阳台山”怎样变成“羊台山”的》等文章，提出要尊重历史，恢复使用阳台山老地名。

无独有偶，祖籍汕尾、退休后居住在深圳的郭天希老先生，从2015年到2017年先后四次信访提到阳台山地名问题。第一次的题目是《请问在1997年之后的官方文件用“阳台山”“羊台山”还是“羊蹄山”？》；第二次信访的题目为《关于停止羊台山地名、重新启用阳台山历史地名的补充建议》；第三、四次信访的题目升级为《关于重新启用深圳阳台山历史地名，打造阳台山地名文化经济圈的建议》。

深圳市规划和自然资源局收到信访材料后很重视，于2019年组织人力进行阳台山地名的调查研究。在将近一年的时间里，有关人员查阅档案文献、走访乡村老人、多次征询专家意见，形成了《羊台山地名变更考证与社会影响评估》报告。市规划和自然资源局再次召开地名专家论证会并听取宝安区、龙华区、南山区政府意见。宝安区和龙华区接到上级通知后，亦相应召开各种座谈会征询看法。

2020年1月2日，笔者有幸受邀参加石岩街道召开的恢复阳台山地名座谈会，听取家乡父老、基层领导和市、区文史专家的意见。大家发言踊跃，说过去当地人用客家话表达是“羊蹄山”，但文字书写时却是“阳台山”。比如，石岩籍退休小学校长张平说，在20世纪50年代，作为当地“扫盲”老师，他教授地名时一直使用“阳台山”，未曾使用过“羊台山”；龙眼山退休村干部谢伟强回忆，20世纪阳台山的方柿子比较有名，曾大量销往外地，包装箩筐上专门写有产地“阳台山方柿”，非“羊台山方柿”；石岩街道退休老干部曾玉祥说，他1992年与中原油田合作开发房地产，以当地“阳台山”取名为“阳台山庄”沿用至今……

阳台山，人们在心中对它怀有深深的情感。它不仅是一个地名的符号，还是一个独特的文化物种，是一方乡土的历史沉淀，是一笔非常珍贵的非物质文化遗产。

近40年使用的“羊台山”地名，无疑稀释了当地历史的厚重感，断裂了地名传承和城市肌理的整体含义。

如今恢复阳台山历史地名，不是一个地名的简单复旧，而是人们对传统地名文化内涵的强烈追求。现在恢复阳台山老名正当其时，是做了一件满足市民日益对文化向上需求的大好事。此举既符合国家有关进一步清理整治不规范地名的通知精神，又有利于挖掘、传承和保护地名文化，延续地方历史文脉；有利于发掘“阳台山革命根据地”价值，建立爱国主义教育基地，弘扬红色基因精神。

2020年6月11日，经深圳市人民政府批准正式发布公告，羊台山恢复原名“阳台山”作为标准地名。随后，有关道路、社区、山体、景区以及地图（含高德地图）和各种传媒出版物均已恢复古名。

阳台观日出，更为引人入胜；深圳市名胜八景之一的“阳台叠翠”，更加熠熠生辉；阳台山森林公园名副其实地成为深圳大都市里绚丽多彩的后花园……

（原载2020年4月13日《深圳晚报》文化专版）

深港边界的“望乡”故事

深圳边界河上有个“长岭耕作口”，这是为方便当地村民来往香港新界“飞地”耕种而设在界河上的 7 个陆路合法通道之一。“耕作口”北边是深圳市罗湖区莲塘街道长岭村，南边是香港新界沙头角与打鼓岭之间的莲麻坑村。

长岭村与莲麻坑村世代相邻，隔河相望。用一句颇文艺的话来说：这边耙田那边插秧，那边割禾这边晒粮；这村鸡鸣那村天亮，长岭炒菜莲麻坑香……

一河两岸盆菜香

深圳河两岸的围村原住民，历来有春节、元宵聚族团拜吃盆菜的习俗。丁酉年春节期间，笔者应邀分别参加了长岭村和莲麻坑村新春联欢盆菜宴。

长岭村，地处罗湖至沙头角的罗沙路上。腊月廿三过小年那天下午，笔者老远就听到响亮的锣鼓声和欢腾的音乐声，走近一看，彩旗飘扬，100 多席桌椅、密密麻麻的盆菜面对挂着“同心共筑美好家园——长岭村迎春晚会”标语的舞台，依次排列好，1000 多名村民和嘉宾喜气洋洋地参加一年一度的乡村盛会。

莲麻坑村，坐落在长岭村的南面，两村仅一步之遥，但是被深圳河两边的边境铁丝网相隔。大年初九，我们从长岭村出发参加“莲麻坑村春节联欢”盆菜宴，非得从深圳罗湖口岸入境，乘广九火车抵香港新界上水站，然后坐莲麻坑村派出的一辆辆出租大巴进村。本来从长岭村跨过深圳河到对面村只需20分钟左右。可是，现在绕道新界上水、文锦渡路、莲麻坑路，两个多小时才到达四面环山的一个山谷——莲麻坑村。要是在平时，进入莲麻坑村要办“白卡”（香港禁区证）。这次一年一度的村民年俗活动，就由村公所统一将嘉宾的名单和证件拿去新界边境部门办理，领取“白卡”验证放行。

莲麻坑村村民保留客家人重视风水的习俗，遵循祖先定下的许多保护山林的乡规民约，加上香港政府实施边境禁区政策，老村几乎毫无发展，好像时光停留在半个世纪前的原生态村落样子。由于村里人大多到香港市区、深圳甚至外国打工谋生，所以偌大一个村子如今只留住100来人，许多老屋空置，跟内地的“空心村”没有什么两样。

然而，这次春节联欢盆菜宴，一下子回来2000多名乡亲和嘉宾，一面面彩旗装点山村，拜年的麒麟从村头舞至村尾，锣鼓震天，家家户户的春联和灯笼红艳艳，莲麻坑村顿时人气满满。

深港两地盆菜宴的菜式与仪式一样。吃着一层一层从下往上叠加的萝卜角、炸猪皮、焖腐竹、红烧肉、炸鳗鳝、炸鲜蚝、白斩鸡、烧鹅鸭、清蒸鲍、白灼虾等，味道与他处并无不同。但不一样的，是这里的乡间风情和这两个古老村落悠久的同宗同胞的人文历史。

两村的叶姓同祖宗

清康熙二十七年（1688）《新安县志》载有“莲麻坑村”，也就是说，莲麻坑村已有300多年历史。该村居住着叶、冼、刘、张、曾、官等家族，其中叶姓是大姓。据《沙头角莲麻坑叶氏族谱》载，叶氏始祖沈诸梁，春秋末期为楚国的政治家、军事家。沈诸梁受封河南叶县，遂以地为姓。宋末一支族人南迁梅州，族人遂在名字中加入梅字。叶梅实为入粤第九世祖，后和兄弟叶梅明、叶梅友三人从梅州迁出。叶梅明卜居惠阳的淡水，叶梅友定居汕尾的海丰，叶梅实则迁至陆丰（今陆河县）螺溪开创基业。

叶梅实后裔、叶氏入粤十九世祖叶思发到东莞县清溪教书，居于新安县（深圳市前称新安县、宝安县）观澜松元厦，娶妻邱氏，生二子叶达波、叶达滨。

清康熙四十九年（1710），二十世祖叶达波兄弟俩先后从新安县松元厦迁居新安莲麻坑买田建宅。如今，叶氏宗祠二进神厅供奉着莲麻坑始祖思发公，开基祖达波公、达滨公，故神厅两侧的柱联为："由陆至安，二百余载春祀秋尝，不忘螺溪木本；自思迄荣，十三传孙承先启后，犹存楚县家声。"联中"陆"指陆丰，"安"即新安；"自思迄荣十三传"，是指叶氏从"叶思发"始，按辈分排列"思达廷开应，昌成定吉祥，茂兰荣……"，共十三代。几百年来，叶姓枝繁叶茂，后来村里各姓陆续外迁，目前除刘姓一户人以外，村中居民绝大多数是叶姓族人，因而村中大小事务均以叶姓马首是瞻。

清道光时期，莲麻坑为广东省广州府新安县第六都官富司属莲麻乡，范围包括围心、沙吓、新屋、水芋田、对面、担水沥、新桂田和塘肚山等近 10 个村子，是沙头角"十约"中独立的"一约"。清同治年间，由于村内人口逐渐增加，莲麻坑村民除不断在本村开垦土地外，还扩展到深圳河北岸建立了长岭村和径肚村（刘氏建村）。

根据香港学者阮志的《中港边界的百年变迁：从沙头角莲麻坑村说起》一书记述：莲麻坑可耕作土地大部分原分布在深圳长岭村（庵泥坑）、径肚至伯公坳一段，有 1000 亩，其中水田约 400 亩，山坡地约 600 亩。莲麻坑村民到长岭耕作大约要步行半小时，因此，清同治年间（约 1865），村民叶昌颖、其儿子（亦为清朝武秀才）叶成永以及从美国回来的华侨叶成翘，在长岭村建起临时耕作房，作为休息、储藏用品及生产材料等之用。后来，建屋渐多，长岭村叶氏成了莲麻坑村的分支。

于是，莲麻坑与长岭村叶氏同出一祖宗，同饮一河水，同耕一块田，同说一方言（客家话），同祀一祖祠。他们同样信仰关公、观音、土地伯公，祈求各方神灵和祖先保佑他们风调雨顺、五谷丰登、六畜兴旺、村宅太平。长期以来，凡清明、重阳春秋两祭和春节、元宵团圆饭，两村的村民互相参加。所以，丁酉年春节，莲麻坑村村长带领村民代表到长岭村欢聚；长岭村干部一行（包括莲塘股份公司刘董事长），也前往莲麻坑村的春节联欢宴会上祝贺。

长命桥上会亲人

1898 年，英国强迫清政府签订《展拓香港界址专条》，又于 1899 年签订《香港英新租界合同》，自此，深圳河成为中英管辖的分界线，河两岸的土地和村庄也被一分为二。但当时《两广总督谭钟麟暨广东巡抚鹿传霖布告》及香港总督卜力布告等显示，“仍准两国人民往来”。实际上，从 1899 年沙头角勘界一直到 1949 年新中国成立前夕，深港边界从未设置任何哨卡。深圳河边境村庄的居民自由往来，无论是垦荒种地、下海捕鱼，还是探亲访友、赶墟买卖，两地联系从未间断。

深圳河以北的莲塘村有一片较大的冲积平原，得以接受大小梧桐山的水系灌溉，成为肥沃的水田。所以，莲麻坑村在长岭一带的耕地面积有 511.2 亩，其中水田 399.3 亩，旱地 60.13 亩，包括松山、草山和禾坪（晒谷场），以及房屋 147 间、地基 8.52 亩。

1949 年 6 月起，香港政府在新界边界地区实行夜禁。1951 年 5 月 25 日，将夜禁区域扩大。6 月 15 日，又颁布《1951 年边界封锁区命令》，宣布在新界边界地区实行封锁，进入或逗留在封锁区内者，必须持有港英政府发给的“派司”（通行证）。从 1949 年至今，莲麻坑村一直处在禁区范围内。

为加强边防管理，1951 年 2 月 15 日，广东省公安部门宣布实行边境管理，往来旅客须凭公安机关签发的“出入境通行证”通行。据统计，1954 年，深圳河以北的宝安县（今深圳市）的 15 个自然村，在香港新界拥有土地 4006.99 亩；香港新界 12 个自然村 154 户人，在宝安有土地 489.39 亩。1977 年，宝安县在香港新界土地种植水稻 448 亩、蔬菜 245 亩、鱼塘320亩。[1]双方村民凭证经“耕作口”在对方的土地耕种。

长岭村古称“长命村”，村里有一座“长命桥”与莲麻坑村相连接。清代时为石桥，有两个桥墩，桥面用三条麻石并排铺成，是莲麻坑村民到长岭耕种以及前往深圳墟投墟的必经之路。1978年，港英政府为堵塞第二波内地群众的逃港潮，在莲麻坑路沿河多加了一重铁丝网，俗称“第二防线”。长命桥上双方建有闸口，分别由港英“嚤啰差”（雇佣军，1997年后为警察）和我边防军守卫。

1978年，国内实施改革开放，过境耕作的村民迅速增加，村民从香港携带的副食品、日用品也越来越多。狭窄的石桥不堪重负。其时，长岭村及莲塘大队的干部希望拓宽长命桥让汽车通过，加速莲塘的发展。最后，长岭和莲麻坑村民双方出资出力，仅用3个月的时间，自行修成一座长7.6米、宽4米的水泥桥。

莲麻坑村和长岭村的人文历史很丰富。他们曾经为反抗外来侵略和推动中国社会进步的革命事业作出过重要贡献，特别是在抗日战争时期，长岭村和坳下村发生了一场著名的“坳下血战”，打死打伤20多名日军，惠（阳）东（莞）宝（安）人民抗日游击队一个小分队20多名战士全部壮烈牺牲。日军占领香港3年多，莲麻坑遭到多次浩劫。日本鬼子先是占领莲麻坑后山的矿山，接着大肆搜捕抗日的群众，杀死3名村民，数十人无辜受伤。日军的暴行激起村民愤怒反抗，村民叶维里和其他几个伙伴策划炸毁日军控制的莲麻坑铅矿山，后又参加东江纵队抗日。叶维里三打莲麻坑铅矿山的故事在深圳河一带广为流传。

莲麻坑村的历史人物中，最令人关注的是香港新界原居民中作出重大贡献的辛亥革命元老叶定仕先生。他早年追随孙中山先生从事革命活动，曾担任中国同盟会暹罗（泰国）分会会长。

叶定仕的孙女叶凌，在莲麻坑她家的祖屋（1908年仿翠亨村孙中山故居建成、香港二级历史建筑物）向参观者介绍，她爷爷叶定仕原名叶

---

① 刘蜀永、苏万兴主编《莲麻坑村志》，中华书局（香港）有限公司，2015年7月版。

天发，号广新，1879 年出生在莲麻坑一个贫苦的客籍农民家庭。1895 年，16 岁的叶定仕被“卖猪仔”到暹罗曼谷做裁缝。凭着勤劳、聪慧和优秀的交际能力及一口流利的泰语，他得到暹罗王室一位公主的青睐。1905 年，他与公主结婚，从此结识了暹罗许多达官商贾，承包了暹罗陆军军服的生产。至 1910 年，叶定仕已成为拥有大量财富和较高社会地位的侨领之一。

叶定仕经孙中山和胡汉民的介绍加入泰国同盟会，1907 年至 1911 年，他担任了 4 年的泰国同盟会会长和振兴书报社社长，同时是孙中山支持成立的泰国中华会馆的创始人之一。他和其他爱国华侨一样，积极捐助和筹款，全力支持孙中山发动推翻清政府的黄冈起义、广州起义、云南起义和武昌起义。他不顾泰国政府的警告，为多地起义提供枪支、弹药、军服和药品，后被泰国政府通缉、没收全部财产并驱逐出境。叶定仕逃避、躲进泰国也拉地区重新垦荒耕种。1936 年冬，暹罗当局疯狂排华，他带着一家人回到香港新界老家，靠国民政府给予的养老金过活。香港沦陷期间，日军实行粮食管制，叶定仕一家老少 6 口人每天仅获 1 斤米度日。叶定仕年

透过深圳河边的铁丝网望见莲麻坑村

老病弱，缺衣少食，于1943年在莲麻坑村病逝。叶定仕生前曾获辛亥革命胜利二等勋章及证书。泰国也拉府建府时，为纪念叶定仕作出的贡献，用其号“广新”，将一条街道命名为“广新路”（GUANGCHAINR.D.）。

叶定仕第一任夫人是泰国王室公主，第二任夫人是深圳南岭村张氏，第三任夫人为深圳草埔梁氏。叶定仕的次子叶理山、三子叶瑞山，在20世纪40年代分别参加东江纵队和粤赣湘边纵队，成为光荣的革命战士。叶瑞山和母亲梁氏还利用莲麻坑的祖屋做游击队地下交通站，传递情报，服务部队。1946年，叶理山（参加革命后，曾用名叶青茂）随东江纵队北撤烟台，参加过豫东战役、济南战役和淮海战役；1949年跟随第四野战军南下，获过三级解放勋章和独立功勋荣誉章。

1982年，叶理山在北京离休后叶落归根，却因为莲麻坑村属于香港新界回不去，于是，就回到原属莲麻坑的深圳长岭村定居。叶理山是军人身份，既无法回莲麻坑探亲，又没有“过境耕作”证件，如果要和新界那边的亲戚见面，就由堂嫂带话，与莲麻坑亲人约定时间，大家在长命桥南北端“会话”。后来，莲麻坑亲戚凭证可以越过长命桥“界线”，到桥头中方边防检查站接待室短暂会亲。

叶理山身在深圳河北岸的长岭村，常常思念河南岸郁郁葱葱的山林后面的祖屋，还有父亲的坟茔。此时的叶理山站在界河边的铁丝网前，成了真正的“望乡”！直到1997年香港回归祖国后，叶理山才获准踏上离别50多年的莲麻坑家乡的山路……

（原载2017年3月7日《深圳商报》“发现深圳”周刊。莲麻坑部分史料，参阅了香港岭南大学刘蜀永教授有关文章）

漫话深圳古盐场

深圳盐场之“远古”

深圳古盐场，实际上是宝安古盐场，含大鹏叠福、盐田西岭吓、南头后海、西乡盐田和福永沙井一带盐场。那么，宝安盐场究竟有多古？

《宝安县志·大事记》[①]条目记述：“汉元狩四年（前 119），全国实行盐铁专卖，南头设盐官。”“北宋开宝四年（971）设官富盐场（今香港九龙，包括盐田区西山口下、大鹏叠福等分场），为广东十大盐场之一。”这么说，2130 多年前，深圳就有朝廷派下的“官”——盐官。既然有盐官，肯定有盐民，而且不只是几个盐民。所以，一代一代的盐官带领盐民走过了 1000 多年，到了宋代，宝安的盐场发展成“广东十大盐场之一”。

为什么盐成为宝安的最早产业？

盐，今天看来是一种极其普通的调味品，在超市花三五元就可以买到一斤，能吃它个把月。但是，盐在古代却是非常金贵的东西。中央电视台大型纪录片《咸说历史》中，曾说到许多部落和民族为了争夺盐资源而大动干戈。

盐，含有丰富的钾离子、钠离子和维系生命必不可少的矿物质，没有盐吃，人就没有力气。盐还是个不可替代的物质。“盐之为利，既可以给民食，而又可以供国用矣。”（《潮州三阳志辑稿　潮州三阳图志辑稿》）

① 宝安县地方志编纂委员会编《宝安县志》，广东人民出版社，1997 年 5 月版，第 13 页。

历代统治者设官专卖，以资国用。

盐这个字，古人造得非常之妙。它极像器皿中煎卤的形状，天生的叫卤，人造的叫盐。相传黄帝之臣宿沙氏，就懂得煮海水为盐。《周礼·天官》书曰："盐人，掌盐之政令，以共（供）百事之盐。祭祀，共（供）其苦盐、散盐。宾客，共（供）其形盐、散盐。王之膳羞，共（供）饴盐。后及世子，亦如之。"据注："苦盐出于池，盐为颗，未炼治，味咸苦。散盐即末盐，出于海及井，并煮碱而成者，盐皆散末也。形盐即印盐，积卤所结，形如虎也。饴盐以饴杂和，或云生戎地，味甘美也。"

深圳枕山面海，"开门见海"。海中取水，皆咸。

由此可见，古深圳是盛产盐之地。古人视盐为宝，人无盐不活，有盐则安，故县名称作"宝安"。以盐命名的村子不少，比如清嘉庆《新安县志》里，载有盐田墟、盐田村（今属盐田区）、盐寮下村（今属大鹏）、盐灶村、盐排村（今属葵冲）、盐田田寮下村（今龙华油松）、盐寮下村（今中英街社区）、盐田村（今属西乡）、盐田坳（横岗与盐田接壤山坳，古代挑盐盐径）和盐灶下村（今属香港新界）等。1985 年，在大鹏半岛的咸头岭沙丘遗址考古中，专家发现古人留下盛盐用的陶罐和上下盐仓遗迹。更令人啧啧称奇的是，先民们在几千年前，把蚝壳贝壳锤成粉，调成泥子（灰泥），敷在竹篾编织物上，干后即成煮盐大锅。它既比缸瓦盆罐结实耐用，又不会像铁镬般长出卤锈。

如上那么多带"盐"名的村落，无疑是古人晒盐或煮盐的烙印。"盐灶""盐寮"分明是煮盐的地方，"盐田""盐排"分明是晒盐的地方。明末清初屈大均《广东新语》[①]："粤有生盐、熟盐。熟盐产归德（今沙井、福永一带）等场，成于火煎，性柔易融化，味咸而甘，便于调和，水居之民喜食之。生盐产海水等场，成于日晒，性刚能耐久，其味倍咸，食之多力，山居之民喜食之。贫者以得盐难，可以省用，尤利之。旧制，生、熟盐惟商所运，从无销生滞熟之虞……乃不论土俗之宜否，径于广、肇、惠、

①（清）屈大均：《广东新语》，中华书局，1985 年 4 月版。

罗各埠，生三熟七，配搭强行。”

屈大均这段记述，证明350多年前沙井、福永等地生产的“熟盐”，取道广州、肇庆、惠州、博罗各埠销往各地。

比屈大均所载“宝安盐史”更早的史料，是元封元年汉武帝采纳桑弘羊官办盐、铁的建议，在全国28个郡设立“均输盐铁官”，宝安南头是朝廷在南海郡设立东、西两处盐官驻地之一，后来被称为“东官盐场”。其时，宝安盐税成为朝廷官府重要的税源，使得它的地位迅速提升。

晋成帝咸和六年（331）分南海郡，以东路盐官之名设立“东官郡”，辖地西至珠江口东岸，东至福建交界，下设宝安、安怀、海安、兴宁等6县；宝安名列其首，郡治与县治同设在宝安城子冈（今南头城东门外芒果园一带）（见《晋书·地理志》）。

唐代沿袭前朝在南头设立司盐都尉，总理盐务。宋代盐业发展迅速。1000多年前，沙井、福永一带是优良的天然盐田。北宋年间，这里就开设了归德栅。北宋王存所撰的《元丰九域志》曰：“东莞县有静（靖）康、大宁、东莞三盐场，海南、黄田、归德三盐栅。”这就说明在北宋元丰年间就有“归德盐栅”。北宋中期以后，由于人们对盐的需求增加，盐价飙升，盐产量也大增，归德栅因此扩张为归德场。

南宋时，广东有十三大盐场，《宋史·食货志》载：“广州东莞、靖康等十三场，岁鬻两万四千余石，以给本路及西路之昭桂州，江南之安南军。”而归德场当在广东十三场之列。元、明两代，归德盐场仍是广东十三盐场之一，其盐课司署设置地点仍沿袭宋代，即今沙井镇衙边村附近。但设官情况却不同，元代盐场以所为单位，设司令、司丞、管勾各一员。明初盐官称提领，后改称大使，另有攒典一名，各盐栅设栅长一名。

元丰年间广南东路设置的十三个盐场，其中在东莞县[1]境内有靖康、大宁、东莞3个盐场，及海南、黄田、归德3个盐栅。地址大致为：靖康盐场在今松岗、长安一带，大宁盐场在今东莞虎门大宁社区；归德盐栅在

---

① 唐至德二年（757）至明万历六年（1578），宝安县并入东莞县。

今宝安区沙井、福永镇，黄田盐栅在今香港屯门和深圳南头一带。东莞盐场的位置从汉到宋，一直无大变化，设在今南头、西乡一带。至于海南盐栅大约在今香港大屿山。

史载广南东路的盐场产盐除自用外，还要为封（封州即封开）、康（康州即德庆）、英（英州即涵光、英德）、韶（韶州即曲江）、端（端州即肇庆）、连（连州即连山）、南雄（南雄州）、昭（昭州即平昭）、桂（桂阳）、贺（贺州）、恩（南恩州即阳江）、新（新州即新兴）、惠（惠州、博罗）、潮（潮州、揭阳）、循（循州即龙川、长乐）等州及南安军这样广大的地区供应食盐，可见盐产量之大。

到了南宋，各地盐场有所增减。宝安盐场除保留北宋时期三场三栅外，还增设叠福一场及屯门和官富场各一盐栅。这之后增设的盐场盐栅距今也至少有七八百年历史了。

盐场靠天吃饭，丰歉盈亏取决于海潮汛汐和台风雨季的天气好坏。清嘉庆县志载，宋朝年间，归德盐场盐官承节郎周穆为防龙津河水患，在盐场官署旁的龙津河边建造了一座龙津石塔。塔身正面为弧形佛龛，龛内浮雕刻有双手合十与仗剑除妖的佛像。塔身下部为梵文咒语，背面刻阴文款："嘉定庚辰立石"（1220）。此石塔至今犹在，千百年来寄托盐民们世世代代"宝塔镇河妖"及"风调雨顺"的期望。

深圳盐场之"兴盛"

宝安盐场在宋朝时期走向鼎盛，盐场、盐栅和盐务遍布全县沿海地带。盐场的生产规模大一些，盐栅和盐务则较小。

由于古时盐之价格不菲，多数时候一斤白米一斤盐，故盐民制盐积极性很高。海盐自古取自海水，盐民把海水引进大锅，日夜烧煮，蒸发水分，结晶成盐，这种制盐方法俗称"灶盐"。屈大均曰："新安灶丁煮盐，俟潮至取注缸中，以饭粒试焉，饭粒之所止，乃可分其咸淡，咸则留之，淡则去之。盖海水阴，有力而能任重，故饭粒止而不沉。能胜饭粒，则可以为盐也。”盐灶是盐场的最基本单位，三四个盐丁负责一个盐灶。后来盐灶越来越多，拥有数十口锅，数百名盐丁，各个盐灶村落就自然形成了。

据县志记载，东莞盐场管辖“七栅半”：南头、辛甲、海北上、海南、巷头、海北下、叠福半栅。归德盐场原管辖13社，后增设3社，共16社，包括新桥、大步涌、岗头、涌口、附场、大田、信堡、后亭、涌头、仁堡、义堡、礼堡、智堡、鼎堡、永新、伏涌（今福永）。

北宋时期实施一系列惠及盐民的政策，如收购海盐每石（一石为一担合53公斤）给银钱200，这诱人的价格有效地刺激了盐业生产，盐价也呈上升趋势。宋神宗时再把收购价从原每斤银3钱半提高到5钱，销售价提到每斤47钱。到了南宋孝宗时收购价每斤涨至银47钱，销售价每斤160钱，一购一销，盐业成为官府财政收入的重要支撑。仁宗天圣（1023）以后，广东13个盐场不变，但盐产量已经增加到每年513686石，比北宋初期增加了20多倍，盐场数也增加到26个，生产规模不断扩大，仅在深圳地区的产盐单位就从宋初的一场二栅增加到三个盐场。也就是说，原来的归德、黄田盐栅升格为盐场，不久又增设了一个官富盐场（今香港九龙及深圳大鹏、叠福等地）。《宋会要辑稿·食货·盐法》（宋刻本）载：叠福盐场年产量15000石。

盐民在盐场晒盐

深圳东部沿海靠山，柴草多，固然可以“煮盐”，而西部沿海山林却少柴缺草，怎么办？宋末之前，广东盐的制作只有一种盐灶煎法。明朝天顺年间，部分盐场发明利用“日光能源”晒盐。晒盐就是在灶田（也叫盐田、卤地）把海水晒成盐。首先在海边筑一道堤坝围成盐田，然后运来泥土铺在盐池里夯实，再运来鹅卵石，平铺池底，用石碾轧平，避免盐池渗水。等涨潮打开闸门，让海水灌进盐池。盐池宛如梯田，递次八九级，当一级盐池中海水晒到一定程度后，开闸放到下一级的盐池中，最后结晶。海水从开始的低含盐率一直晒到高含盐率，见“盐花”后再晒成盐粒，结晶收盐。

所以，世代盐家熟记如下“背语”：“雨飞不带云（言岸水淋沙，如无云自雨），日烈方凝雪（日色之烈，则盐花白如雪）。井滴无源泉（漏管水泉下井，非有源也），竹铸牢盘铁[①]（盐锅以竹篾当铁）。茅藏蓄水池（水槽畏雨，故覆以索茅，即帘子），屋发隆寒热（盐灶火气熏蒸，虽寒亦热）。目不见舆薪（柴草既尽），始见汤波竭（盐成）。”

煮盐辛苦，晒盐也不轻松。身处盐田，暑天烈日暴晒，冬日寒风刺骨，天天如此。但晒盐方法普及后，大大节省了燃料、劳力和生产成本，提高制盐效率和产量，使明朝初期宝安盐业又有了进一步的发展，官府盐税水涨船高。

按康熙《新安县志·田赋志》[②]载官府盐税规定，明代东莞场“人丁税熟盐 2271 引 121 斤”。黄田场“人丁税熟盐 1447 引 65 斤 8 两”。归德场“人丁税熟盐 8418 引零 8 斤 13 两”。宝安境内盐场、盐栅等大约年产盐 24000 石，折合约 132 万公斤。

由于盐利高昂，便出现私盐和盐贩走私漏税。为加强管理，课征税饷，朝廷层层设立机构，任命盐官。明洪武二年（1369）设广东、海北二提举司，前者驻广州府，后者治廉州府，统管全省 29 个盐场。东莞、归德、黄田隶属广东盐课提举司，提举官阶正五品。

---

① 古人用细竹编织成巨型竹锅，内外涂抹牡蛎灰泥煮盐，大者可盛卤 20 石；用柴火蒸煮，一昼夜可产盐 16 石。

② 张一兵：《康熙新安县志校注》，中国大百科全书出版社，2006 年 6 月版，第 211 页。

新安县盐政管理机关有归德场盐课司、东莞场盐课司，“原署在县城内，今凤冈书院是基址”（现南头古城内），这两司或许地点重要，或许产盐多，或许征税足，时而收归广东直管，时而放权地方。除“黄田”外，也曾增设“官富”为盐课巡司。产盐后进行集中贸易的地方有新安埠（今西乡）、彭城埠（南头冈子城外石围塘汎侧）、固戍埠（今西乡固戍）、白石埠（今南山区白石洲）、盐田埠（今盐田区）、沙鱼涌埠（今葵冲沙鱼涌）、长洲埠（今香港新界长洲岛）等7处，遍布新安县沿海。

深圳盐场之“衰落”

俗话说盛极而衰，沿海盐业也不能幸免。程建先生在《归德盐场》文中说，归德盐场在明初所产之盐，出海有禁，另有商贩怕哨守盘查而不敢来。哨守官兵更是以巡缉为名，勒索盐民，导致海盐堆积卖不出去，盐民无法谋生。明万历二十一年（1593），新安县第八任知县喻烛体察民情，大力革除灶盐之害，准许盐民自煎盐斤，在归德场告领照票，运至茅洲内港埠头，与水客交易，哨守官兵给票放行。虽有贤明的知县为盐民革除弊端，又有官方优恤措施，但盐业仍然摆脱不了走下坡路的困境。

明末，归德盐场已状不如前。明崇祯五年（1632），盐户已减至608户实办丁盐，人丁1736丁，共丁盐税盐4456引，折银1147两。归德盐场人丁减少，产销亦大减，官府着急起来。明崇祯八年（1635）上任的第二十二任新安县令李铉的条奏写道：“归德场去县颇远，而场近茅洲，商船鳞集，煎出盐斤，立可发卖。”县衙虽举措给力，但仍然难挽局势。

鉴于有些盐场产量太低，广南东路的最高盐政官“提举广东茶盐司”向朝廷奏请将这些盐场裁撤，并入邻近盐场管理。朝廷下旨批准，其中有官富场（是行政区域，即今香港九龙地区）并入叠福场管辖。

新安盐场遭到毁灭性打击是在清顺治十八年（1661）开始的“迁海”事件。顺治为防范东南沿海居民接济台湾“反清复明”的郑成功势力，发布坚壁清野“内迁50里”的迁界令。新安县首当其冲，布告起3日内老百姓必须离开家园。民众犹豫，不肯离迁，官府便动用军队；人一走，房屋被烧，田地被毁，以绝其留恋之念想。于是，“有遁入东莞、归善（惠州）及远方，有携妻挈子流离，野露处死丧者不计其数”。清康熙三年（1664）五月，清廷“时以迁民窃出渔盐，恐其仍通海舶”，又下令再内迁30里，毁船禁海。经这一折腾，新安县境内的居民几乎迁完。

在新安县大规模迁界过程中，有个别村落因为“钉子户”而幸存下来。其中，三都恩德乡有个衙边村，村里有位年轻人叫陈隽蕙，他在清顺治十八年（1661）赴京师参加辛丑科会试，登马世俊榜第二甲，赐进士出身。迁界之时，陈隽蕙正在家里等候皇帝任命，眼看以盐为生的父老乡亲就要失业，他恳求迁界官员给一条活路。考虑到陈隽蕙是当地望族陈朝举进士后裔，可能前途无量，迁界官员给了他一个面子，同意衙边村民可以凭借一道特许的灶丁腰牌进出，但只能晒盐，不能在村里居住。还有一户是香港“新界五大家族”之一的邓氏家族，虽然没有陈隽蕙这样的进士背景，但可能打通了官府某些关节，也被准许撤到最靠近边界的沙井茅洲河一带暂居耕海营生。后来复界再返回香港锦田乡。

偌大的新安县，经“康熙元年、三年两奉迁析”，人口锐减至2172人，盐丁127人。清康熙六年（1667），堂堂一县人丁如此之少，时任知县张璞奏请撤销新安并入东莞县，朝廷批准。康熙迁海令涉及中国东南沿海所有地区，而被迫撤县的，“唯新安县绝无仅有”。清康熙八年（1669）正月，经当地官民屡屡跪请，终于取消“迁界令”。同年七月，康熙帝下诏恢复“新安县”。但是在长达8年的海禁高压下，村民远走他乡，死者过半，村落破败，家园荒芜。虽由地方官府广为优惠招募，鼓励垦殖，然而原来从事晒盐的灶户回来复业者甚少。赣、闽和粤东许多客家人入籍垦荒者，多不习煮盐；加上“迁界”8年，盐路受阻，以前靠粤盐的湘、赣等地方改食淮盐。曾经风光的宝安盐产地，如今既无产量又无销量，致使不少盐田荒废，盐民改行营生。

康熙《新安县志》载：“新安……迨行盐之路日塞，而贱售矣；贱佳无门，而称贷矣；有力者擅其利，而灶于是乎病矣。至于捕采鱼虾，必视其船只。今虽海禁已撤，而船只不及先年百之一。即有所得，销售维艰。”

嘉庆《新安县志》又载：“乾隆五十四年（1789），奉行改埠为纲，其归靖场、东莞场，俱奉裁撤，饬将盐田池漏拆毁净尽，养淡改作稻田，升科起征银两，以补场课。如不敷，归于纲局，羡余缴足。经前县令胡口，会同东莞县史口，查堪东莞、归靖二场，盐田无几，本系沙石之区，咸水泡浸已久，难以养淡改筑稻田……自康熙五十五年归隶制府，嗣后因埠贾势所不能行者，济以官运；场灶力所不能偿者，贷以帑金；变通裁酌，莫此为良。复于乾隆五十四年，俟将课饷归纲局羡余完缴，其优恤盐民，惠为更厚焉。”

呜呼，延续1000多年的古盐场，在200多年前的乾隆爷手上被拆毁改作稻田。世事难料，这稻田，后来竟然成为宝安的鱼米之乡——大沙田。

宝安盐民之“苦叹”

1000多年间，宝安县子民几乎半数为盐民，他们身上肩负制盐任务极其之重，从嘉庆《新安县志》载可见一斑：“明初定日课法，灶户日办盐3斤，夜办盐4两，周年365日，该盐1186斤4两，每200斤折一小引，共该5引零185斤外，加耗盐每引5斤，共30斤，总得6引零15斤，谓之全课。”盐丁缴纳赋税之重，无与伦比。仅一个归德盐场，“一年完税纳饷银2263两4钱9分1厘”。

有的沿海农民农闲时兼职晒盐，聊以帮补生计，却又身陷两税。“灶户在县既当里甲，在场又当栅甲，是一身而两役也。民田在县，递年纳粮差，一事耳；灶田在县既纳粮差，在场又纳税盐。”

盐丁除了任务重、官税重不算，还要受盐埠奸商盘剥。商贾冒称拆引行盐，高取数倍之价，专勒渔船，并设于埠帮饷，坐收其利，民受其害矣。盐老板富可敌国，盐丁却极苦。盐丁们除了原来负担的盐政税、役（如前述的保甲巡逻使役）之外，又要负担县衙的税、役，苦不堪言，只得逃亡甚至起义（大屿山等地发生盐民暴动）。

康熙《新安县志》刊载明朝的一首诗《盐丁叹》：

“煎盐苦，煎盐苦，煎盐日日遇阴雨。爬碱打草向锅烧，点散无成孤积卤。旧时叔伯十余家，今日逃亡三四五。晒盐苦，晒盐苦，皮毛落尽空遗股。……豪商得课醉且歌，总催得钱歌且舞。盐丁苦状类圈羊，群恶宣骄猛如虎。何时天悯涸辙鱼，清波一挽沧溟溥。”

见证千年沧海桑田的世代盐民，随着“清波一挽”盐田消失，宝安西部沿海“盐田转耕稻田”，产业“关停并转”，他们变身为农民、蚝民或渔民。

至清末民初，宝安东部的大鹏仍有少量盐场坚持晒盐。然而，全县盐业已元气大伤，一蹶不振。据《宝安县志》（1997年版）载：1928年宝安全县产销食盐6947担。1949年新中国成立后，宝安的盐业得到恢复。1953年全县产盐2吨，1955年产盐45吨。1958年全县办起6个小盐场，其中地方国营1个，公社社办4个，驻军办1个，盐田面积共1316亩。1959年全县产盐225吨，其中南头地方国营后海盐场产54吨，西乡盐场产78吨，大鹏龙歧盐场产20吨，东和盐场产34吨，盐灶盐场产30吨，大峰盐场产9吨。1960年全县产盐413吨。

1965年至1972年，盐业全部停产。1973年恢复生产，当年产盐55吨，1978年产488吨。1986年后只剩大鹏龙歧盐场，面积由20世纪70年代的1000多亩减至180亩，年均产量300吨左右。1999年5月，深圳最后一个盐场——大鹏水头社区龙歧盐场歇业，原盐场负责人林哺孙把300多亩盐场开挖成30多个鱼塘，改为水产养殖。

至此，曾经辉煌千年的古盐场，彻底淡出我们的视野，走进了历史，隐入现代化都市——繁华深圳的背后。

（原载2015年广东省史志办公室《广东史志》第2期）

老墟老街老井

岭南边陲名镇深圳墟，街巷曲折通幽，骑楼青砖黛瓦，商铺鳞次栉比，古树掩映的石板路，无不深藏绚丽的民俗文化，积淀深厚的商业文化底蕴。那天，我走进罗湖区东门街巷的拐角处，仿佛触摸到历史的风霜镌刻的细痕，令人不由细细领略这数百年的市井文化……

老　墟

东门老街古称“深圳墟”，是农耕时代的乡间集市。把深圳墟称作“东门老街”则是改革开放后的事，为的是与“深圳市”区别开来。

那么，“深圳墟”到底有多古？

虽然它比不上南头古城、大鹏所城历史久远，但至少也有三四百年的岁月。

清康熙二十七年（1688）《新安县志・墟市》就有“深圳墟”的记载。但我翻阅明万历三十年（1602）《广东通志》，只有“月岗屯墟”（今蔡屋围一带）和“下埗墟”（今下步庙），却没见“深圳墟”。也就是说，康熙年间县志编修前的80多年还未形成“深圳墟”。到了康熙年间，月岗屯墟与深圳墟并存，后来“深圳墟”直接取代“月岗屯墟”。

深圳当地人去香港，按水流高低的流向，习惯说成“落香港”；香港人来深圳称为“上深圳”，上了年纪的人说“投深圳墟”（赶集）。

深圳墟有多大？老百姓惯指罗湖区东门老街一带。1949年新中国成立，深圳镇的行政管理区域扩至东到深圳水库，西至蔡屋围，南至罗湖村、渔民村，北至水贝、草莆等近 10 平方公里范围。深圳墟以前有东门、北门、西门和南门（南塘围北墙门），我有一张手绘老地图曾有标记。后来这几个门在历次战争中被毁，特别是 1938 年日军轰炸深圳墟，炸毁了几条街和罗湖桥，如今只留下“北门街”和“东门”的地名。

深圳墟形成“墟”之前，先有周边数个村落。根据蔡屋围蔡氏族谱显示：蔡安公的九世祖蔡基俊于明洪武元年（1368）由宝安沙浦村迁往罗湖赤勘立村。其后蔡氏子孙繁衍，康熙年间发展成老围和新围两条村落，统称“蔡屋围”。湖贝村张氏族谱载，明成化年间，湖贝村十三世祖张怀月与其弟弟张念月在如今的湖贝立村。张怀月另外的两位兄弟张爱月、张思月和叔叔张靖轩分别在附近的向西、水背和黄背岭立村。加上原有的笋岗村、罗湖村、田心村、田背村以及后来建立的向南村、叶屋村，形成一个乡村“生活圈”，人口有了规模。大约至明正德年间，在这些村庄较为中心的空地上，陆续来了不少谋生的外地人，在深圳“一口塘的南面”相继搭建棚屋栖身，取名“南塘村”。

据罗湖区城管办文国明先生于 20 世纪 70 年代末的调查，南塘村聚居在八横六纵巷道、共 276 间砖瓦平房的好几百人中，包括来自山西、陕西、河南、河北、甘肃、安徽、山东、江苏和江西等 9 省 21 个县市的 23 个姓氏。他们不乏因避战乱或灾荒流落此地的游商、掮贩、工匠以及退隐吏官、落难秀才。这些人利用南塘村优越的地理位置，制农具、补衣物、摆摊点、贩家禽、交易农副作物、加工食品等，演变成每个旬日贸易的初型墟市。明末清初学者屈大均在《广东新语》一书中云：“粤谓野市曰虚（墟），市之所在，有人则满，无人则虚。满时少，虚时多，故曰虚（墟）也……今北名集，从聚也。南名虚（墟），从散也。”

后来，湖贝村、向西村的张氏兄弟与蔡屋围的蔡氏、罗湖村的袁氏，为争夺深圳河码头的利益而博弈。最终，码头被强势的张氏族人夺得。有实力的张氏族群牵头联合其他有钱人在深圳墟建楼设铺。再后来慢慢形成了谷行街、猪仔街、鸭仔街、鱼街、牛巷、陶街、民缝街（上大街）、西和街、三角街、宝日街、北门街、养生街、维新路、中山街、永兴街、南庆街、东新街等。墟市内，亦有叶屋村、新屋村、油榨头、南塘村和向南村等 5 个“城中村”。

深圳墟通往罗湖桥火车站与侨社的有和平路、建设路，通往南头的叫宝（安）太（平）路，通往龙华的有晒布路、布吉路，通往龙岗的沙湾路，通往文锦渡和香港新界的叫文锦渡路，通往盐田的叫沙头角路。这些泥土公路均为 20 世纪二三十年代修筑而成的。

随着清光绪三十二年（1906）九（龙）广（州）铁路开筑，以及 1911 年 3 月全线通车，深圳成为广州香港互通的重要门户。1917 年 5 月 9 日，粤海道尹王典章到深圳墟巡察，他在巡行日记中记述：深圳“墟内商店 240 家，从前商业颇盛，自轮轨通行，各乡货物均由省港直接输运。产物以蚝豉为最佳，油糖、花生、菠萝、沙梨、萝卜、荔枝等亦出品之大宗云”。

广东省民政大员所见，证实深圳墟南来北往的物资和客流空前繁忙，不少行业应运而生：富源米铺、祥光百货、同和中药店、仁爱药房、仁和堂中药店、曾苏民医师、梁四姑接生、裕丰隆布匹、瑞和山货、豫园饼家、合成号云片糕、曾谭记麻糖、远东行客家食店、鸿安酒家、伦记酒家、妙奇香饭店、泰山旅店、权记米铺、鸿华米铺、曾宝华牛肉店、何福记火水灯具、张洪记烟丝行、同生茶叶店、曾明记蓑衣毡帽店、丽新车衣布匹、瑞和山货、联星汽车、民丰米机、电厂电灯房、民乐戏院、维新书店、新生活照相及大来金铺、昌兴金铺、典当铺等 200 多家商行，以及流动小贩糖水林、鸡公德等，遍布大街小巷。深圳墟兴旺一时，自然也吸引了不少香港人“投深圳墟”。

老　街

深圳墟的街巷、骑楼、商铺、屋村、庙宇纵横分布，祠堂、书院、炮楼、社学、教堂、古钟、石板路和百年古树点缀其间。全国七大方言，深圳墟占有 3 种，市民分别操广府话、客家话和潮汕话。

深圳老街里粤、客、潮三大民系的文化、习俗、宗教、信仰、礼仪、语言虽同属汉民族，但具体又各有不同特点。加上深圳处在广州和香港的城市带，百余年的传统文化和西方文化不断碰撞和交融。所以，老街的民俗、原住民的人文品格和城市特质，与十里洋场热闹的上海、政治文化敏锐的北京、传统商埠稳重的广州和华洋交汇精灵的香港等地不尽相同。我认为，深圳墟独有一种含蓄的活力。

1996 年，在东门步行街没有被改造之前，有条小街叫上大街。上大街本来不是住宅民居，它曾经是深圳墟史上最辉煌、店铺最多的商业老街。上大街在 10 多条街巷中，居然敢称“上”且“大”，没有点儿“斤两”那是不敢称老大的。上大街原来叫民缝街，最“威水（鼎盛）”的那段时间，它是集中买卖布匹丝绸，印染布料、香云纱，加工成衣、蚊帐、被褥、枕套之类的专业商街，兼有米铺、副食和医药、诊所。小街东西走向，街头到街尾上百号店铺，鳞次栉比，檐飞瓦叠。青砖墙，灰黑瓦，一间接一间，一座连一座，没有间隙，没有巷罅。小街的房子，多数二层或有个阁楼，好用作住家或货物仓库。百年老店东生源就在此街设有前店后厂，“厂”里专有 20 多平方米的染布池及上百平方米的作坊。

深圳墟上大街（林为农摄）

不要以为上大街很宽大，其实最阔处也就五六米，最窄处不足 3 米，刚够旧时县衙的“官轿”通过，也足够商贾挑担货物进出。店铺门面，高 3 至 5 米不等。开铺时，把一块块高 2 米、宽 1 米的门板卸下来，拢迭靠墙一角，用麻绳子圈一圈。门板用了百八十年，油漆早就老化斑驳，上门槽的顶端和下脚门椽都已霉烂，剩下犬牙似的木头顶着。记不得哪间店铺，有块门板突然往街心倒去，险些压着行人。

街两边的屋，瓦檐对瓦檐，门窗对门窗，几乎伸个手就能搭到对面房子的窗椽，从底下往天上望，抵得上“小街一线天”的雅号。屋对屋的瓦檐近了，野猫常常在街两边的屋顶跳来跳去。好端端的瓦筒，被蹭得东歪西扭。屋瓦顶被滚动得“嗦嗦”作响，接着撒下泡尿，顺着瓦槽往下流，不注意的人还以为是下雨呢。到了夜里，雌猫发情，嗷嗷寻偶，酷似婴孩夜哭。雄猫闻声，远远奔来，相戏，腾跳，滚动，两边瓦顶被搅动得令人难以寝睡，只好个个从小窗户里探出头来，厉声喝道：“死猫，快走！”

20世纪50年代初，深圳墟拆了西和街、谷行街、三角街等几条小街，打通建成了横贯东西的解放路。上大街的店铺纷纷迁往解放路和人民路（由维新路改名）营业。上大街顿时失去了商业功能，像时髦女郎卸下首饰粉脂和高贵的装束，刹那间失去了昔日的风采。一间间热闹的商铺，成为城镇居民的一家家住户。这条小街住的人多了，下了几天雨，一出太阳，每家每户翻出潮湿的被单、床褥、蚊帐、棉被以及不常穿的厚衣，加上孩子的尿布、裤衩和姑娘们的艳丽长短裙、袜裤、内衣等晾在横竹竿上，你的伸过来，我的搭过去，一行行，一排排，密密麻麻，随风飘扬，几乎把那从“一线天”瓦檐透进来的阳光全遮住了。20世纪六七十年代，好些外国游客，钻进这条街巷里，专门猎拍这种充满情趣的市井风情。陌生游客的照相机，吓得那些探出头晒衣服的妇女，赶紧把头缩回去。如果有哪家女人衣服拧得不干，水老往下一滴一滴地流淌，人们从这衣服的滴水中穿过，以为是“大街太阳小街雨”景象中的“太阳雨”。

上大街岭南景致独特，市井风味的人情味也特浓。在这条凹凸不平的青石板小街上，好几百户人家无不和睦相处。由于店铺变住宅，先天设计不足，没厨房，没厕所，屋内房间临时用木板相隔，楼阁楼下挤住三四家人。那些临时改得小小的厨房，摆放着好几家人的蜂窝煤炉和数套砧板、锅、煲，一天三餐，你煮我烹，炊烟一刻也没停过。但是很奇怪，大家少有争吵。有谁家煤炉早上要“起燃”，把轻便的煤炉从厨房提到门外，在小街这头用柴草点燃，浓烟顺着风向往街那头蹿去，恰似农村院落飘着的袅袅炊烟。刚出家门口被浓烟呛着的人，尽管掩鼻抹眼而过，但是绝对没有谁骂娘骂街。

左右相邻，对门而居的市民，每天从不关门闭户，我家干什么，你家吃什么，“单眼仔看老婆，一眼望尽”。在物资奇缺时期还“互通有无”，大有“远亲不如近邻”之感。多少代老街人，就是在每天买菜、淘米、洗衣、挑水、喝茶、聊天的生活细节中，积淀了老街浓郁的市井风情；也就是有了无数日出日落，邻里一针一线、一茶一水的相互关照，才沉淀了老街深厚的民俗生态文化，孕育出岭南小街那种沉静、古朴、诚实和温润的民风。

别看日复一日、年复一年的生活平淡无奇，老街人却用对祖先的拜祭和对神明敬仰的这根红线，把春节、清明、端午、中秋、重阳及冬至的一个个民俗节日串联起来；也正是靠着每家每户生儿、点灯、满月、婚嫁、寿诞等庆贺、拜祭和饮宴的隆重仪式，把孝、忠、仁、义的传统文化内核如此通俗地诠释，一代又一代传承着那高深的儒家、佛家、道家文化。

老　井

俗话说，市井市井，有市必有井。

深圳墟内有6口古井（湖贝、向西、蔡屋围等村庄水井除外），分布在十字街口“伦记”后侧（今陶兴巷口）、油榨头（今人民小学附近）、北门街（今西华宫）、鱼街（今太阳城百货左侧）、南塘（今东门町）和叶屋村（今思月书院附近）等处。此外，市民家里的井亦有多处。

老街最大的井是北门街和南塘围北的那两口。也许是布吉河水擦边而过，那里水源非常丰富。老人说，有条龙脉“透”过此井，饮的是“龙秋水”。这两口井很深，但雨水充足时，井水几乎接近井口。其他几口井，井口由花岗石砌成，可容两三人同时汲水。每逢早上和傍晚，姑娘、大嫂鱼贯挑水，穿梭在弯弯曲曲的小巷里，水花溅洒在青石板上，留下迷人的身影，飘洒出笑声一串。

每逢清晨黄昏，石板铺成的两丈宽的井台上，蹲着不少女人在洗衫搓衣、淘米洗菜，聊聊镇上趣闻和小巷逸事，用如今时尚的话来说，是小街交流信息的平台。都市风情，浓郁极了。

最令人欣赏的，是嫂子们用“桶吊”在井里娴熟汲水的情景。女人们弯着腰，腰肢随着打水动作摆动，婀娜优美。那时，她们用桶打水，木桶没有绑着绳子，而是在一根扁担的两头，固定着两节带绞圈的铁钩，把浮在井水上的木桶钩住，用力让已浸有小半桶水的木桶再次沉入井水里，待桶灌满了水后，就提起竖着的扁担，一节一节连扁担带水桶提上井边。如果技术不过硬，桶在井里浮动直打转，铁“桶吊”钩不到桶，耽误后面的人打水，会遭到善意的催促。“桶吊”打水，挺欺负人的，因为越被催促，越手忙脚乱。后来镇上装上了自来水，“吊桶”汲水就消失了。

1996年5月，东门改造为步行街，轰隆隆的推土机和挖掘机无情地砸将下去，上大街没了。鱼街、鸭仔街、猪仔街、南塘街、南庆街、永新街一夜之间也被夷为平地。狭窄低矮的瓦檐相掩的、晾满衣服滴着水珠的纵横小巷再也不见了。典型的广府民居，历史悠久的天后宫、车公庙、南塘福德庙，革命烈士蔡子湘故居，叶挺将军奉命建立的东江游击指挥部旧址、省港大罢工接待站遗址以及多座炮楼，拆的拆，易地重建的重建。

百年老街，岭南建筑，转眼间说没就没。生我育我之上大街，被六七层高的宽敞的太阳城百货大楼取代。但是，“太阳”一点儿也照不进我心里。数百年的老井，无一口幸免，亦被高楼大厦深深地填埋在地下。人们常说“离乡别井”，我们没有离乡啊，却别了井。

东门从传统集市变成现代都市商圈，无疑让人生活方便了，物流量大了，商家乐了，但是老街岭南风情却被“劫”了。市井市井，有市无井，换句话说，市井文化断了层，硬生生使城市肌理的历史掉了链。

也许人们在考问：数百年以后，我们的子孙后代会质疑他们的祖先有没有市井文化，他们吃不吃人间烟火。偌大的一个深圳，在“那个年代”为什么不留下一点儿历史悠久的老墟、老街、老井？

（原载2013年深圳大学《世界建筑导报》第一期）

大鹏半天云村传奇

半天云，既是天上一缕云彩，又是鹏城一个古村。大鹏人袁庚先生曾撰联："王母回眸，横头岭前飞来三衬石；大鹏展翅，七娘山上卷起半天云。"此联把王母围、横头岭、龙岩石、大鹏城、七娘山和半天云等地名、景观及其历史，巧妙嵌入其中。

半天云古村，据说有400年的历史，但真正开始有历史记载的是在清康熙二十七年（1688）《新安县志·地理志》中。这样算来，确实也有330多年历史。

"半天云"不仅村名美丽，而且景色也很美丽。2006年，半天云村被广东省旅游局评为广东最美的自然生态村，实至名归。

人间四月天，细雨绵绵，无疑是浪漫的日子，也是乡愁萌生的时节。我们市民俗文化田野采风组一行，三上半天云古村，看古树、勘古迹、访老人，与苏润兴（82岁）、卢进娇（75岁）、罗灶兰（71岁）等长者以及张长妹、郑焕明、林伟文等熟悉乡间风情的原住民，进行多次座谈。在村民们款款的忆述中，我们零距离走近"半天云"的人文历史，听到了民间传说，了解了鲜活的民俗文化……

如诗的村名，却不在远方

数百年前，古人怎么会起了如此充满诗意的"半天云"村名？长者们一阵七嘴八舌后，我们厘清说法有二。一说半天云地处海拔428米高的"抛狗岭”半山腰上，山脚下是波浪滔滔的大鹏湾，当水汽升腾、大雾笼罩时，山村像仙境一般若隐若现，故名。二说过去一些地区，“一片云”“草上飞”等类似称谓，往往是海盗或马贼常用的绰号，指来去无踪，官府奈何不得。半天云山村，地处偏僻，是深港地区海盗出没隐身之地。清嘉庆年间，闻名大半个中国的海洋大盗张保仔和郑一嫂，其老巢就在香港大屿山，他们终年横行南海海域（含大鹏湾、半天云）一带。郑一嫂是郑成功部将郑建后人郑一的遗孀。

村民郑焕明直言不讳道，他的高祖父就是跟张保仔同一时期的海盗。他的爷爷郑平在抗日战争时期抢劫一艘日本的物资船而被日军杀死。村中现存的67号石墙黛瓦、画满檐画的大屋，就是他爷爷用祖上的银钱建造的。据说，祖先还藏有一大瓦罐黄金，至今仍然无法找到。

当然，在半天云村以海盗为生的人是极少数。大部分村民都是不同时期从各地迁徙过来的渔民和农民，从事传统的渔捕农耕。

小小半天云的50多户村民，有黄、陈、林、张、郑、谢、利、苏、邝等9个姓氏。如此众多姓氏杂居，可见村民来自五湖四海、天南海北。半天云村第一、二大姓黄氏和陈氏，先辈均于明末清初从福建迁至本地。第三大姓林氏，祖上从河南驻马店迁徙福建，在明末再从福建迁入本村。林氏的祖辈是福建的渔民，经常在闽粤沿海捕捞。一次林氏一行渔民来到深圳南澳附近打鱼，因木船坏了没有钱修理，便在南澳西涌上岸。此后，一户人落籍南澳高铁村（现无），一户落籍南澳西贡村，一户落籍南澳半天云村。春来秋去，“半天云”逐渐发展成村落。目前，村里仅保留有黄氏、陈氏和张氏祠堂3座。那些拥有百年历史的祠堂，檐壁有牡丹、兰花、喜鹊等彩画和木雕装饰。因年代久远，檐画斑驳，雕塑破损，墙残瓦缺。其中一座（门牌35号）祖祠破旧失修，几近坍塌。

民国以前，半天云属于新安县丞管属村庄；至1924年属宝安县第七区油沙福乡；1933年属宝安县第五区南平乡；1949年中华人民共和国成立后，划给惠阳县第四区（1957年为惠阳县第七区大鹏乡）；1958年又归属宝安县，为大鹏人民公社辖下村庄。几经行政区域的变更，全村村民基本上成为农民，以种植水稻、番薯、花生等经济作物以及生产龙眼、荔枝、黄皮、芒果等林果为主，有名的特产是“早禾桔”。农闲时，打鱼作为副业，由村里安排一些人员下海，将鱼获（鱼虾等海产品）分给村民改善生活。

古村有片神奇的风水林

半天云村，不仅被阵阵白云笼罩，而且还被层层绿树环抱。

村子藏在“抛狗岭”和“白花郎”的崇山里。农舍依山而建，一条小河溪绕村而过，半包围着村落，环境极美。从村头牌坊起，有一道如同屏障的风水林，护着整个古村。参天茂密的林木，数百年来为古村抵抗着台风暴雨。山水交映的风水林，涵养水土，调节气候，四季如春。

连成一片的风水林里分布着古榕、古松、古杉、古茶等名贵树木和野生植物达151种。据《深圳市古树名木一览表》和龙岗区城管局公布的《龙岗古树》记录，我们现场看到的有315年树龄的国家二级保护植物毛茶树（茜草科，毛茶属），315年树龄的国家三级保护植物榕树（桑科，榕属），215年树龄的国家三级保护植物白车树和165年树龄的红车树（同系桃金娘科，蒲桃属），200年树龄的国家三级保护植物石笔木和谷木树，树龄125年的国家三级保护植物假苹婆树等16棵。100年树龄以下的树木难计其数。其中最古老、最珍贵的是树龄525年的国家一级保护植物秋枫树，它树高35米，树干要7个成年人手牵手才能环抱。《植物实名图考》载，该树为大戟科，秋枫属。“其叶本青，经霜则红”，故名秋枫。

秋枫树生长在村西的河溪旁边。旧时，村民为过河溪，用4条长花岗石架在河溪上当桥使用。村里老人嫌“四条石”不吉利，砌石时，把两石砌一组，中间留一条半尺宽的缝隙，谓“两双石”。结果，一段时间以后，距离河溪边七八米远的秋枫树根，神奇地延伸至石桥底，把半尺宽的石条缝隙填满，有效防止人畜在石缝处踏空受伤。

从此，半天云村民认为这棵秋枫树是神树。村民们自古有“契树”风俗。家中如有婴孩多病痛，家人就让小孩拜大树为“契爷契妈（干爹妈）”，借古树强盛的生命力护佑孩子健康成长。“树根填隙”的事发生后，村人更为虔诚。每逢农历初一、十五或者过年过节，都向古树敬香。世世代代的半天云村人自此对风水林的一枝一叶更加视如生命，爱护有加，并传下《半天云护树村约古训》：“立村种树，村人传统。只可育树，不可伐林。偷斩一棵，罚种罚金。毁林一片，天打雷轰。修桥造屋，亦禁私砍。涵养水土，爱护水源。村在树在，树荣村荣。村约立下，子孙遵循。”

半天云村里有525年树龄的秋枫树

大鹏作家罗育灿有感于村民爱树爱林爱家乡之精神，创作一首《秋枫树之歌》：半天云里秋枫壮，五百年来蓬勃长。铁骨铮铮根发达，经风傲雨抗冰霜。枫树挺立枝叶旺，护水护土护村庄。小桥流水哗哗去，见证多少好时光。啊，半天云里秋枫唱，唱出美丽好村庄！

五个伯公庙之传说

半天云村无观音、关帝、北帝庙，亦无天后、洪圣和谭公庙，却有一般村庄鲜见的五座伯公庙。

伯公，俗称土地伯公，又称社神、福德、后土，简称土地。千百年来，土地养育着一代又一代人。因此，土地伯公被半天云村民奉为心中的山神。老村民认为从建村伊始，就得到“土地伯公”的庇护。

一进村的山坡上有座“大王爷伯公庙”，过村前的桥后有座“桥头伯公庙”，村口的老井立有“井头伯公庙”，沿村路往东有座“秀王爷伯公庙”（祀牛王爷），再往上至大毛田水库有“土地伯公庙”。逢年过节或家中有事相求，村民必定前往祭拜。尤其春节前的腊月廿四，全村拜完伯公后一起吃濑粉仔，此俗在其他地方少见。

村民奉祀耕牛，拜为神牛，建“秀王爷伯公庙”。可见，在农耕时代，耕牛何等重要。村人崇敬神牛与大鹏古城的“牛神节”同流同源。

“大王爷伯公”救了半天云人，村民对它更是崇拜得不得了。相传抗日战争之初，有一天，天还未亮，有位村民慌忙来报：“日本仔从山下的海滩进村来了！”村民大惊失色，准备上山藏匿。此时，村中一位叫张德伯的耆老去大王爷庙跪拜，抛“圣杯”（占卜工具）进行占卜。经过卜验一番后，他叫大家别慌，马上让人通知藏山的乡民回村：“日本仔进不了村。”果然，日本鬼子走到半路上，朦朦胧胧见到许多人（实际上是稻田里竖着的秸秆），怕中埋伏，掉头就走。村民化险为夷，对大王爷伯公佩服得五体投地。

数十座传统民居深藏故事

半天云村山高林密，地形险峻。抗战时期，中共广东省临时委员会、东江军政委员会和东江纵队领导机关及电台、《前进报》报社等，根据斗争形势需要，经常活跃在大鹏半岛一带，其中，半天云村和油草棚村就是当时的驻地之一。1940 年至 1945 年，广东人民抗日游击队（后为东江纵队）政委（尹）林平等领导出入半天云村子，进行了艰苦卓绝的革命斗争。老村民林伟文告诉我们，村后的一户人家（今门牌 40 号），曾经是东江纵队电台旧址。因为屋后是山，地势较高，方便收发电报；同时，房屋的位置利于有突发情况时人员及时撤离。

村里古巷中间，有座门牌 11 号的传统民居。该建筑始建于清代晚期，为区级保护文物。建筑坐东北朝西南，面宽约 7 米，进深 10 米，平面布局为两开间两进一天井，尖头斗廊天井院，四条花岗岩做石基，青砖墙瓦的砖木结构大屋。大门口挂着一块大鹏新区制作的不可移动文物标志牌，门口另一侧还挂着一块“香港大鹏同乡会永远荣誉会长张王少清故居”——

香港大鹏同乡会 2005 年 2 月重修的牌匾。

王少清是谁？为何香港大鹏同乡会为其故居进行重修？

王少清于清光绪二十九年（1903）出生于新安县大鹏王母村。父亲王朝栋早年毕业于清末保定陆军军官学校。甲午战争后，因长期的戎马生涯，父亲积劳成疾，英年早逝。王少清受家庭影响，从小聪颖，学业优秀，为人谦良、友善和温恭，甚讨人喜爱。到了青年时代，她受到“五四”新文化运动的感染和教育，为实现报效祖国的远大抱负，便与未婚夫张三隆商量去美国寻找强国富民之路。没想到，这个香港大学土木工程系高才生满口答应。张三隆是大鹏半岛半天云村人。王少清 21 岁那年，他俩结束学业，举行婚礼后一起飞去美国，经过 4 年的求学生涯，夫妇均以优异的成绩留洋就业。然而，正当爱情、事业双丰收，二人等待大展宏图之时，张三隆却不幸得病逝世。

1945 年，经历丧夫之痛的王少清只身回到香港。刚从抗战硝烟走出的香港，百业待兴。她看准机会，投身房地产，在市郊盖起一片经济适用房，让低收入的市民安家。发现许多穷人买不起房，王少清便利用自己的固定资产，把房子租赁给底层的人。她特别同情有伤残病痛和意外变故的家庭，常给他们减免房租。这一善举受到社会赞誉。

为关照同乡，支持家乡建设，1957 年，王少清捐出“上海街”楼宇两层和“赛西湖”两单元楼层，成立“香港大鹏同乡会”（1968 年“反英抗暴”中，同乡会曾被港英当局取缔，1976 年再次成立），并将此地作为该会长久会址，又拿出 24 万元港币提供活动经费。此后，她多次捐巨款给香港慈善团体济贫。1958 年，王少清荣任香港保良局总理一职，施医赠药，捐办学校和安老院。善捐中，冠以她名字的有：宝安王少清中学、香港圆玄学院王少清安老院、香港王少清医疗院所、香港王少清耆老院等。

1955 年，旅荷侨胞陈树榕先生专程到香港找王少清，商议兴学助教改变家乡面貌事宜。王少清马上响应，成立“大鹏华侨中学筹委会”，先后捐款 15 万元港币，带动大鹏海外同胞集资 23 万元港币。1956 年，大鹏华侨中学动工兴建，1957 年落成使用。1976 年 11 月，香港大鹏同乡会重新注册成立，王少清被选为同乡会永远荣誉会长。1985 年 5 月，王少清因病逝世，享年 82 岁。

王少清热爱家乡、热爱祖国的榜样力量影响后人。1980 年初，侨胞张学林捐资 10 万元，在村镇出资出力协助下开筑了南澳至半天云村水泥路，改变了山村闭塞状况。在张党生（时任村长）及张长妹、郑焕明、张容喜等村民的努力和政府支持下，村里修筑水库，引自来水，建村牌坊，修小广场，设立雨水排污管道，半天云山村变得更环保、更美丽。

近日，我们在人文历史、民俗文化田野调查基础上，深圳市古迹保护协会杨耀林、张一兵、彭全民和曹伟等专家还对半天云村传统民居进行考察评估，确定了 30 座现存传统建筑具有文物价值，宣布对它们作永久性保护。

无疑，半天云不仅是最美的自然生态村，还是一个蕴含丰富人文历史的文化之村。

（原载 2018 年 5 月 15 日《深圳商报》“发现深圳”专栏）

时间在田野里

1984 年 4 月 20 日，是农历谷雨节气。但是，这天“谷雨”无雨。

我们乘车走在深圳河畔的边境路上。正午，太阳老高，以往这时农村的田野上，稻禾、青菜疲惫地低下头，伏下腰；懒洋洋的水牛在湖潭里泡浸打滚，时不时冒出个头，哧哧地喷着水雾 ；乡民们一家一户在瓜棚、篱边或者树荫下喝茶，吃砵仔糕、清明粄等客家午点。

可是这天，眼前的情景很不一样。

深圳河边的罗芳村口，大片如花似锦的菜田恰似一幅春满田园的画卷。一畦畦笔直而规整的菜地，菜心、生菜、白菜、芥菜绿油油；一垄垄菜地上的荷兰豆开着白花红花，绿中透红的西红柿生机勃勃；香葱、蒜苗、芫荽、芹菜点缀其间，摇曳生姿……整个菜田一派鲜嫩多彩、春意盎然的景象。

我陪着北京来的记者采访罗湖区罗芳村党支书记陈天乐。进村前经过“边防禁区”哨卡，查验“边防禁区特许通行证”后，在满是泥土的村路上，我们见到路两旁宽阔的田地里，好些穿着各色鲜丽衣衫、头戴客家凉帽的农民在热火朝天地忙活。有的在仔细地松土，有的双脚穿着水靴在施肥，有的挥动小铁耙锄草，有的驾驶轻便拖拉机在翻土整地，还有的大叔挎着煤油烧草器，在收割完蔬菜的田埂上“呼呼”地喷着火焰，烧烤着田塱（埂）杂草和害虫的虫卵。

在与香港一河之隔的铁丝网边上，“突突突”的拖拉机声与“呼呼呼”的喷火除草器声音相互交织，组成一首节奏强烈的“岭南春天进行曲”。此情此景与北方完全不同，令北京来的客人都感到很新鲜。

因为我在罗湖区委宣传部供职，所以经常带着新闻媒体记者采访渔民村、罗芳村、向西村、蔡屋围、罗湖村、莲塘村、沙头角镇等边境村镇，与基层干部比较熟稔。仗着这层老关系，我依熟卖熟地径自“闯进”陈天乐支书家里。

也许是没预约的缘故，对我和记者突如其来的采访，村书记陈天乐“挡”在家门口，一脸不乐意。

当这位三十八九岁、皮肤被晒得红黑的主人听清楚我们的来意后，也并没有让我们进屋的意思。他看了看我，当着客人的面，毫不避讳地嗔怪道：“请廖副部长尊重我，让我有更多的时间来行使我既是党支书、又是专业户的权利。”

说实在的，陈书记这句话太不饶人了。但是，既然来了，我们也不打算马上转身离开。

“算上你们，我今天已接待3批访问的人了。天哪，我这个支书不是捧着铁饭碗的干部呀。我家孩子小，我夫妻俩承包了7亩田，没有人手帮忙。7亩多的菜地哪，要播种、施肥、除草、浇水、收割……”说着，他看了看手腕上的表。从我们刚到屋门口到现在，他看表的动作不下三次。

“你们村不是户户实现机械化、自动灌溉了吗？比如，我们刚才来的时候，看见菜地里的喷灌和喷火除草……”我终于发现了一个可以插上嘴的话题，企图打开采访的缺口。

“是呀。”他果然招呼我们进屋坐了下来。然后，从冰箱里拿出冰凉的罐装汽水递给我们，说：“原来穷得‘箩底可晒谷’的罗芳村，就在这三五年工夫，全村已有日产轻便拖拉机36台、抽水机54台、喷灌器36台、煤油烧草机36台，灌溉、翻土、除草、除虫、运输等，全村36户人家，基本上家家户户实现机械化。”随着陈支书如数家珍的话语，我眼前浮现出刚才进村时的一片繁忙情景。

陈天乐说，采用先进机械和种植技术、科学种田的方法无疑重要，但是掌握各种经济信息、了解市场行情也是非常重要的。为什么有的国家用飞机往香港空运西芹菜、西蓝花、西生菜？为的是抢时间，抢早抢鲜，

罗芳村民机耕菜地（梅玉文摄）

夺个好价，占有市场。目前，香港每天消费叶菜1500吨，香港自产才占38%，其余全靠内地和外国供给了。

“我们罗芳村与香港新界的村庄相邻，跨过了深圳河，通过这个边防耕作口，把蔬菜销往香港市场，用不着像外国那样乘飞机、搭轮船，但是也需要用时间来保证。别看我们是边防的小小农村，可时时处处都离不开‘时间就是金钱’这一条经济规律。”

陈天乐呷了口可乐接着说：“上一回，区委召开了两天三级干部会议，专门传达市委关于学习和落实1月25日邓小平视察渔民村的指示精神，我参加了。接着街道办事处又开了一天会，切实贯彻区委会议精神。我当党支部书记的，又是区人大代表，不好请假。结果，我泡了3天会议室，只有我妻子一人下地。菜割不完，长老了，价钱从1斤卖3元半港币，跌到1斤卖1元港币，我几亩地的时菜你说损失多少！你又知道国家从中少收了多少外汇？后来，区纪检委紧接着要开一天的会议，计划生育又要开一天的会，村长不忍心我再受损失，代替我去了。”

陈天乐不抽烟，但他常常备有香烟招待客人。当知道我们都不吸烟时，他说："不抽烟好。以前大锅饭在田里抽烟的人，是变相偷懒。"他咧嘴憨笑着收起香烟，继续直言不讳地表达自己的想法，"为了保证专业户们有足够的生产时间，我们村委会规定，除特殊情况外，党内外会议都在晚上召开。奇怪，这一宣布真灵。我们晚上开支委会、党员会、村民大会，有史以来，人员从没到得像现在这么齐、这么准时。以前认为农村时间不值钱的观念慢慢消失了。如今，我们计算时间不像以往一个上午、下午来计算，而是以钟点来计算了。我们村民买拖拉机、摩托车、汽车，搞自流喷灌，不仅减轻了劳动强度，而且还节省了更多的时间，去创造更多的利润和价值。"

不知怎的，这简简单单的聊天式"采访"，消除了我们对陈天乐刚进屋嗔怪时的内心不快。他又习惯性地抬起手腕看表，我知道他要出门去耕作，到边境河那边新界的"飞地"忙事了。我轻轻拉了下还想继续"打破砂锅问到底"的记者，他马上知趣地跟我一起起身告辞，另外去找地里的村民采访。

看来，时间不只是城里人的事，特区的农民也有了新的观念。"时间就是金钱"不只是竖在蛇口工业区的一个标语牌，或是在报纸上、讲台上说一说而已，而是一个划时代的观念，它已经被牢牢地植入民众的心里，并且被付诸实践了……

（原载 1984 年 12 月 19 日《人民日报·大地副刊》）

40年前经历的罗湖那些事儿

这辈子，在儿孙面前最让我自豪的是在深圳特区初创时期的那些日子，曾亲聆蛇口的“中国改革开放第一炮”声，目睹罗湖边境小山被隆隆推平，呼吸深南路开筑时的滚滚泥尘，天天来回蹚过坑坑洼洼的湖贝泥泞路……40 年星移斗转，如今走在繁华喧嚣的大街上，真真切切地看到了中国这段改革开放的历程，回味着那段艰辛苦涩而又幸福的拓荒岁月。

整治沙头角那条臭水河

1979 年，深圳市成立不久，我从市文化局调到罗湖区委宣传部工作，区委暂挤在原深圳镇政府低矮狭窄的民房里。整个深圳别说是高楼大厦了，连简陋的公厕也没几间，到处都像一个大工地，说“脏乱差”一点儿也不为过。因此，市里每年定在 3 月开展“文明礼貌月”活动。

1982 年 3 月 13 日是个星期六，那个时候星期六没有公休。为编写开展“文明礼貌月”活动简报，我到沙头角镇了解有关情况。且慢，你是市里的还是区里的，怎么会去沙头角镇了解？哈哈，那时深圳市只有一区（罗湖）一县（宝安）。罗湖区是“大罗湖”，范围包括如今的盐田区、罗湖区、福田区、南山区（蛇口工业区除外）。根据市委“文明礼貌月”活动办公室的部署和区委“文明礼貌月”活动办公室分工，是日我办了张“边防禁区”特许通行证，找到沙头角镇办公室主任庄学海，了解有关活动情况。38 年前，我的笔记本是这样记录的：

沙头角镇与香港新界一街之隔，文明礼貌、市容卫生直接对外影响。深圳经济特区刚刚建立，百废待举，城管建设基础较差。镇政府也抓卫生工作，但总是抓不到位，群众习惯势力顽固——无习惯、依赖性、无制度。最脏的是镇门外的海关河，杂草、垃圾、死鸡、死鸭、臭水横流。曾动员拆了河边的鸡舍、猪棚，没多久老百姓又偷偷搭回去了。区委叶澄海书记、梁平副书记多次来检查、点名督促。2 月 6 日，镇党委做了研究，12 日开始落实整顿。第一，抓宣传教育，召开 5 次动员大会，镇干部分阳和街、沙栏吓、环头街、海棠街、戏院片等 5 个组包干；第二，集中全镇清理大行动，清拆鸡舍猪棚 40 多处、

1979年沙头角海关桥头原貌（何煌友摄）

垃圾200立方米、填路泥沙200立方米；第三，维修臭水沟300米，新建下水道450米；第四，清理有淤泥、废砖等垃圾的环城路600米；第五，将医院后面100平方米积水洼地铺上水泥，根治蚊蝇滋生地；第六，镇委张运添书记带领25位干部在海关桥头100多米界河床大干1天，把最脏最臭的河流疏通了。镇政府还拿出30吨水泥、专款1万元修建河堤。

群众反映这次文明礼貌月活动镇领导带头，效果好。香港新界的群众说：这么臭的河沟曾经拿300元请人都不愿干，共产党大官亲自下河，这次搞卫生月是“真家伙搞”。新界乡事会黄崇新先生3月12日专程过来找到镇长说：“对不起了，过去我们街坊把单车堆放过来，垃圾扫过来，建筑垃圾偷偷倒过来，让海山茶楼废水流过来。现在我要回去跟街坊们说说，共同维护沙头角镇文明卫生。”“你看，镇长把我们社会主义文明礼貌月宣传到香港那边去了。”庄学海动情地介绍。

诚然，翻出这篇记录，很土，很原始，似乎跟今天的生活差距很大，但我觉得很亲切，也很感动，这次采访无疑是有特点、有典型意义的。如今，文明礼貌月活动已开展第二年了，市委要求各区、县每天出一至二期简报。当下，等着和去南山、上埗、罗湖桥等地了解情况回来的同志碰下头，我就可以综合撰写这期简报了。

孩子在家门口睡着了

当天下班时，我起草完这期简报，交给区委宣传部领导阅改，然后从五楼跑下二楼找到区政府办打字员打印，争取连夜上交市委宣传部。

打字机是老式铅字粒机，靠一粒粒敲打到打字纸，效率怎么也快不了。天黑下来，打字室只有我和打字员。我不能走，因为要校对好几遍。有错字，就涂涂改液，等涂改液干了，再敲打上去。偌大一个办公室，只听得“嘀嘀嗒嗒”的声音，像在敲打我那颗焦灼的心。

好不容易把简报打印出来了，我再细看一遍，没错，就手工油印了几百份，交由早就等待着的区文件收发员送走。走出区委大楼，街灯放亮。我抬手看看表，已是晚上 8 点一刻。骑上那辆破旧单车，“吱呀吱呀”地踩着脚蹬子，肚子饿得“咕噜咕噜”地叫着，穿湖贝路，过老街，回桂木园住家。

在楼道锁好单车，借着楼梯间微弱的 5 瓦黄光，我疲惫地爬上六楼。猛然，看见老婆手提一把蔫了的青菜木然地坐在家门口，从小学放学回来的儿子和女儿两人，分别在楼梯上倚着妈妈的双腿睡着了。孩子累了，饿了。我一见此情此景，鼻子一酸，泪水在眼眶里打转，喉咙几乎哽咽地说：“你没钥匙吗？”老婆疲惫地说：“儿子女儿没带，我的钥匙又落在单位了。想回头去拿，太远了。谁知道你这么晚才回来。”

我赶紧掏出钥匙开门：“你怎么不给我打电话？”老婆叫醒孩子进屋，说：“打了，你们宣传部没人接。”我想起当时我在二楼打字室里，老婆不知道那屋电话。那时，传呼机和手机还没有研发出来，找一个人很不方便，甚至误事。好在这次耽误的不是什么大事，是家里的小事。不过，民以食为天，大人小孩都饿了大半天！我和老婆立马一人生火淘米，一人洗菜切肉，在小小的厨房里忙开了。

此情此景，使我想起了另一次加班的事。

那天晚上 7 点多我下班回到家，才知道老婆上夜班没回来做饭。我急忙丢下公文包去厨房忙碌，谁知两个小家伙已在厨房烧起菜来了。哥哥 10 岁不够灶台高，8 岁的妹妹搬张凳子让哥哥垫脚。妹妹怕哥哥摔倒，干脆坐在地板上用双手扶住小凳子。我不敢突然前去叫唤，担心孩子受惊吓后连人带油锅打翻，只好蹑手蹑脚退到门外，干咳两声，再假装刚到家。孩子见我回来了，捧出一碟青菜和一碟荷兰豆。我直夸孩子长大了，能干。兄妹俩乐得张开缺了两三颗牙的小嘴，互相做了个鬼脸。

我微笑着装了饭，谁知是夹生饭。那时没电饭煲，也没液化气，只有用柴火或蜂窝煤炉烧火做饭，孩子能烧熟一半已不易了。那碟青菜呢？忘了放盐，没味儿。另外一碟荷兰豆，一半烧成焦黑一半脆生生。这一顿饭，吃得我甜甜的泪水直打转，刻在心里至今难忘。

一直没要那75元困难补助

忙于工作上的事，又忙于家务和照看孩子的事，日日重复着。早晨出去，黄昏才归，一掐手指，半年多没回宝安县的老家了。老家还有老母亲跟随着我弟媳妇及几个孙子生活着。那天，老家有人捎来口信，说母亲不是很舒服。我从家乡来人的口气和情况描述中，觉得老人的病情问题不大。估摸过一两个礼拜回去看也可以，便拿出用购物券买的一些吃的用的托来人捎回去。

一晃，又忙了两个礼拜。特区初创，兴废交替，人人处在热火朝天搞建设的氛围中，刚成立起来的区委宣传部也只有 4 个人，大家干劲冲天，没日没夜没节假日地工作着。都忙些什么呢？记得当时主要是贯彻党的十一届三中全会精神，重点开展“实践是检验真理的唯一标准”大讨论，解放思想，结合罗湖实际尽快恢复过境耕作、开展边境小额贸易、引进外资、大力搞来料加工和种养事业，总结和树立渔民村党支书吴柏森、向西村党支书张星南、蔡屋围村党支书冯树泰、罗芳村党支书陈天乐、莲塘村党支书周荣生、布心村党支书赖戊发、下梅林村党支书郑富妹、蛇口渔业一村党支书周德仔、渔农村党支书郭胜全和下沙村党支书黄美祝等干部，带领村民建工业村、建酒楼、开挖鱼塘、开办养鸡（鸭、猪）场等集体致富典型经验；组织新闻稿件在新华社、中新社、《人民日报》、《南方日报》、《羊城晚报》、广东广播电台和《深圳特区报》等主要传媒发表；开展“五讲四美”“文明礼貌月”等活动，筹建罗湖文化公园，成立罗湖业余艺术团，创办罗湖文艺杂志和罗湖足球队、业余体校等。一桩桩、一件件，就是把我们 4 个人掰成 8 个人，一小时掰成两小时用，也是紧紧巴巴的。

那天，我在单位接到老家电话，说我年近 70 岁的老母亲头晕得天旋地转，我一急，埋怨自己忘了看母亲的事，急忙往东门汽车站赶，掏钱买票。当时到镇上老家不过 40 公里，却算作长途，一天才来回开一班公共汽车。市里那时没有的士，只有“三脚鸡”（电动三轮车），但跑不了长途。我六神无主，求助一位开公司的朋友，他马上用旧面包车载我回去，把老母亲接到深圳市人民医院检查，原来是脑动脉硬化。打了针，吃了药，老母亲止晕止吐了。

第二天回到部里，张玉诚部长问我母亲病情怎么样。我说是脑动脉供血不足，自责没及时把老母亲接出来去市医院看，拖了时间，加重了病情……我说幸亏朋友借车帮忙，现在已经不碍事了。

张部长沉吟了一会儿，对我说：“你知道部里没有小车，我们上班办事都是我你他三辆单车，不过我应该找区委领导要辆车子送你一下。”我连忙打断说不用不用。张部长递过来一张补助表，说：“我给你困难补助75元。这表我已签字同意了，你一会儿去二楼财务室领取。”

我接过干部困难补助表，看着看着便哽咽地说道：“谢谢领导了，我不用补助。”我把补助表交回领导手里。老领导说：“少是少了些，我们的权限就这么点儿。”“不，不。”我心想不少了，1980年6月，我的工资从10多年来的38.5元升至50.5元；1982年6月，加上特区补贴，工资已调至69.5元。当时，深圳在全国率先取消粮油统一供应，副食品价格放开，市场物价上涨不少，连一把带泥的青菜也要“5毛钱一斤”，够吓人了。但尽管深圳物价全国最昂贵，我的生活也还达不到“困难”的地步。所以，我将补助表推回几次后，无法再推，就揉成一团，揣进口袋里。直至几十年后的今天，我也没有去领这75元的“困难补助”。

抚摸昨日的岁月，慨叹人事沧桑。记忆的闸门难以关住，留下这几则陈年旧话，实在无意标榜什么、突出什么，只不过想着那曾经火红的年月、沸腾的生活、艰苦的创业和那股不计得失的劲头，伴随着我度过青春，在拓荒中踏出过几个脚印；也借此说明我在深圳最先开发的罗湖待过，在中国改革开放长路上兴奋过。仅此而已，别无其他……

（原载深圳市政协文史和学习委员会、深圳市档案馆编《深圳文史》第九辑，海天出版社，2007年）

深圳热土上几件民生趣事

20世纪80年代，曾经流行一句俏皮话：“北方口号多，南方广告多。”姑且不论其时南方人是否比北方人重经济，但有一点是肯定的，那就是南方人讲究现实、注重务实，尤其以深圳经济特区不尚空谈闻名。

特区草创年头，在这一块不足2000平方公里的热土上，不仅每个角落都是沸腾的，而且每个人都正经历全新的生活方式。哪怕一条古老的小街、一个数百年的村子、一座百年火车站的广场都涌现出许多新鲜事……

东门小街首台家庭电视机

世事轮流转，人们常说“三十年河东三十年河西”。如今，在深圳要找一户没有电视的人家绝对是件难事；而在40年前，要找一户有电视的人家也是一件困难的事。近日，我留意了一下亲戚和许多老朋友家里，几乎都出手爽快地花万把块钱换上了100英寸的液晶电视机，那声像效果，绝对是个享受。倏然间，我细数这些年我家从12英寸万年牌电视机到18英寸日立、29英寸三菱、33英寸东芝、42英寸夏普和如今70英寸液晶电视机，简直像换季时换件衣服那么简单。

不是显摆有钱，而是自豪于时逢盛世。感慨之余，不禁想起40年前我家那台小小黑白电视机给我带来的苦涩和快乐。

1979年的第一天，我到罗湖桥边的火车站广场去接一位亲人。改革开放之前，他老人家一直没有踏上与香港仅一步之遥的深圳镇半步。1978年

12 月，在北京召开的党的十一届三中全会，透露出祖国改革开放的强烈信号。一天，他收听香港新闻说从 1979 年 1 月 1 日起，港澳同胞一年内回乡每人纳税后可带一件电器。

于是，1979 年元旦的大清早，我香港的亲人试探性地抱起他正在使用的 12 英寸万年牌黑白电视机，从深水埗坐汽车转火车，过了罗湖海关，交了 50 元税款后，拖着大包小包衣物来到人山人海的深圳火车站广场，见到了正在等候中的我们。

我们气喘吁吁地回到上大街家里，打开纸箱见到电视机，全家欣喜若狂。只见香港亲人拉出机上的伸缩天线，接上电源，立刻听到一阵“沙沙”的声音，荧屏上闪烁着一片“雪花”。拨弄一会儿后，荧幕上出现了粤语演播。我顿时目瞪口呆，天呐，竟然是香港的电视节目。

我们非常幸运，成为深圳镇第一个拥有电视的人家。老街坊都知道，那年头，偌大一个县城只有工人文化宫里有一台电视机，平时大白天锁着，只有晚上 6 点半至 10 点播放国内电视台节目，结束后又像护着心肝宝贝似的把电视机锁上。文化宫跟居民住宅有段距离，家家吃完饭走过去，差不多 8 点，坐下来看不到一会儿，荧屏又显示“再见”了。

现在，我欣喜家里有一台电视，但是又忐忑于有这么一台香港电视，甚至有些恐慌。因为电视接收系统不同，这台电视机接收不到中央台和省台的电视节目，只能收看香港电视节目。那时，收听香港广播电台都违法，更别说收看香港电视了，不知哪天会带来什么麻烦。结果没过多久，上面通知禁看香港电视，每家每户的党员要带头拆“鱼骨天线”（接收香港电视的天线）。我自知此中利害关系，当即把这台电视机藏到二楼小阁楼里，压低声音悄悄地看。

1979 年 3—4 月间，广东省作家协会有几位知名作家来深圳采风，听说我家有香港电视，便在黄昏时分悄悄来到我家，蹑手蹑脚上了低矮的阁楼，猫着腰聚精会神地观看香港电视节目。令大家深感意外的是，看到了当时对越自卫反击战中，香港新闻记者发自越南前线的真实战争场面。要知道，这时我们祖国大陆电视台对此事还没有公开报道呀。

后来，不到半年，各家各户都争相从香港带回电视机，国营友谊商场和华侨商店也大量销售进口电视。人们吃完晚饭看香港电视是当时最大的娱乐，其中香港的电视剧《奇女子》《鳄鱼泪》《网中人》《上海滩》《大地恩情》等风靡深圳和珠江三角洲地区，说那时万人空巷，一点儿也不为过。记得民间有则笑话，那时晚上某个时段深圳全城常常水压升高，水龙头水流细小，原因竟是电视剧中途插播广告，全城人利用广告时间上厕所，一齐按动抽水马桶，害得供水“告急”。

首家合资的新兴餐厅

因为毗邻香港的关系，深圳人看香港电视娱乐比其他地方“先了一步”，在“吃”的方面呢，也比国内“先了一步”。

深圳建立经济特区，引起世人瞩目，流动人口骤增，特别是港澳同胞大量入境，东莞、增城、惠阳、汕头周边县市成千上万的群众，涌来深圳罗湖桥和火车站广场会见港澳亲人。吃饭问题成为当时头痛的事情。

说头痛，其实是这么两样尴尬的事。一是凭粮票买饭。香港人没粮票，开始买不到饭，后来饭店被允许卖“高价饭”，也就是一两白米饭多收2角钱。要知道，那时国营粮站供应的“牌价米”一斤2角4分钱，次一点的糙米才1角8分。一碗3两的白米饭却多花6角钱，内地人吃不起，香港人却没意见。第二件尴尬的事是餐馆缺少，偌大的深圳镇只有侨社、新安、伦记、妙奇香、陆记等几间国营饭店和小食店。广州有家杂志刊登深圳吃饭难的文章，记述其时几间饭店“挤爆棚”的情况，说及一位外地来深圳出差的干部在餐厅“斯文”了一点，轮候了两小时仍“米水没打牙”。1979年，荔枝季节更是人山人海，香港人在深圳街的几个餐厅轮候至天黑仍吃不上饭，只得靠荔枝充饥。后来，凡到深圳投墟的港澳同胞全自带罐头食品和饼干汽水，广州人来深圳也互相叮嘱：“带上面包干粮没有？”

此情此景急坏了新建立的罗湖区委班子，他们准备在火车站旁边的罗湖村拿出8亩闲地并提供20多位工人，由香港上水双谊公司投资300万元港币，合资办餐厅。然而饮食服务行业没有合资先例，粮油糖在内地属统购统销，如果从香港进口则须严格审批和完税。第一关市财办就卡住了，市委主管领导也不同意。区委叶澄海书记以“宁可不让我当书记，也要办成这件事”的决心，找到贾华市长，终于经批准在1979年9月16日开张营业。广州各大报纸报道深圳新兴餐厅只花个把月就从搭建到营业，确是“深圳速度”，中央电视台也在《深圳见闻》节目里专门报道。

上了新闻的“明星”新兴餐厅，不仅有热气腾腾的腊味饭、排骨饭、老火汤和炖品等港式饭菜，还出售“生命面包”、蛋筒雪糕和汽水奶茶饮料。除了餐厅从早上7点半到晚上7点半营业外，还派出“新兴餐厅流动车”，在市区汽车站、深圳戏院门口等处售卖。据说，光是餐车一天销售额竟可与深圳最大的新安酒家营业额相等。

我打开当年的采访记录，一组详细的数字耐人寻味。新兴餐厅开业至1980年9月近一年总营业额1200多万元港币，除去成本902万元港币、

1979年9月深圳市第一家快餐店“新兴餐厅”的流动供应车（何煌友摄）

交纳国家工商税 159.2 万元港币（折成人民币前，下同）、所得税 35.6 万元港币，得毛利 325 万元港币、纯利 201.8 万元港币；罗湖区占股份 51%，分得 104.9 万元港币，港方占 49%，获得 96.9 万元港币。罗湖区收取的外汇交给国家，得到折算的人民币。罗湖方分成的外汇加上报关费在内，一年净得 350 万元港币。①

新兴餐厅产生“螃蟹效应”。1980 年 10 月，香港泳明食品厂在东门老街独资经营西餐，由七八名港澳点心师傅生产三明治、热狗、忌廉包、意大利粉等。接着，市旅游总公司在建设路办起春园餐厅，特区发展公司与香港海通有限公司合资创办友谊餐厅（含友谊商场），香港妙丽集团刘天就先生合资建起竹园宾馆和酒楼，市园林公司引进港资办起雅园宾馆酒楼。此后，山珍海味酒楼、东门海鲜酒家、蔡屋围酒家、河边餐厅、泮溪酒家、上海酒家、重庆酒家、天津狗不理和北京清宫仿膳等，像雨后春笋般遍布深圳。

后来，深圳云集全国潮菜、粤菜、川菜、湘菜、鲁菜、闽菜、东北菜、淮扬菜等菜系。再后来，台湾小吃、澳门葡国菜、韩国菜、日本菜、泰国菜、越南菜以及美国麦当劳快餐等中外汇集，南北齐聚，真可谓“双筷夹起东西，一口尝遍南北”，深圳成为“美食天堂”。“深圳吃饭难”的帽子被摘掉了，并且赢得了“食在深圳”的美誉。

蔡屋围村的“电脑姑娘”

饮食服务业风生水起，引进外资办厂亦如火如荼。深圳河的边境农村，近水楼台先得月，村办工厂雨后春笋般冒将出来。其中难以忘却的，是蔡屋围村第一代打工妹——“电脑姑娘”。

蔡屋围，坐落在深南大道的深圳金融中心地段。1982 年，蔡屋围被征用村集体耕地面积 4367 亩，共收征地费 1152 万元。村里按照罗湖区委指示没有把这笔钱分光吃光，而是建厂房、盖酒店，办起 43 个有一定规模

① 廖虹雷保留的当年采访的笔记本。

的村企业，安排1334个农民就业。其中，1983年投资500万元，建起一幢8层综合性服务大厦，可安排150人就业。那天，村干部领着我们参观这座大厦，到了第一合作社，实际上是第一生产队办的电子厂。

触目所及，是一条条装配电子流水线，每条流水线上坐着20多位年轻貌美的农村姑娘。在封闭式的厂房里，车间开着大风扇，地面铺着尼龙地毡，一尘不染。上百个清一色、着工服的女青年头也不抬地工作着。

我站在一个漂亮的少女工作台前，注视她拿着镶有多个指甲般大小的芯片的电子线路板，熟练地放在好像显微镜一样的机器底下，用那纤巧的手指轻轻一按电钮，“咔嚓咔嚓”，电脑机就自动焊接起来。那少女扇动着眼睫毛，望着主机屏幕的监测器，看到已准确无误地焊接33条比头发丝还细几倍的线路后，才接过另一块未焊接的底板。这个过程，还不到20秒。

我上前拉话：“小姐——请允许我这样称呼你。打扰你，请问这台机器叫什么？”

她还是头也不抬，轻轻指指机子上的文字，礼貌地说：“叫AB500电脑自动焊接机。”她的语气有点儿傲，但声音很甜。

我继续与她攀谈。

“请问您贵姓？”

“姓……”她终于抬起头，瞟了我一眼，脸泛红晕说，“姓蔡。”

“蔡小姐，你什么时候进厂的？”

“去年3月份。”她嘴里说着话，眼神却不离监测器，手有规律地取、放电脑底板。

“你进厂前做什么？”我见她开了口，又不太影响工作，乘机多问几句。

她大方答道：“农民。高中毕业后，我在生产队做了3年大田工。1982年土地被征用后，我在队里的汽车修配厂当了一年财务，接着就来这电子厂了。你不知道，在大田做工，插秧、割禾确实辛苦，可是农闲时间玩得多。初进厂，一坐就是8小时，眼真累，腰酸痛。开始我们几个妹子不习惯，以上厕所为名，偷出去溜一圈。结果被厂长知道了，批评扣分，扣了分红。后来严格了规章制度，慢慢才习惯了些。但是听不到小河流水声，捉不到蜻蜓蝴蝶玩，天天对着这些单调的线路板，真闷死人。好在下班以后，深圳舞厅多，我们几个好友遇到晚上不用上英语夜校的空当儿，就到‘香蜜湖’‘香江’‘振华’‘侨社’或‘西苑’跳舞。跳到膝盖软、骨架快散了，第二天又直起腰板安电脑……”

她那不动声色的涓涓细语中，却夹杂着调皮和哲理，顿时使我陷入深深的思考。在这改革开放崭新的岁月里，她们的劳动、技术、志趣、纪律、学习、生活、道德和价值观念，与20世纪70年代前的农村姑娘有多么的不同。

在特区这块神奇的土地上，生产队也能出一批“中国制造”拳头产品，那么，有什么理由不能造就现代化的一代新人?

天上的星星，很远，但在夜空中很亮。当年特区农村那“首批电脑姑娘”，现在在哪里发光呢? 后来，我伫立在京基100大厦旋转餐厅的窗台上，感觉到自己脚下就是原来的那个电子厂，遐想着……”

（原载1984年中国文联出版公司出版
《来自特区的报告》报告文学集）

深圳市树的“变脸”

深圳早年的市树是荔枝树，它非常符合当地人朴实、无华、不张扬和重实效的品格。

后来，市政协会议推出“市二树”提案。经专家多次讨论、广大市民投票，历时一年，再由市政府提交市人大常委会表决通过，确定市树为红树。结果，这“市二树”后来居上，大有老二入驻、老大却被“鸠占鹊巢”之嫌。毋庸置疑，如今市树——荔枝树已经逐渐被人们淡忘了。

据我所知，原来市树——荔枝树的荔枝果实是深圳驰名省港澳的特产，种植面积广，质量好，产量高，是家喻户晓的岭南佳果。深圳建市初期，考虑到其经济价值可以契合当时深圳的经济发展理念，定为市树，理所当然。通过荔枝树作为市树的宣传，加上“荔枝为媒，文化搭台，经济唱戏”的深圳市“荔枝节”，从1988年至1997年足足举办了10年，在海内外产生了很好的影响。然而，随着深圳城市的发展，各方情况发生很大的变化。深圳地处改革开放前沿，是面向世界的重要窗口，“注重生态友好”成为深圳特区新的使命。于是，市政府认为，荔枝树已不能完全代表深圳地域特色和城市形象，有必要选择一个更有代表性的树种予以补充和完善。

市政府之所以要“选择一个更有代表性的树种”代表深圳地域特色和城市形象，也是基于2006年11月1日，3位市政协委员联名发起的“将红树确定为深圳市树”的倡议。

红树，深圳当地人称之为“海萌树”，因为生长在咸海潮的滩涂和海岸“围壆”（海堤）边，抵挡风浪，人们形象地称它为“海浪树”。后来不知怎的又写作“海萌树”。再后来，文字上简化为“红树”。

红树严格来说不是一种树，“从广义上讲，红树是一类生长在潮间带滩涂上的木本植物统称”（中山大学生态环境研究专家陈桂珠教授语）。红树是以红树科植物为主组成的海洋木本植物群落，因树干呈淡红色而得名。海滩里的红树具有“胎生”“泌盐”及“特殊根系”等奇异的生态特征；它作为处于陆地生态系统与海洋生态系统过渡带的一类特殊湿地植物生态系统，素有城市的“天然绿肺”、野生动植物的“避难所”以及濒危物种的“基因库”之称。

生长在滨海湿地、河流湿地的红树科木本植物群落，除了有抵御台风、海啸的“海岸卫士”作用外，还有一个重要的功能，就是净化污水、降解废物。根据环保专家长时间的试验、测算和研究，仅深圳湾一小片红树林，就相当于一座日处理能力数百万吨的污水处理厂。提案人称：“如果说，量多高产的荔枝树代表着‘速度深圳’的辉煌，红树则象征了在向‘效益深圳’‘质量深圳’过渡中的深圳保护生态的决心和发展循环经济的科学理念。”

红树喜欢在热带和亚热带地区生长。我曾见过台湾、福建、海南海边湿地的红树林，又亲临广西北海和广东湛江、珠海及汕头海边看过红树林；也多次参观著名的香港米埔红树林和福田（含内伶仃岛）的红树林自然保

深圳市树——红树（唐桂生摄）

护区。要说在大都市中保护得完整、妥善和规划得最美丽的，当数深圳湾的福田“袖珍红树林带”。

说它袖珍，因为它只有沿深圳湾长9公里、面积为369公顷（1984年创建红树林保护区时总面积为304公顷）的地域，是我国面积最小的国家级森林和野生动物类型的自然保护区。它虽然小，但野生植物动物非常丰富。既有自然生长的海漆、木榄、桐花树、海桑、秋茄等9科22种珍稀树种，又栖息着白肩雕、卷羽鹈鹕、白琴鹭、黑脸琵鹭、小青脚鹬等189种珍稀濒危物种，同时每年有约10万只南来北往的候鸟于此歇脚或过冬。

1982年，来自12个国家的联合国“利用生态平衡学术座谈会”的12名生态专家，专门考察了这片红树林。1986年，世界野生生物（国际）基金会主席、英国女王的丈夫菲利普亲王，在英国女王访华时，特意南下深圳，登上红树林的观鸟亭，视察深圳湾湿地风光。丹麦野生生物基金会主席、丹麦女王的丈夫亨里克亲王也于1989年兴致勃勃地到此观鸟，并将红树林称为“绿色明珠”，赞叹深圳是世界上唯一红树生长在市区中心腹地的城市。

红树林，成为深圳的标志性“名片”。

深圳红树分布广阔，从西面珠江口的沙井田园风光生态湿地、内伶仃岛，到东部的大鹏半岛上的大亚湾坝光村，都能见到红树的身影，跨越陆域和海域，彰显深圳这座山海城市海陆文化交融的特色。

在大鹏半岛古老的坝光村后山，临海的一片湿地中，有50亩数百棵红树林“家族”中弥足珍贵的“海洋森林”——银叶树生态群落。这片稀有濒危树种银叶树，高20多米，树干粗如盆桶，常年长在咸海水岸边滩涂上，属海洋环保卫士——红树林家族中的一种胎生树。它防御台风，防海浪，防赤潮，有“海洋生态森林”之称。这片茂盛的银叶树之所以“弥足珍贵”，因为它是目前我国沿海亚热带地区不可多得的存活下来的海洋生态乔木群。

龙岗区农业林业局早年组织专家考证，确认坝光盐灶村后山的海边银叶树群落树龄，其中有不少已达500多年的历史。

这种银叶胎生树的繁殖非常有趣，它靠一颗颗像小鸡蛋大小的纺锤果，在树上成熟掉下来，搁在滩涂上，没几天就出芽，伸出根丝似的根和小叶子，扎在盐碱潮湿的泥巴里，在海浪涨退潮中随着年岁慢慢长大。这种纺锤果还可以吃。当地有几位村民说，他们小时候，捡上一把银叶果，在沙滩上用火煨熟，剥开外壳，像吃栗子一样吃里头的果肉充饥，味道挺香。

银叶树的树根还非常奇特，它有“土下根”和“土上根”两种。长在泥土下面的根以汲取营养为主，称为土下根；长在泥土上面的“土根”像板墙，竖起拳头厚的“根板”，叫土上根。可能是土上根在“分工”上负责扶住大树免遭海浪狂风袭击的原因，这“根板墙”有的弯弯曲曲，有的层错叠加，有的尺把高，有的近人腰；“根板墙”奇形怪状，有的像山丘峡谷，有的像河道弯弯，有的像间小屋，有的更似山神庙可供人烧香膜拜。

最令人赞叹的是，其中有一棵需要两个人双手合抱的老树，倒卧在海水边。据说是2003年一次13级以上的台风袭击大亚湾时，这棵大树被刮倒了，而盐灶村上百年的砖瓦屋却没事，屋里的人也安全，这要归功于银叶树的“奋不顾身”。这棵搭救村民的老银叶树，一直让坝光的盐灶村民肃然起敬。树倒了，村里没有任何人对它有“不敬”的举动——或砍枝，或剥皮，或锯断偷回去当柴火。如今，它靠扎在土里一边的根汲取水分和养料，已长出茂盛的新枝叶。

深圳红树林自然保护区已被“国际保护自然与自然资源联盟”列为国际重要保护组成单位之一，同时也是我国“人与生物圈”网络组成单位之一。

红树林是一种珍稀植物资源，也是典型的海滨景观。红树体现着深圳这座移民城市强大的包容性。树与树、树与海相依相生，是深圳人团结互助、众志成城的精神风貌的表现。红树生长在终日被海潮冲击、台风威胁的环境里，但其生命力极其顽强。它虽不高大粗壮，却仍能在风浪中枝繁叶茂，恰如深圳人艰苦奋斗而又勤劳朴素的高尚品格。

也许，这就是红树被增选为深圳市树的深刻寓意和内涵丰富的人文意义。

（原载2008年12月3日《深圳特区报》）

簕杜鹃，深圳捧你为市花

深圳人称植物茎叶上的“刺”为“簕”，所以，有一种花枝上长满勾刺的杜鹃花，叫作“簕杜鹃”。

簕杜鹃花与杜鹃花八竿子打不到一块儿。杜鹃花，别名山石榴、映山红、照山红、唐杜鹃。相传，古有杜鹃鸟，日夜在山间哀鸣而咯血，鲜血染红遍山的花朵，因而得名。

可是，簕杜鹃花的树叶、枝干、花瓣，跟杜鹃花完全不同，压根儿就没有什么美丽的传说。如果打一个不是很恰当的比喻，杜鹃花是“大家闺秀”，那么簕杜鹃花便是“乡下村姑”。

簕杜鹃花，又名三角梅，学名叫宝巾，也叫毛宝巾、叶子花、九重葛等，是常绿蔓性灌木。原产地是南美巴西，属紫茉莉科三角花科目，为木质藤本植物，其茎枝有刺，枝干则具有直立、蔓延的特点，易于修剪，形状可塑性强，基于此，常被应用于园林植物景观方面的设计。

簕杜鹃花，人们常常误会它那被形状如叶的苞片包围成三角形的“花”是花，其实那是它的萼片。

簕杜鹃花真正的“花”，则由三根麦秆大小的花苞聚在萼片的中脉上，花柱是深红色的，它的花蕊是淡黄色的，比黄豆还要小。簕杜鹃花有多种颜色。这小喇叭状的“花”，有鲜红、紫红、粉红或黄、白等五种颜色。簕杜鹃花非常喜爱强光、温暖和湿热的气候环境，我们通常说它很“贱生”，即不需要花多大的工夫去培育。只要给点儿土壤、水分和阳光就能长，甚至折其一枝树茎插进土里，就能生根、发芽、长叶、开花。

簕杜鹃花可以单株生长，修饰成别致的叶绿花红的盆景；也可以由一株枝干蔓生出一丛婆娑的红艳艳的花团。簕杜鹃的花期较长，一年四季都开花。寒冬酷夏、春风秋雨，花谢了，但很快又会长出鲜花。

因而，在深圳的大小路旁、公园、小区、民居、院子篱笆，乃至自家露台的花盆都有种植。深圳著名的深南大道、北环大道、南山与盐田的滨海栈道，每每长达数十公里，大道（或栈道）两旁大都种植红红的簕杜鹃。罗湖、福田、盐田、南山、宝安、光明、龙华、龙岗区的一些天桥还种着一排一排的簕杜鹃，街区好些街头巷尾也用簕杜鹃花美化。莲花山、东湖、深圳湾、碧海湾等数百个公园，由专业的园林师精心培育，每年举办簕杜鹃花展。一盆盆、一株株造型美丽的簕杜鹃，明艳夺目，惹人喜爱并游览打卡。

由于簕杜鹃不用花太多时间和精力打理，市民们都喜欢自己栽种。不少人家，有的摆一盘精致的小盆景在书房案台，虽不香艳，却赏心悦目。有的在阳台上栽种，花蔓生到邻居家，丝毫无惧有“红杏出墙”之嫌。环视深圳都市的高楼大厦之下，住宅花园里一幢幢楼房、一层层露台，红花尽染，不失为一道亮丽的风景线。

簕杜鹃花，虽然没有松竹梅兰的气质，也没有牡丹花、郁金香般高贵，更没有桃花、水仙那么富有神韵，但是它热情、奔放、阳光、青春。无论在烈日当空下还是大风大雨中，它从不“低头折腰”；又无论是在热闹繁华之地还是静寂的阡陌小巷，也从不“挑肥拣瘦”，无所在乎地随着春夏秋冬节令“此谢彼开”，一团团，一簇簇，热烈奔放，红红火火，绵延数月。这，无疑是一种充满活力的象征。

深圳市市花簕杜鹃（黄德鹏摄）

深圳，拥有 1000 多万人口的现代

化大都市，举目而望，都是激情四射的年轻人，他们激昂奋发地奔跑在建设粤港澳大湾区的路上。簕杜鹃如同火焰般浓烈，蕴含着青春和热情的寓意；它枝繁叶茂、蓬勃向上，正好契合深圳人创新、向上的鲜明性格，因此一直被市民们热捧。

改革开放之初，人们夜以继日建设家园的时候，火红的簕杜鹃花，象征着一种精神追求和情感的激励。最后，经过全体市民的公开投票、专家论证和领导审定，正式宣布簕杜鹃为深圳市市花。

簕杜鹃质朴而不骄矜，平实而不显山露水，极具岭南人的风骨。所以，除了深圳之外，珠海、江门、惠州、广西北海等市也将它选为市花。将“三角梅”立为国花的，唯有非洲中部的赞比亚。

虽然将簕杜鹃花作为国花的只有一个国家，但是种植簕杜鹃花的国家不在少数。我曾到过欧美一些国家和东南亚的新加坡、马来西亚、泰国及印度洋上的斯里兰卡旅游，他们或许没有定它为城市之花，可在旅游途中看到这些城市的马路和当地许多景点，都以红、黄、紫色的簕杜鹃来点缀，特别是有的地方还培育出一株株同时开五种颜色花朵的簕杜鹃，宛如一团团热烈无比的彩球，以美丽的使者姿态，展现他们万紫千红的国度，传达风情，吸引络绎不绝的世界各地游客。

（原载 2011 年 2 月 11 日新浪廖虹雷的博客）

烽火岁月

FENGHUO SUIYUE

红旗在深圳升起的那一天

深圳是哪一天解放的？有许多人关心，也有多种说法。一次偶然的机会，我去香港图书馆翻阅史料，看到1949年10月20日香港《正报》刊登的报道文章《阳光普照　万姓腾欢　深圳昨日宣告新生人民政权正式建立》：“10月19日是中英边界深圳一个难忘的日子，深圳建立了人民政府，向世界宣告伟大的新生。1949年10月19日下午4时25分，由粤赣湘边纵队宝深军管会主任刘汝琛率领接管人员百余人从布吉开进深圳，7时30分，深圳各界人士在民乐戏院举行盛大欢迎会。刘汝琛在会上庄严宣布：‘深圳镇正式解放。’”

此时，我马上找出40多年前的深圳革命斗争史实采访笔记，骤然间心潮难平。我一页一页地翻阅1974年5月和1978年2月先后两次连续半个多月走访东江纵队和粤赣湘边纵队的周伯明、彭沃、张军、李和、曾鸿文、罗雨中、邱伯寿、罗欧峰、曾强、谭刚（原名谢枫）、罗喜月以及刘仁、邓斌等老同志的座谈记录。随着笔记里歪歪扭扭的字句，我眼前浮现出解放深圳的战斗情景，思绪也飘向那战火纷飞的岁月……

古城曙光

南头城，是民国时期的宝安县政府，也是自明洪武二十七年（1394）建城以来有600多年历史的县衙门。

经历了14年的浴血抗战，又艰难地度过了4年的解放战争，宝安人民多么盼望早日解放啊。1949 年 1 月 1 日，新华社发表了毛泽东主席撰写的《将革命进行到底》的新年献词，敲响了国民党反动政权的丧钟，极大地鼓舞了全国军民解放全中国的斗志。

1949 年 1 月 1 日，奉中国人民解放军总司令部令准于粤赣湘边、闽粤赣边、桂滇黔边各地分别成立中国人民解放军纵队司令部。粤赣湘边纵队（以下简称边纵）由尹林平同志任司令员兼政委。这支以 1946 年北撤烟台的东江纵队留下的坚持武装斗争余部为基础组建的英雄部队，由 400 多名骨干发展壮大到光是东江第一支队就拥有 7 个团共 1 万多人。“边纵”一成立，便接到中共南方分局的指示：“目前任务主要是依靠现有力量逐步有计划地不断歼灭敌人，整训部队，建立主力，创造根据地，以配合南下主力迅速进军并准备迎接大军，彻底解放华南。”

这一号令，让长期坚持艰苦岁月顽强斗争的东江人民见到了曙光。8 月下旬，中共江南地委副书记祁烽在东莞梅塘召开东宝地区党政军主要领导干部会，传达华南分局的指示和决定，全面做好迎接解放的各项工作。早前两个月，为适应斗争形势需要，从“边纵”一支队中抽调干部，成立了“东宝县人民政府”，两个月就发展共产党员 250 名，筹措粮食 10 万担；特别是闻名东江地区的“两虎队”——三虎队和金虎队，如同猛虎一样在全县范围内出击，先后拔掉了盘踞在龙华、石岩、沙河等地的敌人据点，很快把活动区扩大到黄田、固戍、长圳、玉律、观澜等地，建立宝安、长湖、大岭山 3 个完整的区政府。解放区占东宝两县地区的 60% 以上。两个月后，根据江南地委决定，又将县政权划一为二，分成东莞和宝安两个县人民政府。同年 8 月 29 日至 9 月 3 日，在乌石岩镇泥岗村成立宝安县委并召开第一次会议，建立健全县委和县政府机构：黄永光任县委书记兼县长，县委常委黄永光、周吉、曾劲夫、张辉（前三位常委均兼任副县长），宣传部部长王纪平，青妇书记黄蔚霞；公安局局长刘鸣周，民政科科长张子修，军事科科长何赋儒，粮食科科长梁耀宗，财政科科长龚锡贤，建设科科长任洪，教育科科长王纪平（兼），宝安县人民政府秘书黄哲，公安局秘书曾鸿文，深圳镇镇长陈虹；三区、四区党政领导及南头、固西联乡办事处班子。同时，新成立的沙（头角）深（圳）宝（安）军事管制委员会，分别由中共江南地委委员刘汝琛和黄永光担任正副主任。会上县委根据上级党组织的指示，当即研究解放全县的工作部署。

黎明前的斗争是残酷的。当时宝安县国民党、共产党和港英当局 3 方势力并存：国民党仍然盘踞深圳镇与南头的宝安县城等少数重要地区，共产党已经解放了周围大片乡村，港英当局则通过控制九龙海关影响着西起大铲岛、东到三门岛一片沿海地区。以当时中共香港分局调查情报来看，国民党在广东总兵力有 8 万多人；而共产党只有中共粤赣湘边纵队东江一支队三团等少数地方部队，宝安新组建的 9 个武工队有 900 多名武工队队员。从人数和武装来说，国民党力量仍然强于共产党。至于深圳镇，由于不是国共主力交战的“前线”和战略要地，国民党无法顾及，没有派“国防军”重兵把守，只有“粤港边区警备总队”（九个步兵连、一个机枪连）、“保安司令部”下辖的一个保安师、深圳宪兵连和一些地方警察等，数量有数千人。这些部队苟延残喘，曾经数次出动，想凭借优势兵力消灭我地方武装，但由于不得民心，终究无法成功。国民党被迫顽守宝（安）太（虎门镇）线上沙井、西乡、南头县城和深圳镇等几个据点。

1949 年 7 月 25 日，以北撤上去的东江纵队为基础成立的两广纵队，参加豫东、济南、淮海三大战役后，奉命南下解放华南，作为进攻广东之南路军。“打回广东去！”两广纵队健儿誓师出发于襄城，沿平汉铁路复经大别山，出黄岗，于黄石港横渡长江，越紫荆山，过南昌赣州，沿粤赣公路直迫广东境内。10 月 14 日，以叶剑英元帅为总指挥，陈赓将军率领二野四兵团，四野十三、十五兵团一举解放广东首府广州。10 月 15 日，南下大军和两广纵队攻克惠州，中央考虑到深圳是通往香港和国外的重要通道，为避免与深圳河南岸一线的港英当局发生边界冲突，引起国际纠纷，命令部队开到宝安布吉墟为止，重点以和平方式解放深圳。

势如破竹的大军南下，国民党反动军警闻风丧胆，纷纷南逃伶仃岛、万山群岛、海南岛和（香）港台（湾）等地。南头县城、沙井和西乡一带只剩下一些国民党警察队、保二营和沙井“联防队”共 300 多人，深圳镇也只剩国民党税警二团和护路大队共 1400 余人驻防。

一直活跃在东宝地区的“边纵”东江第一支队三团，早前接到解放宝安的任务，正在阳台山下龙华窑下村开展阶级教育、纪律教育、三大技术教育，学习瓦解敌军、争取敌军起义和解放城镇、接管城镇等方面政策的规定。10 月 13 日，县委书记（兼三团政治部主任）黄永光，副县长兼保安大队教导员周吉，率“边纵”和武工队开进沙井乡，对敌展开政治攻势，未发一枪，解决了沙井联防队员五六十人，缴获轻机枪 3 挺、长短枪 30 余支。15 日，部队开赴西乡，在地下党员梁仓等协助下，接受了县警察队第二大队李振昌等 230 余人的起义，又在西乡上川村祠堂门前接受保警大队陈泽芹部起义，即日西乡镇解放。

16 日清晨，黄永光按原部署，调集驻守在观澜白花洞、龙华窑下、布吉八约村等人民武装，带着宝安县政府机关工作人员，沿着被炸弹轰得坑坑洼洼的公路，急行军至坂田小学校球场，休息片刻，再次重申三大纪律八项注意，取道白石龙、长岭陂、沙河（今西丽街道），直插南头县城。在县城打入国民党内部的地下党党员温巩章、朱东岐、曾伯豪和西乡、沙河等武工队配合下，歼灭了南头城中百余残敌，伪警察局全部缴械投降，我部队闪电式占领了伪县政府（今南头城九街宝丰押），顺利接管了国民党县政府机关和军警武装。

古城宣告解放！南头人民自发挑着大米、红薯、萝卜、青菜，从各乡村蜂拥南头慰问部队，各界人士挥舞小旗、标语热烈欢迎我解放军部队入城，随后，军民在南山村祠堂大坪召开了庆祝南头解放大会，部队文化宣传队表演了《兄妹开荒》《红军回来了》等文艺节目。县委在南头地区成立了联乡办事处，温巩章任联乡办事处主任。

边城新生

深圳当时虽不是县城，却是南方重要门户，历来有国民党重兵把守。南头县城解放后，对国民党驻广九铁路沿线一个旅、虎门要塞驻深圳总队、国民党县政府驻深圳警察大队、税警团、联防大队、护路（铁路）大队和梁杞团（粤港边区警备总队）、肖天来大队等敌伪军警震撼很大，纷纷准备逃窜。早在1949年8月份，地下党就派遣李庆同志打入敌梁杞团做瓦解工作。地下党又派了谭刚、何财等同志去九龙海关做工作，争取了梁杞团、护路大队和海关大部，孤立和包围了税警团，10月14日，这些敌伪武装向我投诚起义。经在布吉上下坪村谈判后，我们指令他们退出各驻守营区，撤至黄贝岭听候改编。

解放深圳的部队坚决遵照中央指示，谨慎对待与一河之隔的香港的交流，避免一切不必要的误会和冲突。因此，部队解放了南头县城后，用3天时间演练和准备，在地下党配合下争取不发一枪一弹解放深圳镇。我们部队进一步做出周密方案，甚至演练什么队伍走前面什么队伍走后面、走哪条线路、怎么走，逐一落实。

10月19日下午1时许，沙深宝边委书记兼管委会主任刘汝琛（后由祁烽继任），率东宝税务处主任蓝杰、宝安县公安局局长刘鸣周、深圳警察所所长蔡达、军管会秘书曾伯豪等160多人由解放军军装换上警察部队服装，佩戴“人民警察”臂章，连同深圳镇镇长陈虹、副镇长庄泽民带领的50多位佩戴“政工队”袖章的武装人员先行一步，从布吉乘坐货运火车直达深圳，接管深圳镇和九龙海关。①

我军事接管人员一到铁路小站（今解放路工人文化宫大门西侧、原铁路闸口），“人民警察”便迅速占领国民党伪警察所（今解放路十字街口东侧）和伪镇公所（原是安仁善堂，今废）。陈虹把“深圳镇人民政府”的牌子挂在当铺“共和押”门口。②接着，很快接管了“电灯房”（即火力发电厂，今新园宾馆对面，已迁）、铁路车站、深圳商会、银行等重要部门。等到大部队进城时，上千名各界人士和群众闻讯赶来，挥动彩旗，鸣放鞭炮，击鼓舞狮，欢迎大军进城。简单的入城仪式上，走在最前面的

① 周肇仁著，深圳市宝安区档案局（馆）、深圳市宝安区史志办公室编《宝安边境斗争纪事》，2006年8月版。

② 同①。

1949年10月19日，粤赣湘边纵队三团进入
深圳墟火车小站，受到群众热烈欢迎（汤洪泰供图）

是红旗队，接着是腰鼓队，后面是整齐的方队。当时香港有10多个记者采访和拍摄了这激动人心的场面。香港《大公报》曾报道：“……解放军刚入市区，时间是五点廿分。”

当晚，我军管会在民乐戏院（今老街人民北路电影院）召开各界人士和群众大会，刘汝琛主任宣布深圳镇人民政府成立，号召工商界人士迅速恢复营业，维护交通、水电和社会秩序正常运作。20日上午“庆祝深圳解放联欢大会”上，深圳镇镇长和香港同胞慰问团交流锦旗，然后军民举行联欢晚会，部队文化宣传队又表演话剧《红军回来了》、秧歌剧《兄妹开荒》、大合唱《人民大翻身》《解放军进行曲》等文艺节目。

刚解放的深圳镇，才2万多人，镇上也只有西和街、上大街、三角街、谷行街、鸭仔街、北门街、南庆街、新墟（今和平路）和新市场（今海关宿舍附近）等十几条又短又窄的街道。周围搭满低矮潮湿的木板房或草棚，满目疮痍，人民饱经战火蹂躏，生活贫困交加。罗湖桥侧（今侨社一带）的大滩，有当时南天王陈济棠投建的大赌场，兼营妓馆、烟馆和食肆，黄赌毒俱全，因而乞丐多、暗娼多、赌博多成为困扰深圳的3根绳索；加上深圳和香港边界没遮没拦，香港巴士直驶深圳，边境上人员自由来往，致使黑社会组织猖獗，民不聊生。这时，国民党反动势力仍作垂死挣扎，从海南岛派遣飞机天天来投弹扫射，文锦渡及火车小站（今解放路口铁路榕树下）露天汽油桶中弹着火。残留和暗藏在深圳墟的国民党散兵、特务、土匪及流氓、烂仔、黄牛党、TU党、三合会常于午夜出没骚扰、放冷枪，威胁群众生命安全。我军管会大力组织民兵、纠察队巡逻，发动群众打击敌人嚣张气焰，维护社会治安，巩固新生的无产阶级政权。

九龙海关港英关员起义

设在深圳罗湖桥边的九龙海关（今为深圳海关），管辖着西起珠江口大铲岛，垃圾尾岛、南头桂庙、白石洲、沙头、罗湖、文锦渡、莲塘、沙头角、大鹏南澳、沙鱼涌、澳头至东边的三门岛沿海岸线16个海关支关，名义上归属国民党领导，实际上海关拥有自己的武装，控制权掌握在“税务司”（关长）经伟菲——一个英国人的手中。全关有1600人，其中武装关警500余人，配备英式手枪、步枪、轻重机枪甚至航空机枪和武装缉私艇，其总部设在香港中环，关员在香港生活、深圳上班，情况很特殊。

早在南头和深圳镇解放之前，10月13日，九龙海关“关长”经伟菲就在我地下党的工作下，提出愿带领全关起义。10月14日，解放军抵达东莞樟木头，深圳罗湖山顶的九龙海关缉私总部早已经升起了五星红旗，这是在深圳地界升起的第一面五星红旗（事实上，受命准备参加接管广州的上千名干部集结大鹏王母墟，以及沙头角中英街的群众，早在10月1日上午就升起一面五星红旗，庆祝新中国成立）。10月21日，经伟菲顺应历史潮流，在香港中环的九龙海关总办公室通电北京，宣布起义，受到国务院海关总署的复电嘉奖。同日，我“九龙海关接管委员会”主任刘汝琛率李国安、蓝杰、谭刚、廖强等 5 名委员顺利接管了九龙海关。

1950 年 2 月 25 日，经伟菲和其他外籍职员主动向北京海关总署提出辞职。海关总署准辞之后，还发给经伟菲 6 个月的薪金作为奖励。九龙海关回归祖国怀抱，为新中国保护和接管了海关大批黄金、货币、枪支等财产，对促进国民党其他经济机构投向新中国怀抱，起到了积极的作用。

宝安全县陆地上解放后，接着积极筹粮练兵，配合南下大军解放大铲岛、三门岛和内伶仃岛等岛屿。1950 年 4 月 18 日，在解放海南岛登陆战役的同时，中国人民解放军两广纵队炮团团长袁庚（深圳大鹏人、后蛇口工业区党委书记）指挥著名的解放内伶仃岛战役，解放军在猛烈的炮火掩护下，用5艘商船与敌军27艘炮艇对阵。结果我方用木船击沉2艘敌军炮艇，100 多名敌兵葬身海底，余敌吓得仓皇逃窜，其他岛屿（大铲岛、小铲岛、垃圾尾岛等，其中三门岛后划给惠州）也一举解放。此时，全县境内均已插上鲜艳的五星红旗！

（原载于 1983 年 9 月《深圳特区报》，1984 年《人民日报》林里主编的《深圳经济特区散文选》，题目均为《深圳解放的那一天》）

深圳红色交通线的生死故事

20世纪上半叶，无论在大革命的白色恐怖日子里，还是在抗日战争、解放战争的战火硝烟中，从大鹏湾到深圳河畔，从沙头角镇到阳台山村，党的红色交通线从未间断过。为中央、省及地方党的组织提供情报，为游击队运送武器弹药、医药粮食，秘密护送领导人和营救香港沦陷区的文化人，留下了一个个惊心动魄的故事。

在中国人民解放军建军90周年前夕，我随深圳市党史办、市委办公厅机要交通处和东纵联谊会组成的联合调研组，从深圳红色交通线上的水围村开始，到皇岗交通站、水围码头、白石龙大营救纪念馆、阳台山麓龙眼山村、乌石岩古庙、坪山东纵纪念馆及田心村接待站、葵涌土洋村东江纵队司令部旧址和沙鱼涌东纵北撤遗址等重要红色交通点址考察。调研中，意外见到了88岁的水围村庄福松和92岁的坪山田心村叶金安两位老交通员。从他们的忆述中，仿佛再现了当年地下交通线上一个个出生入死的情景……

皇岗水围：红色交通“第一站”

1925年7月，根据中共广东区委指示，成立了由黄学增、龙乃武和郑奭南（上埗人）组成的中共宝安县第一个党支部。1926年3月，撤销县党支部，建立中共宝安县第一届委员会。同年秋，皇岗水围成立党小组，庄泽民任党小组组长。1927年8月，庄泽民遵照中共广东省委和宝安县委的

皇岗水围村红色交通站（庄氏宗祠）旧址

指示，在水围村建立起党的秘密交通站，任务是联络当时设在香港的省委机关与广州及各区县、收集传送情报及护送重要人物进出香港。

1928年5月，庄泽民率领皇岗水围农会武装，参加东宝工农革命军分别攻打深圳墟和南头墟，随后因力量不足而失败，地下党员和农会骨干分散转移到香港隐蔽，庄泽民也到香港士丹利街张福记洋服店以学徒身份继续开展地下工作。1930年2月，由于斗争需要，庄泽民冒着生命危险，潜回宝安水围开设一家杂货店，恢复地下交通站。4月，庄泽民担任中共地下党三区区委副书记兼皇岗交通站站长。这是由中央、省委和县委直接领导的一条重要红色交通线。

水围地下交通线分为外线和内线。外线负责由水围出发，到九龙或香港岛的秘密联络点取回上级密写文件（指示），再经由宝安转送到领导指定的目的地。内线主要从深圳墟出发，到九龙旺角大华戏院接受任务，然后返回水围，转达给白石龙及楼村的宝安县委机关。同时，负责护送省的领导同志如李源、蔡如平、黄学增、阮峙垣、赵自选等经水围、落马洲出入深圳河边境线，这是省委控制的交通线，一般情况下不使用。1942年1月12日晚，庄泽民和“白皮红心”村长庄欣同等人，在落马洲接到化装成难民的邹韬奋、茅盾一行20多人，越过日军封锁线，机警地用3艘小船横渡深圳河，将他们从水围码头带到在赤尾村接应的刘鸣周部队，然后进入白石龙阳台山抗日游击根据地。半年多时间里，像这样由交通站负责西线秘密营救文化人的行动，达30次，涉及数百人。

抗战胜利后，1946年，东纵奉命北撤山东烟台，面对国民党挑起的内战，庄泽民、庄福泽按上级党组织指示，负责加强和发展红色交通线。庄福泽将弟弟庄福松发展为助手，随后他的弟媳妇、老母亲都积极参与，庄福泽家庭成为水围交通线上的又一个重要堡垒。只要接到上级通知，水围交通站便随时用虾船接送人员、医药和武器，然后组织水围皇岗村可靠的妇女群众送到梅林、望天湖等地的部队。

皇岗水围，成为深圳河上沙头角、莲塘、白石洲四大交通线中最为活跃的情报交通站，故被誉为“深圳红色交通第一站”。

大鹏湾：“海上交通线”

深圳地下交通线，除了陆地外，还有深圳湾和大鹏湾的“海上交通线”。

沙鱼涌是连接深港两地重要的海上交通运输线，早在1900年孙中山领导和组织的三洲田反清政府的起义中就出现了。孙中山指派兴中会在香港所设的“同义兴松柏公司”，购置了一批用于起义的枪械弹药、旗帜号衣给聚义会党。义军首领郑士良在香港将400包炸药、300支毛瑟来复枪和40箱子弹，装上一艘船，成功取道沙鱼涌港，秘密运往三洲田起义军部。

1938年10月，日寇从大亚湾登陆，深圳和香港相继沦陷。出生在香港九龙的刘培参加游击队，活动在新界西贡一带。1941年12月20日，刘培接到广东人民抗日游击队的命令，到葵涌组建海上游击队（后为护航大队），并出任队长。在中共大鹏区委和土洋沙溪乡乡长支持下，向村民征用一艘风帆小木船，船上除了一位村民舵工外，9名游击队员配备轻机枪、长短枪和手榴弹。“海上交通线”一建立，一是马上把港九大队在香港收集到的英军溃退时丢下的武器等军用物资，运回沙鱼涌交给总队部；二是掌握日伪在海上的动向，打击海匪，缴获4艘匪船用于武装自己，同时保护客商来往货船，客商物资得到保障，主动向游击队缴纳保护费，为部队解决经费困难；三是缉拿走私船，缴获的走私货物交给设在沙鱼涌的省委交通站——万隆货栈，用于充实抗日费用。

1942年1月2日，刘培和江水率2艘帆船到西贡海湾接受一次特殊的护航任务。在夜幕掩护下，3位化了装的客人，在港九游击队负责人蔡国良、黄冠芳和刘黑仔的贴身护卫下上了船。船上刘培不便打听客人身份。经过

东纵海上交通线船在海上执行任务（选自《东纵历史图集》）

七八个小时高度警惕的夜航，几次巧妙避开日军巡逻艇，有惊无险地抵达沙鱼涌，然后又把他们送到坪山田心村的地下交通站。这时才知道一路护送的是八路军驻香港办事处主任廖承志和连贯、乔冠华同志。3位领导首闯大鹏湾，是亲自“踩点”，以便设计营救滞留在香港沦陷区文化名人的路线。

根据营救文化名人路线的安排，何香凝等人年迈体弱，无法随同队伍从陆路撤走。情况紧急，爱国商人廖安祥用先前买下的船，让他公司的人护送何香凝及其儿媳经普椿和两个孙子，柳亚子及其女儿柳无垢离开香港。因为敌人没收一切动力机器，加上航行时不能发出马达响声，机器被拆除，靠风帆行驶。本来两天可到达东江，却在海面上漂泊了好几天，船上食物和淡水全吃完。正当万分危急时，刘培的海上侦察船完成任务驶过，发现船上有何香凝，立刻报告上级。上级马上派船送来烧鸡、煮熟的鸡蛋、奶粉，还带来几箩筐番薯搬上船，储足了淡水，并附信向大姐表示敬意。何香凝一行前后经过7天7夜，终于安全驶达海丰。

大鹏湾海上交通线，不仅是一条情报线、运输线，而且还是一条生命线。

潜伏者们：“红色情报网”

从土地革命时期由中央交通局和广东省委建立平湖乡山厦村交通情报站起，深圳各级红色情报网络，覆盖敌占区、游击区的广九铁路沿线、海边渔村山乡。交通站和情报站均为秘密单位，情报站可找到交通站，但交通站未必知道情报站位置。东纵司令部设立情报总站，各支队或大队设立了情报站，地方党组织在村镇设有情报点。他们有打入日伪心脏的中共地下党员，有隐蔽在沦陷区的无名英雄，更多的是战斗在交通线上的革命群众。他们为了收集敌方军情，传送党的文件，秘密运送枪支、电台等军用物资，大智大勇，视死如归。

坪山田心村的水源世居，是营救香港沦陷区爱国文化精英路线的一个重要节点。廖承志、连贯、乔冠华等由东江游击队秘密护送到这里，和前后抵达的中共南方工作委员会副书记张文彬、东江游击队政委尹林平碰头研究后，再经惠州、龙川、梅州、韶关安全进入大后方。水源世居主人叶金安父母为过往的同志热情烧水做饭，他的两个弟弟叶启祥、叶启明负责望风放哨，进行外围警戒。身为游击队短枪队队员的叶金安和战友多次往返深惠两地，历尽惊险地一批批护送文化名人与民主人士数百人，出色地完成了任务。

南头人温巩章，1937 年南头中学毕业后，到国民党宝安县县长梁宝仁手下当文书。1940 年宝安县政府成立电台，他被派任国民党挺进第六纵队司令部上尉译电员。时值国共合作时期，温巩章妻子罗慧舒经党组织同意，向丈夫透露了自己共产党员的身份。不久，温巩章升任司令部电台台长，掌握大量机密情报。他通过单线联系人地下党员曾伯豪把情报带到香港，再转送到东江游击根据地。有一次，他送出的文件在东纵一个交通站突然被国民党士兵查获。司令邓琦昌不知底细，派温巩章侦察。温巩章机智地处理好这件事，保护了同志，也保护了自己。

1945 年，温巩章秘密加入中国共产党，奉命打入国民党宝安县党部，掌管机要档案。罗慧舒遵照党组织的指示，不再介入任何地下活动，全职掩护丈夫工作。直至 1949 年宝安县解放前夕，温巩章将掌握的国民党的详细敌情、境内军事部署、伪警宪等大量情报，及时提供给解放军，并为攻打国民党县党部、警察局等重要目标做内应，为深圳人民的解放事业作出了卓越的贡献。

在乌石岩古庙，陈慧清和尚（俗名陈冠修）把寺庙变成抗日游击队的秘密交通站。地下党负责人常常利用周围村民赶墟人多的时候，以香客身份进庙里交换情报和研究工作，游击队的伤病员也常藏在庙里治病。“香客们”从南头、西乡、观澜等地侦探到敌军围剿阳台山根据地等军事行动，陈慧清整理后向第五大队情报站和游击队机关报《新百姓报》（后为《前进报》）报告。由于陈慧清情报准确，令敌人损兵折将，但他的和尚身份引起了敌人的怀疑。1943 年，党组织将他调到第三大队情报站工作，后来在一次日伪军突袭中不幸壮烈牺牲。

坪山情报站分站长曾荣基，以行医为名，经常在坪山墟“广济堂”“保寿堂”药店坐诊收集日伪情报，并为游击队筹药送药，救伤员，锄汉奸。1947 年 1 月 16 日，他和一名姓练的女交通员突然被包围，他迅速把女交通员从侧门转移出去，自己却正面突围，不幸被捕。被捕 3 天后，曾荣基光荣牺牲。

隐蔽战线：“地下交通员”

1940 年，日军岗田 8411 部队 1300 多人再次占领深圳墟，11 岁的陈敏学和许多孩子被迫进入“宣抚班”学了 2 年日语。陈敏学在日军班长龟山的“培养”下，成了一个不付酬劳的“编外小翻译”，当有汉奸报告情况而日军翻译不在时就由他帮忙。例如深圳墟里有两个汉奸，他们从龙华刺探到游击队消息后，回来向日军首领岗田报告，日军“杨通译”恰好随军外出，岗田就找陈敏学翻译。

游击队了解了陈敏学的身世和接触日军的便利，暗中将他发展为小情报员。陈敏学成功地将日伪军的长官名字、部队番号、武器装备和人数等情况，通过小纸条交给住在谷行街上同生茶叶店的联络人。

机灵的陈敏学常常在帮汉奸翻译后，在烟纸上写上“明早到甘坑，一个中队，路过布吉”之类的文字送去茶叶店。游击队收到情报后，不但粉碎敌人的围剿，同时将汉奸除掉。1944 年，岗田部队调走，15 岁的陈敏学到沙头角镇“安东洋行”打工兼做翻译。安东洋行老板是岗田部队的退伍军官，专营木材、粮食、生猪生意，供给日本部队。陈敏学通过洋行交易摸到日军士兵数量、火力配备，报告给港九大队沙头角中队。有一天晚上，陈敏学半夜发现宪兵队伙房在生火做饭，又见宪兵大院的士兵在搬东西，气氛紧张。接着，从日军对话中得知这支日军中午将撤向香港新界粉岭一带。等到天一亮，他化装成送货员的样子，直奔鹿颈村的游击队驻地报告，使游击队打了一个漂亮的伏击战。还有，隶属粤赣湘边纵队东江第一支队第三团的观澜情报站小小交通员卓辉（12 岁），机智地将情报藏在卷烟里，多次完成观澜龙华至东莞长山口情报传送工作。

在深圳隐蔽战线上，一直活跃着不少“地下女交通”。她们或头顶竹笠，肩挑粪桶，到敌营附近侦察敌情；或头戴凉帽，手挽“箩格仔”，装扮成走亲戚的样子，为部队传递重要情报；甚或夜晚与游击队员一起，扛着锄头铁锹，破坏铁路、公路和敌人电话通信设备。沙井洪田村距离日军占领的新桥只有 4 公里，1942 年，奉命驻村做民运工作的朱金玉（东江游击队领导周伯明妻子），常乔装去新桥探“娘家”或挑着尿桶买尿，暗中摸查敌人情况，迅速提供给部队。1942 年 7 月，伪军偷袭洪田村，朱金玉不幸被捕，最后在石岩墟英勇就义，时年 20 岁。公明燕川村共产党员陈细珍，在开展地下交通工作时，于 1947 年被捕，光荣牺牲。路西交通站的杨少珍，胆大心细，智勇双全，被誉为“女交通王”，从 1942 年到抗战胜利，她冲破敌人的严密封锁，保证了广九铁路两侧的地下交通畅通无阻。61 岁的冯芝担任港九大队义务交通员，1944 年 3 月，她为掩护另一名女交通员而光荣牺牲。共产党员罗许月一家在沙头角建立游击队交通情报站，及时为部队提供了不少情报。沙井怀德村的武工队“金虎队”员钟吐婵，冒着生命危险，徒步往返洪田、黄麻埔、乌石岩、凤凰、燕川等地运送情报。布吉上水径村共产党员江嫂（江才娇），布吉坂田杨美村女交通员、共产党员梁嫂（梁才好），龙华弓村曾嫂（周振熙烈士的妻子曾源娇）、张嫂（东纵干部周吉的妻子张群带），赤岭头黄老妹（东纵干部何赋儒母亲），白芒村叶凤兰（张金雄烈士的妻子）等，不仅为交通站传送情报，还为部队采购柴米油盐及药品，给进村的战士养伤、治病、做饭、缝洗衣服，为革命默默奉献着自己。

（原载 2017 年 8 月 1 日《深圳商报》“发现深圳”专栏。）

“廖承志叫我做交通员”

近日，应深圳市委党史办为编纂《初心使命——深圳红色故事》一书的稿约，笔者寻访深圳红色交通线的历史旧址和故事，在坪山东江纵队纪念馆和白石龙中国文化名人大营救纪念馆里，香港大营救负责人和护送掩护人员的展板中，有一位慈祥的长者照片映入眼帘，他就是香港爱国商人、被柳亚子先生称为“梅州大侠”的党的地下交通员廖安祥同志。

廖安祥，人们尊称他为“安伯”。安伯是20世纪80年代初期我的一位同事、罗湖区委领导同志的家人，所以那时对安伯的故事时有耳闻。后来读到房学嘉、叶澄海主编的《廖安祥研究》（华南理工大学出版社，2008年版）一书，对安伯出生入死，积极为八路军驻香港办事处做交通工作，护送领导、接送华侨回国参加革命、为八路军新四军和东江纵队募集、输送物资和经费，特别是参加举世闻名的“香港秘密大营救”行动，一次又一次出色地完成任务，心中钦佩不已。正如最高人民检察院原检察长刘复之撰文所写：廖安祥同志自1937年2月加入中国共产党起，始终热爱党、热爱祖国、热爱家乡、热爱人民，有坚定的共产主义信念，对革命事业忠心耿耿。他不愧为祖国的优秀儿女、中国共产党的好党员。[1]

① 刘复之：《回忆廖安祥》，载房学嘉、叶澄海主编《廖安祥研究》，华南理工大学出版社，2008年11月版，第4页。

利用“义顺源”“晨钟社”接送爱国青年参加革命

廖安祥（1907—1997），是广东梅县丙村一个贫苦农家的孩子。1925年，18岁的他从梅县到香港，接替有病的父亲为“义顺南洋庄”（又称义顺源客栈）做挑水的工作。梅县人以前有很多是在香港做客栈的，方便接待梅县、汕头经香港往来海外的华侨商客。

廖安祥刚到香港一个多月，便碰上了历时16个月的举世闻名的“省港大罢工”。香港客栈行业的工会组织叫“义安公社”，义安公社有部分工人经深圳上广州参加大罢工。义顺源客栈有个伙夫朱昌湖参加工人纠察队，为阻止装满货物的船逃走，被船主推落海里壮烈牺牲。此事对刚从粤东山乡来的廖安祥触动很大，一种正义感油然而生。

1927年，大革命失败后，许多革命志士和爱国青年为躲避国民党白色恐怖，到了香港，有的还到国外避难。廖安祥在义顺源客栈见到了其中一些爱国人士，特别是从梅州来的老乡和同学。其中有一位曾和廖安祥在家乡丙村三堡学堂一起读书的胡明轩，是当时梅县总工会负责人、1927年梅县“五·一二”暴动领导者之一，他带着梅县最早的共产党员杨光存来到香港找廖安祥。廖安祥把他们安顿在德辅道131号地下货仓一间房子里，同吃同住，关怀备至。杨光存在北京大学读书期间，受李大钊传播的马克思主义思想的熏陶，1923年加入中国共产党，当过《晨报》副刊编辑；1926年夏回到梅县担任《梅县日报》主编，是中共梅县县委宣传委员，参与组织领导“五·一二”暴动，并随八一南昌起义部队到汕头，又参加了1927年12月11日的广州起义。广州起义失败后，胡明轩秘密带杨光存到香港找到廖安祥。他们3人常常谈论国事，让廖安祥明白了革命的真理。1928年，杨光存告辞说回梅县继续任教，廖安祥给了他回乡路费。后来才知道，杨光存是受省委委派回去担任县委书记的，不料后来被国民党特务围捕，在梅县英勇就义。杨光存牺牲的消息传来，让廖安祥非常震惊和哀痛，心里萌发信念，要像他们一样为革命作贡献。后来，廖安祥接待和收容了不少从梅县等地来的地下交通员、游击队战士和革命青年去南洋。那些没关系去不了南洋的，他拿出省吃俭用攒下来的1000元港币开了间皮箱厂，安置他们做工。

后来抗战爆发，廖安祥又帮助许多从南洋回来抗日的热血青年投身革命。1937年，廖安祥接待了一位在码头遭流氓敲诈勒索的老乡。这位老乡是被新加坡递解出境的归侨，叫梁育连。经多日接触和了解，两人成为推心置腹的好友。廖安祥说梁育连这个名字太“出名”了，为安全起见得改名，建议叫梁上燕，意为自由来去的梁上燕。梁育连参考了他的建议并改名为梁上苑。廖安祥带他参加香港梅州老乡社团的一些活动，不久，梁上苑加入了“晨钟社”。

晨钟社，是许多到了香港的客家爱国青年因为喜欢踢足球而聚集起来的组织。每每踢完球，大家常坐下来讨论时局。其时，南洋华侨联合组织惠侨救乡会回到香港，与香港惠宝抗日团体成立“东江华侨回乡服务团”，由叶锋任团长、刘宣任副团长。晨钟社里的青年后来都成为东江抗日游击队的骨干，梁上苑也到了八路军驻香港办事处，和连贯同志等一起协助廖承志工作。廖安祥与晨钟社的同志们参加了由妇女领袖何香凝主持的“香港妇女四联会救国宣传训练班”，多次聆听廖承志、连贯、刘思慕等文化人宣讲救国道理。“四联会”由香港妇女会、慰劳会、青年会、新运会等组织中的女性社会名流组成，训练班名人讲课时，香港进步工会、惠阳青年会、海员工会的余闲乐社等团体，都派人报名参加。1937年2月，廖安祥秘密加入了中国共产党。参加两期训练班结束后的学员，有的回老家东江参加抗日，也有的去延安抗大学习或参加新四军。廖安祥就当向导，一路护送他们到坪山游击根据地交给曾生部队，再由游击队护送北上。在来回护送当中，根据曾生部队要求，他还多次把游击队需要的物资，从香港偷偷运送到曾部。

开辟香港—沙鱼涌—淡水海上运输线

1937年底，廖承志奉命到香港组建八路军办事处。1938年1月，在皇后大道18号挂牌“粤华公司”新张，以经营茶叶批发零售为掩护，商铺后楼则是廖承志的八路军办事处（简称“八办”）。由于廖安祥多次完成连贯交给的接送工作，特别是有一次到西环渣甸码头，廖安祥机智地接待了香港汽车司机140人，并成功地护送他们搭乘太古船去温州参加新四军。凭着长期的无私奉献，廖安祥取得了廖承志的信任。从此，廖承志安排廖安祥做交通员。在“八办”粤华公司，由梁上苑带他去熟悉党的秘密联络点，接送文件与物资。

设立在香港皇后大道18号的八路军办事处
以粤华公司掩护抗日工作（廖清清提供）

中共南方局在重庆出版《群众》周刊，为及时在香港翻印和向海外发行，每期由重庆方面将印刷纸型空运到香港，由廖安祥去邮局领取，交给梁上苑送到九龙油麻地的新文化书店印刷发售。香港汽车工会发动工人捐款，新买了两辆救护车捐给抗日部队。连贯叫廖安祥去接收这两辆救护车，然后挑选可靠司机开去重庆，顺利交给八路军办事处。

1938年10月21日，日军攻陷广州，省港交通中断。廖安祥马上联系沙鱼涌商人彭东海和淡水镇的“地头蛇”叶钦梧，3人合股组建“东利公司”，打通香港—沙鱼涌—淡水的地下交通线。用船将内地桐油、茶叶、猪鬃、黄麻、皮革等物资运进香港，又将棉纱、布匹、西药、颜料、纸张、汽车零件等运回内地。货物到了沙鱼涌码头，由于所有公路都被破坏，不能通车，只能靠人力肩挑。廖安祥招了一批挑脚，解决了人力送货的问题。第一批招了120人，后来越招越多，最多时有1200人（部分挑工招自家乡梅县）。这些挑工，专门为东利公司挑运货物和华侨行李。从沙鱼涌挑一担货物到淡水，全程30多公里，付3元半国币①。回程时挑一担出口物资到沙鱼涌，每人一天可以收入7元。这在当时是一笔可观收入，这样的人力运送既解决了运输问题，又帮助了穷人生活。

东利公司在沙鱼涌经营了2年后，日军占领了淡水，廖安祥在淡水和惠州做接待华侨的旅店，又被洗劫一空，东利公司和旅店只好结束营业。股东最终分红时，廖安祥分得4万元港币。如果用这笔钱在九龙深水埗买房产，可买到16栋共60多层楼，相当于大半条街。可是，他分文不要。廖安祥经常从香港到九龙来回搭轮渡（那时没海底隧道），他舍不得花2毛钱坐上层的“雅座”，而总买1毛钱的“平民座”。但是，他却拿出1.5万元港币给家乡做奖学金，资助穷人家孩子读书。他将另外2.5万元港币交给党组织“八办”使用，连贯建议他用这笔钱买两艘机帆船，以作交通运输之用。买到机帆船，粤华公司来往汕头运输业务有了发展，为党赚取了经费。

1941年下半年，太平洋上空战云密布。6万日军占据深圳，对香港虎视眈眈，救亡之声响彻香江，海内外同胞爱国热情高涨。来自各界的抗日救国捐款和物资，源源不断经香港被送往抗日前线。

① 当时国币的市值同港币相等。

虎口营救文化名人脱离香港险地

1941 年 12 月 28 日，连贯派人通知廖安祥，即刻渡海去九龙找广东人民游击队政委尹林平，“有紧急任务”。

廖安祥知道，10 天前的 18 日晚上，日军分别从太古、北角和鲗鱼涌进攻香港岛。25 日圣诞节港督杨慕琦投降。香港沦陷，日寇即时封锁交通，实行宵禁和白色恐怖，疯狂捕杀抗日人士。

其时，有大批在香港参加抗日救亡运动的内地文化名人和著名爱国民主人士、国民党军政人员与家属，由于来不及撤离而滞留香港。他们被早前化装成商人潜伏在周围的日本特工盯住，处境十分危险。这些人士包括何香凝、柳亚子、邹韬奋、乔冠华、戈宝权、茅盾夫妇、胡绳夫妇、胡风、梁漱溟、廖沫沙、夏衍、萨空了及国民政府驻香港代表陈策将军、国民革命军第七战区余汉谋司令的夫人等。

日军四处张贴布告，限令“抗日分子”立即到“大日本地方行政部”报到，否则格杀勿论；特务机关在各报纸刊登启事：“请邹韬奋、茅盾先生参加大东亚共荣圈的建设。”日本文化特务在香港各电影院亦打出幻灯片：“请梅兰芳、蔡楚生、司徒慧敏到半岛酒店会晤。”敌人连续的举动表明，他们要对文化人下手了。一时间形势非常严峻。

中共中央和南方局对滞留香港这批文化精英和爱国人士的境况极为关心。周恩来在香港沦陷前就多次致电廖承志，请他们务必不惜代价，营救被困的文化精英和国际友人。12 月 18 日下午，就在日军登陆的当天，廖承志在香港告罗士打大酒店沉着会见各民主党派负责人和文化界人士，通报东江游击队已派出几支队伍秘密进入九龙，拟订了营救、撤退方案和具体路线：打通了陆路和海陆两条通道——东线从九龙西贡乘船渡海到宝安沙鱼涌，转入坪山抗日根据地；西线从九龙荃湾，越过大雾山到元朗，渡过深圳河，进入阳台山抗日根据地。

18 日一早，廖安祥从港岛坐船过海，到了九龙上岸找到“八办”的李健行，一起见到了东江游击队政委尹林平。尹林平听了香港情况的汇报后说：要开展营救，撤出港岛是关键，所以3天内要打通港九海上交通线，确保廖承志、乔冠华、连贯3位领导安全撤离。当天下午他俩返回香港岛时，海面已被封锁。廖安祥和李健行从深水埗跑到红磡，沿海各码头布满日军哨兵，路上行人极少。海面上，日本巡逻艇巡逻时见船就开枪扫射。二人好不容易在红磡敬记船厂找到了一条黑社会把持的小船，每人交了5元乘船偷回港岛。但是，小船驶到海的一半，遇到日军快艇追来，小船上22人当场被搜身。李健行早已将尹林平的密信吞进肚里。日军见搜不出什么，抢走了他们的船，然后把所有人赶进两只舢板，责令他们返回红磡。①

廖安祥和李健行被分开坐上两只舢板。廖安祥坐的小舢板10多人超重，一边行驶一边进水。船家强行把船上的人丢在海中一块礁石上，自顾自开走。廖安祥等人被困在礁石上一整天，又冷又饿，后来终于看见一只路过的小船，花高价才折返红磡找到了李健行。两人连夜再次从九龙偷渡到港岛铜锣湾，找到连贯，转达尹林平意见。连贯马上请来廖承志和乔冠华，大家一起迅速登上刘水福的大驳船，准备撤离。

刘水福是战前东利公司长期雇用的船长。廖安祥在东利公司当股东时，经常让刘水福帮义顺源和东利公司装运货物。东利公司结束营业后，廖安祥听从连贯意见，花2.5万元港币购置了2艘机帆船，交由刘水福打理，要求他时刻准备应付急用。如今机帆船派上用场了，借黄昏掩护，廖承志等3人扮成“香港大亨”，一路上有惊无险地渡海抵达红磡码头。然后由尹林平、何鼎华派手枪队黄冠芳、江水护送到西贡，在西贡由游击队海上交通队蔡国良、刘培护送到沙鱼涌，翻山越岭到达坪山田心村交通接待站，见到曾生，再由惠阳短枪队护送到惠州水东街的福昌行东湖酒店，安全脱险。

廖安祥继续负责用他购置的两艘船护送其他几批文化人士离开港岛。

---

① 李健行：《成功抢救香港文化界人士》，载廖承志著《胜利大营救》，解放军出版社，1999年12月版，第73—75页。

日军对海上码头和船只管制越来越严格。这两艘船隐蔽在铜锣湾避风塘船中间，成了“海上秘密交通站”。廖安祥遵照廖承志离港前的嘱咐——日军随时可能对国民党元老何香凝、柳亚子下手，要尽快把他们营救出去。由于他们年老体弱，不可能从西线的元朗走山路，必须从东线坐船撤离。首先将何香凝和她的儿媳经普椿、两个孙儿，柳亚子及他的女儿柳无垢秘密接到铜锣湾，隐藏在刘水福那艘船上。廖安祥预见到日军占领后的物资紧张，早早安排刘水福买了很多包大米囤积在船上，所以何香凝他们在船上住了十几天，不愁没饭吃，刘水福像对待亲人一样照顾他们。当天气好一点的时候，日军巡逻稍微疏松，廖安祥联系谢一超让他同船护送何香凝一行到海丰。由于日寇没收一切机器，船上的电机被拆卸沉入海底，机船变成了帆船。何香凝他们本来 2 天可抵达东江，却在海上漂了 7 天 7 夜，最后到了海丰，逃出虎口。

何香凝辗转到了韶关，住在曲江黄田坝。后来，廖安祥由惠州到曲江探望过她，经普椿亲自下厨，弄了一手好菜招待。饭后，何香凝还兴致盎然地用广州话念了一首她描述当时脱险情况的诗：“万里飘零意志坚，怕为俘虏辱当年。河山不复头宁断，逆水行舟勇向前。”逆水行舟即是说在海上漂流多个昼夜的经历。

完成转移何香凝的任务后，李健行通知廖安祥：“你这里的任务完成了。惠州有人在等你，赶快动身吧。”1942 年 1 月 18 日，廖安祥将剩下需要护送几批人的任务交给刘水福，然后带着岳母和儿女等人，由东江游击队分段接送，经沙鱼涌上岸，一路走到惠州。原来在惠州等他的人是廖承志！随后，他又见到了乔冠华、连贯和梁威林等领导同志。

廖安祥接受新任务，在惠州开办“源吉行”，利用香港商人的身份，通过关系与驻惠州国民党 187 师师长兼惠（阳）淡（水）守备区司令张光琼和副师长温淑海混熟。货物从香港运出，由东江游击队卢伟如队长（兼任源吉行副经理）暗中护送；从惠州运出物资有温淑海的批条，一路畅通无阻。开业不久的源吉行成为惠州城生意最火的商号，仅一年就向东江游击队总部缴款约100万元[①]。源吉行在经济和物资上支援了抗日游击队；在情报上，廖安祥获得许多有价值的军事情报，连敌人什么时候去打共产党的消息也知道，还弄到几百张“通行证”，方便游击队活动。源吉行实际上成为廖承志等领导同志以及被营救出来的数百文化人途经惠州的安全据点。1945年，出入源吉行送货的个别游击队员暴露了，廖安祥被迫结束营业，回梅县躲避了一段时间，接着又奉命将原中共粤北省委书记李大林带到香港，让他及时赶到沙鱼涌随东纵部队上船北撤烟台。

廖安祥返回香港，在永吉街启源商行见到连贯和饶彰风，说：“办完了这事，惠州生意又结束了，我做什么好？”饶彰风笑道：“桐油罐还是装桐油，做回交通老本行吧。”廖安祥就回到香港岛德辅道中131号义顺源老地方，继续与人合股开办亚洲贸易公司，为解放战争输送物资和护送各级重要人物，包括准备赴京参加新中国政治协商会议的陈嘉庚、吴荻舟、刘斐、白杨等同志，搭乘太古船北上……[②]

（原载2017年11月28日《深圳商报》“发现深圳”专栏）

---

①房学嘉、叶澄海主编《廖安祥研究》，华南理工大学出版社，2008年12月版，第131页。
②同①，第422页。

东江纵队首部电台诞生始末

在追寻百年党史，赓续红色传统的活动中，媒体朋友陈建平先生发来寻找核实东江游击队著名的“布吉上下坪会议”旧址、甘坑村山洞电台遗迹线索及有关电台诞生的文章，顿时让笔者喜出望外。我们马上相约去布吉鸡公山一带，访老人、勘遗址、查史料，领略和研究东纵组建电台这段鲜为人知的历史。

香港地下党组织秘密转来一封延安电报

1939 年 11 月，国民党顽固派掀起的第一次反共高潮直卷东江。广东国民党当局一方面大造反革命舆论，另一方面组织大规模军事围攻，企图消灭刚刚建立不久的东江抗日游击队。

1940 年 3 月初，广东国民党当局纠集第 186 师的凌育旺团，保安第 8 团两个营，汕头及东江两个地区的李坤、罗坤、梁桂平、袁华照 4 个支队和各地方大队，号称 3 个师的兵力，发动对我东江抗日游击队新编大队和第二大队的“围剿”。面对来势汹汹的敌人，东江军事委员会（简称东江军委）进行了慎重的研究。大家一致认为：不管形势如何发展，我们这支年轻的抗日武装必须坚持下去。但是，面对敌强我弱的情势，却不能硬打硬碰；同时也意识到，现在是国共合作抗战期间，我们不能发生授人以柄的摩擦，最好还是避走。那么，部队往哪里走？有的人主张去博罗罗浮山，有的人主张去汕尾海陆丰，也有人提出到敌后的东莞水乡地区。大多数同志认为，往海陆丰转移较为有利。因为海陆丰在大革命时期是农民运动中心，成立过苏维埃政权，南昌起义和广州起义失败后的部队都是往海陆丰撤退的。那里有光荣的革命传统、深厚的群众基础，便于我们开展游击战争。于是，东江军委决定向省委请示。在省委未答复之前，先按照向海陆丰地区转移的方案部署准备。

3月9日晚，新编大队由东江军委负责人梁广、梁鸿钧、曾生等率领，在夜色掩护下，冲出国民党顽固派（以下简称顽军）的包围圈，由坪山经石井、田心村向东转移。与此同时，第二大队在王作尧、何与成率领下，从乌石岩驻地突破顽军布防龙华石坳、大坪一带的封锁线，在观澜墟北穿越广九铁路，向淡水方向突围。当国民党顽军发现曾、王两部向东突围后，立即调集兵力追杀，第四战区保安司令章远飞亦急忙赶赴海陆丰坐镇指挥。

曾生领导的新编大队和王作尧领导的第二大队，夜以继日，长途跋涉，穿过澳（头）淡（水）公路、平（山）稔（山）公路和惠阳与海丰两县交界高潭地区的崇山峻岭，沿途中，各自遭遇敌人的围追堵截，在激烈的战斗中牺牲和被俘的战士不少。为减低损失，采取暂时隐蔽伤员和疏散非战斗人员的办法，这样，部队减员很大。“东移”的两个月中，两支队伍之间一度失去联系，国民党第四战区游击指挥所趁机散布“曾、王匪部均被歼灭”的谣言，动摇革命群众的抗日斗志。4、5月间，曾生、王作尧两支部队分别抵达海丰县境内石山村和骆（洛）坑村东面当年红军住过的山洞隐蔽。曾生知道以前海丰县的石山村有一个党支部，群众基础可靠，便通过向导找到石山村地下党支部负责人。不久，在当地党组织的帮助下，曾生部在数十公里外的大山里联系到了王作尧部。5月下旬，由海丰县工委书记郑重同志安排，曾生和王作尧在汕尾郑重同志的家里见了面。两人会面，真是悲喜交集，感慨万千。他俩经过交谈才知道，两支队伍从出发时的700多人减到108人，这次“东移”损兵折将，元气大伤；军事上完全陷于被动，弹药缺乏，给养不济，处境十分困难。

在这严峻的关头，梁鸿钧 6 月初从香港带来了由廖承志转来的中共中央书记处 5 月 8 日的秘密电报。电报中指出：……（二）曾、王两部应回东、宝、惠地区，在日本侵略军与国民党之间，在政治与人民优良条件下，大胆坚持抗日与不怕打摩擦仗。曾、王两部决不可在我后方停留。不向敌人进攻，向我后方行动的政策，在政治上是绝对错误的，军事上也必归失败。国民党会把我们当土匪剿灭，很少发展可能。如东去潮梅，人地生疏，顽固派仍可以以扰其抗日后方为借口打我，并将牵动当地灰色武装的暴露。电报还具体指示如何做好回防前的工作。①

党中央的“五八”指示，好比黑夜的明灯，照亮了东江抗日游击队的前进道路。

设法找部电台，随时与党中央保持联系

部队在“东移”中深深感到，没有电台的联系不仅不利于两支部队的作战，而且还得不到上级乃至党中央的及时指示，如同在黑暗中摸不到方向。

其实，在曾生领导的惠（阳）宝（安）人民抗日游击总队成立之初，廖承志为了解决惠宝游击总队与八路军驻香港办事处和党中央的无线电联系，于 1939 年春，不仅拨给他们一部电台和通信密码，还为游击队培训电台人员。当时，游击队从香港又买来一部电台机，自己动手安装了一部，选调了戴机（又名戴基）、王春红（又名王彦芝）等 5 位同志，在坪山乡谷仓吓村成立了电台小组。但由于各种主客观条件的限制，直至 1940 年 3 月，电台仍未能对上沟通电信联络。②

---

① 南方局党史资料征集小组编《南方局党史资料》（军事工作），重庆出版社，1990 年 6 月版，第 46 页。

② 曾生：《曾生回忆录》，解放军出版社，1992 年 2 月版，第 125 页。《东江纵队志》编辑委员会编《东江纵队志》，解放军出版社，2003 年 10 月版，第 277 页。

东江抗日游击总队“东移”回到宝安，1940年9月，东江特委在布吉上下坪村召开干部会议。根据党中央“五八”指示和广东省委的决定，东江抗日游击总队认真总结“东移”的经验教训，研究和确定今后的斗争方针和工作计划，决定了“以大岭山和阳台山为中心建设敌后抗日根据地，开展独立自主的游击战争”的战略决策。

1940年初，东江游击队原来只能收报不能发报的电台（廖虹雷摄）

1940年10月，广东人民抗日游击队第三大队大队长曾生率部挺进大岭山山区，创建抗日根据地；1941年1月创办《大家团结报》。王作尧领导的东宝惠边人民抗日游击大队（此时番号改为广东人民抗日游击队第五大队）开赴阳台山，创建抗日根据地；1941年2月创办《新百姓报》。两家报纸办起来后，各利用电台收报机抄收延安新华社一般通播新闻、中央新闻社新闻电讯及报纸摘登的重要时事，供领导参考，同时刊发游击队和根据地的消息文章。

1941年春，曾生在大岭山很重视部队思想和新闻、通讯的建设。根据粤南省委拟建立部队电台的意图，曾生想起早前香港八路军办事处给的那部电台因为缺少个别零件而用不上，东移的途中又将电台交给了惠阳东部的高潭地方党组织作掩藏处理，曾生当即派人去高潭取回电台设备。但这些设备因拆散埋藏，零件又损失了一些，电台仍然建立不起来，只能权作收报明码译电，不能发报。2021年6月，在庆祝中国共产党成立100周年的日子里，笔者前往东莞参观大岭山抗日根据地的《大家团结报》报社旧址中，见到了该报社当年使用的新闻收报机的“电台”和国家一级文物——报纸印刷机，以及挂在墙壁上的报社和电台负责人杜襟南与何太的照片。杜襟南时任东江游击队司令部机要科科长、《大家团结报》社长，何太任《大家团结报》报社记者、编辑及电台译电员、新闻文件电台台长等职。

电台只收到新闻电台播发的电讯，而联系不到党中央，曾生非常焦急，说道："我们广东人民抗日武装，在远离党中央，孤悬敌后的情况下，如果没有电台，就像聋子、瞎子一样，容易犯错误，遭受挫折和失败；有了电台，就能接受党中央的正确指示，在斗争中不断发展壮大，夺取胜利。"

1941 年 12 月 8 日，深圳河边炮声隆隆。日军集结以 36 师团为主力的 15000 多人，兵分两路，越过深圳河进攻香港。广东人民抗日游击总队（东江纵队前身）面临着营救大批滞留香港的爱国民主人士和文化精英的重任。为了与延安取得联系，尽快把电台建立起来，香港八路军办事处电台负责人刘澄清奉命进入宝安阳台山抗日根据地，迅速组建东江纵队电台。

延安电台专家亲临东纵建立电台

刘澄清，1919 年 8 月出生于四川省南部县一个普通农民家庭。1933 年 8 月，参加红四方面军。1934 年秋，被选送红四方面军无线电第四期培训班学习。1935 年春，随红四方面军开始长征，爬雪山，过草地，是一个名副其实的"红小鬼"。1937 年 8 月，回延安在军委一局工作，同年 10 月转为中国共产党党员。1937 年 12 月起，先后担任八路军驻武汉、桂林、重庆办事处电台台长等职务。

1941 年 4 月，刘澄清和妻子康瑛一起被派往香港（当时设在皇后大道中 18 号二楼的八路军驻港办事处，对外称"粤华茶叶公司"），负责秘密电台工作。康瑛本姓邝，是广东人，配合丈夫刘澄清开展香港党的地下工作。同年 12 月，刘澄清受廖承志委派从香港调往宝安，负责组建广东人民抗日游击总队的电台工作，1942 年 1 月任抗日游击队司令部电台台长、机要科科长。1943 年 4 月起，先后调任重庆、南京、延安和晋察冀根据地等地电台台长。1949 年新中国成立后，刘澄清一直在国家邮电部门工作。1973 年 5 月任邮电部党组成员、副部长（正部级待遇）。1983 年 6 月离休。2018 年 9 月 30 日在北京逝世，享年 99 岁。

1941 年 12 月初，刘澄清、康瑛和香港“八办”电台人员康一民抵达宝安抗日游击根据地，与前期游击队研究无线发报的杜襟南等同志合作，在阳台山麓东侧鸡公山的甘坑村组装电台。当时，游击区不仅环境不安定，器材也很缺乏。但是，再大的困难也难不倒刘澄清这个行家里手，他既会收报发报、机要译电，又会装配和维修电台。他先利用从高潭取回的电报机进行检修，然后从香港经秘密交通运回的一些电信零件和战斗缴获的器材中更换元器件。山村没有电，没有焊接工具和材料，他用烧火钳钳着铜线当烙铁，从老百姓家找来锡壶当焊锡，到山上老松树头刮来松香做焊油，加上游击队打仗缴获收集起来的零碎接线当导线，装装拆拆，反复无数次，有时焊烙钳烫伤了手也顾不上。经过一个多月的昼夜苦干，游击队第一部自行安装、土洋结合的电台终于在宝安县甘坑的一个山沟里诞生了。①

岭南的腊月，北风飕飕，甘坑的山洞里更是寒气逼人。

“嘀嘀嘀”的电键声不时传出洞外，微弱而隐秘。电台开始工作，刘澄清戴上耳机，按动电键，用香港地下电台的呼号、频率，试探着与延安联络。“延安，延安，我是东江！”昏黄的马灯下，电波飞越万重关山，奔向中国抗日战争的总后方。其他机要人员，顾不上天寒地冻，紧张地盯着发报机，焦急而又期盼电台呼叫的回应。这样令人焦灼的场景，已经重复了好几晚。

“东江，我是延安！东江，我是延安！”黎明时分，从长空蓦地传来

---

① 见广东省户外运动协会官方网站“南粤古驿道网”刊登的一篇《从延安和重庆到南粤的红色电波——周恩来同志和南方局对东江纵队的指引》网文。除了南粤古驿道网文章外，亦有多篇文章都提到东纵首部电台是在宝安甘坑诞生，却没有说在甘坑的具体位置。联想到甘坑某个山洞里遗留有东江纵队的临时兵工厂，在日伪军时常骚扰的环境下，组装电台不可能在户外或某间民房里。十有八九，就在这个临时兵工厂的山洞里完成。

1940年9月，东江游击队布吉上下坪会议旧址
（选自《深圳红色史迹寻踪》，海天出版社，2007年）

最美妙的回音，东江游击队得到延安温暖的回答。“通了！通了！”“延安回答我们的呼号了！”“和延安联系上啦！”“和中央联系上啦！”发报机要工作人员高兴得蹦了起来，与一旁焦急等待的战友紧紧拥抱在一起。泪水，濡湿他们的脸庞。这一晚，刘澄清和游击队员们分享了东江游击队历史上第一台发报机成功诞生的喜悦。

“刚接通时，我呼叫‘延安，我是东江’，延安很奇怪，因为这个波长、频率和时间应该是‘香港’，怎么会是‘东江’呢？我告诉延安方面，我是东江游击队，先借用香港的频率通话，并确定了以后同延安通话的波长和频率。”2017年，刘澄清接受重庆红岩革命历史博物馆研究馆员采访时，说起当时情形，仍然很兴奋。他事后得知，当晚，他和留在香港的林青都在联系延安，使用的波长和频率都相同，又是同一时间。而他联系上了延安，林青却没有。因为东江纵队刚组建的这部电台是公开电台，功率大，15瓦；林青那部是秘密电台，功率小，只有5瓦。因此，延安先收到了用熟悉的刘澄清指法发出的东江电台发报声。

刘澄清成功接通了延安总部的电台，东江游击队顿时像万里之外的孩子找到了母亲一样，阳台山根据地的指战员兴奋地奔走相告。随后，中共中央南方工作委员会副书记张文彬召集会议，宣布党中央同意东江游击队正式设立电台，用专用频率和密码与延安中共中央和重庆的中共中央南方局联系。刘澄清同志任机要科科长、电台台长（后戴机接任台长），后又派杜襟南任电台政治委员。从此，宣告广东人民抗日游击总队的无线电通信开始。正在龙华白石龙部队总部的曾生等领导得知消息后，激动不已，说："电台建立起来了。刘澄清等同志为部队发展和抗日根据地的建设，立了一大功！"

此后，凭借"延安—东江"的空中电波，从1942年1月建立电台之始至1946年6月30日部队登船北撤烟台为止，东江纵队一直保持与延安中共中央和重庆南方局周恩来等同志的联系。尽管电台随着司令部转移至龙华的白石龙、大岭山的大王岭、葵涌的土洋村、坪山的石灰陂和大鹏半岛的半天云与油草棚村等地，但是，来自延安党中央、重庆南方局的红色电波，从未间断地传送到曾生、王作尧、林平、方方和张文彬等领导同志手中，也及时转送到琼崖区游击队队伍。东江纵队成为在党中央、毛主席直接领导下的一支华南人民抗日武装队伍。……东纵电台的建立，为接下来的文化名人大营救和抗日战争的胜利，做出了不可磨灭的贡献。[①]

（原载中共深圳市委党史文献研究室、深圳市人民政府地方志办公室编印《深圳史志》2021年第三期）

① 本文参考了《中国共产党深圳历史（第一卷）》《曾生回忆录》，陈建平的《东纵首部电台甘坑造》以及红岩革命历史博物馆、大公报、南粤古驿道网和广东老区建设网《东江游击队用过的发报机和编印的情报通报》等文献史料。

上埗郑奭南——大革命时期中共宝安县委创始人

郑奭南（1900—1998），又名郑哲，宝安县深圳镇上埗埔尾村（今深圳市福田区南园街道巴登社区）人，中共宝安县党组织创始人之一，曾任中共宝安县委第一任书记。

投身农民运动 反对苛捐杂税

根据《中国共产党深圳历史》（第一卷）、《深圳市人物志》等文献记载和到上埗等地采风所得，深圳地区早期的共产党员郑奭南的形象呼之欲出。

郑奭南的儿子郑汉勋和郑凯在有关访谈文章中说道，他们的父亲出生于一个知识分子家庭，20 世纪 20 年代，从上海复旦大学教育系毕业回到家乡。此时，曾经富饶美丽的宝安不仅连年遭受自然灾害，还饱受军阀和土豪劣绅的欺压，他们疯狂抽人头捐、牛捐、猪捐、鸡鸭捐、买卖货物捐以及渡河附加捐等，致使民不聊生，百姓苦不堪言。郑奭南目睹社会现状，接受新民主主义革命思想，产生了强烈的改变不平等社会的愿望。

1925 年 6 月，正当省港大罢工如火如荼地进行时，25 万名香港产业工人源源不断经深圳转去广州。郑爽南也热血沸腾地投身到省港大罢工的历史洪流中，并认识了农民运动领导人阮啸仙，又由他引见认识了设在广州的国民党中央农民部秘书罗绮园，被聘任农民部干事。随后，郑奭南被任命为国民党中央农民部特派员，参加宝安农运工作。

由于他是深圳镇当地人，可以更有效地开展工作，周边的村镇很快建立了农会和由农会自己掌握的武装队伍。农民自卫军拿着土枪大刀，向欺压他们的地主恶霸发起斗争。当时，白石洲至蛇口一带农村地区有个民团团长郑鄂廷依仗有官府庇护，不服农会指令，拒绝解散民团。郑奭南把他叫到农会，责令他不要与农会为敌，同时取缔民团私自抽税敛财的行为。这一行动，大大地打击了地主老财、反动势力的气焰，鼓舞了农民的革命斗志。

1925 年 7 月，在周士第、黄学增的介绍下，郑奭南加入了中国共产党。同月，根据中共广东区委的指示，成立中共宝安县党支部，他是 3 个主要负责人之一。

同年冬，郑奭南和龙乃武到广州向省委负责人汇报工作，见到了中共广东区委农民部部长阮啸仙。阮部长指示要继续发动农民，开展反苛捐杂税和减租减息斗争。

郑奭南回到宝安后，了解到国民党驻军强征的“防务经费”引起民怨。这种防务费征收名为“启征税”，强行把店铺分为大小二级，大的每月上缴 30 元，小的摊派 20 元，迟缴的被抓人封店，遭到勒索。宝安县党组织为了建立威信，决定向横征暴敛的驻军开刀。郑奭南只身去见国民党深圳驻军旅长司徒非，向他陈述苛捐杂税的危害，要求他取消防务费及户口税等。谁知兵痞旅长根本不把这个农运特派员放在眼里，照征不误。郑奭南立即发动群众上街示威游行，同时将深圳的情况迅速上报广州国民党中央党部。国民党慑于民愤，直接下令撤征，并颁布告谕：未经中央财政部核准，不得巧立名目横征暴敛。司徒非被迫取消各种巧立名目的强捐苛税。郑奭南体验到了按照中共广东区委指示而取得斗争胜利的滋味。

1926 年 1 月，中共宝安县党支部书记龙乃武和郑奭南到广州，向中共广东区委组织部部长穆青和农民部部长阮啸仙报告宝安县党的活动与农运情况。穆青指示宝安要根据形势发展建立县级领导中心机构。同年 3 月，宝安各区党组织负责人召开会议，决定撤销县党支部，建立中共宝安县党部，推选龙乃武为县党部负责人，龙乃武、郑奭南、潘寿延为县党部常务执委，郑奭南兼任县农民协会常务委员。中共县党部和县农民协会设在南头关口一间玄武庙里，隶属中共广东区委领导。县党部直接行使职权，主要任务为发动群众援助省港大罢工，开展减租减息、打倒贪官污吏和豪绅恶霸的斗争。随着县党部的建立，全县共产党员发展到 197 名，五、四、三、二、一区相继建立区的党组织，当时六、七区党员较少，未建立支部。

至 1926 年春，宝安县有农会会员 13759 人，建立了县农民自卫军模范队，各区农会也建立了 30 人至 50 人的农民自卫军。农会很大程度上影响着全县的政治，县长做事都要得到农会许可才敢进行。封建地主的特权被打倒，广大农民第一次挺起了腰杆，这是中国数千年来从未有过的壮举。

为推动国共合作，中共宝安党组织参加改组国民党宝安县党部的工作，郑奭南等多位同志被选为国民党宝安县党部执行委员、监察委员和候补执行委员。共产党员在国民党县党部占绝大多数，保证了这个民主革命统一战线的革命性质。

郑奭南兼任县农民协会常委。作为宝安县农民协会主要负责人之一，他继续公开积极地开展农民运动。

粉碎白色恐怖　秘密成立县委

1927 年 4 月，蒋介石制造了“四一二”反革命政变。大批共产党员和农会骨干被杀害，宝安各区委遭受破坏，农会被解散。土豪劣绅卷土重来，反动民团死灰复燃，革命形势急转直下。

5 月，国民党广东省党部紧跟蒋介石，派宝安籍的郑启中等 3 名清党委员到宝安“清党”，搜捕共产党员。国民党宝安县县长邓杰带领警察队和反动民团围剿农民自卫军的据点乌石岩与楼村等地。为保存力量，农军被迫分散撤退，党的文件一律销毁，党员分散隐蔽。原来外逃的土豪劣绅纷纷回乡，进行反攻倒算。农会骨干和共产党员有的被杀害，有的逃去香港、南洋等地避难，中共宝安县党部负责人龙乃武亦出走香港。霎时间血雨腥风，斗争极度困难，白色恐怖笼罩整个宝安地区。

中共宝安县委第一次代表会议会址（今燕川村）

1927 年 6 月，中共宝安县党部派人到香港，找到中共广东特委常委陈郁汇报情况。陈郁代表特委指示，撤销中共宝安县党部，尽快召开党员会议成立县委，由郑奭南任县委书记。

根据省特委指示，宝安在大革命失败的低潮中，改组县党部，产生中共宝安县第一届委员会，委员有郑奭南、麦福荣、陈义妹、张丽川、陈细珍等。郑奭南担任第一届县委书记。为了保持和巩固党组织力量，中共宝安县委机关秘密迁至公明楼村，隶属中共广东特委。

8 月 20 日，新成立的中共广东省委由省委书记张太雷在香港向省委传达中共中央 8 月 7 日于汉口召开的“八七”会议精神，实行革命的武装反对反革命的武装。省委要求宝安县委贯彻执行中央和省委关于土地革命和武装反抗国民党反动派的总方针，具体是整顿恢复农会和农民自卫军，部署潜伏活动，鼓励农民起来响应全省有计划的武装暴动，反对国民党反动派的大屠杀。随后，中共宝安县委书记郑奭南召开会议，部署 5 名县委委员分别潜驻各区开展工作，郑奭南担任巡回总督导。重整农民自卫军，重树革命武装大旗，准备暴动起义。

扛起革命大旗 举行三次暴动

1927年11月，中共广东省委召开东莞、宝安两县领导人联席会议，动员参加省委的“全省暴动”计划，成立“东宝工农革命军总指挥部”，顾问为赵自选（黄埔军校一期毕业生、中共广东省委候补委员、铁甲车队创始人之一），总指挥蔡如平（省农会常委），副总指挥为郑奭南。郑奭南回到楼村，召集县委委员和农民自卫军领导人会议，将拥有4个大队的农民自卫军改编为工农革命军。

12月上旬，郑奭南接到省委从香港转来的指示：迅速集合两个大队的工农革命军，于13日前开抵罗湖火车站，会同铁路工人乘火车直趋广州接应起义。

郑奭南以最快的速度从两个大队的工农革命军中抽调200多名战士会集楼村。当晚，由他率军星夜兼程，经观澜、龙华，向深圳镇挺进。13日清晨抵达梅林径时，接到铁路工人传报，得知广州起义已于11日提前举行，但不幸失败，起义队伍已经全部撤出。上级指示宝安工农革命军停止前进，退回原地待命。

郑奭南立即召开紧急会议，认为工农革命军士气高涨，深圳镇近在眼前，且反动军队力量薄弱，应乘机予以狠狠打击。于是，临时决定攻打深圳，与广州起义相呼应。拉开了宝安农民军第一次暴动的序幕。

14日，工农革命军兵分四路，突破深圳镇东西南北墟门，包围国民党军政机关。郑奭南带队从东升街冲进反动警局，击毙警局巡官江秀词，俘虏深圳区署区长兼警察局局长陈杰彬和2名局员，缴获长枪10多支。整个战斗不足1小时，工农革命军无一伤亡，首次尝到反抗反革命武装的胜利。

当天下午，工农革命军从深圳镇转移到乌石岩集中，另外，工农革命军的两个大队未攻下南头县城，亦退到乌石岩会合。

这次暴动，是宝安工农在大革命失败后的第一次武装斗争，有效地打击了国民党在宝安的统治，但事后也遭到敌人疯狂的报复和镇压。国民党县长邓杰督率3倍于革命武装的县兵与民团，包围乌石岩，以图报复。

中共广东省委获悉宝安武装暴动后，分别通知东江特委、海陆丰和惠阳县委，组织邻近宝安的地区暴动，以支援策应宝安武装斗争。但是，面对敌强我弱形势，郑奭南不得不带领部队边打边退。由于工农革命军刚组建不久，缺乏训练，组织松散，沿途溃散不少，所剩数十人转移至东莞梅塘，屯扎东山庙，终因给养困难，只好安排回乡潜伏活动。

中共广东省委对宝安县工农革命军攻打深圳提出了批评，认为事前没有作具体计划，也没有发动群众，结果必然招致失败。省委指示宝安县委，要积极开展土地革命，发动群众，不能因为广州起义失败而停止斗争；同时要求积极主动联络周边东莞、惠阳等县的工农革命军，形成斗争合力。

1928年2月23日，根据省委的指示，县委在周家村召开全县党员代表大会，后因该村地主豪绅势力猖獗，临时改在燕川（今宝安区松岗街道燕川村）召开。会期1天，到会代表19人，省委巡视员阮峙垣参加会议。

郑奭南宣布开会并作党务报告，阮峙垣作政治报告。会议总结了攻打深圳、南头的经验教训，选举产生中共宝安县委第三届委员会，由9名委员、3名候补委员组成。郑奭南被推举为第三届中共宝安县委常委会主席（之前选举产生的中共宝安县委第二届委员会书记是平湖人刘伯刚）。在省委未指派县委书记前由郑奭南代理，并由他主持召开第一次常委会。会上，常委和委员做好分工，制订出“宝安暴动计划”，提出“没收土地归农民”“建立工农兵贫民苏维埃政权”等口号。

1928年4月12日，为配合东江各地的暴动，宝安农民武装举行第二次暴动，占领沙井的福永墟，进攻南头县城。4月19日，广东省委派省委委员黄学增到宝安指挥暴动，集中百余人武装包围六区径背村的反动据点，然后进攻长圳、唐家村、塘尾围等处，打击地主豪绅民团，震动了全县，国民党县长及沙井各乡地主纷纷到省城、虎门、深圳搬兵。农民武装被数倍于自己的反动军队与民团包围，第二次暴动失败了。同年5月，中共宝安县委在广东省委书记李立三“左”倾冒险主义错误指导下，宝安农民武装举行第三次暴动，也因敌我力量悬殊失败了。

三次暴动，致使农民武装严重受挫。此后，革命转入长期的地下活动和游击斗争。

1928 年 5 月，第三次暴动中，郑奭南被国民党反动派逮捕。后经乡贤千方百计营救出来，移居香港，一度与党组织失去了联系。抗日战争期间，香港沦陷。1942 年，郑奭南与家人逃难到广州湾（现湛江市），住湛江赤坎大通街，先后任教于赞化小学、培智小学、河清中学、赞化中学等。1958 年，郑奭南离开湛江到香港定居。晚年，从香港返回深圳上埗村居住。

1998 年，郑奭南在家乡深圳溘然长逝，终年 98 岁。

（原载 2014 年 9 月 10 日《深圳特区报》“鹏城风流”专栏）

草埔梁金生
成长为国际共产主义战士

深圳市罗湖区草埔新屋吓村的梁金生烈士纪念馆，红底镏金的纪念馆馆名牌匾分外引人注目；一进展厅，一幅梁金生头戴八路军军帽、神采奕奕的照片，令人肃然起敬。

漫步烈士纪念馆，一幅幅泛黄的照片，一件件记载战火硝烟的实物，一行行生动的文字，记录着宝安早期共产党员梁金生的英雄事迹，让深圳人民无比骄傲与自豪……

在越南东川开中药店掩护地下工作

据2007年9月中共党史出版社出版的《中国共产党深圳历史》（第一卷 1924—1950）载：

梁金生（1906—1946），国际共产主义战士，祖籍新安县（深圳市前身）布吉乡草埔新屋吓村（今属罗湖区东晓街道），1906年出生在安南（今越南）安江省省会东川（今称龙川）市。父亲梁二发因生活贫穷，年轻时去越南谋生，娶越南女子黄敬勤为妻。梁金生5岁时父亲病故。到了7岁，母亲结束父亲的中药铺生意，带他回到中国在草埔村接受中华文化教育。其间，因家庭财产纠纷返回越南，在外婆家继续读书。到了9岁，1915年，母亲再次带他回家乡新安县读书，教他不忘中国。1919年，他以华侨学生身份考入南京暨南学校（大专班）。1924年春，在校加入中国社会主义青年团（1925年改称中国共产主义青年团），毕业时拿到了师范学科毕业证书和自学完成的中医学科的证书。同年7月，返粤参加革命。1925年，在草埔创办培峰小学，组建笋岗田心村、草埔村农民协会和农民自卫军。1926年，出席广东省第二届农民代表大会。1927年，经曾宪尧和谭锡泉两位中共党员介绍，由共青团转入中国共产党。同年，国民党发动“四一二”政变，中共党员遭到屠杀，梁金生先后化名梁秉枢、陈新、赤光、殷征，转入地下革命活动。

1928年初，各地党组织遭到破坏，谭锡泉从东莞到宝安梁金生的家中，转达组织上的决定：“党允许各位党员自找出路隐蔽起来，继续斗争。”梁金生与母亲商量把一块水田和一间铺子卖了当作路费，携母亲潜回越南，住在外祖母家中，不久辗转到四姨母家。由于梁金生自幼过着贫穷的生活，深知底层工农的困苦，童年在越南的日子，更是亲历法帝国主义的压迫欺凌，所以很早就接受反帝、反压迫思想的影响。表弟郑文耀是越南共产党员，经他介绍，1928年4月，梁金生加入了当时由阮爱国（胡志明）和李贵两同志领导的越南共产党国际支部（越南劳动党前身）。他将革命战场转到了越南东川，在外婆家开中药铺，坐堂当医生，秘密开展革命工作。其时小小的东川市，聚集了来自中国惠（阳）东（莞）宝（安）客家人开的13个中医药店铺（后发展为29家）。这段中医坐诊经历，为他后来的中西医研究积累了丰富的经验。

在宝安草埔变卖祖田办学抗日

1932年，因越南“白色恐怖”，安江省党的机关被破坏。中断了组织联系，梁金生只得再次潜回深圳草埔村，经同学介绍到东莞公立端风学校任六年级主任兼国文、史地教员。后经他的入党介绍人谭锡泉（化名谭少虹）引荐，到广西南宁市省立第一初级中学教学，开始了辗转于广东、广西的革命活动。

后来，有人向广西教育厅告发，称梁金生可能是个共产党员。梁金生巧妙隐瞒身份，由他的老师、广西教育厅厅长雷沛鸿将他调到果德师范讲习所当所长。1934 年 6 月，梁金生又被介绍到广西世界语协会和广西国民基础教育研究院任教育指导专员。梁金生暗中了解到“世界语协会”是南宁地下党的外围组织，于是参加该协会，秘密找到范文忠和陈成两位同志，接上了组织关系，从此利用合法身份，开展党的工作，发展党员。1934 年至 1935 年，梁金生被任命为南宁市党支部书记，先后介绍了李俊成（鲁克）、滕雪心等人入党。

为收集敌人情报，党组织得知梁金生用高超的中医医术为国民党广西省党部常务主任黄钧达和他的女儿治好病并取得了对方信任，派他打入国民党广西省党部宣传科工作。1936 年 8 月，梁金生发现自己的私人信件被检查过，觉得有暴露的危险，马上向党组织汇报。12 月，党组织批准他回到广东，在香港找到中共南方临时工作委员会张秋云（饶彰风），接受指示回家乡草埔办学及恢复农运工作。

1937 年 4 月，梁金生变卖了位于笋岗的一片祖田，筹款 2000 元银圆，在草埔小学基础上创办民族中学并担任校长，以民族中学作为地下党的联络点，培养抗日骨干（1938 年学校被日军烧毁）。梁金生聘请数名共产党员担任教师，成立民族中学党支部，领导学生和草埔青年农民抗日自卫队，进行抗日救亡运动。这座以抗日救亡为己任的新型学校生气勃勃，吸引了一批进步青年的积极参与。梁校长常常为群众讲解国家大事，亲自编写宣传抗日的文稿和剧本，又写民谣《拿起枪杆杀豺狼》、客家山歌《送郎参加自卫队》《民兵御敌立功劳》等，排演节目，深入各乡宣传，唤起民众奋勇抗日。

1938 年 10 月 22 日，日军占领南头城，位于古城的国民党宝安中学校长仓皇弃校逃跑。地下党组织趁机派遣梁金生就任校长，主办《宝安抗战周刊》，为《宝安青年》等报刊撰写文章，机智勇敢地开展了一系列对日斗争。后被敌人追杀，上级党组织为了保证梁金生的安全，把他和 8 岁女儿梁汉莲及 4 名师生骨干秘密送往延安。

得知校长要去延安的消息，好些进步的学生纷纷给梁金生写临别赠言。梁校长特意要求同学们在留言时写下通信地址，以便日后联系发展党的力量。80多年过去了，这25位同学的赠言一直被保留着并在纪念馆陈列展出。

在延安艰苦践行中西医结合

到了延安，梁金生进入瓦窑堡抗大四期一大队学习。1939年毕业后，由中央组织部安排到中央职工委员会工作，筹备职工学校。为解决学校经费困难和边区缺医少药的问题，他提出办职校中央合作社的计划，得到中共中央职工运动委员会副书记兼职工学校校长张浩的赞成。经中央财政经济部部长李富春批准，梁金生被任命为延安光华制药厂和八路军卫生材料厂两个厂的厂长，直属中央财经部领导。

梁金生的父亲和外祖父在越南均开中药铺行医，他读大学时又取得中医科文凭，在家乡宝安和广西期间救死扶伤，治好了不少病患。他掌握中、越、法、英4国语言，还会讲广东粤语、客家话和广西话，很有交际才能。他既虚心博采众长，又勤奋精研中医，在教育、医学理论等方面颇有造诣。在敌人对延安重重封锁、医药资源严重匮乏的情况下，梁金生就地取材，采用生草药自制汤剂及药丸膏散，如苠蓉膏、甘草膏、龙膏等十几种，中药制剂有行军丹、健胃散、热退蜜、经便通等三四十剂；西药方面，指导卫生材料厂自制远志酊、冠酊、皮酊、杏仁水、母尼精等40余种。1940年11月27日《新华日报》报道：“八路军卫生材料厂……成立不到两年，已制出了200余种有效良药，对解决战时药品的困难，尽了很大的努力，取得了不小的成绩。”

1941年3月28日，重庆《新华日报》以《中医中药在边区》为题，详细报道了延安在中医中药方面的突出成绩：“光华制药厂合作社下设采药科、总务科、保管科、会计科、工务科等，工务科下有碾药间、制药间、干燥间、包装间，每间设有主任，制药工人有50余名，此外有诊望室和疗养所。……现在，我们制出12种药品，光华退热散、八路军行军散、

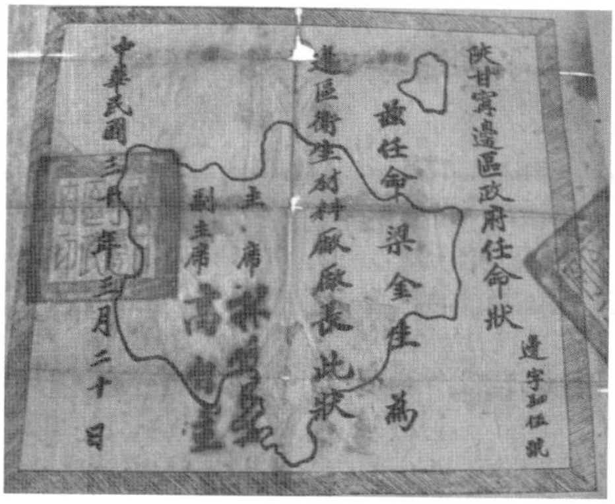
陝甘寧邊區政府任命狀
邊字第　任號
茲任命梁金生為
邊區衛生材料廠廠長此狀
主席 林伯渠
副主席 高自立
中華民國三十年三月二十日

1941年梁金生担任延安边区卫生材料厂厂长的委任状

光华红白痢疾丸、光华平胃散、光华补脑丸、光华止咳散、光华补血调经丸、光华痧症丸、清肠丸等。过去各种药品每月产量为1万包，现每月可出7万包，为了荫及大众，服务社会，每包定价不过2角洋……治病药品在延安有口碑。”

在梁厂长领导下，光华制药厂不仅研制了一批批中成药，还增设门诊，由梁厂长率医生给军民看病。据延安老同志说，感冒了，吃一包“胜利茶”就好了，说胜利茶的功效堪比阿司匹林，但只要一两毛钱一袋，而在延安阿司匹林要2元一片。边区《解放日报》（1941年6月19日）还报道：边区卫生材料厂与光华制药厂合并为光华制药总厂，由梁金生任厂长。现该厂出品已达30余种，临床证明60%以上皆有功效。留守兵团政治部魏善剑同志曾患肺结核病，于休养所休息6个月仍未恢复健康，之后由梁厂长诊治，服用中药11帖，病近痊愈，今已调任某处工作。用中医疗病方法治好者有胃病、肺病、痢疾、伤寒、淋病、睾丸炎和关节炎等病症。徐特立同志称赞说：“梁金生真是个杂家。”很快，梁金生成了延安有名的医生。

为了进一步加强中西医合作，推进边区的卫生事业，梁金生在光华厂加紧医药研究，同时与医大、卫生部联合成立中西医研究室，编辑出版《国药通讯半月刊》。光华制药总厂是由中医领导的中西医药研究和生产、中医诊望、住院治疗的大型联合企事业单位，标志着在我党的领导下，在极端困苦的陕甘宁边区已开创出一条中国卫生事业的发展路子。重庆《新华日报》还发表梁金生访问文章，称赞他“是我国的岐黄妙手，积极推行中医科学化的倡导者”“他的努力不仅在于克服抗战时期的医药困难，尤其对我国数千年来医学传统的发展作出极宝贵的贡献。”

1941 年 11 月，在延安召开的中医研究会第二次代表大会上，梁金生公开家传秘方，并被选为陕甘宁边区国医研究会常委以及医药研究会委员。同年，被选为陕甘宁边区第二届参议会参议员。他的工作受到表彰，还被奖励了一条毛毯。

梁金生在延安的短短几年里，通过对中医药的研究和实践，总结和提出了发展我国医药事业的科学理念——“中西医合作，中医科学化，西医中国化”。他的“中医科学化”提法，在重庆《新华日报》引起了包括郭沫若等专家学者的一次大讨论。1942 年 5 月，他以陕甘宁边区第一届文化协会主席团执委的身份，参加延安文艺座谈会。会上，他针对辛亥革命后国民党政府曾立法取缔中医的做法，鲜明地阐述了“不能忽视中医，中西医应该合作”“中医科学化，西医中国化”的观点，得到了毛泽东主席的赞许。“中西医结合”后来成为新中国发展卫生医疗事业的方针。

1945 年抗战胜利。中共中央接受越南劳动党主席胡志明的要求，派洪水（阮山）、黄正光（阮庆全）和梁金生 3 位同志支援越南抗法斗争。临行前在延安中央党校学习时，梁金生等人受到毛泽东、朱德、周恩来的亲

1942 年 5 月，梁金生出席毛主席召开的延安文艺座谈会（选自梁金生烈士纪念馆）

切接见。1945 年 8 月，梁金生等 3 人经重庆转道去越南。1946 年初，受越南劳动党胡志明主席的委派，参加越南劳动党与中国国民党谈判。在宴会上，遭到国民党特务下毒而壮烈牺牲，年仅 40 岁。梁金生牺牲后，越共中央举行隆重的追悼会，胡志明主席出席并致悼词。

1949 年 3 月 18 日，中共中央统战部指示华侨联合会，把梁金生牺牲的悲痛消息写信通知梁金生妻子姚淑平同志，并予以慰问。1983 年 6 月，梁金生儿子梁汉平接到通知，国家民政部颁发梁金生革命烈士证书。越南共产党领导人黄文欢和时任我国国家领导人胡耀邦、杨尚昆，分别于 1985 年、1986 年、1987 年在梁金生纪念册上题词，称梁金生为伟大的国际主义战士；邓小平等国家领导人接见梁金生夫人姚淑平等，并慰问烈士家属。1997 年 5 月 20 日，梁金生烈士遗孀姚淑平在北京逝世。

（原载 2014 年 2 月深圳市史志办编《深圳史志》第一期）

龙华卓凤康——牙买加归侨中的抗日英雄

据1960年《宝安县志》（未出版）和1983年惠阳、深圳党史办编的《东江英烈传·第一辑》记述，卓凤康（1886—1942），同盟会会员，祖籍广东新安县龙华弓村（今龙华区龙华街道弓村社区），出生于北美洲加勒比岛的尖美加埠（今为牙买加），年轻时追随孙中山投身革命，加入同盟会，是一个反清的革命志士。后回国参加抗日战争，是我抗日民主政府——宝安龙华乡的“白皮红心”乡长，为革命作出贡献，1942年被国民党反动派杀害。1949年，宝安县人民政府追认其为革命烈士。

从牙买加回祖国家乡参加同盟会

龙华弓村古称龚村，清嘉庆《新安县志·卷之二·舆图·都里》载为“官富司管属村庄”，位于深圳市中部的阳台山东麓。村中主要有卢姓、周姓和卓姓，其中卓氏于明洪武二十一年（1388）从福建莆田辗转至广东长乐（今五华县），清康熙年间迁至新安县乌石岩水田村，乾隆年间再由乌石岩迁居龙华弓村。19世纪中叶，弓村村民因为生活所迫，不少被“卖猪仔”漂洋过海“卖”到南洋、北美等地。

1884年，卓凤康的父亲卓扬高，经香港被“卖”到西印度群岛上的牙买加，做了3年的“卖身契约”华工。合约期满后在当地自营生意，从开设小商铺做起，逐步发展，终于有了不少的积蓄。后来娶了当地的一位女子，生下卓凤康这位混血儿。父亲一贯克勤克俭，对人乐善为怀，常常热情帮助有困难的侨胞并对公益事业慷慨解囊，对此，小凤康点点滴滴记在心上。卓扬高见儿子已到读书年龄，为了让他懂得中国传统文化，不忘祖根，1894 年，他将卓凤康送回老家龙华弓村就读私塾。1920 年，卓扬高病卒于古巴。

小小卓凤康横渡大洋，艰辛回国。家庭的熏陶使他懂得用功读书和为人正直的道理。父母之命与言传身教，促使他勤奋用功且悟性超群，深得先生赏识。清朝末年，国家风雨飘摇；太平天国起义，唤醒民众。龙华、观澜、石岩、南头地区出现许多民间“三合会”“绿林会”等反清会党。洪秀全的族弟洪仁玕在金田起义失败后，流落到新安县阳台山附近的基督教会里，宣传太平天国革命之事。“天下多男人，尽是兄弟之辈；天下多女子，尽是姐妹之群”的朴素平等思想，以及“天下一家，共享太平”的主张，在卓凤康的心里埋下了为国家献身的信仰火种。

19 世纪末，正值新安县反清反帝斗争风起云涌。同乡钟水养于 1898 年组织的龙华牛地埔村的乌石岗反清起义，1899 年香港新界锦田乡民反抗英军的斗争，以及 1900 年龙华早禾坑村的黄福等革命党人参加三洲田反清起义等重大革命事件，让卓凤康感到热血沸腾。

1905 年 8 月，孙中山成立了中国同盟会，广泛联合革命力量，提出“驱除鞑虏，恢复中华，创立民国，平均地权”的革命纲领，推动中国的资产阶级民主革命。19 岁的卓凤康深藏着的爱国思想火花一下子被点燃，他迅速成长为一个有理想有抱负的热血青年。在资产阶级革命思想的影响下，1906 年，他于新安县龙华老家参加了孙中山领导的中国同盟会。这一年，卓凤康与当地女子郑友成结婚。

声援广州起义 攻占新安县衙

参加同盟会之后，卓凤康奔走于龙华各地，为同盟会的宣传和组织工作而奔波。

1911 年 4 月 27 日，孙中山发动广州起义。消息传来，卓凤康找到村中的反清义士周振源等人商议，秘密组织起龙华、石岩、观澜、南头等地原乌石岗起义隐蔽下来的近千举义人员。这些举义人员有着丰富的战斗经验，他号召大家策应和支援广州起义。义军大旗扯起来了，卓凤康把这支队伍分成两部，一部火速赶去广州支援起义，另一部留在龙华牵制和打击新安、东莞两县的清军。后来，广州起义失败了，但卓凤康组织和领导的龙华起义军，成为新安同盟会武装斗争的一支重要力量，为继续反对腐败的清政府发挥了作用。

广州起义在中国广大民众中产生巨大的影响，打倒清政府封建统治，建立中华国体，成为人心所向。相隔不到半年时间，1911 年 10 月 10 日，又爆发了武昌起义。烈火燎原，各省纷纷宣告独立，脱离清政府统治。

卓凤康很快从同盟会得到消息。他迅速找到龙华赤岭头村的何玉山和浪口村的吴兆祥，再次聚集起 1000 多人的反清队伍，进攻新安县衙南头城。他们从龙华出发，翻过望天螺山与塘朗山。从派出的哨探带回的情况马上研究，决定经沙河兵分两路，由卓凤康率领主力进攻城南门；何玉山、吴兆祥则率领部分义军，进攻城北门并接应卓凤康，然后两路人马集中进攻县衙。

南头古城南门的清军把守严密，城楼上配有强大火力。卓凤康立即派出几个勇士潜至城门，先把城门炸开，再率队冲锋进城。经过一个小时的战斗，消灭了南门守军，在城内向北推进。这时何玉山、吴兆祥已攻破了北门正与他会合，一起向县衙冲去。在一片喊杀中，清军丢盔弃甲。卓凤康带头冲进县衙时，怕死的县官们看见卓凤康手提着一包做干粮用的熟鸡蛋，误以为是炸弹，吓得浑身哆嗦，连忙作揖求饶："别、别丢炸弹。"于是，官僚及衙役全部束手就擒。

新安县城宣告光复，何玉山代任县长之职。清王朝在新安县267年（顺治元年至宣统三年）封建专制统治的历史，从此结束。

逃避军阀通缉 重返牙买加埠

辛亥革命的果实被袁世凯的北洋军阀窃取后，复辟帝制。1914年夏，孙中山不得不在南方发动了“二次革命”。举兵讨袁，又遭失败，孙中山流亡日本。卓凤康遭到宝安县的复辟政权通缉，只好告别妻子和3个女儿，从龙华经香港只身返回牙买加。

卓凤康一到埠，受到牙买加致公堂、牙买加中华会馆的热烈欢迎。龙华乌石岗起义军参谋长陈义（又名陈伟成，观澜马坜村人）这时正在创办“陈义行”，并参与牙买加洪门致公堂和中华会馆的会务工作。陈义在牙买加听说卓凤康在家乡举行反清起义，又率义军攻占南头县衙，结束清政府对新安县的统治，非常佩服这位28岁血气方刚的后生。在老乡陈义组织的欢迎会上，卓凤康于致公堂和中华会馆向广大华侨讲述亲历革命的经

卓凤康（坐右者）家庭照（卓凤康女儿卓金娇提供）

过。后来，他又参加华侨中由知识分子组成的“新民社”，宣传祖国文化，讲述中国革命，创办学校，为华侨子弟提供教育。在学校，他设立演讲部，轮流演讲国际和中国国内形势，讲述家乡乡情，创作表演进步文艺节目，团结广大侨胞。“新民社”的活动，风风火火 20 年，直到卓凤康返回祖国参加抗战时才停办。

回国参加抗战　遭敌人围捕牺牲

1931 年“九·一八”事变爆发，卓凤康和牙买加华侨掀起声援救国救亡运动，发动华侨筹捐 12000 多英镑给东北义勇军抗日。海外华侨心系祖国，他们不仅出钱捐物，而且还有许多青年纷纷回国抗日。1934 年，卓凤康毅然再次回到家乡，投身抗日救亡斗争。

卓凤康离开祖国已经 20 年了，家乡发生了很大变化。最明显的是，1914 年，为避免新安县与河南省新安县重名，恢复其宝安县古名。深圳镇到南头、虎门、石岩、布吉、沙湾等地已建有公路，方便民众出行和物资交流。卓凤康也因此便于翻越山路、骑单车到四处乡村民间调查，和社会各界人士接触与交往，宣传与支持中国共产党的抗日主张。

1938 年 10 月 12 日，日寇在大亚湾登陆，宝安、东莞、惠阳人民纷纷起来抵抗，地方党组织积极开展抗日游击战争。阳台山是我党领导的东江游击队根据地之一。龙华、石岩、白芒、塘朗、观澜在阳台山游击根据地里，由党组建当地红色政权之一，反租减息，支持革命武装，打击日本侵略者。龙华乡是宝安县成立的第一批乡政权，卓凤康担任“白皮红心”乡长。他利用合法身份，建立起 270 多人的乡村武装。有了民兵队伍，侦察敌情，转移群众，时刻保护村民生命财产安全；同时配合游击队消灭小股来犯之敌。沙河大涌桥（今南山区白石洲大冲桥），是深圳通往虎门、广州的一座重要桥梁。为破坏日军交通运输，1939 年 8 月，卓凤康率领龙华武装民兵协助抗日游击队，趁黑夜偷袭桥头堡，火烧大涌桥，打掉守桥日伪，取得战斗胜利，他因此还获得了一枚勋章。

在日占区中，卓凤康和日伪顽军周旋，机智开展斗争，利用特殊身份掩护和营救不少我地下党员、抗日游击队战士和爱国群众。1940年秋，曾生领导的广东人民抗日游击队从海陆丰返回宝安布吉、龙华根据地途中，个别队员失散，被国民党士兵抓住押送到观澜。卓凤康亲自出面保释，将我方被俘战士由观澜转到龙华，并由他主持"开庭审讯"，巧妙救出战士，脱离虎口。

另一名女游击队战士张伟明，也是在从海陆丰秘密返回宝安的路上与部队走散，被驻守观澜的国民党匪兵抓去进行关押审问拷打。卓凤康得到情报后，马上请地下党周吉同志的嫂嫂邓东娇，去观澜墟认领张伟明为自己的女儿。可是，因方言差别，大嫂讲客家话，"女儿"讲粤语，狡猾的敌人发现破绽，步步威逼。嫂子急中生智，编话说因为家里穷，女儿从小被卖到广州，所以不会讲客家话。敌人将信将疑，这时卓凤康赶到，趁机以银钱打点，出面担保说："这位大嫂说的是实话。前段时间这个女孩的买家养母逼她嫁给一个残疾人，女孩死也不肯便跑回家来。"卓凤康再次以乡长名义力保张伟明是邓嫂的女儿。最后女游击队员获释回到部队。

1941年春，中共宝安县工委改为宝安县县委，领导各地按照"三三制"（指共产党员、进步人士、乡贤乡绅）原则，建立地方抗日民主政权。卓凤康取得各方信任，再次当选龙华乡乡长。

驻守在广九铁路沿线的日军，对我抗日游击根据地的崛起和乡村政权的发展，甚为恐惧与仇恨。1941年6月中旬，日伪军出动一个小队窜进望天湖、游松村试探我虚实。区委获悉情报，决定率民兵配合部队作战。区委书记赵学找到卓凤康商量，由卓凤康带领民兵守水丰山背，赵学率领何信恩、何伯琴一队守住龙华这边山头。广东人民抗日游击队第五大队政训员蔡国梁，带领一个中队在游松村后山布阵，等着日军进入伏击圈。日军被突然伏击，晕头转向，还没有搞清游击队情况便被打死打伤数人，后来拼命往布吉、深圳镇方向撤退。这一仗缴获敌人一批枪械和食品，大涨根据地军民的士气。

逃回驻地的日军不甘心失败，不到半个月，又出动数百兵力扫荡望天湖，炮轰龙华墟。赵学和卓凤康早已安排群众转移进大山，带领民兵配合游击队反扫荡，敌人扑了空。同年9月5日，国民党挺进第六纵队命令观澜黄文光大队，由叛徒李克刚带路，进攻龙华根据地。折腾了半天，他们找不到游击队便包围弓村，烧掉卓凤康家的三间房子和其他村民房屋。敌人疯狂的行径，更加激起卓凤康和村民的仇恨。

在中国共产党领导下，卓凤康多次带领武装民兵，配合抗日游击队在布吉、牛地埔等地反扫荡，破坏公路，剪断电线，袭击日军，招致日伪顽军对卓凤康和何伯琴、周振熙、周吉等一批抗日干部恨之入骨，四处张贴公告，把他们列入“悬红”名单。1942年10月，国民党187军和顽匪黄文光部共1000多人又包围龙华、弓村，卓凤康和周振熙等地下党同志被安全转移到阳台山南面的黄猄坑。由于“鬼头仔（汉奸）”告密，敌人追到黄猄坑，实行拉网式层层包围和封锁。卓凤康在山洞坚持了两天，干粮已尽，第三天下午走出山洞采摘野果充饥时，被围困山头的敌人发现。卓凤康英勇抵抗，终因寡不敌众，不幸被捕。

敌人对卓凤康软硬兼施，使出各种花招都没能使卓凤康屈服。沾满人民鲜血的刽子手黄文光，将卓凤康打得遍体鳞伤。卓凤康视死如归，坚贞不屈。次日，他和多名游击队员、抗日积极分子被押赴观澜墟，英勇就义，时年56岁。

卓凤康，从一名华侨青年成长为爱国人士，从资产阶级民主革命的战士转变为共产主义战士。他的一生对人民忠心耿耿，为革命无畏无私，是龙华人民的好乡长、深圳人民的好儿子。

（原载2014年6月4日《深圳特区报》“鹏城风流”专栏）

大鹏刘黑仔
智救美军飞行员

东江纵队短枪队队长刘黑仔抗战时期智救美国盟军中尉飞行员唐纳德·克尔的传奇故事，在深圳家喻户晓。2008 年 5 月，克尔中尉的儿子安德鲁·H. 克尔先生，专程从美国来到深圳，寻访当年游击队隐藏和救治他父亲的山洞，参观坪山东江纵队纪念馆，拜见搭救他父亲的恩人后人。

大鹏湾和风吹拂，七娘峰山花烂漫。

清明节前，我们在大鹏烈士陵园向刘黑仔墓献花时，眼前闪现着赫赫有名的抗日英雄刘黑仔一幕幕生动感人的事迹……

初出茅庐铲除汉奸

刘黑仔（1919—1946），原名刘锦进，大鹏半岛鹏城东北村（今大鹏新区鹏城社区）人，兄弟姐妹 5 人，他排行第三。一眼望去，是个十足的广东仔：五短身材，眼睛不大，皮肤黝黑，身手灵活，“人细计多”，机智果敢，他是出了名的东江抗日游击总队港九独立大队短枪队副队长、队长。常年一支乌亮的快掣驳壳枪插在腰里，套着一件黑色唐装，加上经常翻山越岭，脸庞晒得更黑；他是一个出手快捷、枪法稳准的神枪手，日伪军碰上他就“黑”（倒霉）了。于是，随着他许多传奇故事的流传开来，久而久之，大家倒忘了他的真实姓名，亲切地叫他刘黑仔。

1938年10月12日，日本侵略者登陆大亚湾，攻陷广州，沿途烧杀奸淫抢掠，引起民众的义愤和反抗。生长在穷苦农民家庭的刘黑仔，1934年高小毕业后，心中不满地主恶霸的欺凌剥削，凡事好打抱不平。1935年“一二·九”抗日救亡运动后，他接受进步思想的影响，参加大鹏地区左翼青年组织的“惠宝沿海青年抗日同志会”（会长为袁庚）。在“同志会”里，他如饥似渴地阅读瞿秋白、彭湃、方志敏烈士传记及抗日报刊，和宣传队到各村教唱歌、演讲、演话剧等，积极投身民众抗日运动。后来，在大鹏乡地下党支部书记赖仲元的鼓励和推荐下，他和王作（女共产党员）被派到下沙村潮歌学校当代课老师，开展地下宣传工作。不久，又接受在大鹏半岛葵涌墟竞新学校当校长的赖仲元指示，带上几件旧衣服、残旧毛毡和几本书，创办民众夜校，教育和团结村民。晚上，他经常与五六十位青年男女聚在一起读书学习、谈论时事、探讨革命道理。刘黑仔的活动，引起国民党大鹏伪区公所的注意。国民党反动派派特务跟踪刘黑仔，伺机破坏夜校和青年活动，但多次被刘黑仔机智地甩开。一天，在赖仲元乡支书的带领下，刘黑仔瞅准机会在石桥头击毙大鹏王母乡敌伪维持会长袁德及王国栋、李国珍、李公业3个汉奸。杀鸡吓猴，为民除害。

1939年春，刘黑仔经赖仲元书记介绍，光荣地加入了中国共产党。随后参加惠宝人民抗日游击总队（后为东江纵队），活动在龙（岗）坪（山）葵（涌）一带，主要任务是收税补给游击队经费，打击地主豪绅，配合部队搞侦察、开展游击战斗。几年的实践，刘黑仔练就了一身灵活、机智、果敢的杀敌本领。

港九山洞救治飞行员

1941年初，日寇第二次在大鹏湾登陆。12月25日香港沦陷，刘黑仔奉命深入香港地区广（州）九（龙）铁路沿线，带领短枪队神出鬼没地展开“城市游击战”，像尖刀一样插入香港日占区的心脏。他率领队员巧妙化装后进入九龙金塘酒家，击毙民愤极大的汉奸特务肖九如，又迅雷不及掩耳地奔向汉奸经常出没作恶的几个地方，将沙田围的谢水仙、排头村的丘观养和牛皮沙村的廖发等日伪密探杀死，震慑投敌者。在港九大队活动的新界游击区，刘黑仔又清除为非作歹的土匪头目李观姐。他白天伏击国民党顽军的巡逻队，晚上偷袭日军兵营，拔除伪军据点，炸毁油库、铁路、桥梁和机场，还在介咸矿山计擒日军大佐东条正芝高级特务……

港九日军不断接报，说刘黑仔一会儿在港岛东，一会儿在九龙西，一会儿在新界北，一会儿在市区中心，日军指挥官被弄得摸不着头脑；枪声、爆炸声搅得敌人寝食不安，他们一听见“刘黑仔”的名字就心惊胆战。刘黑仔成功地粉碎了日军不可战胜的“神话”。

受日军控制的九龙东的香港启德机场，战略地位非常重要，是日本经中国台湾、菲律宾、新加坡与南太平洋岛屿连成一体的重要的运输线；它既负责源源不断向被侵略国运送物资和兵源，又形成了一个对中国大陆的包围圈。

1944年2月11日，美国十四航空队中尉、中美联合空军混合团（CACW）第3战斗机大队第32战斗机中队飞行指挥兼教官唐纳德·克尔，受命以20架战斗机保卫12架轰炸机从桂林起飞，袭击香港日军机场。美军在香港上空和日军展开激烈的空战，美军“飞虎队”击落3架日机。当时唐纳德·克尔驾机准备投弹轰炸启德机场，不料机身中弹，油箱起火，伤及他的脸和大腿，克尔迅速跳伞。他从伞下俯视机场和太子道，顿时惊呆了——日军大部队正虎视眈眈，等着他跳伞掉进包围圈里被活捉。

忽然，有一阵神奇的风，把克尔连同降落伞吹向北面新界的观音山。幸运的克尔飘离日军机场并在数十里外的山地降落，被刚好经过的小游击队交通员李石发现。李石（1929—2009）虽然只有十三四岁，但是在香港常常能见到一些美英人的样子。这时，克尔解开衣服，露出身上中美飞行员的标志。李石看清楚是一位受伤的“飞虎队”飞行员，便勇敢机智地把他藏进一个叫“狐狸洞”的山洞里，并用树枝把山洞口掩盖好，然后马上进村向民运队队长李兆华报告。李兆华知道这是游击队内部说的“盟军”，旋即带来棉被和食物，随后到附近的山坡采来草药，为克尔疗伤。

克尔估计山洞离机场十来公里左右，上千的敌人很快会搜寻过来，情况非常危急。他只听得懂少量的中文，但是不会说，就急忙掏出一本小册子，又指着上面的中文字问道：“游击队在哪？如何找到他们？”

李兆华用手势安慰克尔不要焦急，说小交通员李石正在找刘黑仔。李兆华说，找到刘黑仔队长就有办法了。克尔瞪着眼睛，似懂非懂地听着。李兆华眉飞色舞地告诉克尔，刘黑仔队长对这一带很熟悉，曾智擒李观姐及其60多名匪徒，又识破乔装打扮几乎漏网的日本宪兵多人；利用观音山山高林密引诱6名敌特密探进山洞，然后往洞内投掷手榴弹全歼之；在附近的马骝山水塘活捉一个日本宪兵队长；在牛池湾拔掉日军岗哨；在窝塘夜袭日本兵营；秘密处决混入港九短枪队的汪伪奸细张起；等等。克尔听后，放心不少。

忽然，不远处传来脚步声，刘黑仔三步并作两步赶了过来。他上前见到克尔，心想：这么高大的白种人，即便化装也很难逃出日军重重包围圈。怎么办？只有利用夜幕掩护，撤往日军刚搜索过的离敌据点不远的北围村山坳石洞里隐藏，从危险中求安全。

调虎离山大闹九龙

敌人在启德机场北面山头搜索了大半天毫无结果。第二天，日军头目矶谷廉介恼羞成怒，又出动了1000多人，陆海空互相配合，对沙田、西贡地区进行“梳篦扫荡”，采取“投石惊林”“远道奔袭”“分区拉网”“拉锯清剿”等招数，妄图一箭双雕地活捉美军飞行员，消灭共产党港九游击队。对此，港九独立大队决定：不惜代价，救助落难的盟军飞行员。

克尔藏在石洞里，隐约听见远处的山岗和村庄传来日军的枪声与号叫声。以防万一，刘黑仔吩咐队员，除了加强警戒外，白天在通往石洞的必经之路埋上土制地雷，到夜晚再把地雷拆除。

刘黑仔根据形势判断，光躲在石洞里很被动，应该采取调虎离山计，主动引开日军，避免遭到搜山围捕。他决定首先毙掉罪大恶极的日军驻九龙宪兵司令部汉奸翻译陆通译，让日军变成“瞎子”和“聋子”。

2月13日晚，刘黑仔掌握了陆通译汉奸的动态后，就和3名队员化装成日军，直奔九龙塘的陆通译家里。这条走狗以为日军正拉网扫荡游击队，九龙塘又驻满日军、加强防卫，自己的安全没问题。他万万没想到，化了装的刘黑仔大摇大摆地进入他家小洋房，连哄带拖地把他押到附近一条小巷子。当陆通译知道是游击队刘黑仔时，当场吓软了腿。刘黑仔庄严宣布：“我们代表中国人民对你处以死刑！”随即结束了这罪大恶极的汉奸的狗命。留下一张纸条贴在尸体上：“枪毙大汉奸者，刘黑仔也。”

游击队处决了陆通译，日军甚为震怒。马上又找来新的翻译带路，变本加厉地搜捕克尔。他们不仅封锁沙田、西贡地区，企图切断游击中队与大队的联系，还更加疯狂地毒打和枪杀群众。刘黑仔从敌情侦察中想出对策，经请示独立大队，决定“搞单大嘢（大行动）”刺痛日军，迫使兵分几路围捕的日伪军从山上撤回去。

刘黑仔周密谋划袭击日军启德机场，并请九龙市区内的游击中队配合，爆炸亚皆老街4号铁路桥。晚上10时，刘黑仔带领短枪队埋伏在机场附近，11时30分，日军摩托车和巡逻车队刚刚驶了过去，探照灯转向别处，队员们飞快摸上前去解决岗哨。刘黑仔带领邓斌和张金伯突击小组进入机场纵深，悄声刺杀守机士兵，并在油库和飞机上安装定时炸弹，然后迅速撤回旁边的九龙山上。12时，定时炸弹爆炸，机场油库火光冲天，日军飞机也被炸成废铁，散落四处。与此同时，市内中队也顺利炸毁了4号铁路桥，并在区内街道到处散发“纸弹（宣传单）”，加强政治攻势，扬言游击队要攻打日军南支派遣军九龙司令部。数日间，日军多处受到偷袭，疲于奔命，损失惨重。多支扫荡部队终于被迫从山上缩回据点。

克尔在石洞疗伤两个星期，大有恢复，但是由于缺药，腿伤仍在发炎，不便走山路，刘黑仔用一张竹椅子做成“担架轿”，由战士轮换着把他抬到港九大队的嶂上村。克尔非常感谢刘黑仔救了他，提出要返回桂林空军基地。刘黑仔经过请示上级，答应送他去宝安抗日根据地土洋村东江纵队司令部。但是，由嶂上村去土洋村沿途数十里地，不仅要渡海，还要经过

美军飞行员克尔（左）获救后，与东纵司令员曾生（中）握别（东纵研究会资料）

敌占区多重封锁线，其中最危险的是九龙塘日军司令部的据点，那里戒备森严，无法绕道。

九龙塘这个据点的敌人，平时无恶不作，老百姓恨之入骨，刘黑仔早就想拔掉它。于是他化装成军曹，带着几个“日本兵”进入岗楼，将他们生擒，大声训道：“你们认识刘黑仔吗？我就是！”吓得敌人几乎瘫软在地。据点被端掉，游击队带着克尔迅速通过封锁线，来到海边上船，再由东纵“海军”（海上护航队）安全转移到宝安游击根据地的沙鱼涌土洋东纵司令部。3 月 10 日，东江纵队司令员曾生派人把唐纳德·克尔中尉，护送到桂林大后方。克尔从获救、治疗到安全抵达沙鱼涌东纵司令部，前后经历 27 天的脱险过程，他用绘画的形式记录下来，留给了他的长子安德鲁·H. 克尔和次子戴维·C. 克尔，后来整理成书稿《克尔日记》，于 2015 年第二次世界大战暨抗日战争胜利 70 周年前夕，在香港出版。

除了克尔之外，东江游击队还营救了美军十四航空队和第三舰队跳伞坠海的伊昆中尉等 8 名美国飞行员及 89 位国际友人，受到美军十四航空队陈纳德将军赞扬。克尔和另外获救的5名飞行员分别给游击队写了感谢信。克尔在信中称刘黑仔为他的“再生父母”。

1945年，根据党中央指示和东江纵队土洋会议精神，成立东纵粤北指挥部。刘黑仔奉调前去粤北指挥部接受直属领导，继续担任短枪队队长。同年8月日本投降，西江、北江支队奉纵队命令，继续向粤北挺进，以便迎接八路军组织的南下部队（王震部，后接命令北返）。刘黑仔短枪队出色完成为支队北进提供给养、侦察敌情、打突击战等任务。

1946年，东纵主力北撤山东烟台，刘黑仔短枪队跟随粤北指挥部留在广东南雄、始兴一带坚持战斗。5月1日，他率短枪队到南雄和江西交界处的界址墟执行任务时，遭到国民党顽军包围伏击，在突围时不幸中弹，后因失血过多牺牲。遗体埋葬在江西省全南县正合乡鹤子坑村，墓碑镌刻“东江纵队英雄刘黑仔之墓”。20世纪80年代，英雄的骸骨迁葬回故乡深圳市大鹏新区大鹏镇烈士陵园，长眠在这片英雄的土地上。

人民英雄刘黑仔，英名荣列北京卢沟桥中国人民抗日战争纪念馆的《百名抗日英雄谱》中。

（原载2014年7月2日《深圳特区报》“鹏城风流”专栏）

樟坑径村

兄弟飞行员为抗战捐躯

在龙华区观湖街道樟坑径古村采风当中，我对坐落在老村小河边的一幢华侨房屋产生了兴趣。这幢四间三层的厚墙大屋，其中两间明显矮了一截。一打听，这门牌为 76 号的两层大宅，因为主人有两个儿子在中国空军服役，抗日战争期间，日本鬼子获悉后，为报复这家人，便点了一把火想将它烧毁。但由于这栋华侨大屋夯了“三合土”的墙体十分结实，烈火只烧了一边的顶层。后来屋主陈词达把这半边大屋修葺一下，却比旁边相连的屋子矮了一层。

华侨屋主人陈词达的孙子陈智常（1942 年出生）在祖宅大屋前，向笔者讲述了 70 多年前他父亲兄弟俩为抗日血洒长空的鲜为人知的故事……

陈词达——育出两名兄弟飞行员

樟坑径村掩藏在深圳市西北部的山岭丘陵里。清康熙二十七年（1688）《新安县志·地理志》载：“樟坑迳，在画眉山侧，通七都路。”清嘉庆二十四年（1819）《新安县志》提及，樟坑径村属新安县官富司。樟坑径分上围、下围两个村子，村里姓氏众多，主要有陈、廖、房、林、钟、曾、刘、温氏等 8 个姓。陈氏是大姓，其祖先从江西辗转广东长乐（今五华县），再迁至此。老一辈的村民，都知道陈姓的“达叔”家“飞”出两名飞行员。

达叔，是乡人对陈词达的尊称，清光绪二年（1876）出生于观澜新田乡樟坑径村。为了讨生活，达叔和村中许多到外国打工的老华侨一样，16岁时便带着最小的弟弟去马来西亚北婆罗洲山打根打工。在山打根积蓄了一点儿钱后，又跟随村中兄弟远赴南美洲的苏里南做生意，小弟不幸因病死在外国。清光绪三十二年（1906），陈词达痛失小弟后，回到家乡樟坑径置田娶妻生子，育有二子四女。他除了耕田外，还买下山林种有一大片沙梨、柿子和菠萝。水果丰收时，他请十几个人挑着水果到平湖火车站，包一个车皮运去香港卖。由于来往香港、广州、东莞、深圳墟做生意，赚了钱后又在香港中环置有物业。

陈词达有了钱，喜欢帮助人，是个令人尊敬的乡贤。樟坑径村民有句客家口头语："点点笃笃词达叔，人喊担沙其喊砍竹。"意思是陈词达非常有声望，说话做事很有见地，大家凡事都听取他的意见。

1913年4月，"达叔"的长子陈桂林出生，后来其他几个孩子也相继出世。20世纪20年代后期，他把香港的一栋楼房卖了，回到村中建了四间相连的三层楼房。他把孩子们全部留在樟坑径小学念至高小毕业，陈桂林与弟弟两人又被送去香港读中学。

陈桂林高中毕业后，陈词达叫他做生意，陈桂林不肯，向父亲要了2000元银圆去广州上学。陈桂林自小的志向是学习工程技术，报效祖国。时值1931年，日本侵略者霸占东北三省。国民政府于1928年成立南京中央航空队，1931年扩建为杭州笕桥中央航空学校，并先后在洛阳、广州设立分校。陈桂林年轻时，对村里的陈安仁（1911年参加孙中山组织的同盟会，1923年任国民党南洋群岛特派专员）会开飞机的本领很是羡慕，于是自费报考广东航空学校，入第七期甲班学习。毕业后到杭州笕桥空军军士学校，担任初级班飞行教官和空军军官学校飞行教官。

陈桂林的弟弟陈桂民出生于1917年5月，他在香港念完高中后，要去投奔哥哥报考航空学校。陈词达不允许，他就离家偷偷跑去杭州。1935年，陈桂民考进中国空军军官学校，毕业于第七期。1937年冬，随杭州笕桥中央航校往昆明巫家坝撤退途中，与著名建筑学者梁思成一家在云南相遇，并结下深厚情谊。当同校第十期学员林徽因的三弟林恒举行毕业典礼时，梁思成与林徽因夫妇便是陈桂民这批年轻飞行员的“名誉家长”。

每一位从航校出来的毕业生，都牢记校门口那块石刻的校训：“我们的身体、飞机和炸弹，当与敌人兵舰阵地同归于尽。”陈桂林、陈桂民兄弟俩在抗战期间先后牺牲。因报考航校时填报的是华侨地址，所以他俩服役的单位找不到其亲属，只好将阵亡通知书寄给林徽因这位“名誉家长”。不久，林徽因在一篇文章里提到：听到林恒弟弟的噩耗，接着又收到那一批同学中第一个牺牲的陈桂民的阵亡通知书，泣不成声。

几十年后，陈桂林的儿子陈智常老先生，为了寻找父亲和叔叔陈桂民的坟墓与资料，从2013年开始，先后到昆明·中国空军抗日战争殉国将士墓、重庆抗战博物馆、台北忠烈祠、云南腾冲国殇馆、成都凤凰山机场以及广州沙河十九路军烈士陵园内“广东省航空纪念碑”等地查访。纪念馆和纪念碑均刻有他父亲和叔叔的名字，却没有找到墓地。他从南京抗日航空烈士纪念馆中了解到，“在艰苦的抗战中，中国空军有6164名飞行员和地勤人员阵亡或殉职，有7897名空军官兵负伤或致残”（展览前言）。陈智常说，在全国抗战牺牲的飞行员中共有8对兄弟，其中一对就是他父亲和叔叔，也是广东唯一的一对为国捐躯的亲兄弟。

陈桂民——丹心报国血洒长空

陈桂民，典型的广东人身材，个子不高，却身手干练，剑眉方脸，血气方刚，喜欢用浓重的广东口音讲故事，被称为“小老广”。在一次空战中，他和一架日机同时把弹打光，两机并排飞行，他就掏出手枪与日军飞行员互相射击。手枪子弹也打完了，义愤填膺的陈桂民牢记校训“我们的身体、飞机和炸弹，当与敌人兵舰阵地同归于尽”，横下心向敌机撞去。但狡猾的日机倚仗性能优越躲开了，气得他捶胸顿足。

1939年初，陈桂民随空军第5大队第17中队进驻兰州。2月20日（大年初二），日军30架轰炸机轮番轰炸兰州，第一梯队9架轰炸机从黄河铁桥上空进入兰州空域。陈桂民和战友驾驶 12 架伊 –15 和伊 –16 驱逐机拦截攻击，击落日军领队长机、僚机等 5 架飞机。

返航后，他们深知日军绝不会善罢甘休，飞行员们摩拳擦掌，严阵以待。果然，日军第二梯队 12 架、第三梯队 9 架轰炸机又来进犯，陈桂民和战友再度升空拦截，双方展开空中激战。这天，中国空军共击落敌机 8 架。此役陈桂民重创敌机 1 架。

2 月 23 日（正月初五），日军再出动两批共 20 架轰炸机侵入兰州上空。陈桂民随空军第 15 中队、第 17 中队和苏联志愿队，共 31 架战机，在空中编好队形，从后面的上方连续向日军机群展开攻击，敌机也组成火网向中方射来。中国空军健儿越打越狠，越战越勇。只见一架架被击中的敌机变成火球在空中燃烧，复仇的烈焰把大西北天空烧得通红。

20 日和 23 日这两仗，中国空军共击落敌机 15 架（敌战报承认 18 架），其中陈桂民和副队长马国廉联合击落敌机 1 架。在敌强我弱的情况下，中国空军竟无一人伤亡，飞机也都安全着陆。这次兰州空战，创下八年抗战中歼灭敌机最多的纪录①。

兰州空战的胜利，是自武汉和广州失守以后，中国军队在战场上取得的最大的一次胜利。陈桂民等飞行员立下功勋，被授予一星星序奖章一枚。为祝贺兰州空战大捷，邓颖超还代表西北各界妇女向抗战英雄敬赠锦旗。兰州各界民众也纷纷慰问，赠送刻有“功盖戚俞”字样的银杯和丝织飞行巾予以鼓励。

此后，陈桂民转战各地，任第 26 中队分队长，升至上尉三级，因战功显赫获二星星序奖章。1941 年 9 月 11 日，在成都的一次激烈空战中，他血染长空，为国捐躯，时年 25 岁。台北忠烈祠烈士碑上列明陈桂民空军分队长职务和在四川作战阵亡时间。南京烈士陵园里，竖有孙文题“航空救国”的刻碑。题碑的不远处，立有“航空学校各期抗日阵亡人员纪念碑”。

① 王晓华、徐霞梅：《国殇——国民党正面战场空军抗战纪实》（第三部），团结出版社，2011 年 9 月版，第 217—221 页。

碑上第 8 行第 3 名为陈桂民。广州十九路军抗日烈士陵园中由徐向前元帅题刻的“广东省航空纪念碑”上亦铭刻陈桂民的名字。

陈桂林——给周恩来拍下与飞行员的合照

陈桂林从广东航空学校第七期毕业后，奉调到杭州笕桥空军军官学校当飞行教官。历任中国空军第 7 大队第 30 队、第 4 大队第 22 队、第 5 大队第 26 中队、第 11 大队第 41 中队飞行员，第 8 大队第 15 中队副中队长、第 11 大队 42 中队副中队长，被授上尉二级（有说校级）军衔。

陈桂林家庭生活优越，爱听音乐，平时喜欢用香港带来的相机拍摄生活照。他假期常常从杭州跑到上海玩，在一次上流社会交际活动中，认识了一位广东小姐。其实这位“小姐”是上海一位阔太太家里佣人的女儿。因为阔太太没有女儿，而佣人的女儿长得俊俏、举止得体，太太很是喜欢，便认作干女儿，经常陪在身边。陈桂林见她是广东老乡，一来二去产生了感情，很快结为连理，生下陈智常兄妹四个。

在访谈中，陈桂林之子陈智常拿出他父亲拍摄的两张珍贵的照片。一张是周恩来与陈桂林飞行中队的队员在 1943 年的合照。陈智常母亲生前告诉他，抗日战争时期，周恩来任中共中央代表、南方局书记和国民政府军事委员会政治部副部长（部长是陈诚），在国民政府所在地武汉、重庆推动国共合作，推行统一战线战略。当时周恩来回延安述职，由重庆经西安返回延安。在重庆九龙坡军事机场，周恩来即将登上一架英国制造的双翼螺旋桨飞机。机上只有两个座位，除了周恩来外，就是驾驶员。在九龙坡机场当飞行教官的陈桂林知道，即便是在和平时期，乘这种飞机从秦晋高原，越过巴山蜀水，也是要冒非常大的风险的，何况在战争年代，日本空军在装备上占尽优势。周恩来身居要职，为国家、为民族，不避艰险，实在是让抗日将士钦佩。陈桂林当即拿出相机，留下周恩来与驾驶员在一起的珍贵瞬间。

另一张照片是陈桂林驾驶“缅甸号”座机即将起飞参战时的留影。60

1943年在重庆九龙坡，陈桂林为周恩来与同为第26中队战友拍摄留影（陈智常提供）

多年后，陈智常拿着这张照片去云南腾冲寻找父亲的史料时，腾冲抗战老兵一见照片上“缅甸号”机，兴奋地说，这架飞机是缅甸华侨捐赠的。是的，在“航空救国”（孙文语）的号召下，1940年，海外华侨踊跃捐款购买飞机，其中牙买加的广东省宝安县籍华侨首倡成立“牙买加华侨航空救国会”，宝安观澜乡华侨陈华福夫妇以“陈义行”名义首捐400英镑，带动当地侨胞筹到3万英镑汇回祖国，购买飞机抗日救国。

全国人民汹涌的抗日救国热潮，大大激励了空军将士。1940年7月24日，发生了著名的中国空军反击日军在成都“7·24大轰炸”战役。陈应明、廖新华先生的《浴血长空——中国空军抗日战史》书中记载：“7月24日，敌机36架轰炸成都，于城东投弹135枚，我击落敌机1架，自身无损失！”《成都大轰炸》一书更为详细地记载：“1940年7月24日午后2时30分，日军轰炸机36架，由湖北汉口起飞，直奔成都。驻成都的中国空军6架驱逐机立即起飞与日机展开空战。我空军1比6，敌众我寡，显然处于劣势。日机以少数飞机牵制中国飞机，其余飞机全部向市区扑来。在成都市东南角的春熙路至芷泉街、纱帽街至拱背桥一带投下炸弹和燃烧弹138枚，房屋、商店、影剧院被炸，连片烧成废墟。”

《国殇——国民党正面战场空军抗战纪实》一书中“惊心动魄的成都大空战”部分说道：7月27日，日军出动108架飞机，分四批，每批27

架对成都进行轮番轰炸……日军共投弹358枚，炸死成都百姓575人，炸伤632人。许多成都百姓目睹中国空军为保卫国家领空浴血奋战，无不激动。

成都航空委员会的7月24日《空军战斗要报》将当时战斗情况及所有参加成都空战的飞行员名字和座机都记录了下来。根据报道称，他们是第三大队的伊–16战斗机飞行员邹赓续（8中队队长兼总领队）、翁心翰（僚机）等，航校暂编驱逐队伊–15战斗机飞行员赖逊岩（教官兼领队）、陈玉le、陈桂林等，以及霍克III战斗机飞行员余腾甲（教官）。他们与日军在高度约为4700米上空展开激烈空战，其中，陈桂林驾机在新津附近上空向敌机的前上方攻击一次，左侧方攻击一次，继又往敌机后下方攻击一次……在随后的战果统计中，日机被中国空军击落1架，我方有6架飞机被日本轰炸机的机枪击中受伤，但都安全返航。

日本《第3飞行集团战斗要报道第67号》战报记录也作了印证：日军称遭到中国飞机拦截，日方1架飞机被击落，机上7人死亡，其余有6架轰炸机中弹，其中飞行员重伤1名、轻伤1名。为了抵挡中国战斗机的攻势，日本轰炸机打出了23294发机枪子弹，按照31架飞机算，平均每架飞机打了750发左右。足见当时空战规模之大、战况之激烈，是抗战以来日军对成都轰炸强度的最高点。

陈桂林在“缅甸号”机前留影（陈智常提供）

1945年3月8日，陈桂林在四川凤凰山试飞刚修好的E–16机7609号时，因故障坠机。非常遗憾，当时眼看抗战就要胜利，陈桂林却英勇献身，结束了他传奇的一生。

1995年9月3日，国家在南京紫金山北部的中山陵园区航空烈士公墓内，建设了一座宏伟的抗日航空烈士纪念碑碑群。首批刻在碑上的中国抗日航空烈士共870名，陈桂林烈士名列其中。

访谈即将结束时，笔者无意间发现陈桂林之子陈智常的相册中，有陈智常先生与空军生活相关的照片。原来，陈智常一心继承父志，1961年从广州八中高中毕业后，便参加中国人民解放军空军后勤部汽车运输大队。他服役了7年，虽然没能驾机翱翔蓝天，却在空军部队当上了中士班长，圆了自己的“空军梦”。1967年他复员地方，1985年回到家乡深圳，在外贸企业工作至退休。

（原载2017年12月19日《深圳商报》“发现周刊”专版。本文采写感谢陈智常、王兆宇、李凌云的帮助。）

周士第
率铁甲车队激战沙鱼涌

周士第临阵受命铁甲车队

1925年5月30日，上海发生英租界巡捕向万余游行演讲群众开枪屠杀，造成死伤数十人的震惊全国的“五卅惨案”。

消息传到香港后，香港同胞反帝情绪十分高涨。早在1922年1月，香港海运劳工不满港英政府的歧视和压迫，胜利举行了56天的海员罢工。此时，中国共产党派遣邓中夏、陈郁、杨殷、梁桂华等到香港组织发动工人，声讨英帝制造上海“五卅惨案”的罪行。1925年6月15日，邓中夏召集全香港、九龙地区工团联席会议，积极响应中华全国总工会的号召，组织全港工人大罢工。

6月19日晚上开始，震动中外的省港大罢工爆发了。大量工人纷纷撤离香港，全港交通即时停顿，人们无法上工或上学，社会秩序陷入瘫痪状态。据当时罢工委员会主办的《工人之路·特号》报道：罢工工友撤离香港时，由英界北上者，遭受英人虐待及鞭打，由九龙至深圳车费，原价港币4毫子，近忽起价2元港币。工友愤激异常，誓死打倒帝国主义。……工友到了华界(香港新界北)秩序甚好，免费乘车，各商号及各乡农民多有备办茶粥，欢迎工友。

从大罢工开始，前后约有25万名香港罢工工人经深圳上广州。为了罢工的顺利进行，一开始，中华全国总工会委员、中共广东区委监察委员会副书记、罢工特派员梁桂华被派到深圳任接待站站长。设在深圳南庆街22号的“思月书院”临时接待站，每天接待成百上千香港工人由深圳搭车前往广州。

6月23日，省港罢工工人和广州各界人士约10万人集会东校场，在中国共产党广东区委负责人周恩来、陈延年领导下，举行群众集会游行。当游行队伍到达沙基时，对岸沙面的英法水兵巡捕开枪扫射群众，造成52人当场死亡，170余人重伤，轻伤无数。这就是骇人听闻的广州“六二三沙基惨案”。

面对穷凶极恶的敌人，民众不能赤手空拳。早前的1924年底，中共两广（广东、广西）区委和周恩来与大元帅孙中山商议，建立孙中山大元帅府铁甲车队（又名建国陆海军大元帅府铁甲车队）。周恩来从黄埔军校选调徐成章、周士第、赵自选、廖乾五、曹汝谦共5名共产党员，担任铁甲车队的主要领导。这是中国共产党直接领导的最早一支革命军队。铁甲车队队长为徐成章。全队136人，加上临时受训人员150人左右，配有机枪、三八长枪和手枪等。铁甲车队曾配合黄埔军校东征军，进攻广九铁路沿线敌人，击溃樟木头、平湖、淡水、坪山等叛军陈炯明部，发挥了积极的作用。“六二三沙基惨案”发生的当天，周士第率铁甲车队全体官兵暗中护卫游行队伍。面对沙面的英法帝国主义军队机枪扫射和停泊在白鹅潭的英帝国主义军舰的炮弹攻击，临危不惧，奋不顾身地掩护群众，指挥游行队伍安全疏散。周士第的海南同乡、黄埔军校教导团营长共产党员曹石泉的牺牲，更坚定了铁甲车队官兵的反帝决心。

省港大罢工一爆发，徐成章调任中华全国总工会省港罢工委员会纠察队委员会委员长兼纠察队总教练。黄埔军校一期（1924年11月）毕业生周士第，受命由大元帅府铁甲车队副队长升任队长职务。

1925年的7—8月，周士第受命率铁甲车队奔赴香港九龙边界的宝安、深圳、南头、沙头角等地驻防，协助省港罢工工人纠察队，严密封锁香港。铁甲车队队部设在深圳镇蔡屋围村，一部分队员则住在铁甲车上。

眼见香港被全面封锁，英帝国主义唆使陈炯明残部和郑润琦残部三四百人，在大鹏与香港的海域之间，用轮船或小艇，往香港偷运食物用品；又从香港偷运枪械到内地，企图破坏省港大罢工。更甚者，英军警大队人马开到边界，在深圳对面的山岗安装了大炮，炮口对着我们的铁甲车队和军事防地。英帝国主义的军舰还开到沙头角附近海面，频繁地进行威胁。港英军警不时在边界进行军事挑衅，还越过罗芳村附近的边界抓捕我一名纠察队队员，进行威吓诱降。港英水警又暗中唆使陈炯明残部，抓走了驻沙鱼涌和王母墟10余名罢工工人纠察队队员。在纠察队严厉痛斥和坚持斗争下，港英的计划失败，最终释放被抓捕的工纠队员。

8月20日，英帝国主义与国民党右派勾结，收买凶手暗杀中国国民党中央工人部部长、全总省港罢工委员会顾问廖仲恺。敌人卑鄙的罪行激怒了广大人民群众。中共广东区委陈延年、周恩来提出抗议，要求坚决严惩凶手。由大元帅府改组而成的国民政府及时采取措施，肃清右派和内奸。

铁甲车队奉命解除驻在深圳、东莞两地的郑润琦等反革命军队武装，控制了广九铁路。由于省港罢工、封锁、抵制英货，其时整个香港停电停水缺粮，一度成为“臭港”“饿港”“死港”。

周士第率铁甲车队激战沙鱼涌

深圳大鹏湾的沙鱼涌，是一个狭深的小港湾，面海背山，港湾内东侧住有十几户渔民。东西两山脊伸入海中，东面山嘴的东北面，有一座小拱桥，是沙鱼涌通往葵涌、坪山、大鹏的必经陆路。沙鱼涌港湾也是直通盐田、大鹏、南澳和香港的大埔、塔门等地的水道咽喉要塞。清乾隆年间，沙鱼涌港被广州府新安县衙辟为地方商贸子埠，收取交易税费。清光绪二十四年（1898），再由九龙海关下设沙鱼涌等4个缉私关厂（海关分关）。

时至20世纪二三十年代，沙鱼涌发展到了鼎盛时期，大小舟楫频繁往来，各方商贾络绎不绝。境外和内地的商船来往不断，每天的货运进出港口，还有往返香港的客运航线。客运方面专门有一艘4000吨级的“大鹏轮船”，每日来往九龙大埔港。此外，还有20余艘大小货轮定时泊岸装卸，港口区内“运输公司”林立，每天有上万人在此活动。沙鱼涌墟市繁华，海关、银行、典当、食肆、百货、客栈、杂货、药店、赌场、妓院、烟馆等各式店铺鳞次栉比。省港举行的大罢工，封锁和切断了沙鱼涌口岸供给线，切断了一条重要物资通道，给了港英当局致命一击。

奉命驻扎沙鱼涌关厂的是省港罢工工人纠察队第10支队，支队长是蔡和森的三哥蔡和蒸。10月30日，反动军队和当地土匪海盗企图破坏对香港的封锁，秘密袭击沙鱼涌纠察队。周士第和纠察队党代表廖乾五获悉情报，马上率领铁甲车队4个班共50多人，以及另外一支20多人的纠察小分队，迅速增援沙鱼涌，加强防守力量。

驻守沙鱼涌的队员们日夜巡逻，丝毫不敢疏忽。周士第和廖乾五多次成功地截留不法分子偷运去香港的食品物资，又狠狠打击了反动武装从香港用棺材秘密偷运枪支弹药的非法行为。

港英当局不甘心屡屡偷运偷袭的失败，当侦知沙鱼涌驻守的铁甲车队和工人纠察队的武装兵力总共不过100余人，便策划了一起大规模的武装袭击行动，妄图一举消灭革命武装。11月4日午夜零时3分，港英帝国主义纠集反动民团、土匪并勾结陈炯明残部与反动军官郑润琦残部共1000余人兵力，趁夜色掩护，出动兵舰、飞机和大炮，直扑沙鱼涌。周士第与廖乾五根据地形和分析形势，认为敌军的进攻，可能是多路向我夹攻，于是下令黄华然班长率领10多个人，坚守沙鱼涌村后山的小高地，周士第率大部占领周围有利地形，指挥迎击来势汹汹的劲敌。

夜色笼罩中，敌军很快抢占了沙鱼涌东、南、北三面山头，控制了西边的一片海滩，将我工人纠察队和铁甲车队团团包围。敌人的火力猛烈，越打包围圈越小，周士第沉着指挥，英勇杀敌。天刚拂晓，英国两艘军舰和一艘小兵舰拖着满载反动军队的4艘民船，向沙鱼涌方向疾驶而来。敌人一靠岸登陆，铁甲车队和纠察队便给予狠狠的打击。7时半左右，突然又有一艘英国兵舰从香港海面飞快驶来，快靠岸时，敌人两挺机关枪向我军阵地疯狂扫射。同时，一架英国军用飞机在我方阵地上空不停盘旋，为反动军队进击助威。黄华然率全班顽强地抗击数百名敌人，多次打退敌人进攻。全班战士手榴弹、子弹用完后，就拼刺刀，消灭了一批又一批冲上来的敌军，最后全部壮烈牺牲。

战斗到上午9时许，敌军援兵越来越多，不仅抢占了所有高地，也夺去了沙鱼涌墟街。周士第根据敌我严峻势态，当机立断，指挥大家向西面突围。在经过一片海滩时，被英军舰密集火力封锁，周士第马上指挥转向东部突围。敌军主力抢先占领东面地形，突围十分困难。然而，除此路外，没其他路了。为此，周士第带领勤务兵蔡文铎与部分铁甲车队官兵冲在前面，掩护中间廖乾五带领的纠察队队员，李振森排长带领部分铁甲车队队员做后卫，继续向东突围。

周士第带头冲锋，从沙鱼涌街口杀出一条血路。敌军发现我方突围，马上集中火力扫射。在枪林弹雨中，铁甲车队机智勇敢，掩护省港工人纠察队首先突围出去。断后的排长李振森刚刚冲出街口，突然被一梭子弹击倒，光荣牺牲；纠察队队长蔡和蒸也血战身亡。

周士第由于多日来连续巡逻、侦察和战斗，没有好好休息。此时，他身上多处受伤，在撤退中体力不支，靠在一块大石上动弹不得。已经冲在前方几十米的勤务兵蔡文铎，转身发现周士第不见了，冒着生命危险迅速掉头援救周士第。周士第睁开眼睛，喘了口气道“我没事”，顽强地站了起来，又带领大家继续前进，迎击前方拱桥处的敌军，在弹尽援绝的情况下与敌人展开肉搏战，终于胜利冲出包围圈。到了安全地方清点人数，省港罢工工人纠察队和铁甲车队的100多位战士，仅存5名工人纠察队队员，及铁甲车队的周士第、廖乾五、蔡文铎等12人，总计17人。而此役击毙敌参谋1名、连长2名、排长5名，敌军总共伤亡200余人。

周士第为摆脱敌人继续追击，避开坪山反动武装的堵截，在三区农民协会向导的带领下，率领突围的战士绕道坪山、龙岗，翻山越岭，急行百里，直至次日下午2时方抵达深圳。原来，香港电台报道，铁甲车队和沙鱼涌纠察队队员，在近10倍的英军和陈炯明武装进攻及飞机、军舰助战下，已经全部被歼。正当港英当局扬扬得意之时，周士第已率16人安全回到深圳！

此时，深圳墟街头欢腾的群众团团围住铁甲车队队员，接待站工友和农民带着食品纷纷前来慰问。随后，中共两广区委、中华全国总工会省港罢工委员会，对沙鱼涌战役给予高度赞扬。中华全国总工会省港罢工委员会与广东、广州各农工人民团体进行亲切慰问，赠送慰问品。全总省港罢工委员会举行会议，邀请周士第作专题报告，并且号召大家学习铁甲车队与纠察队顽强战斗、不怕牺牲的精神，把省港大罢工坚持到底。

11月14日，《工人之路·特号》上刊登了周士第的演讲稿。他表示，沙鱼涌之战“可说是对陈炯明战争，也即是对港英战争”。12月10日，全总省港罢工委员会和广东各机关团体在广州举行了隆重追悼铁甲车队队员及工人纠察队队员阵亡烈士大会。中华全国总工会省港罢工委员会在广州公开出版的机关报《工人之路·特号》报道了沙鱼涌战斗和追悼烈士的活动。

中共中央委员兼中国国民党代理中央宣传部部长、中国国民党第六届农民运动讲习所所长毛泽东，在农讲所的讲课和报告中，对铁甲车队援助广宁农民运动，参加歼灭军阀杨希闵、刘震寰反动军队，消灭大军阀陈炯明残部，肃清国民党右派武装，支援省港罢工工人纠察队封锁香港等英勇斗争，予以高度评价。

轰轰烈烈的省港大罢工，从1925年6月起到1926年10月止，长达1年零4个月，这是中国工人运动史上规模最大、影响最深、时间最长的一次罢工运动，也是世界罢工运动史上的一个伟大创举。这次大罢工，重创了香港港英政府的政治、经济和社会，使香港工厂停产，出口锐减，航运减少，银行挤提，食物几乎断绝，物价比罢工前上涨5倍以上，街上垃圾如山，香港成为“死港”“臭港”。声势浩大的省港大罢工，沉重地打击了帝国主义势力，极大地提高了无产阶级及其先锋队共产党的威望，对北伐战争的胜利进军和推动当时国内革命形势的发展，作出了重大的贡献。

1925年11月，中国共产党以铁甲车队为基础，扩大组编为第四军叶挺独立团，参加北伐战争，成为一支著名铁军。1955年，周士第被授予上将军衔。

（原载2010年7月5日广东省委台办“粤台视窗”网）

南山陈郁——
我国早期工人运动的先驱

据《宝安人文风物》“历代名流”一章所载：陈郁（1901—1974），原名陈旭贵，清光绪二十七年（1901）11月11日出生于新安县南头陈屋村（今属南山区南山街道）一个贫苦海员家庭；1925年参加中国共产党，是省港大罢工和广州起义组织指挥者之一；1930年当选中共六届三中全会中央委员；1947年任中共东北局生产委员会副主任；1949年任中央燃料工业部部长；中共“九大”“十大”中央委员；1957年调任广东省省长，为广东能源工业、对外贸易和对香港供水等方面作出重大贡献。

在香港海员工会活动中成长起来

陈郁刚刚出生3个月，父亲病故。家中留下祖母、母亲和他3人，全靠母亲黄银妹辛勤劳作维持生计，家境极为贫困。

人们常说穷人的孩子早当家。陈郁5岁会做家务，6岁随母下田劳动。8岁开始在父亲生前的海员工友资助下，就读本村私塾。读了不到两年，又因经济困难辍学回家务农。12岁到香港一家缝纫机厂当学徒。14岁进香港一家汽车公司做学徒。3年学徒期满后，被派往广州汽车学校学习驾驶与修理技术。其时“五四运动”爆发，陈郁跟随同学参加反帝爱国运动。1920年冬，陈郁从广州回到香港的汽车公司当修理工，因替工友打抱不平受到责难，愤而辞职。后来经父亲生前的海员工友介绍，进入英国“亚洲皇后”号万吨巨轮当“侍应生”，不久又当了水手。

在陈郁进入轮船前，船上已有早期工会组织的雏形，称为“工余乐社”。这是一个互助互济的慈善团体。陈郁很快参加了这个组织，并成为其中的骨干成员。当时在船上开展工作的我国著名工运领袖苏兆征，注意到了陈郁的表现，认定他将会是一个很好的工会骨干，于是开始着意培养。不久，“工余乐社”并入了苏兆征、林伟民领导的中华海员工业联合总会。

1922 年 1 月 12 日，苏兆征领导的中华海员工业联合总会（以下简称“海工联”），发动了震惊中外的香港海员大罢工。这次罢工持续了 56 天，最终迫使香港当局接受了海员的合理要求。罢工中，陈郁有勇有谋，斗争坚决，表现很出色，1923 年当选香港海员工会“亚洲皇后”号轮船支部负责人，成为海员工会的重要骨干。

1924 年，陈郁成为中华海员工业联合总会干事、海员工会太平洋航线分会的负责人。1925 年，当选“海工联”副主席兼太平洋航线分部主席。

1925 年 5 月 30 日，上海爆发“五卅运动”，2000 余名学生在租界内抗议日本纱厂资本家镇压工人大罢工及打死工人顾正红，要求收回租界。当天下午，万余名群众聚集在英租界南京路老闸巡捕房门前，要求释放被捕的 1000 余名学生，高呼“打倒帝国主义”等口号。英国巡捕竟然开枪射击，当场打死群众 13 人，重伤数十人，逮捕 150 余人，造成震惊中外的“五卅惨案”。一场反帝爱国运动风暴，立即席卷全国。

中共广东区委派邓中夏等以中华“海工联”的身份到香港组织大罢工。香港工团总会紧急召开会议，决定募捐支援上海工人的斗争。6 月中旬，陈郁响应号召，组织领导“亚洲皇后”号轮船和太平洋航线各船工人走上街头示威。之后，其他航线海员和全港电车、印务等数万名工人相继加入罢工行列，打响了省港大罢工的第一枪。

6 月 19 日，香港工人罢工迅速达到 10 多万人。为了对付港英当局的镇压，省港罢工委员会下令罢工工人向广州转移，工人们纷纷离开香港返回广州。陈郁奉命回到家乡深圳，负责罢工工友的接待和安置工作，一切大小事务他

声势浩大的省港大罢工

做得周到且细致。由于受到苏兆征、邓中夏等共产党人的教育和培养，是年8月，陈郁在广州加入了中国共产党。苏兆征向周恩来介绍陈郁，周恩来说：“据说你在深圳的接待工作搞得很好啊，海员侦察队也搞得很好嘛！”1926年8月，陈郁担任中华全国海员工会副主席、中共海员工会委员会书记，负责海员工会日常工作。1927年初，他肩负中华全国海员工会主席、党团书记重任，同时参加中共广州市委和广州工代会的部分领导工作。

革命低潮时期被送往苏联学习

1927年，国民党反动派发动“四一二”政变，捕杀共产党人和革命群众2000余人。中共党的组织被迫转入地下活动。陈郁从广州一德路转移到广州河南洪德路七巷一间小楼工作，这里是海员总工会和海员党团组织秘密机关所在地。他白天隐蔽，晚上到海员工人居住较多的沙面开会，同时秘密组织和训练工人赤卫队。

根据党的指示，4月20日，陈郁和周文雍等发动组织广州工人大罢工。接着，又和工会领导人一起，组织汕头、香港、澳门、广州、江门等几个航线的海员工人总同盟罢工，夺回汕头、江门、广州等地的工会会所。5月，陈郁担任中共广东省委常委、职工运动委员会书记；建立广州工人赤卫队，成功营救周文雍出狱。11月，中共中央作出举行广州起义的决定，陈郁参与起义前的各项准备工作。

1927年12月11日，张太雷、叶挺、叶剑英领导的广州起义爆发，陈郁率领工人赤卫队一部攻打广州市公安局，打开监狱，解救出一批革命者。

他带领工人赤卫队把广州苏维埃政府的红旗插在楼顶，宣告广州工农兵民主政府——广州公社成立；12日中午，宣布政府委员组成名单，陈郁任广州苏维埃政府人民司法委员。3天后，起义失败，他秘密转移香港。

1928年1月，陈郁被派去汕头再次组织暴动。失败后他再次潜回香港，任中共香港市委书记兼中华全国海员工会主席。7月，他奉命到广州做党的秘密工作，艰难地恢复党的地下组织。同年12月6日，中共广东省委召开扩大会议，补选聂荣臻、陈郁等人为广东省委常委，陈郁兼任省委组织部部长。

1929年1月，陈郁以省委巡视员身份到海陆丰紫（金）一带巡视。2月，巡视东江一带后回到香港。3月，在九龙海员工人俱乐部召开香港海员工会会议时被捕，后因证据不足加上陈郁表哥花钱买通了一个英国侦探，获得释放。春夏之交在香港第二次被捕，也因证据不足被释放。这年秋天，中共中央工委书记兼全国总工会党团书记罗章龙秘密到香港。鉴于敌人的白色恐怖，许多革命同志和工人骨干处于等待状态，陈郁向罗章龙建议召开一个党的活动积极分子会议，以鼓舞士气，团结斗争。罗章龙完全同意他的建议。经陈郁暗中四处奔走联络，在九龙郊区文庙召开了广东党的活动积极分子大会。该会议，对促进广东各地党和工会组织的恢复、推动地下斗争发挥了一定作用。

1930年9月，陈郁调往上海任中华全国总工会党团成员兼全国海员总工会党团书记，开展恢复“海总”领导下的上海、广州、天津、长江、北方等重要海员工会支会，使海员工会在当时革命低潮中，成了“全总”属下最强大的工会组织。

1931年1月，陈郁参加中共六届四中全会，因其工人身份当选中央政治局委员。在如何开展工人运动等重大问题上，他与王明等发生分歧。他坚持正确意见，与王明等作斗争。由于反对“左”倾冒险主义路线，他遭到王明的排斥和打击。是年6月，陈郁被送往苏联学习，任莫斯科列宁学院中国民族组党支部书记。1932年1月，王明到莫斯科任中共驻共产国际代表团团长，又打击迫害陈郁，诬称“陈郁是右派首领，在莫斯科组织右派和党对抗”，给“最后严重警告”，送他去斯大林格勒拖拉机厂“参加生产劳动”的处分。陈郁是个苦孩子出身，当过农民、工人，再苦再累也挺得住，因而在“处分”期间仍然坚持积极劳动，磨炼技术，被拖拉机厂誉为“红色工人”。

1937年“七七”卢沟桥事变后，陈郁第4次上书中共驻共产国际代表团，要求回国参加抗日战争。1938年2月，任弼时到莫斯科任中共驻共产国际代表团团长，在档案中，发现陈郁8次申诉及王明、康生处分陈的材料，认为处理错误，便找陈郁谈话，报请共产国际干部部复审。1939年11月，周恩来来到莫斯科，听取汇报后，请共产国际监察委员会撤销对陈郁“最后严重警告”的处分。1940年2月，陈郁随同周恩来、任弼时、邓颖超、蔡畅、师哲等回到延安，结束了在苏联长达9年的坎坷生活。

在延安，陈郁进中央党校一个由高级干部参加的“七大”预备班学习，积极参加大生产运动。1943年，他到陈云领导下的西北财经委员会工作，兼任中央职工委员会委员，领导边区的军工生产。

1945年4月，中国共产党第七次全国代表大会在延安召开。陈郁参加大会，当选中央候补委员。抗战胜利后，受中共中央选派，大批干部进入东北开展工作。9月，陈郁先后任辽西省委副书记、东北职工总工会筹委会主任。1946年4月，陈郁任长春市委书记。后撤出长春转移到依、勃、桦地区，任该区的地委书记兼三五九旅政委。1948年，先后调任东北工业部副部长、部长，在陈云同志领导下，和王首道一起负责接收沈阳市的工矿企业。

1949年9月，在中国人民政治协商会议第一次全体会议上，陈郁当选中央人民政府委员会委员。中华人民共和国成立后，出任国家燃料工业部第一任部长兼党组书记。1955年，燃料工业部拆分为煤炭、电力和石油工业，陈郁任煤炭工业部部长。

为解决香港水荒动工兴建东深引水工程

1957年8月，陈郁调任中共广东省委书记、省长，积极发展煤炭生产，为中国的南海石油勘探迈出第一步。

为解决香港同胞饮水问题，深圳动员上万名群众只用 99 天筑好深圳水库主坝（何煌友摄）

1960 年初，广东省人民政府陈郁省长的办公桌上，送来一封香港中华总商会会长高卓雄等知名人士的联名信函，请求协助解决香港同胞的饮用水困难问题。“香港”“用水”这两个关键词，对于陈郁省长来说一点儿也不陌生。当年他在香港开展海员工作和党的地下活动时，早已体会到群众生活缺水的困苦。

香港，弹丸之地，没有江河，是个典型的缺水城市，历来有“制水”（严格限时供水）的做法。香港政府虽曾设法改善供水条件，但仍然解决不了根本问题。根据旧志记载，明清时期香港因严重干旱曾导致灾难多起。1902 年开始，香港政府不得不安排渔船从珠江口运水，每天零星向居民供水。1929 年，整个香港水源基本干涸，许多船只不仅到珠江口，甚至到西江口运水。最危急时刻，广九铁路也加入运水行列，车厢改为水厢，从深圳河运淡水至九龙市区。全港每天只维持“街喉”供水 2 小时，故有“滴水贵如油”之说。据当时报载，有渔船从深圳“偷水”贩运香港，每一小桶水卖 2 角钱，而当时叉烧饭每碗才卖 5 分钱。市民因忍受不了干渴折腾，这一年有 20 多万人离港。

20 世纪 50 年代，香港经济开始起飞，人口骤增。但是，淡水短缺仍威胁到港九社会的生存和发展。1962 年底，香港遭遇自 1884 年有雨量记录以来最严重的干旱，港英政府发布历史上最严格的限水令，关闭了全港居民家中的自来水，长达一年多时间只开通为数极少的“街喉”，每 4 天供水一次，每次只供水 4 个小时。300 多万名市民每到供水时间，放下工作，拿着桶罐瓢盆排着长长的队伍去轮水。“月光光，照香港，山塘无水地无粮，阿姐担水去，阿妈上佛堂，唔知几时没水荒”的歌谣广为传唱。缺水危机，对香港每年两位数增长的经济带来沉重的打击，织染业、饮食业、建筑业和农业等 13 个行业相继停工减产。

人们常说十指连心，香港同胞是祖国人民的亲骨肉。陈郁省长面对香港同胞请求解决饮用水问题的信函，非常重视，立刻批示先让香港派船到珠江口装水救急，然后同意深圳水库除协议规定向香港的供水量（1961年深圳水库建成年输水2270万立方米）外，又将深圳一些工厂停产、灌溉水渠关闭，宁可农作物枯死，也要保证额外向香港供水318万立方米。长远之计则由广东省人民委员会兴建东江—深圳供水工程，用东江水长期供港。1963年12月8日，周恩来总理出访非洲途经广州，听取了中共中央中南局第一书记兼广东省委书记陶铸、省长陈郁等领导关于为香港供水的汇报。周总理同意“东深供水工程”建设方案，国家在财力紧张的情况下，批拨3584万元建设专款、调运鞍钢800吨钢材支援东深工程。

为了落实周总理批示，60多岁的陈郁省长带领专家们用120多天的时间，沿供水路线走了近百公里路，风餐露宿，实地调研，敲定省时、省工、省钱的施工方案。1964年4月，陈郁代表国务院和广东省政府与香港方面在广州签订《关于从东江取水供给香港九龙的协议》，也就在这一天，深圳、东莞出动1万多人日夜奋战，仅用11个月时间就修建成东深供水工程。该工程全长83公里，首先在东莞境内东江支流石马河兴建桥头、司马、旗岭、马滩、塘厦、竹塘、沙岭、上埔、雁田等6座拦河大坝和8座抽水站，扩建雁田水库和加高深圳水库主坝，通过把东江水提高水位46米后注入雁田水库，然后用3500米长的压力钢管经深圳水库把水输送到香港。

1965年3月1日始，香港结束了长期缺水的历史。随着东深供水工程不断地扩大建设，沿线的东莞、深圳市民饮用水紧张的问题也得到解决，部分农田水利灌溉也得到保障。

港深两地人民饮水思源，不忘陈郁省长的辛劳。1965年初，香港工务司邬利德等人参观东深工程后说：“这个工程是第一流头脑设计出来的辉煌工程……对香港的价值无法估量。”同年2月28日，在庆祝东深供水工程落成大会上，港九工会联合会和香港中华总商会向陈郁省长赠送“饮水思源，心怀祖国”和“江水倒流，高山低首；恩波远泽，万众倾心”两面锦旗，表达香港同胞对祖国人民和广东省政府领导的感激之情。

（原载2014年8月6日《深圳特区报》“鹏城风流”专栏）

坪山曾生——

名扬华南抗日战场的华侨将军

据《宝安县志》和《曾生回忆录》载述：曾生于清宣统二年（1910）十二月生于惠阳县坪山乡石灰陂村（今属深圳市坪山街道石灰陂）一个华侨家庭。1928年，曾生先后在坪山、香港、澳大利亚读书，1929年到广州求学；1934年参加革命工作；1935年被推举为中山大学师生员工抗日救国会主席、广州市学生抗日联合会主席；1936年加入中国共产党，同年12月起，先后担任香港海员工会组织部部长，中共香港海员工委组织部部长、书记，广东省委候补委员。

1938年冬，曾生受八路军驻香港办事处委派回惠阳、宝安地区，组织惠宝人民抗日游击总队，任总队长；1943年任东江纵队司令员；1945年8月15日，朱德总司令指定他为华南抗日纵队接受在广东的日军投降的代表；1949年新中国成立后，他曾任广东军区副司令员兼珠江军分区司令员、政委，广东省委常委，广东省副省长兼广州市市长，交通部部长，国务院顾问，第五届全国人大常委会委员、中顾委委员。1955年，曾生被授予少将军衔。除这些称谓外，曾生亦是东江地区家喻户晓的抗日英雄。

从参加学潮到投身海员工运

曾生父亲名叫曾庭杰，是澳大利亚华侨工人。他的父亲没读过多少书，因生活所迫，只身跑到香港，在英国轮船上当厨师，随船到过欧、美、澳、亚各洲的许多大城市，是一个见过世面的乡下人。他的母亲叫钟玉珍，虽然没有文化，但思想开明，通情达理，为人厚道，勤俭持家。她除了种田以外，还兼做裁缝，是一位纯朴善良的客家妇女。

曾生小时候曾用名曾振声，因当地客家话“振”与“曾”读音相近，而“声”和“生”同音，这使名字读起来有点儿像口吃。后来他到香港从事海员工运时便改名“曾生”，此后他一直沿用这个名字。

曾生6岁开始在当地福音堂读书，1年后，到龙岗沙梨园知新书室（私塾）就读，后来又转到龙岗墟外祖母处的沙梨园小学读完初小。10岁那年，由于广东时局动荡，在伯父的帮助下，曾生进入香港超然学校读书。13岁时，他接到父亲来信，遂离开广东去澳大利亚半工半读，于悉尼商业学院毕业。悉尼商学院是一所自费的职业中专学校，父亲希望他早日学些商业知识赚钱养家。在悉尼，曾生接触到来自各处的中国船员，增长了见闻和知识，也深刻感受到白人对中国人的欺侮与歧视，强烈的自尊心让他暗暗立下了为祖国走向强大而效忠的志愿。

1928年，父亲见儿子已于商业学院毕业，于是想回家乡安度晚年。父亲这一想法正合曾生心意。于是，18岁的他和父亲回到坪山，与母亲团聚。

曾生离别家乡6年，中国发生了许多重大事件，如第一次国共合作，国民革命军东征、南讨和北伐战争，蒋介石发动的反革命政变，共产党领导的南昌起义、秋收起义和广州起义等。他听说过惠阳老乡廖仲恺当年和孙中山一起革命的故事，也读过孙中山激动人心的革命文章，因而非常敬仰孙中山。

1929年9月，曾生考进中山大学附中读高中。这年冬天的一个晚上，正当同学们准备期考的时候，曾生在专门租给学生居住的旅店里被莫名其妙地抓进了牢房。在牢中的曾生后来才明白，原来是广东军阀陈济棠在派系斗争中，为了抓旅店的房东，连带把他们这批学生错抓了进去。房东黄明堂曾经追随孙中山，他因秘密联络一些人策划推翻陈济棠的统治而被缉捕。通过这次被关进牢房，曾生的思想发生了重大变化。他看到了许多共产党人刻写在墙上的革命标语、口号和诗词，如“宁可站着死，不要跪着生！”“打倒国民党新军阀！”“共产主义一定要在中国实现！”等等。他第一次感受到共产党人为了理想视死如归的革命精神，心灵为之震动，从此对共产党产生了信仰。出狱之后，曾生留心打听有关共产党的消息，注意阅读共产党编印的进步书刊。不久，与同乡的同学出版了《铁轮》杂志，刊登反帝反封建的文章，在学校和家乡产生了一定的影响。

1933 年 7 月，曾生在中大附属高中部毕业后直接升入中山大学文学院教育系读书。中山大学富有光荣的革命传统，大革命时期就有中国共产党的支部。在校时，曾生如饥似渴地阅读艾思奇的《大众哲学》、李达的《社会学大纲》《读书生活》等大量革命书籍，研讨救国真理。他很快加入本校的秘密组织“中国青年同盟”，参加了许多轰动一时的革命活动。

1935 年 12 月，北平爆发“一二・九”运动，曾生参与组织和发动中山大学 3000 名师生的“双十二”抗日示威大游行。1936 年 1 月，广州又爆发由全体学生、市民和工人 3 万余人参与的“一・九”示威，这一事件引起国民党当局的震动和恼怒。仅过 4 天，国民党反动政府制造了“一・一三荔枝湾惨案”，一批抗日救亡运动的学生骨干被秘密逮捕，死伤数十人。曾生不仅遭到学校停止学籍的处分，还被国民党当局通缉。他秘密逃到香港，希望寻找中国共产党的组织。

在香港，曾生通过亲友曾琮的保荐，到英国昌兴轮船公司的“日本皇后”号船上工作，开始开展海员工人运动的工作。该轮船是 3 万吨级，海员近千人，轮船上本来有中国共产党和赤色工会的支部。1933 年海员总工会负责人被捕，于是党组织和工会陷于瘫痪。

“日本皇后”号轮有不少惠阳、宝安人。不久，曾生见轮船死气沉沉，便通过亲戚曾琮取得船长同意，成立由坪山老乡为主的“惠（阳）坪（山）乐善公所”，在海员工人中宣传抗日，募捐钱物，办定期刊物《坪潮》，排演抗日救亡节目。1936 年 9 月，陈济棠垮台后，曾生得以回到中山大学复读。同年 10 月，经校友王均予（时任中共广州市工委书记）介绍，曾生加入了中国共产党。

入党以后，曾生经党组织同意，1936 年 9 月至 1937 年 7 月，他一边在广州读书，一边继续做香港海员工运的工作，在广州、香港两地来回跑。1936年12月，曾生中大毕业返回香港，接受中共中央临时南方工作委员会（简称“南临委”）书记张文彬领导，建立中共香港海员工作委员会（简称“海委”），并任组织部部长。1938年初，曾生接任“海委”书记，直属中共“南临委”领导。曾生任海员工委书记后，顺应抗日救亡运动的发展形势，将原来只有30名党员的海工委发展到300余人，在各船上建立了党支部共计38个。

卖田卖屋买枪　拉起抗日武装队伍

1938年10月12日，日军在广东大亚湾登陆，21日占领广州，从此，抗日烽火在华南燃烧起来了。就在日军登陆大鹏半岛的第二天，八路军驻香港办事处主任廖承志在香港土瓜湾召开了有曾生和中共香港市委书记吴有恒等同志共同参与的会议。会议上，廖承志传达了中共中央的指示，并决定派人到东江建立敌后根据地，组织人民抗日武装，开展抗日游击战争。10月24日，28岁的曾生与中共香港市委的周伯明等人回到坪山，组织中共惠（阳）宝（安）工委，组建抗日游击队，开辟敌后抗日游击根据地。

游击队拉起来了，但是却两手空空，缺钱、缺枪、缺粮食。曾生记得当初在香港开展海员工运时，为筹办一间招收海员子弟读书的海华学校，在征得母亲同意后卖了几亩田。如今抗日游击队困难，他又征得母亲同意，将剩下的10亩田地全部卖掉，为部队买枪支弹药。同时，他和族人商量，将祠堂的5支土枪和2门土炮拿来，后来又于别处找来6门土炮，充当最初的抗日武器。

1938年11月23日，距离曾生刚凑集近百人的游击队不到一个月，日军来势汹汹地向坪山、龙岗进攻。驻守龙岗大井村的国民党第151师温淑海旅，原来答应和曾生共同抗日。当日本人来了，他却掉头逃往碧岭。此时的曾生并未退缩，与周伯明、彭沃带领部队勇敢迎敌，在日军必经的山路上分几处埋伏，打伏击战。谁知日军没发现埋伏在那里准备打“麻雀战”

的游击队，却发现逃跑的国民党温淑海部，便向他们开炮。曾生部队没打着日军，却意外地在沙头角沿路获得了一些国民党军弃下的枪支弹药。

1938 年 12 月 2 日，惠宝人民抗日游击总队在坪山正式成立，曾生任总队长，周伯明任政治委员。是月下旬，中共东南特委将叶挺东江游击指挥部警卫连 70 多人从深圳调拨到坪山，并将其编入惠宝抗日游击队。惠阳的地方组织从坪山、坑梓、坝岗、麻溪等地，动员了一批共产党员和抗日自卫队队员参加部队。至 1939 年春，曾生部发展到 200 余人，成立了两个中队和特务队，装备有一挺重机枪、一挺轻机枪和 120 支长短枪。1939 年 4 月，在保持部队独立性的原则下，曾部取得了国民党的合法番号：第四战区第三游击纵队新编大队，曾生任大队长。自此，曾生开始发展部队，成立乡抗日民主政权，建立枪械修理、医疗和被服厂等，创建抗日根据地。他指挥部队先后打了黄潭、杨西、百花洞等战斗，极大地鼓舞了军民抗日斗志。

值得一提的是，1941 年 6 月 10 日的百花洞战斗，曾生率领 3 个中队及抗日自卫队 1000 人，跟日伪军 600 多人激战了两天，击毙日军大队长长濑等 50 余人。广州日军震怒："这是进攻华南以来最丢脸的一仗。"这年，曾生部队发展至 1500 人。

1941 年太平洋战争爆发，12 月 25 日香港沦陷。遵照党中央营救困在香港的爱国民主人士和文化界进步人士的指示，曾生部队经过 6 个多月的时间，穿越港九日军封锁线，历尽艰险，从港九地区营救出文化进步人士和爱国民主人士 300 余人及其他人士共 800 余人，其中有何香凝、柳亚子、邹韬奋、茅盾、乔冠华、廖沫沙、沈志远、宋之的、戈宝权、夏衍、张友渔和胡绳等，被抢救脱险的还有国民党第七战区司令余汉谋的夫人上官德贤、南京市市长马俊超的夫人等一批国民党军政官员及其家属和英、美、印、荷、比、俄、菲、挪、丹等籍的国际友人，出色地完成了党中央赋予的营救护送任务，也赢得了国内外各界人士的赞誉。茅盾先生将此称之为"抗战以来（简直可说是有史以来）最伟大的'抢救'工作"。

1942 年，大批回国华侨青年和坚决抗日的港澳青年参加了曾生部队，壮大了东江游击队的力量，粉碎了日伪顽军多次对阳台山等抗日根据地的

东江纵队曾生司令员（中）、尹林平政委（右一）、周伯明参谋长（右四）合照（唐纳德·克尔摄）

扫荡。尤其是在横岗打了一场漂亮的“铜锣径伏击战”，打死日军15人、伤20多人，击毙敌军战马31匹，缴获3匹。

1943年12月2日，根据中共中央指示，将广东人民抗日游击总队的番号改为广东人民抗日游击队东江纵队，并发表成立宣言和领导人就职通电。公开宣布东江纵队是中国共产党领导的华南人民抗日武装，曾生担任司令员。东江纵队在上级党领导下，以八路军、新四军为榜样，开展大练兵和党的组织建设以及思想建设，提高了军事素质和战术、技术水平，大大增强了部队的战斗力。在敌后游击战争中，东江纵队接连收复失地，打击了敌人气焰，威震南粤。东江纵队的8年抗战，歼敌9000余人，部队发展到11000多人。东江纵队及东江敌后抗日根据地成为我党在华南战场上的一面旗帜，抗战胜利时，曾生被指定为接受广东日军投降的代表，朱德总司令在党的“七大”作军事报告中将东江纵队、琼崖纵队与八路军、新四军并称为中国抗战的“中流砥柱”。

奉命北撤山东　北战南征立新功

1946年6月30日，根据国共两党协议和中共中央指示，曾生率领以东江纵队为主的部队25813人，从葵涌沙鱼涌海滩登上美军3艘登陆舰和1艘驱逐舰，北撤山东烟台。随后其部被改编为中国人民解放军两广纵队，

东江纵队官兵登上美军军舰北撤烟台，在甲板上曾生司令员（前排左三）与岸上群众挥手告别（曾世平提供）

曾生任司令员、雷经天任政委，列入华东野战军建制，先后参加华东战场的莱芜、豫东、济南和淮海等重要战役。在党中央和华东局的亲切关怀下，按照“保存华南骨干，提高干部质量”和在战斗中求得发展的方针，中国人民解放军两广纵队日益成熟并壮大起来。

1949年3月8日，为了解放华南，根据中央军委的电令，两广纵队转为隶属第四野战军（原东北野战军），7月两广纵队奉命渡江南下，9月30日从赣州取道龙南进入广东。10月10日，曾生和雷经天、尹林平一起，指挥由两广纵队、粤赣湘边纵队和粤中纵队组成的解放广东战役的南路军，势如破竹地拿下了河源、惠州、广州、虎门和珠江三角洲的中山、东莞、宝安等地，并攻占了珠江地区沿海岛屿，为广东全境解放作出了突出贡献。曾生于1955年被授予少将军衔，获得一级独立自由勋章和一级解放勋章。

1949年新中国成立后，曾生任广东军区副司令员兼珠江军分区司令员、政委，南海舰队副司令员，广东省委常委、广州市委第三书记，广东省副省长兼广州市市长，交通部副部长、部长，国务院顾问，当选党的“十二大”中顾委委员，历任第一、二、三、四、五届全国人大代表，第四、五届全国人大常委会委员。

曾生于1995年11月20日在广州逝世，享年85岁。

（原载2014年8月27日《深圳特区报》“鹏城风流”专栏）

西乡郑毓秀——清末民初的奇女子

郑毓秀（1896—1959），法文名苏梅，是我国著名的社会活动家、资产阶级女革命家和女权运动倡导者；是我国近代以来第一位女性法学博士，第一位女性律师，第一位省级女性政务官和第一位地方法院女性院长与审、检两厅厅长，同时是《中华民国民法》五人编撰小组唯一的女委员；先后担任北京女子师范大学校长、私立上海法政学院校长。她在近代国民外交、法制建设和教育领域颇多建树，堪称粤港澳大湾区历史上的一代翘楚，她的一生颇富传奇色彩。

从小叛逆拒缠脚　废婚约出走扶桑留学

清光绪二十二年（1896），郑毓秀生于广州府新安县西乡乡屋下村（今宝安区西乡街道乐群社区。她的出生年份还有1891年、1894年之说，此处以她的自传《我的革命岁月》为准）的一个封建官吏家庭。郑毓秀的祖父郑姚，穷苦出身，后在香港发迹，成为拥有众多商铺和地产的大商人。有了钱，他每年两次请贫寒乡民到家欢宴，慷慨赠送衣物，有一年黄河水泛滥成灾，郑姚积极赈捐，为此获得皇上御笔钦书“乐善好施”的封赐。郑毓秀的父亲郑文治，是京城清朝户部的一个官吏，母亲出身大家闺秀。郑毓秀至今尚有两间祖屋和占地3600多平方米的“绮云书室”在深圳市宝安区乐群社区，属市级文物保护单位。

郑毓秀小时候在家里最喜欢听母亲讲花木兰替父从军的故事，她小小年纪不顾祖母严厉的训斥，带头在60多口人的大家族里拒绝封建裹脚；还不时从父亲那里了解到“中国由一个可怜的、弱小的‘儿皇帝’统治下，国事定会每况愈下。皇亲国戚、达官贵人将会抓住一切机会攫取金钱与权力，就像一群秃鹰扑向一具余温尚存的尸体”。她意识到拯救国家的唯一希望就是废除这个腐朽的旧政权。（引自郑毓秀英文自述《来自中国的少女》）

1908年，12岁的郑毓秀与母亲从广州经香港到北平，进入崇实女校学习，接受中国语言、历史、地理、算术等科目的正规化教育。在北平父亲的书房里，她读到了邹容的《革命军》，不禁热血沸腾。13岁那年，郑毓秀由祖母和父亲做主，被许配给两广总督之子。从小正直反叛的郑毓秀对这门婚事很反感，便大胆写信解除婚约。为此，郑毓秀惹了一场风波。次年，她离家出走，进入天津“崇实女塾”教会学校，接受西式的教育。

郑毓秀在北京、天津的朋友，尤其是在北京大学读书的大哥为她带回很多关于革命党的资料，她阅读后渐渐萌生革命念头。当她获悉革命党人活跃在日本的消息后，说服父亲，1909年随姐姐前往日本留学“寻找流亡的领袖人物”。到日本后，经廖仲恺的介绍，郑毓秀加入孙中山先生领导的同盟会。

加入同盟会　送情报　运军火　行刺清吏要员

1911年,郑毓秀只有15岁,却在同盟会崭露头角,她被安排回国担当“情报员”。因其父在清廷户部任职过，故同盟会所有的邮件不需要检查就可以直接寄到郑家。郑毓秀回到北京后，凭借她的机智勇敢和社交界的名气，以及一位西欧外交官和几位外国朋友的掩护与帮助，任务完成得很出色。在辛亥革命爆发后的一两个月，郑毓秀曾多次为革命党人秘密运送军火，传递情报。她还两次参与革命党人组织的暗杀清廷要员的活动。

第一次是行刺袁世凯。1912 年 1 月 1 日，中华民国南京临时政府宣告成立，孙中山就任临时大总统，但当时南北对峙，京津同盟会决定除掉镇压革命党人的清廷大臣良弼和内阁总理袁世凯。“刺杀小组”一行 12 人，郑毓秀是主要负责人之一。刺杀行动的具体计划是：将刺杀人员分成 4 组，每组 3 人，在预定地点从四个角落同时向袁世凯投弹。

1 月 15 日，各组人员准时就位。郑毓秀突然接到同盟会驻北京支部的紧急命令，命其放弃刺杀袁世凯的行动。因为最新的情报显示，南北议和真正的阻力是来自良弼，而不是袁世凯。郑毓秀连夜行动，及时通知了 8 位战友。但是，第二天未接到通知的 4 名战友仍按计划向袁世凯投弹。此时郑毓秀也在现场，她机警地用手枪向天开了两枪，接着又开数枪击毙了一匹马。因郑毓秀并未受过严格的军事射击训练，开枪时，右手拇指一块肌肉被夹在扳机上，一瞬间鲜血直流。这一疼使郑毓秀清醒过来，觉得应立即离开这个危险之地。她急忙将枪一抛，把带血的手藏在大衣袋里，并故意靠近警察，大声斥说：“岂有此理！无法无天的革命党，胆敢在光天化日之下，干出这类暗杀之事！”那些警察万万没有想到这位少女竟是这次暗杀行动的主要负责人之一。这一炸，仅炸死袁世凯的卫队长及卫兵数名、坐骑一匹，而袁世凯捡回了一条老命。3 名革命党人当场被捕，真正的投弹者严济芬却得以幸免。事后，郑毓秀回忆她当时听到爆炸声时的心情：“到底是表示庆祝呢，还是凑热闹而打着好玩呢？”可见，郑毓秀既有“童趣”的一面，又有临危不惧的革命精神和风范。

第二次是行刺良弼，在刺袁行动后的第 10 天行动。良弼是满人、清廷重臣，他掌握着一定实力的军队，而且又是宗社党的核心人物。他坚决反对清廷退位，是顽固守旧的保皇派，革命党人的死对头。

郑毓秀等人接到任务后，汲取了刺袁行动的教训，于是改变行刺方法。他们决定这次以人少出奇制胜，即派一人先接近良弼，然后近距离炸死他。然而，这是自杀性的行刺。革命党人彭家珍自告奋勇接受了这个使命。行刺的前一天，郑毓秀姐妹与彭家珍话别，场面感人至深。彭家珍大有荆轲“壮士一去不复返”的视死如归气概。彼时郑毓秀的大姐正与彭家珍在热恋中，生离死别让郑毓秀大姐当场晕倒，郑毓秀也泣不成声。

1912年1月25日，彭家珍乔装成清兵，作为沈阳军事当局派来的传达员，谎称有重要军情面告良弼。当外出的良弼回寓所时，在那里等候多时的彭家珍迎了上去，良弼久经沙场，老谋深算，见来人面生，便存有戒心，急欲躲避。彭家珍紧追几步，将炸弹投在良弼的寓所门口，轰隆一声，革命党人彭家珍当场牺牲；而良弼也被炸至重伤倒地，两天后死亡。

彭家珍的牺牲虽在意料之中，但依然让郑毓秀姐妹和行刺指挥部的同人悲恸欲绝。革命，使她们失去了亲密的战友。战友殉难，让郑毓秀更加坚定革命信念。京津同盟会考虑革命同志的安全，通知大家撤离北平。

法国留学　读博士　维女权　爱国爱乡抗日

有误传郑毓秀因"刺杀事件身亡"的噩耗传至家乡，家里人非常悲伤，老祖母无法承受这样沉重的打击，卧病床上。1914年，郑毓秀回到祖籍宝安屋下村祭祖，家人相见，转悲为喜。她妈妈说："你要知道，亲爱的苏梅，你还不满20岁。在你有生之年，会有很多机会为国家效力。如果你现在去欧洲完成学业，你就有能力更好地为国家服务。如果你要求继续留在国内，你的敌人会杀死你……现在你自己所冒的风险，对我们大家来说都是一种危险与折磨。"（摘自《来自中国的少女》）此时，哥哥告诉她，朋友已帮她办好出国留学事宜。

在家乡住了一段时间后，郑毓秀由香港经上海再换乘开往欧洲的轮船，赴法国留学。郑毓秀在巴黎的留学生活过得十分优裕，她入住巴黎市区的克瑞桑街6号，如同"留学生之家"。王宠惠、张人杰、李石曾、胡汉民等昔日革命同志和傅斯年、陈寅恪等学界精英常常是她的座上客。同时，她还与留法勤工俭学学生周恩来、蔡和森、蔡畅、向警予、刘清扬、陈延年、赵世炎、李隆郅（李立三）、邓希贤（邓小平）、何长工、李维汉等早期共产党人关系密切，对生活困难的勤工俭学学生多有资助。1920年，郑毓秀回国赴四川宣传男女平权，鼓励女生出国留学。同年12月，郑毓秀与张申府、蔡元培等同船去法国，还亲自带领中共早期党员刘清扬等 20 名女生赴法勤工俭学。1921 年，在法国留学的中国学生已达 1000 多人，其中女生约 30 人。

郑毓秀是留法学生中的佼佼者，她为人既热情优雅，又能言善辩。她说得一口流利的法语，在法律学会成立时，面对数千人登台演说，宣扬中国灿烂的文明和悠久的历史文化，使听众耳目一新，郑毓秀因此闻名巴黎。

1918 年，郑毓秀尚未毕业，就受南方军政府吴玉章主持的外交调查委员会的委派，在法国进行国民外交工作。1919 年 1 月，第一次世界大战的战胜国在法国巴黎凡尔赛宫召开“巴黎和会”，郑毓秀因精通英、法语言，被吸纳为巴黎和会中国代表团成员，担任联络和翻译工作。

1924 年，她以博士论文《中国的立宪运动》获巴黎大学法学博士学位，这是中国第一位女性获此优异成就和殊荣。她加入法国法律学会，成为中国女性法学专家登上西方学术舞台的第一人，后被民国政府司法部聘请驻欧洲调查员。

1925 年郑毓秀回国，被聘为北京女子师范大学校长。1926 年，她与同学魏道明博士婚后在上海法租界开办“魏郑联合律师事务所”，成为中

1930 年，上海报刊登载郑毓秀任职上海审判厅厅长、上海临时法院院长兼上海法政学院院长，并出任国民党立法院立法委员等职（档案图片）

国第一位女律师。同年，大学教授杨杏佛在上海被捕，郑毓秀利用社会关系活动，同时经过努力辩护，使杨教授获得释放。借此，郑毓秀名扬上海滩。

1927年，郑毓秀历任上海审判厅厅长、国民党上海市党部委员、江苏省政府委员、江苏地方检察厅厅长，上海临时法院院长。1928年，郑毓秀任上海法政学院校长，该校原是孙中山先生为培植革命建设的法政人才所建。郑毓秀接任校长后，着手制订改进校务与扩展计划，除保持自由研究的优良学风外，还注重司法业务，提倡理论与实际结合。全校有学生800多人，郑毓秀任校长期间培育出不少优秀人才。同年11月，国民政府立法院成立，郑毓秀获任第一届立法委员和建设委员会委员，被推为民法起草委员会五位委员之一。她维护女性权益，倡导男女平等，多款男女平权内容第一次写入这部《民法》，使其成为一部具有时代意义的法典。

抗日战争爆发，郑毓秀曾任教育部次长，她的丈夫魏道明任行政院秘书长。她的侄儿郑云（族名宝成）、侄女郑汉英均为空军飞行员，驾驶长鹰勇敢地抗击日本军机。其夫魏道明先后任南京市市长、驻美大使、台湾省政府主席等要职。

1941年，魏道明被任命为驻法大使，次年转任驻美大使（接替胡适）。郑毓秀随魏道明出使美国，积极开展外交活动，她担任美国援华会名誉主席，呼吁盟国和华侨援助中国抗战。郑毓秀夫妇代表中国政府积极参与联合国筹建，促进了中国国际地位和形象的提升。抗战胜利后，魏道明出任台湾省政府主席期间，郑毓秀随夫定居台湾。1948年，郑毓秀夫妇移居美国，后在纽约和南加利福尼亚定居。1959年12月16日，郑毓秀病逝于美国洛杉矶，终年63岁。郑毓秀的事迹被收进1991年中国社会出版社出版的《中华古今女杰谱》一书中。她生前在美国出版有英文自述《来自中国的少女》（1926年）和英文自传《我的革命岁月》（1943年）两部书。2020年，刘中国等把这两部书分别翻译成中文版，由南方传媒集团广东经济出版社出版。

（原载2014年7月16日《深圳特区报》“鹏城风流”专栏）

沙井陈桂籍
英勇善战抗英夷

陈桂籍，字月樵，新安县沙井乡岗头新村（今宝安区沙井街道辛养村旁腊岗仔）人，乃沙井南宋理宗赵昀驸马陈梦龙的二十传裔孙。清道光二十一年（1841）进士，官至新安县户部主事（正六品）。第二次鸦片战争期间，陈桂籍担任新安抗敌会会长，组建了一支民间的武装力量沙井团练，取名“新安勇”。成立后的“新安勇”把入侵的英国殖民者杀得闻风丧胆，名震珠江三角洲地区。

陈桂籍率“新安勇”围困香港九龙

清咸丰六年（1856）10月19日，英美等帝国主义交涉“修订条约”扩张侵略中国未遂。10月23日，英国人心怀不满，制造“亚罗号船事件”，挑起了第二次鸦片战争。在美、俄、法等国支持下，英海军上将西马縻各厘率数艘军舰强行越过虎门，攻占腊德、龟岗炮台，炮轰广州城。英军兵临广州城下，情势危急。

英军的侵略消息迅速外传，激起新安人民的极大愤慨。

面对西方列强入侵，两广总督叶名琛慌忙奏报咸丰皇帝，称正在召集2万余名水陆兵勇，死守穗城。其中有一支是由陈桂籍率领的英勇善战的沙井练勇，在珠三角一带颇负盛名，香港的英夷（英殖民主义者）也惧其三分。奏呈后，叶名琛总督一方面守城，另一方面“围魏救赵”，下令陈桂籍的“新安勇”骚乱香港英军后方基地，解救广州。

如何骚乱香港？陈桂籍计上心来：一是围困，二是偷袭。1856 年 12 月 19 日，陈桂籍按照两广总督谕示，在南头县城学宫内的明伦堂召开动员大会，颁布抗英檄文，发动全县士民封锁香港，号召“本县百姓在裙带路开设店铺者，一概停止交易。从本月二十二日起，限一个月内回家”。香港岛上的中国居民纷纷响应号召，先是全部新安人撤回，关闭店铺，辞掉工作，返回内地。华商永泰、和生、万泰三家大米铺率先停止营业。接着各行各业断绝一切供应，中断交通，香港变死港。当时香港的一份探报说，“各庄口凡唐人大半告去”“在港华民纷纷搬还乡”①。为更严密地封锁香港，陈桂籍在新安境内派人搜查和控制通敌的洋教徒，防止军情泄露（见伦敦国家档案馆 1856 年《英国外交部档案·广州档案》中“新安县全体士绅檄文”）。

香港是个海岛，被新安县三面包围，要切断它的供应，禁运是重要的一环。陈桂籍安排自己的弟弟、举人陈芝廷，率 200 名乡勇前往九龙边境，专司在通往香港九龙的陆路交通设卡查检，水路上组织船队截获偷运物资的船只，袭击零散英军。陈桂籍要求每天派出二三十条船艇日夜监视英夷动向，刺探敌情，瞅准时机打击水陆英军小分队。有一次与小股英军战斗，“新安勇”还割下了一名英军首级，大灭英夷气焰。陈芝廷在给陈桂籍香港敌情报告中道：“看来英夷戒备更加森严，他们定时打炮维持士气；20 艘大小不一的汽船和其他船只，日夜巡逻不停。每家鬼子的商行都有鬼子兵站岗；一到日落西山，他们就小心翼翼做好开炮准备。鬼子警察 18 人为一队出巡，走到危险地带，他们就会集成较大的队伍，并在冒险前进之前开枪射击。”

港英当局和侵略军妄图对反抗斗争的新安人民进行公开报复。1858 年

① 余绳武、刘存宽主编《十九世纪的香港》，中华书局（香港）有限公司，1994 年 8 月版，第 71 页。

7月30日，港督发布通告，指责号召华人返乡和禁止食物来港者为“大英国家之仇敌”“定将其人查究”，同时派遣军舰前往新安、香山两县散发通告。当英国军舰“欧椋鸟”号携带通告进入新安县时，南头乡勇向英军泊岸的舢板开火，打死打伤各1人。英军将领斯托宾齐和分遣舰队指挥官图尔特率领陆军士兵攻占新安县的海防要地南头城，强迫当地清朝官员恢复对香港的市场供应。[①]

据《英国国会文书》（1857年第二辑43卷2223号）所刊《陈芝廷给陈桂籍的信》中谈到，陈桂籍愿出五万银圆和六品官职，向勇者购取抚华道（相当于政务司的职位）高和尔及警务处威廉坚两个人的人头。

香港总督兼英国驻远东全权公使包令（1854年4月上任），被陈桂籍弄得蒙头转向，顾此失彼。港英基地屡遭骚扰袭击，英军也因兵力不足，遂于清咸丰七年（1857）1月退出包围广州，伺机再攻。

陈桂籍成功解围广州城。

港督吃中国人面包店面包中毒

英国殖民者撤离广州，转而对新安县等地不断进攻和袭扰，陈桂籍决定擒贼先擒王，想办法搞搞港督，于是秘密通知潜在香港活动的弟弟陈芝廷行动。

1857年1月15日早晨，包括港督包令和他家人在内的三四百名欧洲人，吃了一家中国人开设的“义成记”面包店的面包而中毒，虽然没有人丧命，但也被当作轰动一时的大新闻而被报纸广为报道，此事被称之为“港督中毒案”。

香港“义成记”面包店的店主为中国人张亚林，事故当天的清晨，他送家属返乡，乘船前往澳门。港英当局以为他畏罪潜逃，派遣专轮将其追捕回港，另外还逮捕10多名被指控为蓄意谋杀的要犯，把他们关押了20

①《深圳近代简史》，深圳博物馆编，文物出版社，1997年版，第68页。

多天，终因证据不足而无罪释放。毒面包经过化验，含有砒霜，港督包令因中毒太深，次年病死。但到底是谁下的毒，让港英政府折腾了一段时间，一直查无结果。英国首相巴麦尊获悉后，指责中国人“毒杀可敬的英国商人”。恩格斯在《波斯与中国》一文中，极为同情中国人民的反抗斗争。他针对“毒面包事件”和“中国人暗带武器搭乘商船，而在中途杀死船员和欧洲乘客，夺取船只”的事件，表明了看法：“我们不要像骑士般的英国报纸那样去斥责中国人可怕的残暴行为，最好承认这是保卫社稷和家园的战争，这是保存中华民族的人民战争。”

毒面包案发生不久，英商的一家位于湾仔的“都爹利”商店又被中国人烧毁。1857 年 3 月 6 日晚，存有 1000 余担面粉、若干桶饼干、几十桶烈酒和其他商品的“都爹利”商店，燃起熊熊大火。这把火烧掉了英军重要的后勤补给，使港岛的英军受到了沉重的打击。

陈桂籍誓死抗英保卫南头古城

1857 年 12 月，英法联军 5600 余人集结珠江口，通牒叶名琛，并限广州城内的清军 48 小时内投降。其时，清政府全力镇压太平天国和捻军起义，无暇顾及广州。

12 月 28 日，英法联军炮击广州，都统来存和千总邓安邦顽强抵抗，次日广州失守。清咸丰八年（1858）1 月 5 日，叶名琛于将军都统署被俘，押经香港解往印度，4 月 10 日死于印度加尔各答。

叶名琛被俘后，清廷大吃一惊。随后命黄宗汉（福建晋江人）从北京疾驰广州，接替两广总督空缺。其间，清廷连发三次“廷寄”，诏命广东在籍前户部侍郎罗惇衍、二品卫前太常寺卿龙元僖、前工科给事中苏廷魁调集团练，暂设广东团练总局，招募东莞、香山、新安 3 县的壮勇及广州石井、佛山等地练勇抗英。

在广东团练总局的督率下，4 月 25 日，陈桂籍带新安勇士千余名，驻广州东路三宝墟，与扎营榕树头的千总邓安邦部构成掎角之势，北路有候选知府林福盛率领的忠勇、安良局练勇和96名乡勇，三路人马遥相呼应。

陈桂籍指挥新安壮勇，在龙眼洞乡勇的配合下，打退英军几次进攻。陈桂籍和千总邓安邦及南海、香山、东莞乡勇大战三宝墟，经过几个来回拼杀，毙敌数百，敌军大败，乡勇猛然追剿。英军在逃窜中，英国驻广州代领事巴夏礼坠马，几乎被擒，经汉奸救起逃亡，捡回一命。此役受到清廷嘉奖。

1858年6月26日，中英签订《天津条约》，清廷丧权辱国。1859年8月3日，英军又组织了3艘军舰、4艘大火轮、8艘浅水火轮、40余艘舢板，从香港出发，驶进烂甲嘴（今新界青山岛西南端，与新安县赤湾对峙），炮口直指南头城。新安知县王寿仁与驻守南头古城的虎门水师提标左营游击麦镇邦得到情报后，立即部署500名兵勇防御，并动员蛇口、南山、西乡沿线乡民进行武装守卫。第二天早上9时许，英兵船分散驶近南头靠岸，向城内施放大炮及燃烧火器。8月10日傍晚，英军3000多人上岸进攻南头城。危急关头，陈桂籍率领骁勇的沙井团练赶到，与提标左营游击麦镇邦部、知县王寿仁带领的乡勇，一起奋力抵抗，歼灭了英军百余名，打伤无数，英军在海上的一艘大火轮也被清军炮火击毁。

英军袭击未能取胜，于是改变战略，集中全部火力，向西门进攻。驻守西门的清军和自愿参战的乡勇终因不敌猛烈的敌军炮火，西门被攻破。英军入城后烧杀抢掠，毁坏了县衙、火药局和民房，并将监狱打开，使囚犯逃脱。当时在南门外指挥作战的陈桂籍和王寿仁闻讯赶到，与英军开展巷战。激战至下午3时许，英军战败，

沙井陈桂籍功名旗杆石

狼狈逃去。此役中国军民在南头城内歼毙英军 12 名，在沿岸歼灭登陆英军 100 多名，打伤英兵无数。中国军民亦有较大的伤亡。

几番交战，英夷对陈桂籍切齿痛恨。英军扬言 8 月 23 日攻打沙井，企图捣毁沙井“新安勇”队部。8 月 27 日，英军又正式贴出告示：“血洗沙井，直取陈桂籍性命。”

陈桂籍及其练勇将生死置之度外，不怕恐吓，不怕流血，为保卫家乡，誓死抵抗外敌。正如《筹办夷务始末（咸丰朝）》中收录的 1858 年 10 月 7 日两广总督黄宗汉给清廷奏折所言，沙井等乡练勇“不告于绅，不禀官，自捐自战，誓将与之决生死”。

陈桂籍后来留在广州为官，死后葬于白云山。陈桂籍抗英的事迹，在新安县乡民中广为传颂。沙井辛养村附近的陈梦龙驸马房“雍睦堂”宗祠前，原竖有一对清咸丰帝钦封陈桂籍的官阶旗杆石。旗杆石碑连基础全长 240 厘米，其中石碑部分高 110 厘米、宽 37 厘米、厚 10 厘米。碑上部呈石鼓状，下刻阴文“钦赐户部主事，道光辛丑恩科二十传裔孙桂籍立”。清道光辛丑年（1841），正是陈桂籍中科进士那一年。陈桂籍英勇善战、爱国爱乡之精神，一直为乡人代代敬仰。

（原载 2014 年 4 月 23 日《深圳特区报》“鹏城风流”专栏）

500年前深圳之“屯门海战”

清嘉庆二十四年（1819）舒懋官修的《新安县志·防省志》寇盗条载：“明正德十一年，番彝佛郎机（明代对葡萄牙人和西班牙人的统称）入寇，占据屯门海澳，海道（广东海防军事主官）汪鋐讨之。”

这就是史称的“屯门海战”。

“佛郎机人”偷偷登陆屯门竖石柱

明代的“屯门海澳”，并不是专指今天香港的屯门地区，而是指从今天深圳市前海湾、后海湾、伶仃洋等在内的地区，到香港九龙半岛西部沿海地区的相当大的范围。史上谓“东莞南头城，古之屯门镇”，就是说唐朝的屯门镇治在今深圳市南山区的南头古城，宋代沿袭将此改建为屯门寨，变行政治所为驻扎军队的军寨，直至明清仍是南海前沿军事要地，扼制通往广州重要的咽喉水道。

15世纪末叶，西欧一些国家为了开辟更多的海外贸易市场，奖励航海家和冒险家航海拓疆，向闭关自守的东方国家进行海盗式的殖民扩张。1486年，葡萄牙王国裘安王子（后为国王裘安二世）的船队，发现非洲南端的岬角，惊喜地称之为“暴风角”（后称为“好望角”）。明弘治十一年（1498）五月，裘安派出的瓦斯科·达·伽马所率船队“发现”了印度。明正德六年（1511）八月，阿尔布克尔克率领18艘战船血洗满剌加（今马来半岛），占领了马六甲，扼守海峡。佛朗机人终于实现了几十年“寻找香料和黄金之梦想”，并因此夺取了东西方海上贸易中转站的控制权。

满刺加王国是通往中国的桥头堡，与中国世代相好。葡萄牙人入侵后，国王逃到一座小岛上。1514 年，佛朗机人掌控满刺加的“新总督”，派葡萄牙人阿尔瓦雷斯率舰队继续东来，登上今香港和深圳海域的“屯门岛”，并在岛上竖立一座刻有葡萄牙国徽的大石柱，纪念这次“发现”。澳门如今仍立有他的石像，叫作“欧维土石像”。①

佛朗机人登陆所谓的“屯门岛”的确切位置说法不一，根据其地离南头、虎门及广州较近而且面积不大等条件来看，历史学家分析，屯门岛可能是与南头直线距离 2 公里的大铲岛，或者与南头直线距离 9 公里的内伶仃岛，故后来有南头父老一起合力抗击葡人侵略者的历史记载。

葡萄牙航海者一直往东的任务之一，就是奉国王曼纽尔一世的敕令收集中国的情报。但是一直东航找不到中国。到了印度旁边，意外地发现弹丸小国——满刺加王国，又通过满刺加打听到中国还在东边。于是继续东去，来到中国南海，偷偷摸摸登上屯门岛，竖根石柱“投石问路”，权作进入中国的“跳板”。这举动，居然没有引起大明帝国的在意。

葡萄牙殖民者心中窃喜，将屯门岛直接用作“贸易岛”，打算长住下去，自设营寨，制造火器，杀人劫船，无恶不作。史载：“海之关隘，实在屯门澳口，而南头则切近之。明成化二十三年（1487），占城古来来奔，边衅遂开，而番舶相继扰攘。近于正德改元，忽有不隶贡数恶彝，号为佛朗机者，与诸狡猾，凑杂屯门、葵涌等处海澳，设立营寨，大造火铳，为攻战具；占据海岛，杀人抢船，势甚猖獗；虎视海隅，志在吞并；图形立石，管辖诸番，脍炙（宰割）生人，以充常食，民甚苦之。”（清康熙《新安县志·卷之十二·艺文志》陈文辅撰《都宪汪公遗爱祠祀》）

葡萄牙殖民者占据屯门海澳，杀人越货、自设刑场、烩食人肉之恶行，引起当地人的愤怒，地方官也一级级呈至朝廷，折腾了几年，传到武宗帝那里，因奸臣阻梗，知情后又不了了之。直至明正德十六年（1521）三月，

① 汪开国、刘中国：《深港六百年大鹏所城》，花城出版社，2007 年 11 月版。

明武宗帝驾崩，明世宗七月继位。明世宗一反武宗对“佛朗机人”不作为政策，急诏镇守巡抚等官员予以尽快驱逐。

广东巡海道副使汪鋐接旨，驻扎新安南头的海道署，亲率大鹏所城、东莞所城（南头寨）的军民，遣斥佛朗机人离境，捍卫国家安全和民众生命财产。

汪鋐用计谋奋勇驱寇

远道而来的佛朗机海盗拥有一支不小的船队，其中阿尔瓦雷斯统领的几艘大船已经在“屯门岛”“南头径”安营扎寨数年；不久前又加入了卡尔佛率领的一艘大海船，实力大增。他们依赖“船坚炮利”，其海船形体巨大，火炮射程远、命中率高的优势，对汪鋐转达朝廷要求尽快离去的命令傲慢地置之不理。

汪鋐对佛朗机人的无赖与奸猾行径有心理准备，也早有所闻。

1517 年 6 月 17 日，葡萄牙殖民者费尔南·佩雷兹·德·安德拉率 8 艘带铳炮的亦商亦军船，由满剌加前来中国，同来的还有葡萄牙国王的使臣佩雷斯，企图北上广州，与大明帝国互通朝贡，遭到明朝水军阻拦。但葡萄牙人不听劝阻，依仗自己船大炮利，强行开进珠江内河，直抵广州的怀远驿（今十八甫）一带。当探知中国人憎恨葡萄牙人，于是伪装成伊斯兰教徒模样，头上缠绕白布，可高鼻深目蓝眼掩饰不住其真面目，被广州官员识破后，这些葡萄牙人宣称是来向中国朝廷贡献土特产和财宝的。两广总督陈金得知此事，立即从外地赶回广州处理。他首先查清了这些人并非回教徒，而是“佛朗机”人；同时查阅《大明会典》，发现“佛朗机”不是历来进贡的国家，来人又没有使节证明文件，于是令其离开。

佛朗机人退出广州，但并未回国。1518 年 8 月，狂妄暴戾的西蒙率远征队来到屯门海澳，接替其兄西芒，企图侵占南头城。《正德实录》（卷一四九）述：“两广奸民，私通番货，勾引外夷与进贡者，混以图利。招诱亡命，掠买子女，出没纵横，民受其害。”

驻守在南头寨海道署的汪鋐（1466—1536）副使（后被嘉靖皇帝特授太子太保吏部尚书兼兵部尚书）和军民，对侵略者早已摩拳擦掌。汪鋐率水师再次命令葡萄牙殖民者撤出时，遭到其顽固反抗，葡萄牙人自恃“炮利船坚”，丧心病狂地向明朝水师发炮攻击。因葡萄牙人炮火猛烈，明军最终抵挡不住而败下阵来。

屯门之役爆发了，其时为明正德十六年（1521）八月底。

战役打响，汪鋐面对的却是一个强悍之敌，佛郎机的战船铳炮比明朝水师厉害数倍。此时，深港地区有识之士纷纷出谋划策，南头乡贤父老建议汪鋐“使善泅者凿沉其舟”；汪鋐萌发“师夷长技以治夷”的计谋，改变作战方案。《殊域周咨录》详细记载：“有东莞县白沙巡检何儒，前因委抽分，曾到佛郎机船，见有中国人杨三、戴明等，年久住在彼国，备知造船铸铳及制火药之法。汪鋐令何儒密遣人到彼，以卖酒为由，潜与杨三通话，谕令向化，重加赏赉，彼遂乐从，约定其夜何儒密驾小船，接引到岸，研审是实，遂令如式制造。”

葡萄牙人仗着武器精良，根本不把明军放在眼里。汪鋐一边令人试制铳炮，一边根据海潮和风力，命人把事先准备好的装满了油料柴草的船点

汪鋐率水师击败佛朗机（选自深圳博物馆“古代深圳”展览图片）

燃，借着风势把火船驶到敌船队中间，明军战船紧紧跟上，与敌短兵相接，使葡萄牙人炮铳的威力无法发挥。敌船体大，转动不灵，躲避不开明军火船的攻击，火势一起，敌军大乱。

汪鋐又派人潜入水中，把未起火的敌方大船底部凿漏，使其下沉。于是葡萄牙人或被火烧，或见船沉，纷纷跳海逃命。汪鋐命令将士跃上敌舟，奋力砍杀。葡萄牙海盗一连损失几艘战船，溃不成军，最后剩下3艘“蜈蚣船”，在9月7日乘着黑夜逃到附近岛屿隐藏起来。次日凌晨，恰好刮起了强劲的北风，葡萄牙海盗才勉强摆脱了明军的追击，逃回了满剌加。

《东莞县志》：“是役也，于正德辛巳（1521）出师，嘉靖壬午（1522）凯还。”史料称汪鋐从出兵到胜利花了近一年时间，其主要原因，是他改速决战为持久战。将敌围困一年，以待疲倦后，利用台风暴雨恶劣天气，在敌人火铳威力不易发挥之际，全线击败对手，缴获资财无数。

深圳南头古城关口村玄武古庙旁边，有座建于万历年间的“汪刘二公祠”，汪刘二公即为副使汪鋐和新安县令刘稳。公祠碑刻：“正德改元，忽有恶彝佛郎机者假以修贡，突踞虎门设立营寨，造火炮为攻具，势甚猖獗，至掠取婴孩屠以充食，民甚苦之。公赫然震怒，命将出师，亲犯矢石，纵火焚其舶，百桨齐发，攻无坚阵……”

屯门一役大胜，汪鋐感慨万千。为答谢支持作战的南头乡贤耆民郑志锐、吴瑗、郑柔、龙骥及全体军民，赋诗一首：“辚辚车马出城东，揽辔欣逢二老同。万里奔驰筋力在，一生精洁鬼神通。灶田拨卤当秋日，渔艇牵篷向晚风。回首长歌无尽兴，天高海阔月明中。”（诗收录于清康熙《新安县志》）

屯门海战打响了驱逐殖民者的第一枪。海战获捷，既有汪鋐指挥若定、战术得当的因素，也有南头军民奋勇杀敌及南头父老乡绅通力支持合作的功劳，更是离不开汪鋐“师夷长技以治夷”思想的运用。

汪鋐在深港海域的多次实战中，缴获了葡萄牙海盗的数十门铳炮，当初官兵对这种武器无以名之，遂叫作“佛郎机”。汪鋐通过原来在佛朗机船上服役的杨三、戴明两名中国人，了解了铳炮详细情况，组织人员如式制造，这是中国正式制造佛郎机铳炮之开始。严从简《殊域周咨录·佛郎机》条说：“东莞人（深港地区时属东莞县）铸造的铳炮，形同佛郎机及爪哇国用的铳炮，长短合度，铳孔圆滑可用。”

汪鋐创造了中国首个“以夷制夷”成功的战例，被誉为中国向西方学习先进技术的第一人。

明嘉靖八年（1529），明朝廷在汪鋐建议下，按照“佛郎机”的形式在南京铸造铳炮300门，将其命名为“大将军”。又按照佛郎机“蜈蚣船”式样造船数十艘，分发沿海各边镇。要知道，这比晚清江南制造局铸造铳炮和战船的历史早了300多年。

屯门海战胜利后的第二年，葡萄牙殖民者不甘心失败，再一次派出强大的船队“向屯门的航路开去”。9月，当他们到达珠江口新会县的茜草湾时，再次遭到汪鋐率领的水师迎头痛击，损失了两艘战船后狼狈逃去。葡萄牙人经历了两次惨重失败，仍不罢休，在明嘉靖三十二年（1553）占据了澳门，以取代未能得手的“屯门岛”，使澳门成为帝国主义瓜分中国的先遣站。但是，屯门海战的胜利，具有时代意义，它标志着中国人民反抗西方殖民主义者和帝国主义列强的开端。

（原载2010年11月15日广东省委台办“粤台视窗”网）

深圳之“九龙海战”

震惊中外的虎门销烟后，深圳大鹏营等沿海卫所将士严厉防堵鸦片走私。清道光十九年（1839）七月二十七日，大鹏营参将赖恩爵，率领水师在香港九龙洋面巡逻，面对英国武装商船的武力挑衅，打响了九龙自卫反击战，揭开了鸦片战争血染的序幕。

此役史称“九龙海战”。

英国对广州湾虎视眈眈

英国殖民者见到葡萄牙占据了澳门，便对广州贸易港口垂涎欲滴。

清乾隆八年（1743）六月，英国商船因躲避台风，偶然进入珠江口新安、东莞两县海面，进而心怀不轨，有意停留。海防守军发现情况后向上禀报，在守军和地方知县的反复劝说之下，英船还是滞留到九月才拖拖拉拉地离去。乾隆十年（1745）六月，英国5艘商船又到珠江口，谎称去日本做生意，流连徘徊观望了两个多月，见广东水师防范严密，又遇到敌对的法国商船，不得不离开新安海域。

英国商船在清中期以前大致上都能通过合法手续进入广州通商交易。清雍正五年（1727），英国借贸易之机向中国输入鸦片200箱。清嘉庆二年（1797），中国政府开始禁止输入鸦片。东印度公司为了对付清朝禁令，转而由私人烟贩走私运销中国。此后，输运中国的鸦片数量迅速增加（参见《简明广东史》1987年11月版），19世纪头20年内，英商平均每年向中国走私鸦片4000多箱，至1838年激增至35500箱。由于走私鸦片等违禁品严重，清政府严控盘查外国商船，一律经获准后才能进入广州黄埔港。于是英船便在澳门附近和新安县沿海的伶仃洋一带，寻找新的落脚点，企图“在岛上建立商馆并执行英国法律”。

清嘉庆七年（1802）三月，一批英国商船没有按事先约定前来贸易，进不了广州而停泊在新安县伶仃洋上。英国人转而想在澳门暂借葡萄牙人房屋居住。葡萄牙人深知英国野心，但又惧怕英国人的武力，暗中赶快通知两广总督吉庆，意图借中国政府之手赶走劲敌。

吉庆总督旋即上奏朝廷，清嘉庆帝谕命：“有犯必惩，切勿姑息；无隙莫扰，亦勿轻率。”总督吉庆派员向英国人传达了天朝帝之旨意，英国人虽口头应允离开，却一直拖延至六月份才回国。这期间，英国人在伶仃洋的落脚点大都在古代屯门镇辖区，即今深圳南山区到香港岛一带的海域。

清嘉庆十年（1805），4艘在新安、东莞海面游弋的英国兵船开到虎门附近海面，以帮助清朝官兵剿捕海盗为名故意逗留。清嘉庆十三年（1808）九月，3艘英兵船更放胆驶过虎门要塞，进入黄埔港。因为没有朝廷明确指示，清军水师对英国人公开的武装入侵仅能怒目而视。[①]

此时，英夷得寸进尺，由英国兵船护卫的英鸦片商贩，常在新安县伶仃洋上用“趸船”秘密囤积鸦片，然后通过中国烟贩和官吏组成的走私网络，偷运进沿海各地。清道光十四年（1834）一月，英国女王派任威廉·约翰·律劳卑为“驻华商务监督”前往广州，表面上是协查处理贸易事务，实质任务是设法把英国商业扩展到广州以外的中国其他地区，同时注意调查“如果在中国海域发生战争行动，舰船是否可以在任何地方找到必需的保护”。

清道光十六年（1836）十一月，英国政府委任海军上将查理·义律为驻华商务监督来华，在广东大量搜集新安水域情报，试图把伶仃洋和尖沙嘴洋面作为鸦片走私的基地，并且肆无忌惮地进行殖民活动。

于是，清道光十八年（1838）十二月，朝廷命令在内地禁烟颇有成效

---

① 张春雷主编《深圳全纪录》上卷，海天出版社，2000年11月版。

的湖广总督林则徐为钦差大臣，节制广东水师，查禁鸦片。林则徐抵粤履新，铁腕禁烟。1839 年 6 月 3 日，林则徐在虎门公开销毁从外国洋行没收来的 200 多万斤鸦片，此举震动全国。虎门邻居的深圳地区人民纷纷涌到销烟现场观看和助威，万人涌动，击鼓舞狮，热烈拥护林则徐禁烟举措。

但是，英国驻华总领事兼驻华商务监督义律却气急败坏，对广东销烟之举怀恨在心，一直伺机寻衅报复。

村民被英兵杀害成海战导火索

1839 年 7 月 7 日，英船“考奈蒂克”号和“满加洛尔”号的水手，在九龙半岛南端尖沙嘴“混行上岸，无故滋事”，将村民林维喜殴伤致死，义律拒不交凶。林则徐和深港军民对义律破坏进口具结、抗不交凶的行径表示义愤。林维喜案发生后，义律用1500 元偷偷收买死者家属，制造假证，出具“林维喜之死与英人无关”的字据，并公然在停泊于尖沙嘴海面的英国船上自设法庭，声称已按英国法律“秉公审办”，扬言“没有发现凶手”。英人肆意侵害中国主权的恶劣行径，激起中国人民的愤慨，进一步恶化了中英关系。

林则徐目睹英国侵略者所作所为，派新安知县梁星源亲往调查事实真相，并发布《严禁本地民人与外非法往来交易并勒令义律交凶告示》：“……（义律）拒不交凶而求宽恕，又以谎言掩饰真相，乃桀骜之至。……为此，本大臣等现派出水师船，分别设站警戒尖沙嘴，阻止并捉拿来自各港湾、售给食与夷人之所有办艇，严禁近海店铺民人与夷人暗中交易。”（见深圳博物馆编《深圳近代简史》文物出版社 1997 年版）与此同时，林则徐巡视澳门争取到澳葡当局采取“最严格的中立”的允诺，又成功让当局将澳门的英人驱逐出境，迫使英商全部人员从澳门至新安海面水域撤退到尖沙嘴洋面上的货船和趸仔空趸船上寄住。

8 月 31 日，英舰“窝拉疑”（VOLAGE）号装配 28 门大炮，和数日后抵达香港的“海阿新”号等数艘英舰，编入尖沙嘴的商军船队。海军出身的义律自恃船队强大，装备配足，盘算自己已经有了武装挑衅的资本，遂等机会随时铤而走险。

9月4日上午9时，义律与“窝拉疑”号兵舰舰长士密，乘坐“路易莎”号指挥艇，率领双桅军商船“珍珠”号、“得总喇吐”号和“甘米力活”号等5艘武装船，向九龙山炮台附近海面开去。这时大鹏营参将赖恩爵率领本营3艘水师船，正在九龙山口岸巡查。义律派翻译郭士立在两名英水兵陪同下，登上大鹏师船，向赖恩爵递交呈文，并且威胁说，如果再不给英商船队供应食物，就会遭到武力惩罚。

根据林则徐令，赖参将反复向郭士立申明：村民林维喜被杀不能不了了之，在不具结不交凶的情况下，遵上谕令，坚决不能接济任何食物。

义律听到郭翻译回报，气得暴跳如雷。他和士密舰长商量：“决定5艘船艇马上进入临战状态，动用大炮发言。”下午2时半，义律派人乘小船向赖恩爵师船递交一份措辞强硬的最后通牒：如果英国人在半小时内得不到食品供应，他们就要击沉在九龙港内的中国水师战船！

林则徐一直告诫部属领兵各员，严密布防，不留一处空虚，但不得轻举肇衅。赖恩爵正派遣弁兵前往答复之际，义律竟然下令5只舰船同时开炮，轰击中国师船。船上清兵欧仕乾不备，被炮火击中，当场殒命落海。

九龙海面中英舰船激战

英船率先开炮，杀死中方士兵，英国侵略者已公开撕去伪装，暴露出蛮横行径。中国水师将士无不义愤填膺，纷纷请战还击。深圳大鹏籍将领赖恩爵立即指挥各战船和九龙炮台向英船开火。师船兵丁很快调整炮位，对准英舰，猛烈还击，炮火集中攻击义律和士密乘坐的“路易莎”号主舰。最激烈的一战中有19发炮弹击中了“路易莎”，轰得它在旋涡中直转，惊慌失措的英兵纷纷落水，义律只得率船狼狈逃避。

初创败绩，义律并不认输，转眼又调来主力舰“窝拉疑”号及武装商船“威廉姆堡”号投入海战。清军见来势汹汹的英船前来报复，更加激

“古代深圳”展览九龙海战复原场景（摄自深圳博物馆）

愤，奋不顾身全力击退敌船。事后，赖恩爵在给林则徐的战况汇报材料中说：“该夷来船，更倍于前。复有大船拦截鲤鱼门，炮弹纷集，我兵用钢砂等物，设法回避，一面奋力对击，了见该夷兵船，驶来帮助。”

赖恩爵率领的师船远远弱于义律及其增援的船舰，但他不畏强寇，怒激之下，越战越勇，指令师船连放大炮，轰击中致使多名英兵坠海。清军水师武器十分陈旧，很多兵丁用的还是鸟枪，但是他们并没有因为武器陈旧而怯战。有一个名叫陈端龙的兵丁就是用这种陈旧武器击毙了一名英兵，不幸的是，他被回炮炸伤阵亡。战斗一直进行到下午 6 时，才以英船逃回尖沙嘴而告结束。[1]

这场海战持续了 5 个小时，大鹏营水师有 2 名兵丁阵亡，2 人重伤，4 名轻伤；而赖恩爵指挥的水师则击沉英夷双桅船一艘，击退英船多艘，击毙击伤英兵数十人，“冈布里奇”号舰长被打伤。这场海战，狠狠挫败了英国侵略者的嚣张气焰，充分显示了中国军民保卫祖国领土主权的力量和必胜的信心。

九龙海战以清军获胜而告终。林则徐根据赖恩爵的战事汇报材料拟成

---

① 汪开国、刘中国：《大鹏所城：深港六百年》，花城出版社，2007 年 11 月版。

《会奏九龙洋面轰击夷船情形折》，向道光皇帝详细报告了九龙之战的经过。他在这封奏折中，还转述新安知县梁星源等的禀报说："查夷人捞起尸首就近掩埋者，已有十七具，又渔舟叠见夷尸，随潮漂流，捞获夷帽数顶，并查知假扮兵舰之船主忌刺士（受雇义律的'冈布里奇'号船主道格拉斯）手腕被炮打断。此外夷人受伤者，尤不胜计。自此次对仗以后，巡洋舟师，均恨奸夷先来寻衅，巡缉愈严……"

10月上旬，道光皇帝收到林则徐《会奏九龙洋面轰击夷船情形折》，他在"该将赖恩爵见其来势凶猛，亟挥令各船及炮台弁兵施放大炮对敌击翻双桅船一只"的奏章段落下面朱批四字"可嘉之至"。此外，还在奏折上朱批："既有此番举动，若再示以柔肠，则大不可。朕不虑卿等孟浪，但诫卿等不可畏葸，先威后德，控制之良法也。相机悉心筹度，勉之慎之！"

《道光实录》九月丁酉（1839年10月11日）条记载：清道光皇帝"以轰击英夷船只卓效，赏赐广东参将赖恩爵花翎，呼尔察图巴图鲁（勇士）名号，以副将即行升用，先换顶带。"① 清道光二十一年（1841），赖恩爵被授予南澳镇总兵，后接任在虎门为国捐躯的关天培为广东水师提督，御赐红顶花翎。赖恩爵于清道光二十八年（1848）卒于任。死后，谥封晋封从一品振威将军；道光皇帝御笔题匾额"振威将军第"。该匾至今仍高悬大鹏古城赖府巷中的赖府堂上。

九龙海战是鸦片战争的首战，是中英双方的第一次交锋，并以清军取得胜利而告终。此役海上激战的时间虽短，但为后来（1839年11月3日至13日）穿鼻洋（珠江口虎门海面）和官涌（新安尖沙嘴洋面）之役，清军水师的六次击退英军攻击提供了实战经验，大大增强了中国人民抵抗外来侵略必胜的信心。

（原载2010年12月广东省委台办"粤台视窗"网）

① 中国第一历史档案馆编《英船开炮逞凶著钦差大臣林则徐等不可示弱相机筹划并奖励有功员弁事上谕》，《鸦片战争档案史料》第1册，天津古籍出版社，1992年12月版。

100多年前深圳之“庚子起义”

清光绪二十六年（1900），孙中山领导了深圳三洲田起义，打响了20世纪反对清王朝的第一枪。

这一枪，史称“惠州起义”“三洲田起义”，《辞海》[①]条目中为“惠州三洲田起义”。因为该年是庚子年，又称“庚子首义”。清同治五年（1866）《新安县全图》中标有“三坵田”村，后改名“三洲田”，划属惠州府。民国三年（1914）一月新安县更名，复称宝安县，三洲田重归宝安县管辖，1950年属宝安县第六区。1997年11月国务院批复成立盐田区，至此，三洲田隶属深圳市盐田区。故现在一般将此次起义又称作“深圳三洲田起义”。

孙中山命郑士良在香港设立会党机关

1895年重阳，孙中山因广州起义泄密失败而避居日本，此后孙中山继续策划发动新的反清武装斗争。

1898年6月，清政府被迫与英国签订《展拓香港界址专条》，引起新安、东莞人民爆发抗英扩界的斗争。孙中山见时机有利，于1899年10月11日召集兴中会、哥老会及三合会首领10余人在香港成立了兴汉会，会上公推孙中山为总会长。该会以兴中会“驱除鞑虏，恢复中华，创立合众政府”之纲领为总会纲领。

---

①辞海编辑委员会编《辞海》（1979年版），上海辞书出版社，1980年8月版，第3653页。

“时予乃命陈少白回香港，创办《中国日报》以鼓吹革命；命史坚如入长江，以联络会党；命郑士良在香港设立机关，招待会党。于是，乃有长江会党及两广、福建会党并合于兴中会之事也。旋遇清廷有排外之举，假拳党以自卫，有杀洋人、围使馆之事发生，因而八国联军之祸起矣。予以为时机不可失，乃命郑士良入惠州，招集同志以谋发动；而命史坚如入羊城，招集同志以谋响应。”①

此间，孙中山先后两次在香港主持研究起义方略。1900年6月17日（农历五月廿一），孙中山偕同郑士良、杨衢云以及日本志士平山周、福本诚、远藤隆夫、原口闻一等10余人，乘轮船从横滨至香港海面，因港英当局接到消息说李鸿章有借机逮捕孙中山等人的计划，故孙中山一行并未登岸，后在九龙西贡外公海的小船上召开了有香港兴中会郑士良、陈少白、谢缵泰、邓荫南、史坚如、李纪堂及平山周等骨干参加的第一次军事会议。会议确定以新安县（今深圳市）、归善县（今惠州市）的绿林、三合会党为主力，借用菲律宾独立军卸在台湾的军火，在三洲田山寨起义，目标是夺取广州，但发动地点为广州与惠州并举，广州为正军，惠州为旁军，起义成功后在广州组织临时政府。

布置停当，孙中山和英人摩根乘原船赴新加坡，营救日本义士宫崎寅藏。②

两个月后的8月16日（农历七月廿二）③，孙中山乘佐渡丸轮再度返回香港，拟潜入内地亲自发动起义。不料香港政府却派水警对其监视，无法登岸。孙中山在小船上紧急召开第二次会议。议定将惠州起义的指挥权交给郑士良（惠州市淡水人），由郑率领会党领袖黄福、黄耀庭、陈伟成（又名陈义）、江恭喜（四人均新安人）等集结三洲田，准备武装起义；史坚如、邓荫南负责广州起事和暗杀活动，策应惠州起义；杨衢云、陈少白、李纪

---

① 孙中山：《孙中山选集》，人民出版社，1981年10月版。

② 张春雷主编《深圳全纪录》，海天出版社，2000年11月版；汪开国、刘中国：《大鹏所城：深港六百年》，花城出版社，2007年11月版。

③ 深圳博物馆编《深圳近代简史》，文物出版社，1997年6月版，第102页。

堂留在香港总部负责接济饷械等任务；命毕永年赴长江流域联合哥老会党。派日本人远藤隆夫为参谋，平山、福本襄理民政；自己则准备赴台湾筹措饷械。9月28日，孙中山到达台湾基隆，招募了第一批军人，筹划连人带饷械运往香港，寻找时机再潜入内地指挥。①

会后，郑士良肩负孙中山委托的军事指挥重任，马上和黄福抵达三洲田，并通过老乡邓子瑜，联络潮州、惠州、博罗、河源、嘉应（今梅州市）各属会党与绿林首领，集合于三洲田，待机起义。

起义选址三洲田和马峦山一带

三洲田，地处南海边的深圳梧桐山脉盐田坳至梅沙尖中段的山涧盘道，四周层峦叠嶂，山势险峻，壑深林密，便于隐蔽；陆海两路皆通香港、深圳墟、广州、汕头、厦门。

三洲田和马峦村隔山相望，实属“山高皇帝远”、清廷管不着的地方；但它又紧邻香港，山脚下的香港新界沙头角有电报电话，方便信息沟通，可直接接受孙中山和兴中会香港总部指令。三洲田村一带居住着廖、钟、林、陈等7姓，乡民有喜爱武术、自幼习拳的传统。该村廖庆发、廖仁玉等三合会党人在三洲田开设了一间“义合小铺”的杂货铺和两间拳馆作掩护，聚集着方圆百里一批热血青年，舞刀弄枪“自治防卫”。

时值清朝末年，三合会在珠江三角洲流域演变为庞大的社会势力，惠州、新安、东莞则最盛。新安一带的三合会有明显反清复明行动，特别是龙华横朗村人钟水养（新安县三合会首领）、龙华早禾坑人黄福（惠州三合会首领）和观澜人陈伟成（侨居牙买加华人），他们从檀香山筹集了一笔银圆回国。抵达香港后，3人与三合会首领陈少白一起购得一批枪械，经落马洲秘密运至阳台山隐藏。短时间内，钟水养等人发展三合会员3000

① 朱生灿：《庚子惠州三洲田起义的经过及其影响》，载中国人民政治协商会议惠州市委员会文史资料研究委员会编《惠州文史资料》（第一辑）。

之众，分设龙华、观澜、石岩三个大队，钟水养自任将军，黄福、何松为副将军，陈伟成为参谋长。1898年农历十一月初三，一行人在阳台山的乌石岗举行洪门反清起义，当场镇压观澜、龙华、石岩三乡乡长、管带和劣绅数十人。接着攻打新安县衙，失败后，三合会则分散在龙华、石岩等地继续反清活动。新安县，尤其是三洲田一带深藏着起义的群众基础。

其时，三洲田黄叔婆和廖仁玉母子俩在香港开了一间中药铺，与孙中山、郑士良稔熟；继而，孙、郑结识三洲田村三合会党人廖毓坤、廖庆发等。经商议，孙中山确认三洲田是联络和发动起义的理想之地。

郑士良和孙中山早年在广州博济医院附设南华学堂一起念书，郑士良非常崇敬孙中山的品格，两人可谓志同道合。1895年筹划广州起义时，郑负责联络香港、新安等地会党。广州起义失败后，郑士良继续与惠州、新安的三合会保持密切往来。1900年春，郑士良和黄福多次来往三洲田村与廖毓坤、廖庆发联系。“我见到两个很生疏的青年人来到大围开店仔，后来才知道一个面庞方中带圆、双眉粗直的是郑士良，一个面黑而带麻斑的是黄远香，又名黄福、黄大福。他们借开小店为名，暗地里搞革命活动。”[①]

“发动归善、新安以及毗邻各地的三合会参加起义，是组织起义的关键环节。由于各地会党互不统属，堂号分立，必须有声望服众的人出面号召，才能统合各方力量。于是，郑士良‘打电报到山打根，通知黄福（黄远香）和黄恭喜（又名黄耀庭，祖籍新安下沙村人，笔者注）带人回来，说是准备举旗造反’[②]。黄福原籍归善（实际是新安县龙华早禾坑村人，笔者注），在粤东三合会首领中‘最得人望’，‘和郑士良甚相得’。当时他正在婆罗洲山打根（今属马来西亚）创业谋生，接电话后立即带领部众返国参加

① 《广东省政协文史》载三洲田人廖毓秀，在1961年5月接受省政协何博、秦咢生赴三洲田起义查访时回忆说。摘自张友仁《庚子惠州三洲田起义查访录》。

② 摘自1900年11月21日卜力致张伯伦电所附“江亚二供词”，英国殖民部档案C.O129 / 300，第516页。按：江亚二与黄福一起返国参加三洲田起义，任郑士良与黄福辖下的百人卫队长，同时受雇于清朝官府监视此次起义，起义失败后潜回香港被香港当局拘留，并招供起义始末。

起义。他一回来，各处堂号的‘草鞋’[1]都会围集拢来，‘只要黄福发一个号令，真是如斯响应，无不唯唯照办的’。”[2]

根据孙中山在香港两次会议商定的起义方略，以新安县的黄耀庭（洪门会党首领）、黄阁官（绿林会党首领）、江恭喜（三合会首领，沙井步涌村人）三大会党为主力部队；加上海外回来的黄福所部，会合惠州、东莞及嘉应州等处会党，使“起义军总人数达4000人”。[3]（深圳博物馆编《深圳近代简史》载为“发展到600多人”。）

据此，起义指挥建制也已组成。司令为郑士良，统兵大元帅黄福（新安龙华人，绰号“盲福”，惠州三合会首领），何祥任二元帅，黄耀庭（原名黄恭喜，孙中山为其改名“耀庭”，以推翻清朝，光耀门庭之意；武功了得）任先锋官，江恭喜（花名盲喜，沙井人）任中路统兵司令，何松（又名何崇飚，盐田梅沙村人）任副统领，廖庆发任先锋官兼总管；日本人山田良政、福田、刘运荣为军师；唐梦尧为书记员，廖萼楼（亚水）为军医；近藤五郎（日本人）为参谋，福本诚、平山周（日本人）为正、副民政总裁，以及武馆师傅廖毓坤、廖官秀及廖金姐、廖仁玉、廖三、廖云秀、廖五、廖观娇、方官寿、罗三（马栏头村，兼总管）、吴亚发（盐田人）等义士为骨干，集结了三合会、绿林会党为中坚力量，联络周边盐田、溪涌、碧岭、坪山、葵涌等地群众招募兵员，筹集枪支，乘义和团在北方蓬勃发展、清政府无暇南顾之机，拟定农历庚子年闰八月中秋前后，在三洲田村祭旗举事，以进行推翻腐败清王朝为目的的革命大业。[4]

正当举事紧锣密鼓进行时，孙中山第二次登陆香港计划受阻。但兴中会在香港需要通过所设的“同义兴松柏公司”，计划分5次购置用于起义

---

① “草鞋”：三合会中传达命令、执行纪律的密使。见陈少白：《兴中会革命史要》，中国文化服务社，1941年8月版。

② 莫世祥：《三洲田起义二题》，载郭祥焰主编《深圳文史》第4辑，海天出版社，2002年2月版。

③ 同②。

④ 据清朝两广总督德寿的奏折中上奏：三洲田红头军贼起事是闰八月十三（1900年10月6日）。

的枪械弹药、旗帜号衣等。首先，有一批枪械由陈少白运送至深圳白石洲上岸，经车公庙至梅林交给钟水养。这就是冯自由在《革命逸史》一书中所写的“洋枪仅三百杆，子弹各三十发”，即首批送抵三洲田的枪械。接着，郑士良便一次将400包炸药、300支毛瑟来复枪和40箱子弹装上一艘船，取道大鹏湾沙鱼涌上岸，再由骡马驮往三洲田。黄福也带来龙华“乌石岗起义”的百名精英。此时，600名壮士已经聚齐，备洋枪300支，子弹每枪30发。武器弹药虽然不够，但是已暗中联络向清军某营头目重金购买。

三洲田和碧岭村人大多数姓廖，其中三洲田97户，三四百人。几个月来，村里陡增数百义军，粮草虽备，却无法公开大肆购买储足，以致不得不分散到附近各村，寄食于同志家中，只留下80人镇守三洲田山寨。队伍分散，郑士良担心走漏消息，为保密起见，对一些入山砍柴的乡民，只准入内，不准外出。因而引谣言大起，盛传山寨有数万人谋反。[①]

农历八月上旬，两广总督德寿收到港督卜力转自新安县李朗村传教外籍牧师的密报，说三合会近期举旗造反，便派水师提督何长清率虎门防军4000人，于10月3日（八月初十）移师深圳；又令提督邓万林率惠州防军进驻淡水、镇隆。清军巡船也在大鹏湾沿海岸游弋，以水陆两路封锁三洲田。但是清军听信传言，认为起义军人数众多，不敢冒进。

郑士良以战机日趋紧迫，专程下山赴香港沙头角致电孙中山商讨何日起义。孙中山复令道：“如机密已泄，应暂行解散以避敌锋。”起义军深知举事已箭在弦上，不能贸然离开山寨，再度电报请示孙中山：“若能于接应枪械弹药，起义可获成功。”孙中山这时在台湾已和儿玉源太郎商妥接济事，遂复电令即行起义，起义后速赴厦门当有接济。

但是，孙中山第二封复电没到，而清军水师提督何长清的先头部队200多人已移驻沙湾，将从横岗进攻三洲田。起义军得到情报，决定先发制人。原定在三洲田廖氏祠堂祭旗，因廖姓耆绅反对，由马峦头（旧

①［日］宫崎滔天：《三十三年之梦》，佚名初译，林启彦改译、注译，花城出版社、生活·读书·新知三联书店香港分店，1981年8月版。

称马栏头村）村人，起义军总管罗蕴光（俗称罗生）邀请，起义军大部转至相隔不远的马峦头罗生大屋中，[①] 与驻扎在三洲田村的 80 名义军同时祭旗起义。[②]

三洲田起义激战32天

农历闰八月十三日（1900 年 10 月 6 日）晚[③]，秋月朗朗，金风习习。三洲田、马峦头村寨一时热闹非常。起义军全部用红布缠头、红带缠腰，身挂着大红绣球，裤腰插支小红旗，既为暗号，又颇显神气，老百姓称之为“红头军”，而清军则怒骂其为“红头贼”。

“马峦头的五间烂屋地就是起义祭旗的地方，人来人往十分紧张。月光照得如白昼，岭岗顶上竖起大红旗，闪耀着刀光剑影。”[④] 勇士们在打着“黄”“何”帅旗等九面旌旗下（据 1961 年廖茂扬抄写廖庆发遗下的资料，没有“孙”“郑”帅旗），举行烧猪和歃鸡血祭旗仪式，唐梦尧以“众位兄弟，百打百胜，到来就位”的话先行揭礼，众人高呼“剑起灭匈奴，同申九世仇，汉人连处立，即日复神州！”和“跟孙中山要跟到底！”等口号，宣告了起义。[⑤]

三洲田和马峦头两寨 600 多名壮士，士气高涨，威风凛凛。因郑士良

---

① 冯自由：《革命逸史》第五集，中华书局，1981 年 7 月版。又，孙霄编著《四方风动——孙中山与庚子革命首义》，人民出版社，2021 年 5 月版，第 96 页。

② 三洲田老人廖添财（1929 年出生）说父辈告诉他的。

③ 本文 10 月 6 日是根据大部分文献资料的记载；但是据香港《德臣西报》1900 年 10 月 18 日《告示原由与举旗造反》文章报道：10 月 5 日下午 4 时三洲田近百名壮士正式聚会，烧猪祭祀，宣布起义。莫世祥撰文按：三洲田起义日期历来有三种说法，一说 10 月 5 日，一说 10 月 6 日，一说 10 月 8 日，后两说的出入在于确认进攻沙湾日期上的分歧。莫世祥认为，义军既于 10 月 5 日在三洲田举旗誓师、昭示起义，起义日期应据此厘定。

④ 广东省政协文史委刊张友仁：《庚子惠州三洲田起义查访录》，载中国人民政治协商会议广东委员会文史资料研究委员会编《广东辛亥革命史料》，广东人民出版社，1981 年 7 月版。

⑤ 彭全民：《深圳掌故漫谈》一书中《孙中山庚子首义》一文，深圳报业集团出版社，2015 年 9 月版，第 288 页。

滞留香港，所以在郑回山前，义军众将推举黄福临时指挥起义。祭旗后众壮士即兵分两路下山进发，东路由廖庆发、林海山率领从金龟洞出禾岗，攻打新墟，直扑镇隆，威逼惠州；西路由黄福统兵大元帅率80名壮士夜袭沙湾。清军不知虚实，一触即溃。起义军杀敌40人，生擒30余人，缴枪40余支，弹药数箱，声威大振。次日清晨7时，义军前进兰花庙，遇清军蔡茂青所带四五十人及深圳的援军，双方激战9个小时，义军毙敌10多人，清兵老远见义军援兵300余人杀到，掉头溃退。红头军廖三、廖观娇两人在此次战斗中阵亡。

正当起义军集结大队乘胜进攻新安县城，以会合江恭喜、黄志的新安和虎门起义军时，刚好郑士良将军从香港带回孙中山电令，停止往西去广

三洲田孙中山雕塑园主题雕塑“祭旗起义”，李秀勤创作（孙宵摄影）

州，转道东北，直趋厦门。起义军于是来不及会师新安、虎门的五六千义军，失去联合进攻南头城县衙逼向两广总督府良机，便往东撤离沙湾。

次日，黄福交还郑士良指挥权。沙湾一战虽取小胜，但未挫清军主力。何长清将3000军队收缩于淡水一带，邓万林率兵千余，急退至归善县新墟、镇隆，而从三洲田下来的义军不过600人。7日傍晚，义军到达龙岗，与当地三合会首领陈廷及所部1000人会合。8日清晨，义军在新墟附近的打禾岗迎战来自惠州的敌军。起义军士气高涨，新入伍而没有枪械的兵士手执叉戟长矛大刀，喊声震天，奋勇杀敌，毙伤数十人，缴得60支来复枪与500余发子弹、6匹马，俘虏15人，获旗帜、号筒、翎顶等无数。郑士良和黄福下令将其中11名顽抗者斩首。

起义军随即兵分两路，一路于当晚攻占镇隆，直指惠州；另一路义军大营则从新墟向东北方的平潭挺进，途中曾有土豪率三四百名民防扼守关口，阻挡义军，但义军从后侧发起攻击，夺取关口通道，当天顺利进取平潭。

12日至13日，义军大营驻扎在白芒花。郑士良令全军严明纪律，秋毫不犯。因此，沿路乡民箪食壶浆，慰劳义军；义军则用钱购买村民的供应品。红头军还向沿途教堂的外籍传教士宣布："汝可自行检点，我侪(们)断不加害尔等。"义军文明律已受百姓拥戴，战斗枪声一停，爆竹声即起。乡中父老赞叹"实是仁义之师"，各地同志投军者踊跃，起义军即增至5000人。10月8日至13日，三洲田义军各部活跃于惠州东南数十里内的村镇之间。惠州东北方向的曾金养率河源义军南下运动，以壮大三洲田起义军的声势。

10月14日，博罗的梁慕光、江维善亦率义军响应，聚众千余人围攻博罗县城，并分兵扑向惠州府。惠州文武百官都吓得慌了手脚，知府沈传义招募士勇200人极力守城。于是，两广总督德寿先后檄调提督马维骐、刘邦盛，总兵黄金福、郑润琦，都司吴祥达、莫善积等率所部前往惠州援救。

此时，义军大营在向三角湖转移过程中，与清军提督刘邦盛、都司莫善积率领的1500名清军遭遇。义军英勇反击，毙敌200人，将300敌人赶入水中，迫使余敌向20里外的惠州方向逃窜。是役，义军5人阵亡，缴获700支枪、500箱弹药和30余匹马等。义军生擒归善县县丞兼清军管带杜凤梧，俘敌42人，斩首19名湘勇，其余惠州兵一律剪去发辫，留下充作夫役。[①]

15日，三洲田义军在平潭、永湖、镇隆等地与清军展开激战。博罗会党首领梁慕光等人成功包围博罗城，惠州知府急令毁断博罗至惠州的浮桥，以免各地义军夹击惠州。然而，由于清军蜂拥而至，义军各部最终放弃进攻惠州，陆续向东开拔，移师惠东县平山各村镇。

16日，撤离永湖的义军遭遇淡水及惠州清军共5000人的截击。义军人数与敌军大约相等，而洋枪仅有上千支，但士气极盛，大有吞灭清军之气概。战斗数小时，大败清军，缴获枪支五六百支，子弹数万发，战马30余匹，俘敌数百人。清军提督邓万林中枪坠马，狼狈而逃。至此，义军10多天来连获三捷。同日，义军大营从三角湖进抵白芒花，候选训导、开明绅士杨开第等率乡亲数百人加入起义军，带动三角湖至白芒花之间各村村民主动向义军提供给养。

18日，义军进抵崩岗墟为垒，遭遇隔河清军7000余人的拦截。义军依托高地，与清军交战。入夜，又以小队袭敌。次日清晨起，双方再度激战数小时，清军败退；义军因弹药将罄，不便追击，遂退至黄沙洋宿营。19日，义军大营进驻三多祝，清点编员，共约2万人，分驻白沙等村落。从当天到次日，义军还分别和从惠州、广州赶来的各路清军展开激战。

20日上午10时至下午2时，义军在离三多祝两三里外的地方与清军殊死决战。清军以炮火猛轰义军阵地，义军缺乏弹药，被迫于下午5时开始退却。清军随即于21日占领三多祝和黄沙洋。是役，清军伤亡惨重，

① 深圳市史志办编《民国时期深圳历史资料选编》,《三洲田起义史料》之“江亚二供词”，深圳报业集团出版社，2014年4月版，第4页。

义军也损失很大，义军军师刘运荣、副统领何松等将领及部众五六百人英勇阵亡。与此同时，海丰会党数千人，河源、和平两县会党各千余人，曾分别进攻所在县城，以襄助大义。①

就在起义军节节胜利之际，兴中会叛徒陈延威投降清朝，带引清朝代表到香港向革命党人诱降。杨衢云（曾用名杨飞鸿）拟接受清廷议和三条件，被孙中山和陈少白阻止。后来，清吏悬赏3万元收买杨头颅。1901年1月10日，杨衢云在香港被清政府所派刺客击伤，次日在医院逝世。

身困台湾的孙中山非常牵挂义军枪械供给，多次致电宫崎，令将前向菲律宾独立军代表彭西预商借用的枪支弹药速送至惠州沿海接济。谁料菲律宾托买武器的日本人中村弥六是个骗子，所谓枪械全是一堆废铁。而影响最大的是这时日本内阁更换，新任首相伊藤博文禁止台湾总督武器出口，不许日本军官参与中国革命。因此，孙中山派员潜渡内地援助及武器接济的计划全成泡影。孙中山气极，乃让日本志士山田良政等数人，从香港经海丰到三多祝的义军大本营，传达命令："情势突变，外援难期；即至厦门，亦恐徒劳。军中之事，由司令官自决行止。"山田后来在归途中迷路，被清兵围捕杀害。

原先奉命到广州准备响应惠州起义的史坚如，本打算在8月武装占领广州，与惠州义军会合，但因军械到期未能运到，改期10月。不料三洲田起义提前，不久，又得悉起义军处境困难，而广州方面因准备不足，尚不能响应，不得已改用暗杀清朝高级官吏的手段，作为声援。10月28日晨，史坚如铤而走险，爆炸两广总督衙门。结果，爆炸成功，震塌督署后墙，总督德寿自床上抛出坠地，未死。29日，史坚如潜往码头时被捕，11月19日英勇就义，年仅19岁。

郑士良率三洲田义军鏖战月余，弹尽粮绝，且队伍庞大，指望有干部、军官、枪械的补充；忽得山田良政所持孙中山手令"外援难期"，顿时"全

① 莫世祥：《三洲田起义二题》中"起义的经过及其意义"，载郭祥焰主编《深圳文史》第4辑，海天出版社，2002年2月版，第284页。

军2万人慷慨激昂，呼声震野”，深为不能乘胜进军而顿足。

郑士良随即召开军事会议，经众将决议：厦门既不能成行，不如沿海岸撤退，渡海返回三洲田寨，设法从香港购买弹药，然后会合新安、虎门义军，再图攻陷广州。10月30日“清军调集水陆兵力抵达平海所城，于是义军被迫在黄埠分兵西行，向大亚湾东岸的巽寮（今惠东县巽寮湾）集结，谋攻平海所城。义军疲惫转往东岸，列阵固守，与追剿而来的清军展开激战，损失惨重，接应义军的船只也大多数被清军炮火击毁”。[①]

11月1日，郑士良决定劝解沿途入伍的会党和群众各自归家隐蔽，仅留洋枪手千余人，分水陆两路返回三洲田。此时，他们接报清水师提督何长清已将军队移驻横岗。起义军准备袭击深圳、横岗，生擒何提督，终因粮食弹药不济，不得不于11月7日（农历九月十五日）解散队伍。[②]郑士良、黄福、黄耀廷等大批将士先后被迫潜至香港，分别逃亡海外。

随后，清军在东江各县大肆搜捕，杀害起义人员达500多人，其中归善县300人、新安县200人，特别是重点血洗三洲田，三次焚烧村寨房屋，许多义军及其家属和无辜村民惨遭杀害。廖庆发与儿子廖宏、廖萼楼、唐梦尧、廖金姐、廖官秀等8人当场遇难；廖凤、廖德福、廖纪秀、廖官扬等5人被捕至横岗，受尽酷刑，虽被后人担保释放，但伤势过重，均不幸身亡。[③]足有一段时间，三洲田村民被禁住、禁耕而改名易姓逃亡他乡。全村40多

2005年在三洲田村落遗址发现一枚民国时期由孙中山命名的三洲田革命首义中山纪念学校校徽（孙宵提供）

① 莫世祥：《三洲田起义二题》，载郭祥焰主编《深圳文史》第4辑，海天出版社，2002年2月版。。

② 深圳博物馆编《深圳近代简史》，文物出版社，1997年6月版，第106页。

③ 香港刘蜀永教授翻译庚子首义中被捕者的《江亚二供词》。

烈士（部分）遗骨被后人暗中葬于黄豆窝，2005 年此义冢才被深圳市有关文物考古人员发现。

辛亥革命成功后，1912 年孙中山特派副官到三洲田抚恤牺牲的义军家属，每人发 200 元银圆慰问金，重建三洲田村，另拨 3000 元银圆给三洲田兴建校舍（首义地点之一的马峦村，孙中山亦为新建的学校命名和题写“强华学校”），以作纪念。1925 年孙中山逝世后，孙科亲笔题写“庚子首义中山纪念学校”匾额。1933 年 12 月 12 日，广东省国民政府批准建立“三洲田庚子革命纪念亭”。1958 年，因三洲田水库的修建，“庚子首义中山纪念学校”迁到了三洲田旧村后尾，并易名为三洲田学校。1982 年，深圳市人民政府在三洲田村后尾重建“庚子首义中山纪念学校”，以表深圳人民对革命先烈的缅怀。2003 年，三洲田片区被规划为华侨城大型综合旅游项目用地，三洲田旧村随即拆迁。盐田区委、区政府经论证，把地处三洲田山脚下的原东港小学改建并恢复庚子首义中山纪念学校校名，校园中心竖立孙中山铜像、起义浮雕，建有庚子首义纪念馆。在 2005 年纪念中国革命的先行者孙中山先生逝世 80 周年之际，5 月 25 日隆重举行“庚子首义中山纪念学校”挂牌仪式。

起义失败却唤国人渐醒

三洲田庚子起义历时 32 天，以失败告终。

但这一次起义，史无前例地在中国大地上打响创立共和政体的近代民主革命战争，具有破天荒的历史意义和率先垂范的重大影响。三洲田起义虽然只短短的一个月，但成为孙中山及其政党领导的近代中国民主革命首次战争的重要实践。三洲田庚子起义的曲折、经验和教训，孙中山曾进行反思忆述：

“时台湾总督儿玉颇赞中国之革命，以北方已陷于无政府之状态也，乃饬民政长官后藤与予接洽，许以起事之后，可以相助。予于是一面扩充原有计划，就地加聘军官，盖当时民党尚无新知识之军人也。而一面令士良即日发动，并改原定计划，不直逼省城，而先占领沿海一带地点，多集党众，以候予来乃进行攻取。士良得令，即日入内地，亲率集合于三洲田之众，出而攻扑新安、深圳之清兵，尽夺其械。随而转战于龙岗、淡水、永湖、梁化、白芒花、三多祝等处，所向皆捷，清兵无敢当其锋者。遂占领新安、大鹏至惠州、平海一带沿海之地，以待予与干部人员之入，及武器之接济。

“不图惠州义师发动旬日，而日本政府忽而更换，新内阁总理伊藤氏对中国方针，与前内阁大异，乃禁制台湾总督不许与中国革命党接洽，又禁武器出口，及禁日本军官投效革命军者。而予潜渡之计划，乃为破坏。遂遣山田良政与同志数人，往郑营报告一切情形，并令之相机便宜行事。

“山田等到郑士良军中时，已在起事之后三十余日矣。士良连战月余，弹药已尽，而合集之众足有万余人，渴望干部、军官及武器甚切，而忽得山田所携消息，遂立令解散，而率其原有之数百人间道出香港。山田后以失路为清兵所擒被害。惜哉！此为外国义士为中国共和牺牲之第一人也。当郑士良之在惠州苦战也，史坚如在广州屡谋响应，皆不得当，遂决意自行用炸药攻毁两广总督德寿之署而歼之。炸发不中，而史坚如被擒遇害。是为共和殉难之第二健将也。

“元良沮丧，国士沦亡，诚革命前途之大不幸也！而二人死节之烈，浩气英风，实足为后死者之模范。每一念及，仰止无穷。二公虽死，其精灵之萦绕吾怀者，无日或间也。庚子之役，为予第二次革命之失败也。”①

三洲田庚子首义虽然失败，但孙中山对此次起义却给予高度评价，声明经此一役，“国人之迷梦已有渐醒之兆”“有志之士，多起救国之思，而革命风潮自此萌芽矣”②。在中国国民党第一次全国代表大会上，孙中

① 孙中山：《孙中山选集》，人民出版社，1981年10月版，第6卷第234页。
② 孙中山：《孙中山选集》，人民出版社，1981年10月版，第6卷第235页。

山指出："中国之革命，发轫于甲午以后，盛于庚子，而成于辛亥，卒颠覆君政。"可见三洲田起义在中国近代革命史上的重要意义，它显示了深圳地区作为资产阶级革命策源地的重要地位。

（原载2012年12月广东省史志办编《广东史志》第6期）

文化岁月

WENHUA SUIYUE

深圳客家传统服饰的嬗变

经过40年的飞速发展，深圳已经成为一座没有农耕乡村意义的现代化都市。由于生产生活环境的变化，深圳客家人的传统服饰几乎难得一见。但是，数百年流传的服饰传递出来的人文精神和生活理念，还植根在老一辈人的记忆当中。尽管现代人生活多元化，各种服饰变化多样，然而深圳客家传统的服饰，无不记录着丰富的地域民俗风情和文化内涵，同时也展示出客家人生动的审美情趣与生活智慧。

深圳传统客家服饰与其他地方汉族服饰的区别

清康熙《新安县志》风俗条目载："自永嘉之际，中州人士避地岭表，兹邑礼义之渐，所由来矣。其朴拙成风，巧饰不习，虽未尽出于正，不可谓非忠厚之遗也。"也就是说，早在1680多年前东晋时期设置"宝安县"后，本地人保持中原的习俗，生活朴实，衣着巧饰，穿戴整洁，忠厚遗风，世代沿袭。

1979年深圳建市之前，原住民主要有客家人、广府人和少量的闽潮人。据《宝安县志》记载，客家人占全县总人口的一半以上，主要分布在中部的石岩、龙华、观澜、布吉、沙头角、盐田、平湖（部分）、罗湖（部分）、福田（部分）、南山（部分）和东部的横岗、龙岗、坪山、坪地、坑梓、葵涌、大鹏、南澳等地区。

深圳的客家人一般比广府人迁来较晚，所以在西部沙田的鱼米之乡"没份”落脚，只好栖身在中部与东部的山区丘陵一带。根据史料考证，客家人的村落除了在宋末元初时期零散定居宝安，比如福田的梅林、石岩、观澜、龙华、布吉、大鹏等地一些村庄外，形成规模村落的是明清时期的横（岗）、龙（岗）、坪（山）、葵（涌）地区，尤其是清康熙、乾隆年间迁入的为多。由于客家人一路迁徙过来，到了新的环境里垦荒出海，男女一样出田劳动、下海捕鱼，所以服饰讲求实际，方便实用，加上深圳地处亚热带地区，炎热时间长，雨水台风多，原来从中原带来的厚衣紧身的衣着，逐渐改变成薄衣宽松衫裤以及遮阳避风之头帕巾饰。

虽然深圳地区的客家服装与闽粤赣桂的客家服饰为同一个源流，但还是有不少的差异；同样是深圳地区的客家服饰，但阳台山地区客家、横（岗）龙（岗）坪（山）东部地区的客家和大鹏地区的客家，亦有不同之处。

首先是布料的选用。服装上的原料取材当地，明清时期采用青（剑）麻、苎麻、葛布、竹纱纺织土布，用“薯莨”“乌臼树”“土珠”等植物汁和土制“靛粉”浸染而成，俗称“十丈乌”等粗布。

客家老年妇女服装

明末清初学者屈大均的《广东新语》载：“古时无木绵，皆以细麻为布。葛布也……外有藤布、芙蓉布，以木芙蓉皮织丝为之，能除热汗……又有罾（zēng）布，出新安南头。罾本苎麻所治。”

这则史料记载的是“出新安南头”，可见，南头古城乃至阳台山地区的客家人，早在400年前就使用细麻布和罾布做衣料。

龙岗地区的客家人旧属惠州府，沿袭东江习俗“织竹为布”。晋代嵇含《南方草木状·箪竹》云：“箪竹叶疏而大，一节相去六七尺，出九真，彼人取嫩者槌浸纺织为布。”布吉甘坑村有大片的箪竹林，著名的甘坑凉帽主要材料就是由这种箪竹做成。由此，深圳客家人夏天穿“竹纱布”之习，可谓历史悠久。

过去，当地的客家人多数穿着由自家用苎麻（有的用剑麻，后来用土棉花）织成的“家织土布”。这样的家庭土布，因为“土织机”规格宽一尺，所以织出的土布宽一尺，长三丈（约43.2市尺），刚好够成年人裁剪一套衣服。土布纺线很粗，线头也多，衫裤较粗糙。

19世纪初，机械化纺织技术传入中国，宝安地区传统的纺织与印染技术有了改进，从以前单家独户机杼操作方式的纺纱织布，逐步走向手工业作坊生产。20世纪20年代，香港太平绅士刘铸伯从香港购进50多台织布机，回到家乡平湖镇开设大新织布厂。南头城、大鹏城和深圳墟内随后相继设有织布厂、印染厂和销售布匹的店铺。家庭的“土织机”至20世纪50年代逐渐消失，代之而起的是从香港进货过来的“白洋布”“阴丹士林”“的确良”等化纤材质服装进入了寻常百姓家。

其次是颜色的使用。深圳地区服装传统颜色一直受乡间植物汁浸染的限制，只有黑色、蓝色、靛青、白色、深灰色等几种。青色，是古代寒门庶族的专用服装颜色。后来，当地人养土蚕织成土纱绸，用葛薯液汁浸染，加塘泥涂抹发酵，产生褐色或赭色，成为“莨绸衫”，后称“香云纱”的高档衣料，是有钱人夏天穿的服饰。

此外，大鹏地区的中青年妇女服装颜色比较特别，普遍喜欢穿“姣婆蓝”衫。所谓“姣婆蓝”也就是海蓝色的襟衫唐裤。这种“姣婆蓝”衫，曾在20世纪五六十年代流行到深圳中部客家地区。深圳客家服装颜色尽管多了褐红色的“香云纱”和海蓝色的“姣婆蓝”，但还是离不开黑、灰、蓝、白的原色。她们除了在节日或者在各

大鹏妇女戴大鹏凉帽

种重大礼仪中有沿袭尚红的习俗之外，平日的服饰色彩却不热烈、不张扬、不喧闹。这种钟爱和崇尚深色服饰的深层原因，据说是源于族群长期迁徙漂泊、渴望宁静生活的心理需求，以及思恋故土的“乡愁”情结。

到了20世纪70年代后期，有了红、黄、青、紫、绿、赭、褐等多种色彩，服装的图案也从原来单一的土布素纹，变成碎花、格子、斜纹以及几何、花草等装饰图案。

透过客家人数百年传承这种原生态的深色服装现象，彰显了客家女人冲破封建束缚，不缠脚、不遮脸，走出家庭、下田劳动，不怕苦、不怕脏的勤劳俭朴的优秀品质。

最后是服装的款式。早期深圳传统服装的样式较单一，花纹也不多。客家人称衣服为“衫裤”，其服饰之根，是中原人世代沿袭的“唐装衫裤”。1949年新中国成立前后，“上穿大襟衫，下着大裆裤”是深圳客家人最常见的衣着打扮。

男人的“唐衫”为正开襟式，分夏天对襟短衫和秋冬对襟长衫。民国初年，男装样式上窄下宽，钉五个布纽扣或骨纽扣，左上方及下摆左右两边共有明袋三个，矮领或无领，袖围和胸围宽阔，方便出门劳动，也适应深圳炎热天气，宽敞凉爽。

男女都穿着“唐裤”。所谓唐裤即大裆裤，又称“摄裤头裤”“交头裤”，阔裤脚，大包裤头。穿着时将裤头折叠两下捏起，外加一条布带束腰结紧。后来，裤头改成串绳子或橡皮筋，称为“索裤”“橡筋裤”。夏天穿的唐装短裤，俗称“牛头裤”，为平民男子日常便裤。当然，在重要节日或隆重的场合，有钱人穿绫罗绸缎或黑胶绸（香云纱）的“长袍马褂”，墟镇的富家女人则穿上旗袍，以示体面。

旧时男女都不穿“底裤”（内裤），讲究者内面加穿一条较短的裤就是了，实质上跟我们现在加穿一条睡裤一样，但一般都穿内衣，无领薄衫，俗称“底衫”。普通人穿上内衣、内裤则是近几十年的事。现代人会觉得“不穿内裤”很好笑，但这追溯起来却有2000多年的历史。

据史料记载，“裤在古时并不视为重要服装之一，甚至有不穿的，尤其穷人亦多如此。”今人作“裤”，实为“裈”字之误。古时裤长而裈短，裈字音昆，与裩同。裤无裆，而裈有裆，后世一概统称为裤。五代马缟《中华古今注》云：“裩，三代不见所述。周文王所制，裩长至膝，谓之弊衣。至魏文帝赐宫人绯交裆，即今之裩也。裤，盖古之裳也（古称上为衣，下为裳），周武王从布为之，名曰褶；敬王以缯为之，名曰裤，但不缝口而已，庶人衣服也。”这里说得很清楚，裩为周文王所制，裤为周敬王所制。唐宋以后，已不为然，人们更重视衣裳了。

有些扯远了，说回女人的唐衫。女唐衫俗称“大襟衫”，为旁开襟式，样式是企领，从领口到右腋下开襟，左衣襟压右衣襟，称为“右衽”，钉布纽或“啪纽”五颗至七颗，但领口和腋下那两颗必须钉布的纽扣，不再担心松扣“走光”。衫襟内有暗小口袋。

客家妇女和广府妇女大襟衫最大的区别在于广府妇女穿着的大襟衫讲究身段，腋下稍微“收腰”，斜襟和衫脚（衣摆）有“捆边”或装饰阔花边，右腋下的布纽扣常常挂一条小手帕，既装饰，又方便擦手擦汗。

客家妇女很平实，穿的大襟衫较宽阔，袖子较短。袖口、襟脚自然褶边半寸，衫的长度盖过大半个臀部，方便弯腰劳动和做家务，也方便撩起衣襟让婴儿吮奶。出门“做细”（做工）和家中灶头细务系上围裙，这时，才凸显女性身材优美曲线。

说起客家衫裤的松紧，跟古人的款式恰恰相反。沈从文先生在《中国古代服饰研究》一书中说道：“古代衣袍宽博属于社会上层，奴隶仆从则短衣紧袖口。”1942 年，民国政府颁布《国民服制条例》中提到，服装之袖长，女子常服齐领，前襟右排，长至踝上二寸，袖长至腕，夏季得缩短至肘，或腋前寸许……想不到，深圳客家人不仅把古人短衣紧袖口老早改良成宽松衫裤，且比民国政府规定的走得还远，说明他们不古板、不守旧，一贯务实和敢于独创的精神。

深圳妇女注重头帕护额的实用

尽管深圳地区的妇女穿着偏深色的衫裤，但是在头饰、冬帕、护额或者围裙中，喜欢用红、黄、绿、紫多种颜色图案点缀。深圳西部沙田地区妇女喜欢用头巾在下巴打个结，只露出大半边脸。客家女人头上戴的冬帕、凉帽等，既有装饰性，又能起到遮阳、挡风、防尘、护发的作用。改革开放以来，除了客家凉帽仍有一部分妇女使用外，其他头巾额帕已经逐渐淡出日常生活。

头帕是妇女头上戴的一种头饰，俗称“冬头帕”。头帕的作用有三：一是保护头发，劳动时防灰尘，家务时防烟尘，特别是避免被树枝、柴草钩着头发；二是保暖，冬天抵挡寒风吹袭，夏天挡住太阳直晒，雨天防雨雾打湿；三是装饰、扮靓。

头帕质材有三种，一是毛巾，多数为中部和东部地区的客家妇女所戴，具体是将长条毛巾折叠三分之一，披在额后的头发上，用一条绣花带子系紧，包裹整个头发。年轻妇女选择颜色和图案漂亮的印花毛巾，老年妇女则用素色的毛巾。二是方巾，是当地土织布自染蓝色或黑色的方巾。方巾对角而折，像红领巾长三角一样披在头发上，抓住方巾两小角在下巴打个结，简单，牢固。使用这种方巾多数是西乡、福永、沙井、松岗的基围妇女，不怕海风吹脱，也不怕泥巴溅沾。三是绣花巾，用一块纱绸布绣上花朵图案，对折披在头发上，既护发又美丽。此为未婚女子或者墟镇里清闲少妇喜爱的一种装扮。最隆重的是戴绣花头帕，恐怕是出嫁的新娘了。婚后，女子把红头帕洗晒好，收进箱底，珍藏着这份爱情的见证。

护额，顾名思义就是保护额头免受寒气侵袭的一种头部饰物，又名“花额”，一般是年长妇女所戴。保护脑门、眉心、太阳穴避免受凉，是老年体弱的妇女时刻注意的事项。一到秋天，老妇常常注意头脑保暖，每天先把头发梳成髻盘于脑后，然后将护额从前面往后一圈包住头部，再用扣子

（或用髻网）固定。除了夏天炎热时把护额脱下来，秋、冬、春时节每天不离。

护额分高头护额和平头护额两种。有钱人家的老太太还让人在护额布上镶嵌珍珠、宝石，或者胶珠片，闪闪发亮，起到装饰作用。

深圳客家妹凉帽装饰

围裙用客家话叫“围身”，或叫“围身裙”。围裙就是在下田劳动或者在家里做饭时，把它扎在腰间的防护衣服。这种围裙色调简单，材质轻盈实用，美观大方，成为农村妇女服饰中的重要组成部分。

深圳女人系的围裙，多数是用蓝布和黑布制成。广府妇女一般用黑色围裙，而且围裙较长，裙边比唐衫下摆长一寸左右。客家妇女的围裙，除了老年妇女用黑色外，大多数用蓝色或藏青色，未婚女子的围裙较短，有的村镇女子围裙短至肚脐位置，像肚兜。这是地方特色。

围裙还有多种作用，一是紧贴上衣，避免俯身时穿衬衣的衣领口开；二是上可以罩胸，下以遮腹，特别是为孕妇天然的掩饰；三是避免弄脏衣服，也可临时当作毛巾擦手；四是劳动时可将其当作包袱布料，临时应急包裹东西。可谓一物多用。

深圳很早就流行一种不同渔民戴的“铜鼓笠”的凉帽，这种凉帽也不同于潮州和“福佬”人戴的小竹笠，更不是梅县、五华地区戴的大顶“尖笃笠”；而是造型轻巧、帽檐飘着布帘、美观大方的客家凉帽。戴客家凉帽时，先在头顶垫一条毛巾，既使凉帽不易滑脱，又防晒防尘，再配上客家“围身”（围裙），系上自己织的丝带，别有一番风味。

深圳传统服饰历经时代的演变，无不记录着丰富的地域民俗风情和文化内涵，彰显出劳动人民生动的审美情趣与生活智慧。

随着时代的进步，今天的客家服饰已融入大众社会，呈多元化发展。

现代男女的服装除了个别老年妇女仍穿大襟衫、包头冬帕外，大部分人的服饰已由唐装、“中山装”“列宁装”“夏威夷装”“西装吊带装”“解放军装”（四个暗口袋）、“直筒裤”（裤脚宽4寸至6寸）、“喇叭裤”（裤裆、裤腿很窄，膝盖往下呈喇叭口，裤脚宽尺余）、“蝙蝠衫”（衣衫非常宽阔，双袖宽1尺以上扎袖口，像蝙蝠展翅）、“裤裙”（外面是裙但里头连着条紧身小短裤），慢慢发展到如今的“牛仔衫裤”“松紧衫裤”“六寸裤”“露脐装”“高腰裤”“长腰衫”和“穿窿裤”等时装。服装变得时尚、经典、舒适、随意和千姿百态。

深圳是国内外著名的时装设计之城和生产基地。深圳靠近港澳，历来较早接受海外服饰潮流的影响。近几十年来，各地时装设计师云集深圳，涌现出许多著名品牌。深圳已经和国际流行时装融为一体，成为时尚之都，引领国内服装潮流，走向世界。

（原载2016年8月29日深圳《客家人》杂志第34期）

深圳有个疍家民系渐行渐远

笔者曾到宝安区西乡街道和60多年前的中学老同学饮茶，听到他们说“疍家话”（又称基围话），特别是那句“行番爽，爽西糠，买包称宝朗……”（“走着上，上西乡，买包清补凉”的药材回家吃）的经典土话，感到久违和亲切。然而和他们一起来饮茶的孙子，对爷爷奶奶们这句疍家方言俗语却一脸茫然，既听不懂更不会说。

深圳疍家人探源

深圳沿海，自古除了广府人、客家人和闽潮人之外，还有一个小小的族群，这就是“疍民”，俗称“艇家人”。香港至今仍将“疍家人”列入与“围头人（粤语）”“客家人”“福佬人”并列的四大民系之一。1949年新中国成立之初，海南岛“海改”时，疍民曾被定为“疍族”——全国第57个少数民族，到了1964年“四清”时期才将“疍族”改正为汉族。“疍家人”实际上是“水上人家”，他们世世代代浮居泛宅于滨海和河涌水域一带，在岭南被誉为捕鱼、海产、贩盐、跑船运输的行家里手。

深圳的疍民，经过我10多年的田野考察和研究比较，大致分为“东疍”和“西疍”两种。细究起来，东西“两疍”无论从语言到习俗，都不大一样。

大鹏、南澳、葵涌、沙头角、盐田（含1950年后香港疍家渔民在上述渔港登记户籍船籍）的东部疍民，多数从福建、潮汕、海陆丰等地迁徙过来，故有“福佬疍”（又叫“鹤佬疍”）之称；另一种说法，福佬人来自中原河洛地区，便自称“河络人”。罗湖、福田、蛇口、南头、西乡、沙井、福永、松岗，甚至大铲岛、内伶仃岛的西部疍民，基本上来自肇庆、番禺、中山、东莞等珠江口两岸及西江河海地区，所以他们与广府语言相通，但是仍使用独特的“疍家白话”。

疍民，土称“疍家佬”，史称蜒人、蜑民。有史学家考究说“疍”通“蛋”，“蜒”是蛋的俗字。疍民的来历，有的说他们艇舟形如蛋，还有说因疍民用蛋来代缴纳赋税；也有持疍民来源于古代“但”和“亶（台湾的古称，音近蛋）”的观点。《古今笔记精华·蜑俗纪略》曰：“寓浔江者乃鱼蜑。”浔江，即江西省九江地区，之前，来自“勾吴和于越两国”地域（今江苏和浙江一带），有人类学家认为疍家是“白水郎”，古越族的后代。《隋书·南蛮传》载有“猺獠蜒蛮，与华人错居，古先所谓百越是也。”而远古的百越人，被视作畲族人。

实际上，对于疍家人的来历，学术界一直没有定论。较多的说法为：疍家人是原居于陆地的汉人，秦朝始被官军所迫，逃避到海岛、江海河上居住，以捕鱼为生，世代相传。由于疍民生活于船上，唐宋以来的史书对其的称呼又有“游艇子”“白水郎”等名称出现。明末清初屈大均《广东新语》更为直言：“诸疍以艇为家，是曰疍家。”

关于岭南疍民，最早的史料见于宋代地理名家周去非的《岭外代答》，曰：“以舟为室，视水为陆，浮生江海者，疍也。”南宋之后，明嘉靖时期黄佐的《广东通志》中也有类似的说法，“疍户者，以舟楫为宅，捕鱼为业，或编蓬濒水而居”。到了明代，朱元璋以其农民的偏见和从禁海的昏着儿出发，把疍家人打入另册，固化在社会的最下层。自此，疍民群体有了“另类”的清晰的界定。

清康熙年间，疍民族群普遍被严重歧视。“粤东地方，四民之外，另有一种名为疍户，即猺蛮之类，以船为家，以捕鱼为业，通省河路，俱有疍船，生齿繁多，不可数计。粤民视疍户为卑贱之流，不容登岸居住。疍户亦不敢与平民抗衡，畏威隐忍，局促舟中，终身不获安居之乐。”（清康熙《新安县志》）

疍人受尽陆地上人的歧视，又遭受官府渔霸欺压。他们不被允许穿鞋上岸，更不可以上岸居住。陆地居民不愿与其往来，更不会相互通婚。其中影响最惨的是渔民死后不能举丧，不能葬在高于陆地居民居住地和墓地的地方。这一陋俗，导致数百年来渔民故去只能在沙滩草草掩埋，无葬礼，无坟茔，自然也不会像陆上人的扫墓烧纸和建立祠堂祭祀。所以，致使疍民群体没有族谱、没有祖墓、没有祖祠，也不拜祭祖先等。据原大鹏新区文体旅游局的陈保元先生调查了解称，当时南澳沿岸一些边远的人烟稀少的沙滩，往往就是渔民的葬身之地，如“桔钓沙”，其实就是本地人称掩埋疍民和无主尸骨之地。“桔钓沙”是“骨丢沙”的谐音。

过去“大吓（欺）细，细吓矮，无得吓，就吓疍家仔”的世俗，逼使疍人铤而走险，海上行盗，惹上“疍家本鲸鲵之族，其性嗜杀”“无巢穴者之盗多，则疍家其一类”“疍妇女皆嗜生鱼能泅泘”“其性凶善盗，多为水乡祸患”“粤故多盗，而海洋聚劫，多起疍家”等恶名（屈大均语）。

如何降伏此等疍人？朝廷发现从江浙到闽粤沿海的“疍人善没水”，俱不惧风浪的长处。于是，明洪武初年官府采取收编“疍人为水军之制，择其二三智勇者为大长，授以一官，俾得以军律治其族，与哨船诸总，相为羽翼。又使诸县富民，仍得朋造乌艚、横江二船，专业渔盐”[1]。后来几朝尝到“化敌为友”“改造蛮夷”的甜头，清雍正七年（1729），特谕旨始准疍民上岸陆居：“疍户本属良民，无可轻贱摈弃之处，且彼输纳鱼课，与民一体……著该督抚等转饬有司，通行晓谕：凡无力之疍户，听其在船自便，不必强令登岸；如有能力建造及搭棚栖身者，准其在于近水村庄居住，与齐民一同……开垦荒地，播种力田。”

疍家人结束浮居泛宅历史

自此，深港一带的疍民300多年前便被允许泊居于深圳湾和有泉水可

① （清）屈大均著：《广东新语》，中华书局，1985年4月版，第250页。

1979年沙井公社和平大队的基围棚（梁佛金摄）

汲取的大鹏湾、大亚湾或大铲岛、内外伶仃岛及长洲、坪洲、大屿山等地。

疍民“泊居”有两种，一种居于靠岸边沙滩上的“船屋”，一种是依河海堤坝搭建的“吊脚草棚”。居“船屋”的仍以捕鱼、运输为生；住“吊脚草棚”的转为种田为主，捕鱼为辅。

住“船屋”的在沙滩上用破旧船或在靠岸停泊连成一片的渔船上，形成独特的渔村——“浮水乡”。船屋疍民离海不离水。不管是固定在沙滩上、还是固定泊在岸边的船屋，通常每船为一个家庭单位，老少三代都住在船舱中。船舱上面覆盖着席篷，篷盖以双层竹篾夹着阔大的葵叶（或油毡纸，后来用塑胶纸）编织成，船篷分为两节至三节，前后可以推移，十分方便；捕鱼时可叠放于后仓上，晚上拉开覆盖全船，遮蔽风雨霜露，便于生活。

深圳滨海沿岸的各个渔港逐渐形成了一个个“水上渔村”，水上疍艇首尾相接，大小舢板穿梭其中，孩童在船上玩耍，妇女在甲板织网，船尾挂着几个鸡笼，鸡笼里的母鸡下蛋公鸡打鸣，每艘艇船飘出做饭的炊烟，在黄昏时分交织出一幅色彩斑斓的南海渔火图。20世纪60年代，我在大铲岛就见过20来户相连的“船屋”，他们以捕鱼和养蚝为生，生活悠悠自得。

居住“吊脚草棚”的疍民，则在海堤或河涌边的水面用木桩、树皮和稻草搭建棚屋，棚里有几个卧室和一个小的饭客厅，用于起居饮食的草棚木板常常被擦洗得光亮。做饭的厨房和杂物间则与人住的草棚分开，单独在对面或隔壁搭建。每户根据人口多少而自建一座至三座吊脚草棚，而数十上百人的村子依河海堤一溜排着独立搭建的吊脚草棚，颇为壮观。由于草棚没有严实的门，故他们自嘲“无门闩”。平日每户出行或劳动时，解开拴在草棚下的小艇则可出河涌，抑或运送稻谷、肥料，抑或上集市购买日常生活用品。这类棚屋在20世纪80年代前从罗湖渔民村、福田渔农村，到西乡翻身、共和、民主、劳动、下十围、福永和平等地都聚集搭建不少。

这类上岸定居的疍民，除了围海种田的外，还有不少是围海养鱼虾的人家，也就是在海堤两旁的一片浅海滩涂中，由一条条纵横的土堤把水面分隔成棋盘一样的方格，养殖鱼鳗虾蟹，大的方格面积达数十亩，水一米多深，这就是俗称的“鱼塭”，也叫“基堤鱼水围”，简称“基围”。住在“基围”上的人叫“基围人”；有基围人认为自己无“根”，说走就走，像水上漂浮的柴一样，便戏称自己是“水流柴”。

严格上说“基围人”和“水流柴”是有区别的。宝安作家黄开林调查后认为，早期的“水流柴”是出海的渔民、是水客；“基围人”以经营基围放养鱼虾为生。后来人们才把所有在滩涂上生活的人统称为“水流柴”或者“基围人”。

为了消除民间对疍家人的歧视，1916年，广东省国民政府颁布法令严禁歧视疍民。1949年11月，广东省人民政府宣布禁用“疍家”称号，一律改为“水上居民”；同时，政府不断动员水上居民向陆地搬迁。

1950年11月2日，广东省人民政府颁发《广东省土地改革中沙田处理办法（草案）》。12月19日，省赴宝安县土改工作团到达县城南头，次日，县政府张贴土地改革文告，开展沙田地区土改，宝安是广东省三个土改试点县之一。第二年春天，土改队员在普查时惊诧地发现，这数十公里滩涂海岸线的一个个“村子”——居民的棚屋点居然没有名字。为使土改工作顺利进行，他们给这些聚居点逐一起了村名，并经上报批准：翻身村、劳动村、自由村、共乐村、和平村、共和村、乐群村、民主村……从此，这一批具有“共产主义理想色彩”的革命地名被写入深圳史册，如今这些名字已成为社区名称。

1951 年渔改期间，宝安县政府首先在盐田墟沙坝上面的空地划给说白话的水上居民建“渔一村”，避风塘口一块空地划归说潮汕话的渔民建“渔二村”。1955 年，大鹏半岛有 4 户水上人家在南澳河涌边搭起竹木棚居住，为渔民上岸带了头。1958 年，为了留住户籍和船籍在香港的渔民，让他们在宝安县湾头渔港安居立业，体现社会主义优越性。宝安县政府于 1962 年开始，在南澳统一建成 30 间石头瓦房的渔业新村（俗称“三十间石屋”），让 1000 多名渔民中的老幼妇孺上岸生活和读书，大部分青壮年人仍在船上生活。直至 1978 年，南渔村再建 7 幢 56 间渔村集体住宅房，才基本解决南渔村渔民上岸定居问题。

南澳疍民上岸试点成功后，20 世纪 60 年代前后，宝安县的南澳东山的东渔村、盐田墟的渔业一村和渔业二村、罗湖桥下“犁头尖”的渔民村、福田公社的渔农村、南头公社的大新与白石洲、蛇口公社的蛇口渔业一村和渔业二村（1971 年落成）及西乡翻身、共乐与沙井民主村、福永和平村等，在岸上由政府划地建设新村，从此疍家人正式“洗脚上岸”。

时至今日，乌篷疍船、吊脚草棚和早期建村的木屋及砖瓦平房已拆毁消失，疍家人真正成为都市社区的居民。据说，这部分水上原住民的人数，目前在深圳的只有 10 万人左右，除了他们的土方言和老一辈人坚守一些习俗之外，基本上很难区分得清“疍家人”和深圳都市人了。

疍家人形成独自的生活习俗

当然，要区分二者，只能从生活上的一些细节才能看出来。

尽管疍家人上岸居住了五六十年，但他们长年在船上喜欢盘膝而坐，

水上人家（李国良提供）

这个习惯至今仍在上了年纪的疍家人身上保留着，其他许多有趣的传统习俗也还没有完全消失。

在深圳同是疍家人，但是“东疍”与“西疍”人的风俗习惯亦不尽相同。也许是因为他们所处的生产和生活环境的差异，进而带来语言跟生活习惯有别。西部的疍家人多数从珠江口两岸和西江等地漂泊过来，先前捕鱼、晒盐，后在内河运输，再后来开垦珠江滩涂种稻、养鱼，像福田的渔农村，西乡镇的翻身村、劳动村，沙井镇的共和村，福永镇的和平村等在大沙田种稻，因为大沙田是由防浪海基堤围成的，据此改种稻田的疍民又被称为“基围佬”。基围人口音很特别，白话中“郎当韵”不分，全把“凉”“量”“良”说成“狼”音，“两”说成“朗”音，“上”“伤”“想”“尚”“相”“商”“双”说成“爽”音，“张”说成“装”音，“我”说成“噢”音，等等。

“西疍”说话与香港的疍民口音几乎一样。民间有则风趣的史料说道，当年英国殖民者登陆香港时，向香港仔海湾船上的疍民打听此地名叫什么，疍民用土话答称“哼扛”，英人便将香港的发音译成“HongKong”，并将其标注在地图和文件上。香港的英文读写从此沿用至今。

“东疍”的疍家人被称为“鹤佬疍”，是当地人凭他们的口音直译而来，实际上，鹤佬是将“福建佬”的“福”说成“鹤”音，香港、深圳和广州一带也就“相约俗成”称之为“鹤佬”了。

鹤佬，有人称海陆丰人为“鹤佬仔”，其实如果溯源，这部分人是从福建一路漂泊过来的，多数在海上打鱼和运输，所用的船只构造较为复杂，船身较大较高粗，长十几米，宽三四米，上阔下尖，前小尾大，冲波劈浪无所畏惧。为适应较远航行和大风大浪，船身特别坚固，同时它的船尾部分多留作住宅，船舱内分设有厨房与睡房，有些还有祖先神位及天后娘娘的神台等，方便四时烧香，祈求平安。舱底分设冷库鱼舱和淡水、食品储藏室等，桅、帆、舵、橹、桨、网一应俱全。

“西疍”的疍船多在河涌或近海沿岸劳作，故船身较小，偏窄而长，过去没有机帆船，且无风扬帆时，多是划桨或摇橹。“东疍”的鹤佬船之特征就是在船头两侧画上一只大眼，故称“大眼鸡”（寓意龙目）；而“西疍”的船则多在船尾写上“顺风得利”，以期平安吉利。

由于经常在风浪中划桨摇橹，疍家人的脚板特别大，脚趾像吸盘一样抓实船甲板，站得很平稳；疍家女人经常摇橹，练成骨盆大、屁股大。俗话说屁股大好生养，因此，早时疍家女人普遍生四五个甚至七八个孩子。孩子的名字，也非常有趣。以往疍家人读书少，给孩子起名字多用身边的事物，比如按婴儿出生的日子取名吴初一、符十五、郭三十等，从初一至三十都有；男人喜欢叫“佬”，卢根佬、霍佬海等；女的多取名“水妹”，或带“喜”字，如陈水英、石水喜、林桂喜、郑喜妹等；也有以对神佛的敬仰称呼作为名：樊妈喜、贺佛送、麦佛喜等；用海洋生物起名的较普遍：虾仔、虾头、虾妹、虾女、细虾、苏红三、顾石斑、曾蛏蛴。“女大者曰鱼姊，小曰蚬妹；鱼大而蚬小，故姊曰鱼而妹曰蚬云”（屈大均语）。也不乏用船具作为名：如梁网、吴帆、钟舵、徐橹等；疍民极希望人丁兴旺，盼男孩延续后代，故生女孩的家庭多用：带弟、来弟、添丁、招娣等；求嗣之时，也不忘给家里带金带银添福运，名如银生、金运、福满、福娣、禄妹、满仓等。也有特意起些“贱名”，让孩子好生长，少病痛，忌夭折。

疍家人在河海上生活，社交圈子狭小。他们相亲婚娶也很特别，如男子未婚，则摆置一盆草于船艄；女子未婚，置一盆花于尾艄，以招媒妁。对婚时以咸水歌相迎，男歌取胜则夺女过舟。嫁女是晚上出门的，看水路远近而决定出嫁时间，路途近的天亮前三四点出发；路途远的，半夜 12 点钟就开船出阁。所以，这个习俗叫作“夜嫁”。新中国成立后，疍民上岸在陆地娶亲，仍沿袭水上迎亲一套仪式，只不过海上的船艇在陆上改为“旱船”。南澳疍民婚俗和盐田疍民婚俗分别列入市、区级非物质文化遗产保护名录。值得一提的是，2005 年广东省国际旅游文化节，南澳的水上迎亲舞荣获金奖，让疍家人在省城风光了一把。

（原载 2013 年 12 月广东史志办公室《广东史志》第 6 期）

深圳廖姓源流及村落分布

香港廖氏被称“新界五大家族”之一。1840 年鸦片战争之前，深圳和香港地区同属新安县辖，故深圳廖氏与香港廖氏同宗共脉，习俗无异。

据《宝安县志》载，全县廖姓原住民分布的行政村有 29 个。2013 年初，为了向“中国廖氏通史”编辑部供稿，深圳廖氏宗亲民间组织利用大半年时间走访 30 来个廖姓自然村，发现深圳市廖姓村庄实际上是 46 个。从各村的族谱显示，最早迁入宝安县定居的廖氏，为元泰定二年（1325）的龙华镇清湖村和元顺帝至正十年（1350）的上水围（今香港新界）。其他大多数的廖姓村庄均在明清时期因为逃避战乱和灾荒而南迁此地；尤其是清康熙年间的“迁海复界”，受朝廷轻徭薄赋、政策优惠影响，落户宝安，垦殖荒地，建立家园。

2005 年，深圳和香港的廖氏曾经组团赴河南寻根。确认了深、港廖氏的祖先是河南南阳市唐河县叔安公后裔，唐代迁江西宁都，宋代迁福建汀州，元明辗转入粤，再迁徙宝安入籍。深、港廖氏属“武威堂”，系崇德公十世孙花公（实蕃）和崇德公十六世孙廖坚公的后裔。

廖姓起源的悠久历史

据《史记》所载，黄帝共有 25 个儿子，其中属于正妃嫘祖所生的有两个，一个是玄嚣，一个是昌意。昌意娶蜀山氏之女为妻，生下一子颛顼。廖姓就出自颛顼后裔叔安。《风俗通义》说，颛顼之后裔叔安，夏朝时因封于廖国，故称廖叔安，其后代以国为氏，称廖氏。《左传·昭公二十九年》：“昔有飂（liáo）叔安。”“飂，古国也；叔安，其君名。”

《汉书·地理志》曰：“南阳郡湖阳县，古廖国。”这个古廖国的地名意思是“风沙很大的地方”，今为河南省汝南县、唐河县及襄阳县交叉地带的湖阳镇。湖阳镇东依廖山，山顶有五代晋天福七年（942）所建的廖山神祠（俗称廖王庙）遗址，北傍廖阳河。

古廖国后被楚国所灭，其后裔部分迁于安徽安丰境内，称为东蓼国。后来司马迁写《史记》时将“飂”字去“风”加“广”，改成“廖”字。现今，全国廖氏都把中原汝南郡作为廖氏的发源地。许多廖氏祠堂都把“汝南堂”作为堂号，以表达对祖宗故地的纪念。

廖国经历了夏、商、周三朝4000多年的繁衍生息，饱受战火及风雨沧桑，已成为一支规模较大的家族。至春秋战国时期，诸侯混战，许多诸侯国相继被兼并。公元前662年，廖国被相邻的大楚国吞灭。从此，廖氏族人开始迁离故土，向东南等方向迁移。

汉朝至三国时期，廖氏家族开始产生了一些著名的人物，如一代名师廖扶，常教授子弟数百人；廖湛是东汉绿林起义军将领，还有长沙太守将军廖立，三国车骑将军廖化等。公元304年，由于晋王朝内乱，中国北方游牧民族乘机入兵，开始了中国历史上长达285年的分裂混乱时期，史称“五胡乱华”。中原百姓大规模南移，生活在中原故土的廖氏族人也不例外。其中有著名的晋王朝京城镇国大将军廖子璋（叔安公六十八世孙）之子廖从宪，他携众从洛阳迁居浙江永嘉郡松阳县顺义乡，后来其子孙遍及南方各省，子璋成为南方各省廖氏的主要始祖。

公元589年，隋文帝杨坚结束了南北朝对峙局面，建立了隋王朝。其间，叔安公七十八世孙延邦、延龄、延春三兄弟曾为隋朝立下汗马功劳。廖氏兄弟显赫发达，威震四方，官任清河郡、太原郡、武威郡太守，创立了著名的廖氏三郡太守之美称。其子孙为了纪念前辈显赫功绩，以“武威堂”这一称号，作为廖氏宗祠的堂号。

隋唐之后，廖氏家族继承了前人业绩，进入了鼎盛时期，成为唐代历时100多年的望族。唐、宋两朝期间，仅子璋的后裔中就有7人任过兵部、工部、户部尚书，有进士23人，举人39人。其中比较著名的人物有廖俨，任唐朝兵部尚书，民间史称廖长官。廖刚系北宋末年工部尚书，其四个儿子均任北宋高官，且均获皇粮俸禄2000石，好施济贫，因此被当地百姓称颂为“廖万石”之家（香港上水老围今有“廖氏万石堂”宗祠），受宋朝皇帝赐封“世彩堂”之美称而传为佳话，廖刚公的后裔也以“世彩堂”作为祠堂号。

廖氏家族有一个承前启后的人物，就是崇德公的曾孙廖琳瑄，官任唐玄宗时兵部尚书。在琳瑄公主持下，修订了第一部完整的廖氏谱牒，详细记载了廖氏上溯的世系，往下绵延两千五六百年的历史。

深圳廖姓村落与源流初探

根据《宝安县志》记载和深圳廖氏宗亲的实地走访，全市纯粹姓廖的村庄和廖姓与其他姓氏混杂的自然村有：

龙华区：清湖村，上横朗村，观澜新田村，马坜村老围，樟坑径村，田寮村，大水坑村，新塘村；南山区：西丽新围，光前村；宝安区：石岩罗租村，黎光村，沙井万丰村，福永新和村；龙岗区：布吉水径村，横岗大康村，马游岗村，龙岗鸿围，丙坑村；坪山区：坪地六联村，年丰村（旧名渡头围），坪山坪环村，牛角垅村，杜岗岭村，谷仓吓村，青草林村，黄竹坑黄二村，碧岭上沙村，下沙村，安田村，沙绩村，新作陂村，永盈陂村，榕树背村，沙屯村，碧岭围，汤坑（今沙湖）村，坑梓沙田上（下）廖村；大鹏新区：王母村，葵涌三溪村，径心村（今搬至墟镇），坝光白沙湾村，产头村，高源村，南澳东涌村；盐田区：三洲田村，石头围；罗湖区：南湖街道湖南围等46个。廖姓原住民据不完全统计为5万多人。

随着深圳特区建设的发展，目前全国各地在深圳居住的（2021年5月第七次全国人口普查公布）常住人口为1756万人，其中江西、广西、湖南、贵州、福建、四川及广东的梅州、惠州、韶关、肇庆、河源、汕头、汕尾、湛江等在深圳工作居住的廖姓宗亲有 4 万多人，特别是梅州市五华县在深圳经商、工作常住的达 1 万余人，因此深圳目前廖氏宗亲为 10 万余人。

深圳原住民中源流清晰的廖氏村落如下：

一、清湖廖氏

清湖村位于龙华区龙华街道东北部，为纯廖姓村庄，至今有 680 多年历史。该支廖氏来自广东龙门，开基始祖明德公，为南宋增城县令廖坚公六世孙。

廖坚，宋庆元三年（1197）增城县令，历任九载，遂定籍西林都（今属龙门县）。四世金凤为抗元英雄，赠太尉。至六世明德公娶李、杨氏，元泰定二年（1325）迁清湖落籍立围，至今已发展到 32 代有 1300 多人。明德公与李氏葬于龙门，杨氏葬于清湖。至十世友亮公迁惠州府城，十六世应允公迁罗湖湖南围。因源出唐代江西宁都崇德一派，故属“武威”郡，祠为“崇德堂”。

龙华清湖村廖氏宗祠祭祖庆典

世系为：廖坚—荣公—大九公—金凤—剩甫—明德—光道（在清湖开基后，分承芳、承茂、承恩、承护、承业五房）、光迪（从清湖迁居别地）。

二、三洲田廖氏

三洲田，原名三坵田，属惠阳县坪山约，1958 年后属宝安县，今划入盐田区。三洲田地处梧桐山脉系，由上围、下围、南坑和阮屋等 7 个村组成，是廖、赖、林、钟、阮等姓的聚集地。人口达 1200 多人。

廖氏开基祖信公，为福建花公（徹系）十七代孙，明隆庆六年（1572），与堂弟采公一同从福建永定县上塔洪山寺（今上塔洪山乡）迁来。

三洲田是反清“庚子首义革命”的地方，革命失败后，惨遭清廷血洗屠村，村民被迫四处躲避。辛亥革命成功后，1912 年，孙中山特派副官到三洲田抚恤牺牲的义军家属，每人发 200 元银圆慰问金，重建三洲田村。另拨 3000 元银圆给三洲田兴建学校，以作纪念。1925 年，孙中山逝世后，孙科亲笔题写“庚子首义中山纪念学校”匾额；1933 年 12 月 12 日，广东省国民政府批准建立“三洲田庚子革命纪念亭”。1958 年，因建三洲田水库需要，廖姓村民将全村无偿献给国家。

三洲田村如今沉没在水库底下。从三洲田迁出落籍的村庄有：横岗大康村、碧岭嘉绩、观澜马坜、西丽光前村、东莞炉竹田、古楼岭、松木岗及小塘等。

世系：花公—昌公—徹公—百一郎—百七郎—万一郎—五四郎—祖寿—伯淳—良俭—仲祥—文礼—人敏—日金—瑚公—立琦—信公李氏。分四大房（应科、应举、应遴、应选）。信公葬于三洲田水口坪，李氏葬于三洲田伯公坳。字辈：信、应、仕、赓、廷、永、广（振）、元……

三、观澜新田廖氏

新田村，今为龙华区观澜街道新田社区。新田村廖氏开基始祖沛公，是三洲田信公祖父瑚公的弟弟，同属花公十五代（徹房），于明嘉靖二年（1523）从福建永定上塔村迁入，至今发展为花公第三十一代。另有一支由山子吓（大康）迁至，有三四百人。

世系：花公—昌公—徹公—百一郎——百七郎—万一郎—五四郎—祖寿—伯淳—良俭—仲祥—文礼—人敏—日金—沛公。分两大房。

四、石岩罗租廖氏

罗租村位于宝安区石岩街道，村中廖氏为福建花公敏房思明系。开基祖长玉（法玉）公妣张氏，为花公廿四代，思明十五代，清康熙十年（1672）从长乐县（今五华县）大都镇栋梁坑迁至立村，今发展为花公第三十七代，除世代居住本村者外，远居海外马来西亚、美国、中国香港和内地的“罗租廖姓”共有1000人。云宗公妣罗氏生四子：俊相、仪相、仕相、锦相。

世系：花公—昌公—敏公—三十三郎—仲远—安叔—四十六郎—德源—敬斋—思明—有诚—荣甫—文贵—朝新—志膺—法裕—显荣—珠—祖臣—廷恕—待征—镜—崇一公—长玉、妣张氏—云宗、云会、云通、云伍。分四房（法、云、相、胜、德、廷、贤、勋、能、恩、振、家、声）。

罗租村廖姓族人中还有仕恩、恩明等先祖来自石岩黎光；廖平、侦祥、廖鉴、磷伯、玉和等先祖来自惠阳；春生、玉生、能生、冬桂、伯元等脉系由何地迁来，有待查考。

五、石岩黎光廖氏

黎光村，原名坭岗村，位于石岩街道罗租村的东面。开基祖维新公，清中期从兴宁迁来乌石岩落籍开村。

世系：花公—昌公—敏公—三十三郎—仲远—安叔—四十六郎—德源—敬斋—思明—有诚—荣崇—文显—朝信—彗—佋—仕章—以良—谂—轩—维新。维新祖繁衍至今10多代500多人。

六、坪地渡头围廖氏

渡头围（1958年曾改名年丰村）位于龙岗区坪地东北部。廖氏开基祖为蹈恒公（花公22代孙），清中期从惠阳淡水秋长白水礤迁人，妣张氏。发展有12代，人口600人。

世系：花公—昌公—敏公—三十三郎—仲远—安叔—四十六郎—德源—敬斋—思温—宗信—仲安—法兴—迪公—十三郎—十满郎—法清—安公—维学—鼎云。鼐云分两房（上遴—蹈恒）。字辈：维、云、上、恒、锦、文、扬、达、才、连、蔚、国。

七、坪山碧岭廖氏（9个自然村）

1. 新作陂村廖氏开基祖明亮公，清顺治八年（1651）从兴宁县新墟镇蓝布村迁入。至今发展十四五代，有900多人口。世系：花公—昌公—敏公—三十三郎—仲远—安叔—四十六郎—德源—敬斋—思明—志诚—遂良—讙公—飏昌—仲信—振—明亮。

2. 上沙村廖氏开基祖粤文公，清顺治八年从兴宁县石崖迁至，今约有600人。

3. 榕树背村廖氏开基祖云浩，从坪地屯梓迁来，约有180人。

4. 永盈陂廖氏开基祖德志，从五华迁来，约230人。

5. 安田村廖氏开基祖钦和，迁来约有200年，有500人。

6. 下沙村开基祖慧德，清顺治八年（1651）从兴宁迁来，约有200人。

7. 沙屯村廖氏，从龙岗南约迁入约有70人。从三洲田迁入的有32人，其中廖宾一房有25人。

8. 嘉绩围开基祖如超，清中期从三洲田迁入，至今有10代共300人。世系：花公—昌公—徹公—百一郎—百七郎—万一郎—五四郎—祖寿—伯淳—良俭—仲祥—文礼—人敏—日金—瑚公—立琦—信—应科—仕弘—赓舜—廷裕—永权—如超。

字辈：赓、廷、永、如、元、建、龄、秀、其、文。门联：嘉犹万石宗功远，绩肇三洲世泽长。

9. 牛角垅廖氏开基祖振芳，清中期从兴宁迁淡水再到牛角垅。世系：花公—昌公—敏公—三十三郎—仲远—安叔—四十六郎—德源—敬斋—思明—志诚—遂良—譝公—飑昌—仲义—镇—宗宽—文朝—积—可云—振芳、振清—天麟—文秀—子德—嘉玟、嘉琮。

八、马游岗廖氏

马游岗位于龙岗区横岗街道大康村口，现分两个小村为马五村、马六村。有廖、何、李、罗、颜等姓。廖氏开基祖为因由公，妣李氏属花公徹房 16 世，清初由福建永定上塔洪山寺迁来，发展至今为花公 31 世，有应龙公祠和赓献祠，约有 200 人。

世系：花公—昌公—徹公—百一郎—百七郎—万一郎—五四郎—祖寿—伯淳—良俭—仲祥—文礼—人政—日瑢—望公—因由—显—应龙—仕俊—赓献、赓翰、赓瑜、赓琅、赓佑。字辈：赓、荣、兴、贤、英、祥、昌。

九、大康廖氏

龙岗区横岗街道大康村，旧称山子吓。1958 年由惠阳县划归宝安县。大康村名源于清朝时期的大康约，民国时有大康学校，故新中国成立后改为大康村，是横岗抗日战争时期的革命老区。

大康廖氏开基祖为采公，明隆庆六年(1572)与信公一同迁来，立籍上围。开基处为上围“伯公”，至今 400 多年（原址现已建厂），当时有蔡、徐、薛等姓。现大康氏子孙发展至花公三十四代，有 7 个自然村组成，除上围属采公外，其余均为信公后裔：凤山（大凤）、下中属钦友公后裔，福田、大万、上中、龙村、莘塘为赓圣公子孙，全村（含海内外）有 3000 多人。

世系：花公—昌公—徹公—百一郎—百七郎—万一郎—五四郎—祖寿—伯淳—良俭—仲祥—文礼—人敏—日金—瑚公—立琦—信、立常—采、张氏。

立常公与采公葬于大康，赓圣与戴氏葬于白泥坑，张氏葬于大康福田村。字辈：赓（廿世）、廷（廿一世）、永（廿二世）、如（廿三世）、元（廿四世）、缵（廿五世：绍、维、奕、拔、锦、鸣、云）、和（廿六世：才、道、凤、钦、文）、瑞（廿七世：荣、德、华、存、必、芳、昌、行）、世（廿八世：国、玉、可、安、忠）、乃（廿九世：寿、盛、茂、瑜）、端（三十世：良、远）、安（三十一世）、道（三十二世）。

祠联：圣裔繁衍昌百世，公祠垂德礼千秋。

风水开基宏三洲之世泽，闽汀演奠廖万石之家声。

乐道有典墳预养经纶之手，传家无金玉夙闻清白之风。

十、观澜廖氏

马坜村位于龙华区观澜街道。马坜村廖氏从三洲田村迁入，属三洲田赓贤公长子伯亮后裔，以下世系还待查。大水坑廖氏据说从坪山沙壆村迁来，世系待查。

十一、龙岗廖氏

1. 丙坑村廖氏先祖淳公是兴宁德源后裔，为花公 19 世，何时迁至丙坑村无记载，妣刘氏，与淳公葬于丙坑。至达富（22 世）迁东莞竹尾田；另有一支迁碧岭沙屯，至今为花公 31 代。字辈：淳十九、新廿、登廿一、达廿二、上廿三、益廿四、凤廿五、焕廿六、祥廿七、瑞廿八。

丙坑村廖氏世系：花—昌—敏—三十三郎—仲远—安叔—四六郎—德源—敬斋—思明—志诚—遂良—忠—顺—廷爵—松—宗绪—觐阳—淳—新我—登甲。

2. 龙岗鸿围，又叫洪围。鸿围廖氏先祖是兴宁德源公后裔，清中期由兴宁石涯头迁入，至今约 10 代。鸿围第一、二代祖暂无查考，第二代祖妣童氏，葬于鸿围村，三世文宏，四世为：祖发、祖传、祖捷、祖扬、祖振、祖声六子。其中传、捷、扬外迁，发、振、声留村发展。现村人口约有 200 人。

故宗祠联为：六子捷传扬名显，三公继发振家声。

深圳廖氏在历史中作出的贡献

深圳地处祖国南端，扼守珠江口的咽喉水道。屯门和赤湾曾是海上丝绸之路重要驿站。明洪武年间建立南头和大鹏两座所城，素为军事重镇。

明洪武元年（1368）二月，征南将军廖永忠从南京经海路直取广州，宝安廖氏宗亲随广东都元帅何真在赤湾港（今南山区）候迎明军。廖永忠为朱元璋不费一枪一弹收获岭南，宝安乡民也因此而避免了生灵涂炭。

清光绪二十五年（1899）三四月，香港上水廖氏和新界锦田、元朗、大埔等数千村民进行“反展拓香港界址”的斗争；同年五月，英军强占深圳、布吉，廖氏宗亲和当地人民奋起抗击，迫使英军于11月22日退至深圳河以南，挫败英帝国主义扩大“新界”的阴谋。

清光绪二十六年（1900）闰八月十三日，孙中山策划组织三洲田起义，打响了20世纪反清的第一枪，起义军奋战月余，动摇了清政府。起义中三洲田人廖庆发（起义军先锋官）和义军骨干廖毓坤、廖仁玉、廖官秀、廖金姐、廖三、廖风、廖五、廖云秀、廖观娇、廖萼楼、廖德富、廖官扬、廖宏（廖庆发儿子）和廖纪秀共计15位义士壮烈牺牲。

在抗日战争和解放战争中，坪山碧岭村、田心村，葵涌溪涌村，横岗大康村，石岩罗租村、黎光村，龙华清湖村、横朗村，观澜马坜村及盐田石头围等，是东江纵队和粤赣湘边纵队的革命根据地。为革命牺牲而铭刻在坪山、龙华、深圳纪念碑的就有廖九（碧岭村人）、廖运祥（葵涌高原人）、廖清平（观澜马坜人）、廖疆仔（坪山田心人）、廖玉容（女，坪地屯梓人）、廖国思（坪山谷仓下人）、廖少生（大康莘塘人）、廖淑仪（女，大康下中村人）、廖瑞光（坪山沙壆人）、廖皆友（石岩罗租人）、廖添胜（观澜马坜人）、廖进（葵涌溪涌村人）、廖兴友（龙华清湖人）、廖仕（坪山碧岭人）、廖送（坪地年丰上围人）、廖国如（坪地年丰围肚村人）、廖照发（石岩泥岗村人）等18位烈士。

新中国成立后，廖氏宗亲又在各条战线、各个部门做出不少成绩。特别是改革开放后，当地的廖氏和来自全国各地的廖氏宗亲为深圳市的两个文明建设作出了突出的贡献。

（原载2014年深圳市史志办公室《深圳史志》第四期，本文廖显军参与调查合写）

深圳老字号古今谈

深圳有老字号吗？许多人带着疑惑的眼光和语气问道。言下之意，深圳没有老字号；即使有，也不“老”。

老与不老，自然与当地的历史有关。到底有没有老字号，深圳的老百姓心中有数。虽然深圳是一个新兴的大都市，但她有着1680多年的郡县史。民俗学告诉我们，大凡有人类的地方就有聚居的民寨，就有生产生活习俗，就有商品销售和交易场所，也就必然有商铺店号。

环视深圳，今天商厦林立，商贸繁荣，商贾瞩目，商品誉满全球，但她绝不是在“一片沙漠中”突然冒将出来的。40年间的“横空于世”，得益于她百多年来跟香港商埠的特殊地理位置，也得益于与当时占宝安县总人口一大半的分布在全球50多个国家与地区的华侨、港澳同胞的密切经济往来。

在传统的农业社会里，深圳有72行，而这72行的老字号商铺，当然不会少。

老字号商铺曾在深圳星罗棋布

清嘉庆二十四年（1819）《新安县志》记载，深圳建有新安城内四牌楼市、南头旧市、南头中市、南头新市、西乡大庙前市、茅洲新市、茅洲旧市、和平墟、沙井墟、云林墟、升平墟、清平墟、新墟、白龙岗墟、黄松岗墟、福永墟、碧头墟、月岗屯墟、深圳墟、清湖墟、平湖墟、永丰墟、葵涌墟、盐田墟、王母墟、碧洲墟、大鹏城西门街市、乌石岩墟等30

多个墟市[①]。这些墟市人流兴盛，交易畅旺，被古志形容为“一阓之市”（热闹非凡）。

宋开宝四年（971），朝廷便在今香港九龙、盐田、叠福设立盐场，统称为官富盐场，是广东十大盐场之一。自后，人流日盛，盐埠、鱼埠、缯埠持续发展，交易趋旺。至清嘉庆二十三年（1818），深圳地区人口已达23.9万人（见《宝安县志·地理·人口》），特别是清宣统二年（1910），九龙至罗湖铁路通车和次年罗湖至广州铁路全线开通，广州、香港途经深圳的人员骤增，物流不断，各墟市商号、店铺应运而生。日用百货店、饮食店、布匹店、银两店、押当铺、咸杂店、铁器铺及农具店等应有尽有；农副产品的牛猪鸡鸭行，米谷油糖盐店成行成市；荔枝等水果成熟时节亦有专门街市。为方便管理，各墟市成立不少民间行业组织和商会。

松岗墟初创于南宋咸淳六年（1270），原名黄松岡墟，从清嘉庆年间《重修武帝古庙碑记》中，开列出各堂、馆、店、栈、渡口的捐资名单共有120多个商号。前几年，大鹏城出土捐资修缮城隍庙石碑上的店家、姓氏也超过100个。清同治十年（1871）南头城《重修报德祠石碑》刻载捐银两的店号，有利源店、文英堂、万利店、黄合隆、福和店、广盛店、牛恒记、吉昌店、义盛店、合利店、南兴店、和栈店、晋泰店、宝生堂、怡珍店、万来店等36家。

清同治七年（1868）重修，南头古城东莞会馆捐款碑刻上的深圳埠、南头埠、松岗埠的店铺商号

① 清嘉庆年间，龙岗墟、横岗墟、坪山墟、屯梓（坪地）墟属惠州府归善县碧甲司，1958年划归宝安县。杆栏（观澜）墟始建于清乾隆二十九年（1764），民国二十一年（1932）从东莞县划出，明确归入宝安县管辖。

清末民初，深圳墟是香港新界和宝（安）、惠（阳）、东（莞）地区的洋货与土产交易集散地。据20世纪50年代深圳墟商会统计，有人泰米行、富源米铺、永和隆（李权）米铺、人华粮行、仁源油店、蔡添记布匹、振兴文具、祥光百货、同和堂中药店、仁和堂药店、曾苏民医师、叶梓春医务所、梁四姑接生、李展奇医师、邓志伟医务所、瑞和山货、同生茶叶店、富华饼店、曾谭记麻糖、合成号云片糕、豫园饼家、远东行客家食店、鸿安酒家、泰山旅店、曾宝华牛肉店、德记卤味、义园酱园、伦记饭店、全记猪肠粉店、陆记云吞店、麦记鸡鸭蛋行、何福记火水灯具、黎祥记镜画、广华昌杉木店、悦隆木屐店、张生记打铁铺、张洪记烟丝行、曾明记蓑衣毡帽店、丽新车衣布匹、黄麟记车衣布匹、陆记钟表、张清记钟表、联星汽车、大陆运输行、民丰米机、电厂电灯房、民乐戏院、维新书店、新民主书局、维新印务、新生活照相、大来金铺（兑汇庄）、昌兴金铺及“共和押”当铺等200多家商铺，遍布大街小巷。1917年5月9日，粤海道尹（隶属省长的观察使）王典章乘火车抵深圳，他在巡行日记中记载：“深圳墟内商店240家，自轮轨通行，各乡货物均由省港直接运输。产物以蚝豉为最佳，油糖、花生、菠萝、沙梨、萝卜、荔枝等亦出品之大宗云。”

较偏远的客家山区，亦有不少传统商铺。龙岗墟有天辛酒楼、龙岗企炉饼家。清乾隆五十六年（1791），曾氏世祖（曾传周）在坪山墟的东胜街、西胜街，设立占全街70%的杂货店、洋货店、轿店、银店、当铺等，当地形容“大万”经济实力的一句话：“外人如想同曾传周打官司，跳得过他的油厂，跳不过他的糖厂，更跳不过他的粮仓。”

清嘉庆年间建墟的石岩墟，20世纪50年代有济宁堂药店、同福狗肉饭店、陆百万烧鹅店、郑义和凉帽店、高祥理发店、廖福车衣店、玉珍客栈、徐锡麟打锡、王满记铁锅、周标记补鞋、罗贵织箩、福妹咸杂店、李志明镶牙和明星楼当铺等。

清嘉庆《新安县志》载有清平墟（新桥街道，今废）有座远近闻名的“广安当铺”，楼高5层20多米，是古时宝安西部第一号大当铺。墟内有舂米铺、织篾铺、缸瓦铺、打铁铺、葵衣铺、文房铺、金银首饰铺和茶楼近百家。

清咸丰三年（1853），香港巴色会传教士绘制的当年东和墟（今沙头角）地图上，标明上街、下街和旧街有72家店铺。清同治年间，龙华墟有甘裕合钱庄、同仁堂药材店、仁安堂中药店、济生堂中药店、均和当铺、广利源、义和隆等堂号，专营布匹、油糖、酒米生意，还有交易猪苗的“猪仔伢廊”。

清光绪十四年（1888）建墟的观澜墟，是宝安、东莞、惠阳三县通衢，素有“小香港”之称。墟上有益章票号、恒隆票号、宝安金铺、品南饼铺、福记表店、叶广生表店、满生制衣店、叶满杉木铺、登康狗肉店、莫庆榨油厂、同茂榨油厂及卖布街、缸瓦街等上百店铺，尤为著名的是红楼公益酒家、成昌楼当铺、宝丰押当铺及全镇114座炮楼。据古建筑专家张一兵调研，旧时深圳境内有1000余座炮楼（2008年普查仍存560多座），在全国仅次于广东江门五邑地区。众多的炮楼从侧面证明，历史上的深圳经济繁荣，富商财主多，需要坚固的炮楼防卫生命财产安全。

数百年来，边城经济日兴，工匠商铺繁多，育出不少深圳著名品牌，如沙井蚝（蚝豉、蚝油）、百年甘坑凉帽、东生源绣庄、松岗腊鸭、公明烧鹅、合成号云片糕、富华牌猪油糕、龙岗企炉饼、南头荔枝、西乡基围虾、罗田菠萝、石岩黄梅、龙华沙梨、坪山金龟橘、龙岗三黄鸡、大鹏鲍鱼、南澳海胆和光明乳鸽等特产。1949年新中国成立前夕，宝安县工商业已达1526户。1950年始，国家逐步实行私营工商业改造，组建国营企业和公私合营企业，个体商铺和名牌企业逐渐式微，直至20世纪60年代“文化大革命”时期，老字号退出了商业舞台。

陆记云吞之浮沉

陆记云吞是深圳墟著名小食。

当寒风凛冽，饥肠辘辘，坐在店里长条凳的八仙桌上，吃一碗“大碗夹抵食”的陆记云吞面，热气腾腾，顿时肚饱身暖。完了，碗底那几滴汤都得仰脖喝完，沾在嘴唇的汤渍，还用舌尖“擳”（舔）一遍。那情、那景、那味，五六十年过去，依然难以忘却。

陆记云吞店是1949年前香港新界一个叫林陆的客家人过来开的，它坐落在深圳东门西和街。新中国成立初，西和街和谷行街等几条街道被打通建成解放路，陆记云吞店被迁至解放路的北门街口附近（今麦当劳位置）。由于它靠近铁路小站（今穿窿桥榕树头边，罗湖火车站叫大站），来往省港的客人从小站下车进市墟，首入眼帘的就是当街此店。东西好吃，地理位置又好，所以食客很旺，生意很好。

最近几经周折，我在深圳东门老街一个旧住宅区里找到"陆记云吞"的关就老师傅。1933年，关师傅出生于广东饮食之乡的南（海）番（禺）顺（德），13岁随表舅来到深圳，在火车小站附近的怡新饭店做杂工。几个月后，表舅开了个小食店，他便去当伙计。早晚挑着一担云吞面在东门十几条小街上，敲打竹筒"笃笃笃"地叫卖云吞。1951年，18岁的关就到香港人开的"陆记云吞"店里当小师傅，一干就干到退休。他今年88岁高龄，跟云吞打了一辈子的"饺道"，从"叫卖"开始，到"拌料""打面""熬汤底""包云吞""煮云吞"，各个环节，他蒙上眼睛，都能把云吞面做得非常地道。

做云吞最考究的是"打面"，大凡打面一向都是"水打面"，也就是在面粉里按比例用水搓面。后来广州有间乾隆年间开的店，他的后人发明用鸡蛋和水一起打面，这种全新的做法比全是用水搓的面确实好吃多了，但不是全蛋面。深圳"陆记"关师傅却创造滴水不放，用一斤面粉放5只鸡蛋的比例"打全蛋面"。没放水的面非常难打，一天打数十斤面下来，人累得不得了。关师傅做的云吞面比"水面"香滑爽口，而且够"筋"，有嚼头，"陆记"名声大震。人们说"去陆记"，就代表了去吃云吞面。

然而，鸡蛋在那年代一年比一年供应紧张，有什么办法可以解决"蛋源"问题？深圳西部素有养鸭传统，松岗、福永、西乡更是盛产鸭蛋。鸭蛋的蛋清比鸡蛋多，关师傅试用鸭蛋"打面"。谁知用全鸭蛋掺和面粉更"硬"更难打，他把搓成的面团用"大竹杠"轧，也就是把一端竹杠固定，另一端人坐到竹杠上，上下轧面。这样反复地轧，便轧出了上好的"竹升面"。驻深圳的九龙海关等部门有许多北方人，吃惯北方"松包滑面软饺子"的口味，吃了陆记爽口鲜甜的云吞和皮韧薄滑的水饺，觉得“很新鲜”，很有口感，连说不错，于是成了陆记的常客。

到了20世纪的火红年代，“陆记”改名“为群面店”。20世纪80年代，老街改造为华城，“为群面店”迁至人民北路工商银行附近，又更名“乐群小食店”。后来，随着老师傅一个个退休，著名的“陆记云吞店”歇业了。

我在深圳墟生活了半个世纪，不仅眼睁睁看着陆记云吞面店消失了，而且还目睹了在北门街饼厂生产的著名云片糕、猪油糕也都消失了；十字街口的伦记饭店改为工农饭店，后来和妙奇香酒楼也都熄灶了；新生活照相馆更名“红艺”照相，也七迁八迁不见踪影……

深圳老字号的百年坚守

创建在清道光二十九年（1849）的“东生源”店号的第四代传人梁柏合先生，是我几十年前深圳墟上大街（今太阳城百货商场）的老街坊。在采访中，他告诉我，1928年6月他出生于深圳墟鸭仔街。他的曾祖父在老家广东新会以染布、卖布为生，店铺取名“东生源”，寓财源生生不息之意。

梁柏合爷爷的生意需要常常来往广州和香港，为发展业务，清光绪年间，他的爷爷把店铺迁到深圳墟，在布匹、裁缝较集中的民缝街（上大街），挂起“东生源”老招牌。清宣统三年（1911），香港至广州铁路开通，经深圳来往省港、南洋的有钱人络绎不绝，东生源生意很好，在20世纪二三十年代鼎盛时期，设在上大街的门店就达400多平方米，里面有染布、打磨等工场，光染布的淀池直径宽七八米，深达10米，每天染成的布匹铺满晒布岭（今晒布路北一带）。晒干后，将经过打磨加工好的布匹，同从顺德等地订购的上好丝绸，一起批发到香港大埔和元朗等地。

新中国成立后，“东生源”以经营的规模、诚信和质量赢得业内口碑。1951年，年仅23岁的梁柏合被选为首届深圳镇工商联主任委员，当选广东省一届人大代表，受到叶剑英接见。后来国家搞公私合营，“东生源”成为宝安县纺织品公司下面的一间门市部。20世纪60年代，梁伯去香港定居，在九龙继续经营起“东生源”，同时在澳门开了分号。

1979年改革开放，梁柏合迫不及待地返回深圳，在横岗开办了“东生源”三来一补工厂。1983年，他找出当年在东门老街的房契，“东生源”门店又回到了“娘家”。时年55岁的梁伯像焕发青春一样，一口气在罗湖、沙头角、广州、珠海等地开办了工厂或公司，鼎盛时的“东生源”属下拥有5间工厂、20多个店铺，经营范围涉及金银首饰、尼龙床加工、太空衣、蚕丝棉被制作等。

梁伯今年已届93岁，他的子孙大部分在美国、中国香港和中国澳门。他把东门的东生源店交由儿子打理后，仍然有空就过去店铺怀旧一番。如今，“东生源”在深港澳仍有6家门店专营床上用品、婚庆用品和绣庄百货。他的床上用品是蚕丝织品，走高端路线。婚庆用品是新娘唐装礼服、头饰、红布鞋、红马夹等等，全是人工刺绣、钉珠和镶嵌胶片，金光闪闪，古香古色。靠着百年诚信，不少远在美国、加拿大、英国的华侨老客户，在网上订购“东生源”的蚕丝织品和婚庆用品。

深圳墟另一家百年老字号，如今焕发青春。据《宝安县志》载，清光绪二十七年（1901），“合成号”商号在深圳墟正式生产经营云片糕等传统食品，驰名港澳。“合成号”之所以不同于国内的云片糕，主要因为它率先采用香港的奶油，加上产于珠三角的糯米糕粉和从台湾进口的砂糖及当地荔枝蜂蜜等材料精制而成，清香、幼滑，入口即化。云片糕每片很薄，像四川灯影牛肉干一样可透人影，最绝的是，划根火柴一点，马上吱吱燃着，食货大赞：“这是正宗深圳云片糕！”故当地民谚云：“大鹏鲍鱼沙井蚝，石岩沙梨南山桃，龙岗鸡金龟橘，还有深圳云片糕。”

薄得能透灯影的合成号云片糕

1955年私营企业改造，多家云片糕店合并为深圳糖果饼干厂，产品再没用“合成号”和“富华牌”两个商标，统称“深圳云片糕”。

1970年4月，“深圳云片糕”被纳入国家出口商品之一，日产数以万片计，年产200余吨。每年外销量2000箱（100盒为1箱），为国家赚取了一笔可观的外汇。

改革开放后，合成号公司在经济大潮中精准地把握时机，恢复百年老店的品牌，同时用现代少糖少油的健康理念，创新生产云片糕、鸡仔饼、花生饼、松沙饼、艾饼、虾饼和枧水粽等地方名小食投放市场，受到消费者的欢迎，百年老招牌重放异彩。2013年和2015年，合成号传统小食制作技艺分别列入深圳市第三批和广东省第六批非物质文化遗产保护项目；同时获颁深圳市与广东省“老字号”企业和广东省著名商标牌匾；艾草饼、枧水粽的制作配方和工艺成功申请国家发明专利，被冠以“宝安四宝”“深圳礼物”等美誉，近年又获中国品牌征文故事奖。合成号已成为享有地域味道、历史味道和文化味道的知名品牌。

为了挖掘深圳民间工匠文化的时代价值，宣扬和继承优秀的传统文化，合成号公司举办多次“千人沓饼节”“裹粽节”“旱地龙舟赛”“中秋月圆夜”“元宵偷青节”等大型民俗文化活动，参加多届文博会，进社区入校园上讲坛，出版深圳味道丛书，弘扬节令习俗文化。在深圳市、区两级政府的关怀下，建成占地面积3000平方米、建筑面积和文化展演面积达10000平方米的“合成号深圳民俗文化产业园”。该园区设立糕饼学院，建立“非遗”传习基地、民俗文化交流展演平台，形成手工传统小食生产、研发、培训和旅游娱购产业化发展的综合文化园区，充分发挥它在“非遗”传承与民俗文化活动的宣传阵地作用和青少年传统文化教育基地的作用。

“老字号”是一座城市经济文化的承载者。2010年开始，由深圳市商业联合会、深圳商报社、深圳广电集团等部门联合主办了11届“深圳老字号”评审活动。10年来共诞生241家“深圳老字号”，比如拥有100多年历史的“东生源”“合成号”“宝明堂药号”“李天顺银楼”及有30多年历史的上海宾馆、阳光酒店、唐宫酒楼、宝芝霖、方太厨具与喜上喜食品等企业。正是这些老字号，传承了城市文脉，积淀了地方历史文化。

（原载2017年3月28日《深圳商报》“发现深圳”周刊）

深圳名优特产驰名粤港澳

深圳一半枕山一半临海，海错山珍出产丰富，传统特产闻名遐迩。早在300多年前的清康熙《新安县志·卷之三·物产》便详细刊载谷、菜、茶、果、花、草、木、竹、藤、兽、鳞、介、虫等本邑物产。民国六年（1917）五月九日（农历），粤海道尹（隶属省长的政务观察使）王典章到宝安视察。王道尹在巡行日记描述道：9日上午11点从广州乘坐火车抵达深圳墟，“墟内商店二百四十家，商业颇盛，自轮轨（注：深圳至广州、香港的轮船、火车）通行，各乡货物均由省港直接输运……产物以蚝豉为最佳，油糖、花生、菠萝、沙梨、萝卜、荔枝等亦出品之大宗云。”[①] 现将部分特产简述之。

沙井蚝油

北宋年间，宝安“靖康”有插竿采蚝的记载。靖康，也就是古代沙井沿袭官设的靖康盐场而得名，故沙井一带有了千年养殖和采食生蚝的生产、生活风俗，“并海施竹牢，掇石种其间”（宋·梅尧臣《食蚝》诗）。民国初年，粤海道尹王典章巡行宝安县调查亦称，沙井蚝油、蚝豉为著名特产。历史上，本地人嫁娶礼单中，还有专门蚝豉这一项。李时珍《本草纲目》曰，牡蛎（蚝）肉能细洁肌肤、补肾壮阳，治虚，解丹毒；现代医学鉴定蚝肉

① 《广东文史资料》74期载《粤海道尹王典章巡行日记》），广东人民出版社，1994年版。

有降血压和滋阴养血的功效。

沙井蚝田处于珠江口咸淡水交界处，海水含盐度为10%~25%，最适宜蚝的生长，加上年度日照充足，蚝吸食海水里的浮游生物特别丰富。得天独厚的生态环境，养殖出沙井蚝比其他地方的成蚝更加肥大，肉质尤为鲜嫩，俗称“玻璃肚”蚝。沙井蚝可烹调白灼蚝、姜葱蚝、酥炸蚝、香煎蚝等上百种蚝宴佳肴，蚝鲜美味可口，老少皆宜。据科学化验，沙井蚝含蛋白质达57%，锌、钾等微量元素和氨基酸等含量多种，因而被称为“海底牛奶”。

鲜蚝收获后，为方便长年食用和远销外地，当地古法加工晒制蚝豉和制作沙井蚝油。沙井蚝油的传统制作是用几口大镬，煮出蚝汁，再直火熬炼，加盐、酱汁、粉浆等，经手工工艺精制而成。1990年，宝安沙井蚝厂改革生产工艺，在国内首创快速管道预热糊化、超高温灭菌、真空灌瓶等机械化生产。这样的沙井蚝油既保证质量标准、卫生可靠，又能保持味道鲜美、蚝香浓郁和富于营养价值，是天然上等的调味品，远销海内外。

宝安名优特产在年博会畅销

宝安荔枝酒

宝安当地素有酿制荔枝酒的传统。南宋绍定五年（1232），闻人规编纂中医文献《闻人氏痘疹论》（入选第六批《国家珍贵古籍名录》），记载痘疮治疗偏方："荔枝肉，浸酒饮，并食之。"宝安民间制作和饮用荔枝酒有近千年历史。宝安荔枝酒的主要原料是当地产的优质荔枝肉和咸淡水交界处咸田种植的矮脚稻米酿制的本土米酒，经浸泡制作而成。

宝安荔枝历史悠久。早在东晋时期就有荔枝种植，唐朝刘恂的《岭表录异》有荔枝的记载。20 世纪 80 年代，深圳发现一棵千年荔枝王树，一二百年的荔枝树亦有不少。清嘉庆《新安县志·舆地略·物产》条曰："荔枝树高丈余……青花朱实，肉白如肪，甘而多汁，乃果之最珍者。故苏玉局诗云：'日啖荔枝三百颗，不辞长作岭南人。'"

荔枝古称"离枝"。唐白居易《荔枝图序》："若离本枝，一日而色变，二日而香变，三日而味变。"前人在荔枝大量成熟上市时，为了方便储运，采取晒荔枝干和酿制荔枝酒的方法。宝安荔枝酒制作方法有三：第一种是选用本土高度米酒，将晒干的荔枝肉入瓮泡浸，用香灰封盖，一年半载，泡制成的酒液金黄黏稠，香气袭人。第二种是将新鲜的荔枝肉直接放进米酒中泡两三个月，这种荔枝酒色泽微黄，酒味较淡，甜香适宜，但这种酒容易变坏，不宜久藏。第三种是用荔枝肉发酵，然后蒸馏成酒。

宝安传统酿制出的荔枝酒自然生态，品质优良，风味独特，酒味醇香，并含有多种氨基酸和维生素，对调节人体机能、滋补养生、提高免疫力等有一定的作用，是馈赠亲朋好友的最佳礼品。

宝安云片糕

据《宝安县志》记载，"光绪二十七年（1901），合成号发明中外闻名的宝安云片糕"，可见宝安云片糕是当地名副其实的老字号"百年小食"。

宝安云片糕的主要原料是糯米，且以沙井、福永、新安一带咸田种植的“糯米（大糯）”最佳。位于珠江口基围咸淡水交界的咸田，经纬度低，日照充足，土壤油黑肥沃，独特的生长环境种植出来的糯米粒大饱满，口感醇厚，营养价值高。宝安云片糕的制作工艺采用当地幼细的河沙翻炒糯米，使其膨化，然后去沙砾杂质，研磨精制糕粉。待糕粉陈化120天左右后，辅以白糖、猪油、芝麻、榄仁等制成。宝安云片糕与别处不同的地方，是毗邻香港，取西饼制作工艺概念，加入奶油和优质太古砂糖，制成的云片糕，犹如凝脂，轻薄透亮，口感软糯溜滑，入口即化。精明的食客为辨真伪，打开油纸包装，取出一片透亮的云片糕，接着划燃一根火柴“滋滋”地烧着，大呼这是正宗的宝安云片糕：“此糕送予蟠桃会，神仙取糕不取桃！”

随着清宣统三年（1911）香港九龙至广州的铁路通车，宝安云片糕经由这条“铁道丝绸之路”，直接出口港澳和东南亚，远销美、加、欧洲、澳洲等地唐人街埠，成为宝安华侨寄托乡思、乡情和乡味的最佳地方特产。1924年《宝安学会》杂志刊载：“本市土制云片糕驰名远近。”2014年，宝安云片糕传统小食制作技艺，列入深圳市人民政府第三批非物质文化遗产保护项目。

宝安月团

月团起源于唐初的“宫饼”，意为月月团圆，是中秋应节食品，至今已有上千年的历史。宋吴自牧《梦粱录》记载，南宋末年，随着宋端宗皇室南迁新安县（含香港地区），宫廷的饮食和糕饼工艺及配方流传至宝安一带。经过民间糕点师傅结合当地食材，不断地传承改良，形成了本土特色的“宝安月团”。

宝安月团的主要品种有冰肉、豆沙、虾米、五仁、火腿等，又以“大冰肉月团”为代表，主要材料是，选取用石岩镇（今石岩街道）阳台山周边出产的含有丰富矿物质的红番薯喂养的黑毛土猪（又称甜猪）的优质腩肉部位，再用白糖粉、五香料、料酒、酱油腌制7天左右，腌制成的猪肉晶莹剔透，香甜不腻，酱味浓郁，称为“冰肉”。冰肉切碎，再配上榄仁、肉松、砂糖等为馅料，包进饼皮烘制而成。

宝安月团传承老一辈的制作工艺，选料严格、正宗，是名副其实的深港地区特产。2014 年，宝安月团传统小食制作技艺被列入深圳市人民政府第三批非物质文化遗产保护项目。

福永黄油蟹

宝安所产的福永黄油蟹是深受粤港澳等地欢迎的名贵蟹种，以其体形饱满、油膏甘香、糯软稠油、肉质鲜嫩而闻名，享有南国“蟹中之王”的美称。黄油蟹的前身是膏蟹，属膏蟹雌性。膏蟹古称“赤蟹”，唐刘恂《岭表录异》载：“赤蟹，母壳内黄赤膏，如鸡鸭子黄，肉白如猪膏，充其壳中……珍美可饷。”由膏蟹变成黄油蟹的过程，是蟹的异化过程。每逢炎夏时节，成熟的膏蟹在产卵时栖身于浅海河涌和泥滩堤畔。退潮时，猛烈照射的阳光使浅滩上的水温升高，膏蟹又受到太阳直晒的刺激，蟹体内的蟹膏分解成金黄色的油质，然后渗透至体内各个部分，整只蟹便充满黄油。蟹身呈现橙黄色的“油珠”，故被称为黄油蟹。蒸熟的蟹盖、蟹爪关节处均可透见黄色油脂。

福永黄油蟹（梁佛金摄）

福永黄油蟹的产地是深圳宝安福永一带，地处珠江入海口，是一个独特的咸淡水交界区域。河涌水网交叉，基围渔塭密布，充足的日照，温和的气候，浮游生物聚生，有机物质繁多，随着潮水涨退，水温水流的有序变动，发育成熟的青膏母蟹，长得非常肥胖，导致膏油积聚过多，有的母膏蟹无法完成换壳的过程，于是成了黄油蟹。这种生长期长，没有重壳、脱壳而变成充满黄油的情形，10只蟹里才出现1只，加上不能人工促成，故弥足珍贵。福永黄油蟹的价格一贯为国产蟹中之冠，在香港酒楼以两计价，每50克售价竟达数百元港币。

蒸熟了的福永黄油蟹，体形金黄饱满，揭开蟹盖，一股特殊的蟹油香味扑面而来，蟹盖上一层黄澄澄的蟹膏，细细品味，油膏甘香嫩滑，肉质厚实鲜美，可谓“蟹中极品”。为宣传推广福永黄油蟹，2016年，宝安区人民政府举办“首届黄油蟹美食文化节”，广大消费者慕名前来。

宝安公明腊肠

宝安公明腊肠是宝安地方名产之一，因出自公明墟而得名。宝安公明腊肠有口皆碑，一是有百余年传统制作历史，二是色香味俱佳，皮爽肉香，油而不腻，不像其他地方的腊肠不是偏甜、偏干，就是偏带酒味，或者偏麻辣的味道。

“秋风起，腊味香。”腊味煲仔饭、腊味炒荷豆、腊肠蒸蚝豉等菜色，是宝安秋冬季节的名吃。这些地方名菜的主要腊味之一——公明腊肠，胜在100多年来讲究食材、配料和对天气气温的利用。首先，选用本地喂养纯谷米糠的黑土猪，取其后腿瘦肉、脊背两边的肥肉，然后将三分肥七分瘦的猪肉剁碎，接着用本地酿制的米酒和黄豆酿制的酱油与少许料酒调配腌制，待腊肠肉馅稍稍发酵入味后进行灌肠。其次，瞅准北风刮起，及时将灌肠拿到工场外，在太阳底下照晒，吸收光照生发香味，当腊肠风干至四五成时，再次用木炭烘制，故又有“风肠”之称。

宝安公明腊肠全程讲究工艺严谨，坚持手工制作，师傅凭经验做成咸、香、脆的独特口味腊肠。宝安公明腊肠蒸熟后腊味清润醇和，皮脆肉爽，口感上乘，是深圳及周边地区市民首选的食品之一。该产品向来供不应求，有时需要提前数月预订。2017年2月，宝安公明腊肠制作技艺被列入宝安区人民政府第四批非物质文化遗产保护项目。

宝安芒叶粽

宝安端午扒龙舟、裹芒粽的习俗，历史悠久。“宝安芒叶粽”是流行于新安、沙井、福永、松岗、石岩一带的特色食品。据传700多年前，南宋名将文天祥率部在深圳伶仃洋抗元殉国后，文天祥所部水军和文氏后裔，流落宝安县松岗、福永一带，隐居生息繁衍。明朝初年，文氏后人为纪念民族英雄文天祥先祖，一直沿袭水军习俗，每年端午节在松岗茅洲河扒龙舟，到福永凤凰村、松岗埔尾（今为报美村）的文氏宗祠，用“芒叶粽”等食品拜祭。

“宝安芒叶粽”，不论是粽叶还是做粽子的馅料，都十分精工地道。宝安芒叶粽子的粽叶是生长于松岗茅洲河岸边的一种天然植物。芒叶呈长条形，叶两边带刺，采割回来后，削去边刺，在水中泡浸数日，或用水煮透晾干待用。芒叶包裹浸泡过的糯米，放入腌好的猪肉、冬菇、虾米、火腿、咸蛋黄和去皮绿豆做馅，然后，用咸水草扎实，再放进镬里水煮三四个小时，便做成芒叶咸粽。如果做灰水粽（又称枧水粽），还要把“土油麻”（一种本土植物）烧成灰，拌水浸泡，经过一昼夜沉淀滤灰，取“灰水”浸透糯米，这样做成的灰水粽也叫枧水粽。灰水粽没有馅料，煮熟后蘸白砂糖或者糖浆吃，这种带有糯米和芒叶原香的灰水粽，也称为甜粽。无论是芒叶咸肉粽还是芒叶甜粽，都是清热解暑、生津健胃的节令小吃。

传统的“宝安芒叶粽”秉承了岭南民俗文化，满载着宝安原住民美好的记忆。2015年，芒叶粽等广式粽子制作技艺被列入宝安区人民政府第四批非物质文化遗产保护项目。宝安枧水粽（灰水粽）还获得国家级发明专利。

宝安咸茶

咸茶是宝安传统的茶类饮料，自古为当地农家一宝。清末民初，在那缺医少药的年代，谁家发烧感冒、热症封喉，取一撮宝安咸茶用开水泡之，几碗下肚，茶到病除。

宝安咸茶主要选用本地著名的矮脚山茶种为原料，制作工艺历史悠久。据清嘉庆年间《新安县志·卷之三·物产》记载：“茶产邑中者甚夥（注：众多），其出于杯渡山（今香港新界屯门）绝壁上者，有类蒙山茶，烹之，作幽兰、茉莉气，缘山势高，得雾露以滋润之，故味益甘芳，但不易得耳。若凤凰山之凤凰茶，担竿山之担竿茶，消食退热，以及竹仔林之清明茶，亦邑中之最著者也。”

宝安咸茶是著名清明茶中的一种，主要原料为矮脚山茶，生长在石岩阳台山峰岭壑谷之间，日照充足，山泉丰富，参天林木，终年云雾缭绕，矮脚山茶得雾霭露水滋润，生长出富含天然矿物质和微量元素的绿茶。采摘回来的矮脚山茶嫩芽叶尖，再辅以当地所产的咸梅、红葱头、食盐、生姜以及车前草、地胆头等草生植物，经过多道传统工序，封坛精制而成。

宝安咸茶泡出来的茶汤，色泽绿中微带褐黄，茶味略咸却带清香，饮用后具有发汗疏表、清热解毒、祛湿利尿、止咳退烧等作用，至今仍受到不少深港原住民的喜爱。

石岩沙梨

石岩沙梨是宝安出产的主要水果之一，种植历史至少有200年。清嘉庆二十四年（1819）重修的《新安县志》记载：“沙梨，叶如柿叶而大，二三月开花，六七月子熟，其大如瓶，其小如杯，肉白无渣滓，其甘如蜜，可疗热症。有青梨、黄梨、蜜梨三种，产乌石岩者佳。”

乌石岩是石岩镇古称，故取名“石岩沙梨”。石岩沙梨广泛种植于阳台山脉的山地丘陵之中，红土壤的沙质含有各种微量矿物质。沙梨树林在溪谷与山脊相间分布，山上林木茂盛，山泉水质甜美，独特的生态环境，培植出的沙梨果实特别爽口清甜。石岩沙梨的梨皮呈褐色，带一点点的百花点，似“沙”，所以称之为“沙梨”。

石岩沙梨去皮后，梨肉雪白，“起沙”，松脆、多汁、清甜、无渣。其中的“黄梨”有“果宗”“蜜父”之称，富含多种营养物质，有治疗风热、润肺、清痰、止咳、解毒等功效。沙梨除了是当季吃食新鲜水果外，还被制成“糖水蜜梨”罐头，销往粤港澳。尤其是当地人把石岩沙梨还加盐腌渍成“咸沙梨”，留着全年食用，老少咸宜，生津开胃。当地有“鲜梨”不送人的习俗，但“咸梨”和“糖水蜜梨”罐头常常被作为馈赠亲友的手信礼品。近年来，在区各级政府部门的重视下，石岩沙梨正在恢复种植和改良、研发，拟建立生产基地。

石岩柿饼

石岩柿饼是地道的名优特产，主要是用石岩的柿子晒制而成。

石岩柿子除了果大、味甜、品种多等特点外，与宝安以外产地的柿子最大的不同就是，红熟了，它的果蒂仍然保持青绿色，当地人以及港澳同胞在中秋赏月，抑或初一、十五拜神，尤其喜爱这“蒂绿果红”的柿子。

石岩阳台山出产的柿子，具有个大、霜白、质润、味甜等特色。柿子含糖成分高，同时带有一种果胶，生摘下来不能马上吃，必须经加工“藏熟”，或腌制成“咸柿”，或晒制成“柿饼”，才能除去涩味。

石岩柿饼的制作，首先将每个柿子的皮削去，然后拿到晒工场翻晒，晒至半干湿，压扁，再晒干至八九成则可；如遇阴雨天气，由师傅在烘炉烘干加工而成。石岩柿饼，外层霜白，薄而均匀，纤维丰富，肉质糯软，口感甜美；可当零食，又可辅助治疗化痰、止咳和除口疮等作用，是驰名粤港澳大湾区的土特产品。

（原载 2019 年 5 月 3 日至 2020 年 3 月 2 日《深圳商报》
“读创 APP 文化广场好声音”专栏）

深圳街头巷尾的能工巧匠

在漫长的社会发展中，深圳72行的能工巧匠活跃在山村、渔港和城乡，建造出大量具有岭南独特风格的民居（围屋）、宗祠和庙宇，生产出人们吃、穿、戴、用、行的日常生活用品以及有一定价值的艺术品。工匠们的手艺、技艺和工艺，虽然未必能比肩今天精密的科学技术，但是前人的知识、经验和智慧，绝对不会比今天逊色。

盖起无数遮风挡雨民居的泥匠

泥匠，土称泥水佬。一把泥刀，游走乡村，筑地基、砌砖墙、上梁瓦、垒新灶，盖起了深圳1000多个岭南特色自然村、近30万间房屋。

明末清初，深圳乡间的许多泥匠，在建房的同时，还为民居、祠堂和私塾的屋脊、山墙、门额塑造各种栩栩如生的灰塑。

灰塑，是用稻草或玉扣纸经过反复锤炼，加石灰、糯米饭、红糖、桐油做成草根灰和纸筋灰，再塑出各种祥禽、瑞兽及花草图案的装饰。比较有名气的是于明正统年间开基建立新洲村（今属福田区）的简南溪后裔简月桂，擅长建筑和雕塑，他带着一批工匠专为沙头周边村落砌房，用砖雕、镶瓷与“草根灰”塑制“近山识鸟音，近水知鱼声”等山水、人物图像，名扬十里八乡。龙岗墟亦有做客家屋（含围屋）的曾茂、刘金发及王添发等泥匠，他们的“泥水”功夫做到惠阳一带，颇有名气。深圳史上还有几位出生于沙井的陈才光、陈梅生、陈其芬，他们是国际上有名的建筑师。

建筑名匠陈才茂，1861年出生于沙井壆岗村，字智熙。陈才茂年轻时聪明好学，由于家境贫寒和生活艰辛，为了躲债，他到香港建筑工地当了一名建筑泥水工。他从和泥、搬砖、砌墙做起，吃苦耐劳，几年后成为一名出色的泥工。其时，越南海防开始大规模的市政建设，他凭一手技术被招募到法属殖民地越南海防港口工程搞建筑，受到法国建筑师马隆（Malon）的赏识，被邀请与马隆建筑公司合作。后来马隆回法国，陈才茂接手马隆的公司，用自己的名字为公司命名，手下拥有一批能工巧匠和“土工程师”。他高质量完成全越南总行政机构总督府等多项著名建筑工程，赢得法属殖民地当局和社会各界人士的信任，成为北越声名显赫的三大建筑师之一。名气大了后，生意也越做越大，陈才茂公司买下红河两岸的大片土地，用约0.5平方公里的土地，建了个大木材场，率先开设机械锯木厂和水泥花砖厂，还经营一个巨大的内河船坞修造厂。由于陈才茂的成功，人们逐渐将当地“广东街”改称为“陈才街”。清光绪年间，陈才茂回家乡建造了祠塾合一的“智熙家塾”，是深圳地区最早的华侨建筑，也是中国末代私塾、中国华侨辉煌的见证。

即将消逝的凉帽工艺篾匠

篾匠，土称竹篾佬。篾匠通过竹子的“竹青”和“竹瓤”编成凉帽、竹帽、渔民帽等避雨用具，是家家户户必备的日用品。竹篾又可编织成箩筐、畚箕、箩格（礼担）、打谷围、米筛、鸡笼、猪笼、鹅栅等，是精致实用的竹器。

深圳山区客家人多数戴扁平的竹笠，叫“笠嫲”；沿海渔民（蚝民）戴的渔民帽，又叫“疍家袆”。两种竹帽外形不太一样，但主要的篾材是一样的。

深圳最有特色的帽具，要数客家凉帽，它的帽檐垂下一圈布帘随风飘逸，既可遮挡直射双眼的阳光，又可遮掩半截脸面，这与古代女人用头帕包住半边脸面，有异曲同工之妙。

深圳以前能制作客家凉帽的地方有大鹏城篾匠铺，坪山六联的正坑村，坑梓乡的新乔围村、青排村、新横村、李中村等，但最负盛名的是布吉甘坑凉帽村、石岩郑义和凉帽店。甘坑村织凉帽已有 200 多年的历史。广东省级“非遗”甘坑凉帽项目传承人张航燕说，他们数代人利用本村凉帽山的箪竹，通过破篾、咬篾、编织、扫桐油、钉帽帘等 33 道工序，制成一顶顶美轮美奂的客家凉帽。

甘坑凉帽生产鼎盛时期是 20 世纪 60 年代，家家户户织，男女老少做，全村每月制出 4500 多顶，其中一大半由中国工艺品进出口公司出口港澳及东南亚地区和英美加等国家，受到华侨华人的欢迎。如今，受市场上琳琅满目各种材料的帽子的冲击，甘坑凉帽日渐式微。

铁匠“一铺养三代”神话不再

铁匠，是民间锻造铁器的工匠。通过以铁为原料，烧锻锤打出各式各样的生产工具和生活用具。

旧时，铁匠有打铁铺和挑担下乡营生两种。在农业社会，农家普遍使用犁耙、锄头、翻钉、铁凿、泥钊、斧头、灰匙、镰刀、泥刀、柴刀、菜刀等；除了制作新农具外，补镬续犁等有关铁器的修补，都是铁匠的活。那时，铁器制品在生产生活中的广泛性，代表着先进的生产方式，因而打铁行业的经济效益一度是民间工匠中的领跑者，故民谚道：“头劏二补三打铁。”常常有“一铺养三代”的经营典型。当地稍知名的铁匠有深圳墟张生记打铁铺、沙井清平墟打铁铺、龙岗墟刘潭和父亲及自己的两个儿子三代铁匠、坪地墟王炳铁匠、石岩官田刘谭铁匠、石岩墟王满记补锅店等，1925 年东和墟（今沙头角街道）的五六间打铁铺，观澜桔岭还有犁头铸造坊，专用铁水浇铸锻造犁头、耙齿等农具。

打铁铺往往是父子或者兄弟经营的个体户，是个艰苦的行当。俗话说：“世间三样苦，撑船打铁磨豆腐。”如今，随着科技发展和铁器制品多样化，便宜漂亮的不锈钢及铝铜用品充斥市场，打铁这个古老的行当，已经离我们远去。

不费一钉做成生产生活必需品的木匠

从事木器制作的师傅，土称“斗木佬”。“斗木”两字，形象地道出木匠的能工巧手与智慧。木匠尊拜鲁班为祖师爷，足见这个行业的悠久历史。

木匠有的有固定的木匠铺，有的没有稳定的店铺，是长年云游四乡、走村过户揽活的木匠。在木匠铺，主要做拉大锯，做大床、大衣柜、新娘轿、鸡公车、攀禾桶等大件家具农具，有的还专设“长生店”做棺材卖。下乡揽活的木匠，一头挑着锯、刨、斧、凿、钻、墨斗和角尺等工具箱，另一头挑着长约2米多前低后高的木工凳，专在村头巷尾，为农家修理漏水的脚盆、洗衫盆、饭甑、水桶、尿桶和磨损的牛轭、水车、戽斗、秧盆、吊桶、田荡、木犁耙，坏了的八仙桌、长条凳、矮木凳、破门窗等，大大方便了民众。

民间的老木匠手艺高超，造出的家具十分坚固耐用，一般可用几十年甚至过百年。有些木制嫁妆（如箱笼）可以用到孙子一代甚至更长的时间。木匠既可制作细什家具，也可以构筑桥梁或房屋。大至庙宇、亭阁、曲桥、房架，不用钉子，而只靠榫卯，做成的东西牢不可破；小至一口锅盖也不用一根钉、一铁丝，榫卯而成。木锅盖使用时的温度变化很大，弄不好受温度、湿度的膨胀收缩影响变形。工艺好的锅盖与铁锅十分吻合，绝少漏失蒸汽，保证米饭菜炊熟。东和墟“两周”（周裕、周兴）木匠，龙岗墟的“三李（李阿喜、李伯君、李华）一陈（陈涛）”木匠手艺都了得，他们做的木器用具，造型美观，榫接密实，经久耐用。

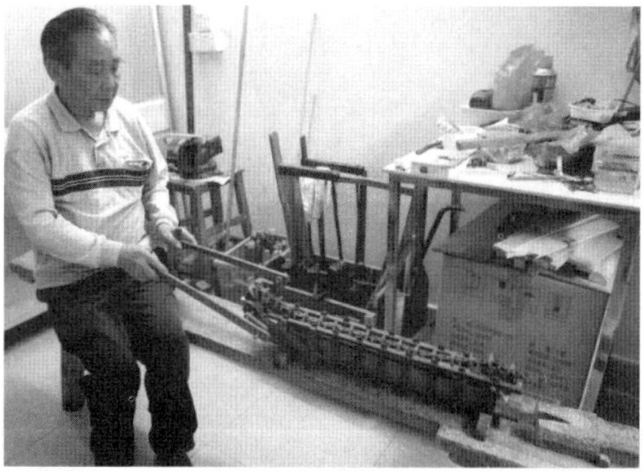
文业成师傅做的精巧小水车模型（陈玉摄）

斗木是个体力活，弄斧弄刀，容易损手损脚，现代人大多不愿从事；加上家具生产机械化，市场产品便宜漂亮，古老的木匠职业，后继乏人。

可喜的是，松岗街道年近八旬的文业成，早年在松岗木器社做了几十年的木匠，从木盆、水桶、饭桌到牛轭、荡耙、打禾机、脚踏水车以及鸡公车等，样样熟能生巧。2015 年，文业成被宝安区政府公布为第三批区级非物质文化遗产“传统木器农具制作技艺传承人”。松岗“非遗”农具博物馆于 2021 年 3 月 19 日开馆，展示农耕时代的传统技艺，积极培养后人，而其中就收有文业成多年悉心收藏和复原的大量农具及日用木制品。

砌桥盖房勒石传世的民间石匠

石匠，是“民间八大匠”之一，历史非常悠久。据西乡铁仔岭、石岩塘头等地出土文物显示，远在新石器时代晚期遗址上就发现了先民们制成和使用的石斧、石镞、石莽、石刀、石坠等石器。

石匠分为采石匠、器具石匠和雕刻石匠三种。深圳地区的岩石资源非常丰富。采石匠根据石头大小、颜色、形状和坚硬度，决定是用这些石头做建筑石材还是生活用品石材。

器具石匠，根据石块材质和形状，制作石磨、石硪、石臼、石槽、石条、石窗、石匾等生产和生活用具。深圳当地建屋，喜欢用石条做墙基、门框和门槛。坊间流行一句话，看屋的主人有没有钱，只需看外墙的墙基。如果屋的四周墙基是用两条至三条石条垒砌的，说明家境富裕，如果是砌上四条石条的则为大户人家。

雕刻石匠手艺更细巧。客家围屋的门坊、广府民居的门额石雕，祠堂、寺庙的大门、石柱、石狮、旗杆石、功名碑记，以及摩崖碑刻、民间记事、乡规民约与陵墓石刻等，都出自石匠之手。

建于 1798 年的沙井新桥村曾氏大宗祠花岗石雕柱座，建于 1837 年的松岗燕川村陈氏宗祠的花岗岩柁墩，建于 1858 年的沙井辛养村澜安公家塾的花开富贵红砂岩挑梁，建于 1866 年的福永凤凰村拔如书室的红砂岩飞龙房檐，建于 1889 年的西乡乐群村绮云书室花岗岩八仙人物雀替和建于1800年的横岗茂盛世居加建一座时髦的西式拱门洋楼等，这些建筑的石雕艺术无不精湛传神。

留下百年乡土文化艺术的画匠

古代画匠一般指宫廷画师和民间画师。民间画师含画匠和雕匠两种。画匠，在没有照相机之前，在乡间专门为长者画像或临摹祖先像，赚取微薄钱银养家糊口；或者为富人的屏风、床架、箱柜、椅凳等画（刻）龙凤、牡丹、花鸟、松竹等图案，色彩大红大绿，对比强烈；有的还为门窗、案台、椅桌边框镂刻勾连“富贵福寿”等装饰。

技艺高超的画匠，则被请去为广府和客家的大屋、祠堂、私塾等建筑物绘画各种壁画、檐画、梁画和门楣。

根据《宝安历史建筑装饰艺术·壁画》记述，宝安古建筑壁画在全市各区中数量最多，保存完好的有1000多幅，在岭南文化的研究上占有不可或缺的地位，具有重要的文化和艺术价值。壁画是历史建筑装饰艺术中重要的组成部分，是岭南民俗文化的缩影，也承载了深圳数百年间的文化脉络。不同时期的壁画，代表着当时的文化特征和审美取向，也是深圳民间和市井风情的历史记录。

宝安历史建筑上千幅壁画属于广府壁画系列，采用传统的水墨及矿物颜料在建筑物的白石灰墙壁上直接作画，因此很多至今色彩分明。福永凤凰古村的茅山公家塾，前厅内墙有一幅近200年历史的《八仙图》，被称为宝安历史建筑壁画中人物画的经典画作。茅山公出生于明初，终生教书授徒。他去世后，族人在明嘉靖末年建成“茅山公家塾”，

西乡北帝古庙精美的陶瓷雕塑

耕读后生，清嘉庆丙辰年将其重修。这幅壁画作于 1819 年，画长 4.08 米，宽 0.8 米，是宝安有纪年款的最早的且保存完好的一幅壁画，虽无款识，但在画面的构图、色彩空间的处理、线条的勾勒以及人物的神态刻画上都具有较高的艺术水准，也是目前发现的深圳市乃至岭南地区面积最大、年代最久、艺术价值最高、保存最好的壁画之一。

西乡固戍村周衮姜公祠的《二仙醉酒》壁画，也很有艺术价值。松岗东风村文氏宗祠的壁画《采芝》颇为生动，画中采芝老人神情泰然，画上题写“心中自有延年草，不采凡花只采芝”，作品意境高远。福永凤凰古村捷卿祖家祠前厅的《不闻尘世》非常有生活气息，一位老翁抱着腿咬着牙根让孩童掏耳朵，体现了一种超然的生活情趣。西乡固戍村陶氏家祠的《仕女》是一幅有特色的仕女画，深闺仕女倚案沉思，十分动人。以上足见本土民间画匠的艺术功力。

说到画匠的另一行当“雕匠”，不能不提龙岗木刻活字印刷的第一工匠刘东。1919 年出生在龙岗新田子上村的刘东，传承祖父和父亲的手艺，在 20 世纪 40 年代创建了“宝文台”，专门承接雕刻、板画、印戳、请柬制作业务，1947 年还自制了一台木版活字印刷机。这台手工操作印刷机为其时宝（安）东（莞）惠（阳）地区第一台，方圆百里都找刘东雕印凸字名片、婚嫁庆宴用的请柬及店号旗帜等。最令刘东自豪的是，1949 年新中国成立前夕，中国人民解放军粤赣湘边纵队通过地下组织，要求刘东印制一批部队胸章、臂章和解放城市用的宣传单。刘东在敌人白色恐怖统治下，几乎买光了龙岗铺面上的白洋布，冒着生命危险秘密完成任务，为解放惠州、淡水、龙岗等地立下功劳。

除上述“六匠”外，乡间还有剃头匠、裁缝匠、织绣匠、皮匠、鞋匠、锁匠、藤匠、漆匠、陶匠、弹匠（弹棉花）、金银匠、铜锡匠和珠宝匠等。随着时序更替，民间百匠无奈退出了历史舞台，然而工匠精神和工匠创造出来的民间文化仍植根深圳大地。

（原载 2017 年 5 月 23 日《深圳商报》“发现深圳”周刊）

1980年省港作家首次访问深圳

40年前，深圳经济特区史无前例地诞生，如春雷般在古老的大地上回响，像干裂的大地盼来长夜的甘霖，给历经“文化大革命”内乱的人民带来无比兴奋和希望。

“春江水暖鸭先知。”跟深圳一河之隔的香港文化人，首先感受到祖国大地春天的气息，毅然“探春”而上。

香港作家首次访问深圳

1980年4月20日是个星期天，为农历谷雨节气。俗话说：“清明谷雨天，采茶禾下田。”很巧，这时深圳河南岸来了值得尊敬的文化人，正是“新茶一壶迎新客，深港交流文化先”。

这天上午，深圳河上的国门——罗湖边防检查站入境处，从桥的南端走来7位香港作家、翻译家和文艺评论家，进行具有“破冰”意义的深圳文化交流访问。此行人员中，有的人是1949年新中国成立前曾经路过深圳去国外，也有的人曾匆匆从香港海关入境、乘坐深圳至广州的火车继续北上，他们就偏偏在深圳没有停留过。

换句话说，这几位香港作家大部分没有“真正”地到过深圳。

走在前头的香港作家访问团领队是刘以鬯老先生。他1918年出生于上海，是20世纪30年代的老作家。1948年，刘老从上海经深圳到香港，第一次乘坐蒸汽机火车“哐啷哐啷”地南行，他往车窗外瞥见当时是许多水田和低矮房屋的小镇深圳，然后下车步行100来米长的路，跨过罗湖桥出境。深圳留给他的印象仅此而已。他这么一走，辗转海外漂泊几十年，曾在香港、新加坡、吉隆坡担任过报刊主笔，后来一直在香港定居写小说、著文编史、搞文学评论，作品丰硕，成就卓著。他的小说《酒徒》和《对倒》，在社会上影响很大，是王家卫电影《2046》《花样年华》的灵感来源。

此次访问深圳的7位香港作家，除了刘以鬯外，尚有集出版家、翻译家和作家身份于一身的香港文化学者李国柱、郑辛雄、李文建、张志和、王永枫和谭秀牧。李国柱笔名林真，小说《一个母亲的故事》、散文集《黑胶书包》《巢》等作品为读者所熟悉。郑辛雄笔名海辛，香港《文汇报》副刊专栏作家，他的小说集《寒夜的微笑》由广东人民出版社出版，刚在深圳新华书店公开上架出售，便引来许多读者争先购买。香港作家访问团首次来访，受到深圳人民的关注和文化部门的热烈欢迎。

一大早，刘学强、林雨纯、邓维新和我受市文化局委托，到罗湖桥迎接香港客人。我们4个人有一个共同的“身份”，都是在1976年粉碎“四人帮”后恢复中国作家协会广东省分会的深圳首批省级作家协会会员。

尽管这些香港作家客人与我们只隔着一条深圳河，分别在河南河北两岸而居，可我们却从未谋面，但是我们读过他们的作品，似乎神交已久，深港两地的主人客人，同饮东江水，同源一血脉。罗湖桥上，大家一见如故，无不有“有朋自远方来”的欣喜和快乐。

深圳特区刚建立，百废待兴。曾几何时，深圳河两岸被蜿蜒弯曲的双方铁丝网隔开；河面虽然不宽，但隔绝的时间却不短。数十年间人为的阻隔，形成了香港和内地不同的意识形态、社会生活、文化状况。香港高楼大厦林立，车水马龙，霓虹闪烁，喧嚣繁华；而边陲小镇深圳因众所周知的原因，几乎停滞了所有建设，几十年一个样，满目落后、残旧。幸亏改革开放春雷滚动，蛇口的一声“开山炮”，拉开了经济特区建设的序幕。

20世纪80年代的第一个年头，广深铁路两旁的和平路、建设路，开始了大规模的筑路、打桩和挖地基建高楼大厦，因而整个罗湖像个大工地，搬山填土，坑坑洼洼。雨天洪涝积水，旱天泥尘漫天。香港作家执意不坐车，由我们领着路，一脚深一脚浅地往东门老街走去。一路上，举目都是陈旧的商店、平房家宅，人们匆忙地骑着单车，掠过一口口鱼塘和一块块贫瘠稻田，奔波在热气腾腾的待开发的大地上。

香港这批客人走在高低不平和狭窄的马路上，毫不介意，一路上兴致勃勃地左顾右看，和我们谈笑风生。看得出，他们非常好奇经济特区的每一个城市细节，不放过任何一个微不足道的新生事物，以作家敏锐的观察力，关注着这块即将创造奇迹的土地。

这一天，我们陪同客人参观了东门老街、深圳美术展览馆和深圳水库。那时候，深圳的景点不多，来的客人大多是被带到这几个地方参观：具有岭南风味的东门老街，鳞次栉比的瓦屋、骑楼与狭窄弯曲的小街，让客人有了亲切的“回乡”感觉；在深圳美术展览馆看到了李苦禅、蒋兆和、李可染、吴冠中、黄胄、朱屺瞻、石齐、关山月和范曾等著名画家的作品。最值得一提的是深圳水库——这里是深圳最早的景观之一，1959年始建，1965年将东江水经过8座抽水站提高46米流入深圳水库，再经巨大涵洞管道供水香港。水，解除了香港经济、社会发展的制约，成就了她“亚洲四小龙”之美誉。

深圳水，无疑是深港两地唇齿相依紧密关系的缩影。

香港客人想不到天天喝着东江水的深圳水库，竟然处在如此诗情画意之中。极目远眺，碧波涟涟，崇山叠翠，绿映幽深。湖畔不远，巍峨的梧桐山朦胧雾锁，二者动静集合，刚柔相融，水色一天。顺着雄伟的堤坝方向，香港的客人们看到陶铸题写的“深圳水库”四个大字，映衬着宽阔库容里清波粼粼的水，显得格外灵秀。在水库的红楼纪念馆里，看到周恩来总理生前关心香港同胞、亲自批示建设东深引水工程的珍贵历史记录，看到朱德、董必武、陈毅、贺龙、叶剑英等国家领导人先后在深圳水库前留下的照片和题笔。

刘以鬯老先生无比感慨道：香港人从1965年初开始饮用的水，竟然倾注了中南海国家领导人决策的心血，东江水如同血液流淌在香港同胞身上。祖国同胞血浓于水！

我想，深港之间也许由于深圳河上一道铁丝网的阻隔，让很多本来普通的事物变得神秘。也许，正因为这份神秘而恰恰显得美丽。

当晚，市有关领导宴请了客人，香港作家和深圳 10 多位文学青年进行座谈交流。次日，在送别香港作家返港时，大家未免有些遗憾，感觉此次访问深圳的时间有些短促。作家彦火、原甸、黄河浪等临时有事不能来，但还是拉开了港深文学交流的序幕。之后，香港作家曾敏之、巴桐、张诗剑、彦火、黄河浪、陈振明和原甸等常来深圳；深圳作家也回访香港，并在香港举行书画摄影展览，进一步增进了相互间的感情。

省作协首次组团抵达深圳采风

中国作家协会广东省分会闻讯香港作家不久前访问深圳，于是马上组织来自广东省三报（《南方日报》《羊城晚报》《广州日报》），两刊（《作品杂志》《广州文艺》），两台（广东电台、广东电视台），三校（中山大学、暨南大学、华南师院）和省文化系统的作家、教授、编辑到深圳特区考察采风。这个重量级的采风团，人数之多、阵容之大、代表之广，乃是开创深圳建市一年多来文化交流的先河。广东作家访问团一行兴致勃勃地抵深圳考察，他们形容“像当年那样奔赴解放区了解崭新的生活一样”，以极其热忱的情感关注这个开放改革的新生儿。

1980 年 9 月 5 日（星期五）的下午，中国作家协会广东分会副主席、《作品》杂志主编、著名作家萧殷和中山大学中文系主任李育中教授、黄伟宗副教授，暨南大学中文系副教授陈芦荻，著名作家陈善文、贺朗（王有钦，《羊城晚报》花地副刊主编）、李钟声（《南方日报》文艺部副主任），著名文学评论家易准、黄树森等一行 20 多人，从广州到达深圳，开始为期 5 天的参观访问。

省作家们下榻于罗湖区老街解放路的深圳市政府新园招待所。傍晚，广东省委书记、省特区管委会主任兼深圳市委书记吴南生会见全体访深作

1980 年，广东省作协、剧协领导在深圳文锦渡口岸采风

家。在欢迎宴会上，吴南生书记介绍了特区创建的情况，并描绘了未来前景，使作家们很受鼓舞。次日，省作家一行参观上埗工业区中深圳市引进第一家大型现代彩色印刷设备和技术的嘉年印刷厂、中外合资的华强电子厂，亲临百年罗湖桥和著名输港物资的深港边境口岸文锦渡考察。

7 日，省作家们参观蛇口工业区，在炸山填海滚滚的烟尘中，作家们眼前仿佛重现中国改革开放“开山第一炮”震撼人心的情景；站在“时间就是金钱，效率就是生命”的巨幅宣传标语牌前，体会着前所未有的新思想和新观念；看着穿梭搬运泥石的载重车辆，伴着南海的波涛声，感觉到了建设中国特色社会主义的春潮已汹涌而至……

作家们在简陋的工业区指挥部铁皮棚里，面对蛇口规划模型沙盘，听着工业区副总指挥许智明动情的介绍。这位曾经向叶剑英元帅汇报过的北方高大汉子，字字句句饱含泪花，向作家们传达着一种充满中国新一代建设者的自豪、坚毅和信心。

7 日下午，省作家们返回市区听取市委秘书长丁励松对全市外资引进和经济情况介绍。虽然只有个把小时的简述，但是异常新鲜的一串串对外合资、合作和来料加工的数字，仿佛在瞬间化作一间间厂房、一个个机器轰鸣的车间和一辆辆货柜车频繁的出入境景象。这种热火朝天的建设画面，在作家们的脑海里新奇地翻腾着。省作家们两三天所到之处，所见所闻皆是开山填海、推土筑路、车辆穿梭、高楼拔起，深圳无处不是不夜天，工人无不拼命干！

作家们深深感慨：这就是中国的崛起，民族的希望。

晚上，作家们忘掉了白天的疲劳，在深圳水库的深圳展览馆接待厅里，和当地 20 多位作者举行亲切的座谈。特别是萧殷老师，精神矍铄，兴奋地和深圳文学青年谈学习、谈创作。我们早就听闻萧殷老师是延安时期的老作家，他原名郑文森，广东龙川人，从小家境贫寒，但是学习非常刻苦，很早就开始尝试文学创作。1932 年至 1935 年，萧殷老师在广州《民国日报·东南西北》上相继发表控诉黑暗社会的《疯子》《乌龟》等短篇小说，表达对劳动人民的深切同情。抗战开始，他在上海做战地记者，后去汉口编辑《新闻记者》月刊；1938 年加入中国共产党，历任太行山《新华日报》编委及延安中央党校教员，抗战期间发表过《井圪塔的血》等报告文学和散文。抗战胜利后，他担任过《石家庄日报》副总编辑，并在华北联合大学文艺学院教书。

1949 年后，萧殷老师与丁玲、陈企霞共同编辑《文艺报》，担任过中国作协文学讲习所副所长；后回广州，在暨南大学任中文系主任，作协广东分会副主席兼《作品》主编。几十年来，他致力于辅导青年写作及文学评论工作，为青年作家的成长作出了贡献。他的《论生活、艺术和真实》《习艺录》等文艺论集，在读者中有广泛的影响。他在这次座谈会上，深入浅出的文艺理论和妙趣横生的辅导发言，深深地吸引了深圳的作者；他长辈般的话语，又表达了对深圳这座新城市和文学青年的殷切希望。

8 日上午，省作家们参观与香港一街之隔的“特区中的特区”——沙头角镇，徜徉在“中英街”，领略着特殊边防小镇的风情；铭记香港九龙被清政府割让给英殖民主义者的那段屈辱史，感受到改革开放时代赋予的重任。

9日，省作家一行结束5天的参观访问，返回广州。不久，《南方日报》《羊城晚报》《广州日报》《作品》《花城》《南风窗》《黄金时代》和《现代人报》等省级有影响的报刊，陆续发表一大批有分量的宣传深圳的文艺作品。深圳本土的作家也逐渐成长，走向全省，走向全国……

（原载2020年8月6日《深圳商报》“文化广场”专刊）

深圳粤剧纵横谈

粤剧姓粤，由粤语演唱，是我国著名的八大剧种之一。

深圳是个超大规模的移民城市。这座岭南城市使用粤语方言的人口，占全市人口不到20%，这不得不让人发出疑问：“深圳有粤剧吗？”

人们通常以为，流行粤剧的不是在广州，就是在佛山。君不知，深圳不仅有粤剧，而且自古就有许多粤剧迷，甚至有不少人喜欢哼上一首半首粤曲的习惯。准确地说，是讲粤语的罗湖、福田、南头、蛇口、西乡、福永、沙井、松岗、公明、光明、平湖和大鹏地区的人都喜爱粤剧。与粤语镇村相近的客家地方，比如石岩、龙华、观澜、布吉、盐田、沙头角、横岗、龙岗等地原住民，对粤剧团的演出亦踊跃买票观看；重大节庆和醮诞祭祀活动，讲粤语的村镇通常会包两场粤剧开锣演唱欣赏。至于坪山、坪地、坑梓、葵冲等客家村落，因为以前对粤语“唔识听”，所以较少看粤剧。自从1960年后，粤剧演出有了幻灯字幕，这些客家人也看了。当然，比不上中西片区的粤剧迷，看传统剧目的时候，对剧中熟悉的人物、情节和唱腔，如痴如醉地跟着锣鼓音乐，击拍和唱。

由此可见，传统粤剧在深圳民间的根基不浅。

明朝年间深圳有部粤曲乐律著作

深圳人称粤剧为“大戏”。看大戏和听粤曲有所不同。粤曲是广东流行的南音、龙舟、木鱼、白榄、板眼、粤讴（源于咸水歌）等民间曲调和器乐乐曲；粤剧是在外省流入的戏曲中，糅合粤曲和民间说唱，声腔以梆黄、西皮为主，兼唱高、昆牌子，配以乐器伴奏、戏台服饰、抽象形体表演而形成的地方剧种。有学者说，深圳粤剧历史不长，但是深圳粤曲（八音）年月不短。

据清康熙四十三年（1704），新安县邓家蓢（今沙井万丰村）编修的《荥阳潘氏家谱序》载："宋末潘仲鉴由珠玑巷（今韶关南雄）阿树下，转迁至宝安靖康，始发迹于福永之乡焉，实为肇基之祖。"福永潘氏四世祖潘礼敬，号乐静，生于元至正三年（1343），自幼颖悟过人，熟读万卷，尤通音律，常击节吟唱乐曲。"倚声度曲，有绕梁之音，听者欢然。"［清咸丰四年（1854）《故处士乐静公墓志铭》］

到了九世祖潘楫，号钟冈，生于明弘治十五年（1502），长于书香世家，毕生研究音乐，著有《律吕图说》行世。律吕有十二阶，阳六为律，阴六为吕。潘楫对粤乐研究的卓著成就，有"铎振珠涯"之誉。时中奉大夫广东等处承宣布政使司左布政使游应权，为《律吕图说》作序，高度评价"有真见，可以破千古不决之疑，可以素千古不传之绪"。

参议大夫前翰林院编修袁昌祚也为之作序，推崇此书。潘楫为岭南音乐的研究、传播和普及作出贡献，堪称深圳音乐学者第一人。明万历四十二年（1614），经县令王廷钺准荐，潘楫入祀新安县乡贤祠和文庙。

万丰村的粤剧文化圈

万丰潘氏十九世祖潘耀扬，生于清道光十四年（1834），16岁中武秀才，后为边疆重臣，官至两广提督。咸丰年间，朝廷授潘耀扬三品游击将军。他晚年丁忧（退休）归里，在邓家蓢"将军第"（今万丰村仁爱路）之侧，修建了一座专为唱戏用的"八音楼"，四时召请戏班前来赏大戏，听粤曲，怡身心。至今万丰村中"将军第""将军井"及戏台犹存。

传统的戏曲唱本和音乐熏陶教化了一代又一代万丰人，全村男女老幼酷爱粤曲。村中民间艺人和粤剧爱好者，农忙务农，农闲从艺。20世纪

70年代末建立万丰曲艺队，1993年转为万丰粤剧团，自编自演的粤剧《大潮》《风雨茅洲河》、独幕粤剧《一件羊皮褂》等，获国家“群星奖”等奖项。2004年，万丰村被省文化厅命名为“广东省民间艺术（粤剧）之乡”；2007年，“万丰村粤剧”被列入深圳市首批非物质文化遗产保护项目。

万丰村浓郁的粤曲氛围，和周边村镇已形成一个粤剧文化圈。沙井街道有蚝乡粤剧团，新桥街道也有粤曲粤剧“私伙局”（群众团体）。2010年，沙井、新桥、福永、松岗，甚至西乡、新安和公明等地的中小学都开始开设粤剧课，由专业粤剧老师授课，培养出数百名业余粤剧小演员，在市内外和香港等地演出。粤剧小演员彭志辉和黄书乐还获第15届全国少儿戏曲“小梅花”金奖。2016年，沙井多所小学被联合国教科文组织授予“粤剧中国保护中心推广基地”。万丰村所在的沙井街道更着力打造岭南粤剧小镇。

深圳第一个民营专业粤剧团体

广东省戏曲研究会原副主任郭秉箴在《粤剧古今谈》一文中写道：明朝归有光编写的《庄渠遗书》中，记录了明代正德十六年（1521）钦差魏校的谕民文告，内有“粤曲”等谕句。郭秉箴认为，这是距今400多年前，广东人开始粤曲粤剧活动的最早记载。这恰好与邓家蓢（今万丰村）潘楫《律吕图说》及八音粤曲戏曲发展年代相近。

粤剧萌芽于明朝年间，成熟于清代中期，盛行于清末民初。广州梨园会馆（外地班）和佛山琼花会馆（本地班）是最早的粤剧行业组织，所以说佛山是广东粤剧的发源地，一点不错。

清末民初，宝安人看粤剧主要来自香港戏班，广州、佛山和番禺的戏班也常常横渡珠江来演出。由于历史上宝安与香港同属一县，因此，宝安本土的粤剧艺人潘有声、何湘子等都到香港搭班演出。过去的戏班演戏，全由班主联系演出雇主，在村镇逢年过节或观音、北帝、天后等神诞期间包场，连演5天《六国大封相》《八仙贺寿》《天姬送子》《薛丁山征西》

《西河会妻》等“神功戏”。以前戏倌演多了，每个戏成套戏路，程式娴熟，各色人物按情节和程式便可串戏。演员也四处流动，演完一个档期，又找另一戏班再签约演出。

清宣统二年（1910）出生在新安县沙河（今南山区西丽街道）的何湘子，自小从艺，声音甜润，表演潇洒有神，20世纪40年代已是闻名省港的小生。他曾是粤剧大家薛觉先的“觉先锋”粤剧团的主要演员，深得“薛派”艺术要旨。1949年后，名演员何湘子经常随香港剧团到宝安演出。1953年，他变卖家产，支持民营剧团——广州万方红粤剧团。1954年，何湘子当上了广州万方红粤剧团团长。

其时，全省粤剧除了民间戏班以外，广东省组建国有的农村粤剧队，为翻身的农民送戏下乡。1953年，省农村粤剧队解散，将主要演员留下，成立广东粤剧团；其他演员则组成“宝民”“宝群”和“宝农”粤剧团。宝农粤剧团团长为伍超群，主要在宝安、惠阳、东莞一带演出。1956年，全省粤剧团体实行与地方挂钩。“宝农”就挂钩博罗县，改名东乐粤剧团。其时，广州万方红粤剧团经常到宝安演出。宝安县领导觉得何湘子是宝安县南头沙河人，又是知名演员，省城的粤剧团体正要下放挂钩各县，便希望他留在宝安。1956年6月，万方红粤剧团正式挂钩宝安，成为宝安县第一个民营专业粤剧团。此间，主要上演《孙悟空三借芭蕉扇》《生死牌》，改编现代戏《清水湾》《向秀丽》等。

从“万方红”到深圳市粤剧团

1956年后，宝安县从佛山专署划归惠阳公署管辖，万方红粤剧团经常深入边远地区演出，有“挨得穷万方红”的赞誉。1958年，万方红粤剧团被授予惠阳专区“上游剧团”和广东省“红旗剧团”称号。

万方红粤剧团由何湘子、梅兰香任正、副团长（何湘子曾被选为县政协委员），主要演员有陈志超、梅雪艳、廖少文、朱子汉、胡芦、冯文成等。何湘子、梅兰香在当地很有名气，笔者小时候在乡下看粤剧，凡是何湘子出场的票价要多加 5 分钱。别看只有 5 分钱，那时看一场戏要花 3 角（后座）至 5 角（前座）钱，属高消费了。

1959 年 1 月，宝安县划回佛山专区管辖。1960 年 5 月，佛山专区将“万方红”等 10 多个粤剧团重新调整，成立佛山专区粤剧院。11 月，佛山粤剧院将第三分团下放给宝安县，成立宝安青年粤剧团。霍锦全任团长，陈棉新任副团长，曾文炳任政治辅导员，主要演员有霍锦全、陈志超、朱子汉、梁金郎、谢少帆、梁剑华、彭洁冰、梁佩卿、苏小妹、胡桂珍；后来又调入何湘子、红光光（吴宝琼）等。该团演员年轻，阵容雄厚，在惠阳、东莞、宝安和佛山等地深受群众欢迎。笔者记得，1960 年在石岩镇看陈志超和彭洁冰演出粤剧《刘三姐》，连看两场不过瘾，还独自走了 14 公里路程，追着剧团到公明镇又连看两场。要知道，那年我只是十三四岁的少年。

1965 年 6 月，青年粤剧团改名宝安县粤剧团。同年 12 月，惠阳专区专业剧团集训，全地区粤剧团均实行“集体经营，国营待遇，加强管理，定额补助”的办团方针。1966 年，因“帝王将相、才子佳人”占领舞台，粤剧团首当其冲遭到批判。全省粤剧团全部处于瘫痪状态。1970 年 6 月，宝安县粤剧团解散，大部分演员被下放农村和分配到县砖厂、酒厂、糖厂、农机厂等企业劳动。

1974 年 3 月，宝安县重新成立粤剧队，初定演职员 36 人，纳入编制，财政拨款。黄志瑞任队长，曾文炳任副队长，主要演员有陈志超、梁德先，梁卓文、冯刚毅、吴琼玉、危佩仪等。

1975 年底，宝安县重新组建粤剧团，请分散到各单位工作的演职员骨干红光光、朱丽莲、杜锦郎、张兆基等归队。先后排演长剧《瑶山春》《我应该怎么办》，原创演出 8 场粤剧《边防枪声》，改编演出《不准出生的人》《洪城第一枪》。粉碎“四人帮”后，1977 年粤剧团在广东省内排演第一个古装剧《逼上梁山》；1978 年又第一个排演《李慧娘》。1979 年 3 月，撤县改市，宝安县粤剧团改为深圳市粤剧团，团长曾文炳，副团长兼艺委会主任陈志超（后郑继峰历任副团长、团长）。

1979 年后，深圳市粤剧团排演《樊梨花招亲》《胡不归》《嫦娥奔月》《玉佩莲花》《鸳鸯泪洒莫愁湖》《情僧偷到潇湘馆》及创作排演《中英街传奇》《何真归明》《驼哥的旗》等。1982年，深圳市粤剧团改编吴祖光20世纪40年代的话剧《风雪夜归人》，于1984年赴京汇报演出，获得高度评价。深圳市粤剧团多次赴港演出，出访新加坡等东南亚国家以及美国、加拿大演出，载誉而归。

植根深圳本土的粤剧名伶

深圳民间喜爱粤剧的传统，使这块土地上孕育出10多位省港知名的粤剧表演艺术家。其中有万丰村的潘有声（名小生），南头沙河的何湘子（名小生）、公明石围村的石燕子（艺名、粤剧武榜眼），坪地的王中王（名丑生）、王中玉（名须生）叔侄，以及沙井四村陈非非（名须生）、陈露诗（名花旦）父女等。

"神童"演员潘有声出生于1938年，原名潘有成，系万丰潘氏22世孙。潘有声7岁时就以"神童"出现在舞台上，10岁与黄金爱搭档，在香港的"普庆""高升"两间大戏院的舞台上扮演女神童，受到粤剧观众关注。1949年，潘有声随剧团到广州演出，他的演唱声情并茂，顿时声名鹊起。潘有声13岁曾与广东粤剧名家新马师同台演出，随后回宝安沙井演《甘罗拜相》，家乡父老为故土出了个粤剧神童而引以为豪。

1956年，潘有声与许君汉（小生）、芙蓉丽（花旦）领导的"金龙粤剧团"到新加坡、马来西亚演出2年，与香港演员胡茄拍档，到越南、泰国等地演出。1964年，潘有声与梨园同行麦先声、尤声普、陈玉郎、云展鹏、黎家宝及文千岁结为异姓"七兄弟"。自此，排行第五的潘有声以文武生参与"双声剧团"，在澳门"谭公诞"连演5天《六国大封相》《名枝玉叶》等戏，还赴新西兰、美国和加拿大等国家演出，誉满梨园。潘有声在《火烧红莲寺》《马骝精大闹天宫》等16部电影电视担任主角，风行海内外。

陈志超1938年生于东莞篁村，出身粤剧世家。他自幼随父陈炯柱（艺名陈秋秋、陈铁秋，先后演花旦和文武生）习艺，9岁登台，师承吴一飞（须

深圳粤剧文武生陈志超

生）、卢启光（小武）、何湘子（小生），从童角演起，唱做念打技艺日臻成熟。1950年始，他先后在东莞“醒群”和广州“宝民”“红棉”粤剧团参加演出。1957年8月，陈志超到宝安县万方红粤剧团（后为青年粤剧团、宝安粤剧团）演出古装粤剧数十套，专演小武生，以饰唐代“薛”角色见长，如《薛丁山征西》《薛刚打烂太庙》《泗水关》《薛刚反唐》等，在东江一带被誉为“传神生薛刚”。他有时也出演文戏和现代戏，如《红梅记》之裴生、《刘三姐》之阿牛、《沙家浜》之郭建光、《红色娘子军》之洪常青及《边防枪声》民兵队长等。陈志超先后多次被省、地区评为优秀演员。1979年，作为深圳市粤剧团创办者之一，陈志超担任副团长。2004年，陈志超创办深圳市粤剧粤曲学会，首任会长；他也是广东八和会馆第六届荣誉会长。

出身沙井粤剧世家的陈露诗饰花旦。陈露诗父亲陈非非是宝安沙井人，早年为粤剧艺术家。陈露诗自小受父执鞭身教，甚有粤剧表演天赋和灵气。1952年，陈露诗进入广东粤剧院前身的广东省农村粤剧第十五队，在首届粤剧现代戏会演中饰演《木头夫婿》中的江清秀，获一等奖。

1960年，江门专区肇庆粤剧团成立，陈露诗首任正印花旦。陈露诗一直潜心学习红线女“红腔”，练成腔功纤丽、清润柔婉的声线，她在省电台录播的传统曲目《黛玉归天》，获得“西江红线女”美誉。

1963年，陈露诗扮演现代粤剧《红珊瑚》中的渔家姑娘珊妹，参加中南局戏剧会演。周恩来总理观看完演出后接见全体演员，一眼认出她，道：“你叫陈露诗，是肇庆来的，演珊妹……你很年轻，有条件，要用心学艺啊。”陈露诗受到极大的鼓舞。次年，陈露诗在上演的《桃花扇》中扮演李香君、《山乡风云》中扮演刘琴、《珠江风雷》中扮演梁甜以及1986年在《金莲戏叔》中扮演潘金莲等，她的艺术日臻精湛，被中国

冯刚毅演出《风雪夜归人》（李明辉摄）

艺术研究院录像，收入《戏曲传统艺术保留剧目》存档。

“梅花奖”二度获奖者冯刚毅，1947年出生在番禺，自幼酷爱粤剧。1965年，他由博罗东乐粤剧团转到宝安县粤剧团，先后得到本团文武生陈志超及省著名粤剧艺术家陈笑风、罗家宝的传授，慢慢显露“小生”特长。1970年，冯刚毅因宝安县粤剧团解散而调入宝安县文艺宣传队，排演大型现代京剧《沙家浜》，担任指导员郭建光一角。他的音域宽，音色美，唱腔圆润厚实，柔和明亮，表演细腻，干练洒脱，特别是在1980年成功塑造了《鸳鸯泪洒莫愁湖》中的徐澄形象后，赴上海演出引起关注。1982年，他到香港演出《情僧偷到潇湘馆》，一举成名。1984年，冯刚毅主演的《风雪夜归人》赴北京中南海汇报演出，得到很高评价。他凭着《风雪夜归人》和《驼哥的旗》两部作品，分别于1988年和2001年两次获得戏剧界最高奖项“梅花奖”，为当时整个粤剧界第一位“二度梅”得主，是国家一级演员，享受国务院特殊津贴。2007年央视新春戏曲晚会，导演组邀请冯刚毅出演《风雪夜归人》的经典片段。

扮相秀美婉约的花旦郑秋怡1957年出生于深圳，由于母亲是南头人，她从小耳濡目染粤剧，爱上唱戏演戏。1974年，郑秋怡高中毕业后被抽调到宝安县粤剧队，次年改为粤剧团，师从陈志超等知名演员。由于她勤学苦练，先从小戏《铺路》《送马草》《两个书包》等普通角色和小主角演起。由于她唱腔委婉，韵味悠远，扮相清俏，传神甜美，受到剧团重点培养，先后在《逼上梁山》《秦香莲》《李慧娘》《紫钗记》《胡不归》《玉佩菱花》《血溅鸳鸯剑》中成功饰演了林娘子、秦香莲、李慧娘、霍小玉、赵颦娘、玉珍和锦秀等女主角。1982 年，郑秋怡随团首次赴香港演出由著名粤剧编剧家陈冠卿创作的《情僧偷到潇湘馆》，她饰演的林黛玉多愁善感、弱质柔情，风韵独特："一旦银嗓启绽，似深涧清流"，令全场观众为之陶醉。及至"归天"一场，一腔弱女无依幽怨，倾肺腑而出："沁芳桥畔响惊雷，锦绣当前空痴对……"唱腔足有数十分钟，行腔之俊美，吐字之清晰，宛如乳燕啾啾，黄莺回啭，有"翻生林黛玉"之称，誉满香江。香港著名艺术家新马师曾、任剑辉、白雪仙、汪明荃、林家声、李香琴、石燕子等到场观看并道贺。

1983 年，郑秋怡在《风雪夜归人》中饰演女主角玉春，获得该剧原剧作家吴祖光伉俪——著名评剧表演艺术家新凤霞的悉心指导。1984 年，郑秋怡赴北京中南海汇报演出，获得中央领导接见。1988 年，她赴上海演出，得到上海越剧名伶徐玉兰、王文娟等老师很好的评价。

（原载 2018 年 3 月 20 日《深圳商报》"发现深圳"专栏）

半个世纪前活跃在深圳城乡的文艺轻骑队

60年前，在深圳的山村、渔港、海岛和工厂学校活跃着一支朝气蓬勃的文艺轻骑兵，之所以称之为“文艺轻骑兵”，一是相对于大型演艺剧团来说，这支文艺演出队伍从轻就简；二是在队伍成立之初，演员基本上是由“兵”演变过来的，后来亦采取半军事化管理。

2015年夏天的一个下午，200多个老宝安文艺工作者，聚集在京基100大厦一个餐厅里，纪念宝安县文艺轻骑队成立50周年。那天，纪念活动丰富，同时举行当年演出生活的图片展览、50年老照片画册欣赏和专场文艺演出晚会欣赏；在品尝荔枝的茶话会上，原宝安县文教局副局长汤洪泰（后任深圳市文联专职副主席、离休干部）、原宝安县委宣传部副部长刘杰（后任深圳市口岸办主任、离休干部），动情地忆述新中国成立后宝安乃至深圳的文艺演出队伍的传奇故事。

艺宣队随解放深圳的部队进城宣传演出

1949年八九月间，为配合南下部队解放深圳，粤赣湘边纵队在阳台山游击根据地的龙华窑吓村成立了一支文化艺术宣传队，名称为边纵一支队三团艺术宣传队（以下简称艺宣队）。艺宣队26名成员有来自游击队里的文艺爱好者，有通过香港联络办事处在香港招集的从事进步活动的文化青年，也有广州和宝安当地中学投奔革命的知识分子。21岁的香港青年汤洪泰会唱歌、演戏和画画，就被吸收到粤赣湘边纵队艺宣队。艺宣队成立时间短，任务重，一切进度都是为了迎接解放军进城进行宣传演出，没有剧本就到处找，找不到就自己编导；没有服装自己做；没有道具找老乡借，幕布是用战士们的布料拉起来的；没有电灯就用汽灯；没有麦克风就靠大嗓门；没有音乐就用口琴伴奏……

10月19日，深圳解放的那一天，“边纵艺宣队”随部队进入深圳墟，上千名各界人士和群众闻讯赶来，挥动彩旗，鸣放鞭炮，击鼓舞狮，欢迎大军进城。在简单的入城仪式上，走在最前面的是红旗队，接着是腰鼓队、秧歌舞队，后面是整齐的方队。当晚，我军管会在民乐戏院（今老街人民北路电影院）召开各界人士和群众大会，庆祝深圳镇人民政府成立。

庆祝会上，军民举行联欢晚会，“边纵艺宣队”表演了《红军回来了》《解放区的天》《兄妹开荒》《朱大嫂送鸡蛋》等文艺节目。当时，香港有10多个记者采访和拍摄了这激动人心的场面。10月20日，香港《正报》刊登题为《阳光普照　万姓腾欢　深圳昨日宣告新生人民政权正式建立》报道文章：“10月19日是中英边界——深圳一个难忘的日子，深圳建立了人民政府，向世界宣告伟大的新生。”过了几天，艺宣队又到刚解放的宝安县城南头和西乡、松岗、沙井参加联欢演出，老百姓对共产党解放军的演出很好奇，共产党会唱歌跳舞，又会演戏，起了很好的宣传作用。

“边纵艺宣队”应该是新中国成立后宝安县的第一支文艺队伍。3个月后，为支援深圳内伶仃岛、三门岛和海南岛解放战役，艺宣队被改编为宝安县人民政府政治工作队，奔赴农村，肩负新的征粮工作任务。

60年代初的文工团和社教宣传队

1959年12月，为宣传群众团结奋斗战胜三年困难时期，省要求各县组织文工团，送戏、送书、送电影下乡。经过几个月紧张的筹备，1960年3月，宝安县文工团正式成立，全团30余人，在各个公社、村镇巡回演出。下乡演出时，舞台上再也不用点汽灯，而是带上发电机发电，演戏前后拉银幕放电影。两年时间，宝安县文工团演出小歌剧《好媳妇》《勤俭持家》，滑稽剧《大食懒》和话剧、舞蹈、魔术等节目。1962 年初，因精简机构，县文工团解散。

1963 年 2 月，宝安县文化馆、电影管理站等单位组成社会主义宣传教育工作组，首先在大鹏公社开展编写《红色妇女》《老黄忠》《妹愿农村来扎根》《嫁错郎》等演唱、歌剧资料，发给大鹏各大队俱乐部和机关、学校业余文艺组织排演。而后，在 9 月成立社会主义教育宣传队（又称“四清”宣传队），队员抽调自原县文工团成员、部分学校教职工及有文艺才能的学生，共 37 人。这是第三支县文艺演出队伍（财政补贴的宝安粤剧团除外），他们演出改编的大型歌剧《夺印》、山歌剧《捉鸭风波》《两个队长》、话剧《天堂之夜》等。社教宣传队下乡巡回演出时县里配了大篷车，载有小型发电机和舞台布景道具，做到了演出时有灯光，有音响，演出前有小型流动书摊，带去时政和农业科技等内容的小型图片展览。历时两年，社教宣传队在全县巡回演出 100 多场次。后又被取消了。

为工农兵服务的县文艺轻骑队

1965 年，时任中共中央中南局第一书记兼广东省委第一书记的陶铸同志，号召中南五省学习内蒙古“乌兰牧骑”（蒙语，意为文艺轻骑队），让大剧团卸下臃肿的人员装备，把生动活泼、短小精干的文艺节目送下乡，满足边远群众的文化需要。

7 月 21 日，宝安县跟广东省 100 多个县一样同时组建了一支“文艺轻骑队”，每队统一 15 人，名为“宝安县农村文艺演出队”。队员们有的来自原社教文工团个别演员，有的是在全县机关、学校等事业单位招收来的。文艺轻骑队成立那天，15 名队员在县文化馆（今罗湖区东门老街深圳戏院对面）举行了简单的仪式，县委宣传部副部长刘杰、农村部副部长谢金雄到会，指出演出队纳入行政编制，为县级专业文艺团体，受宣传部和农村部双重领导。会上，任命县宣传部干事张玉诚和商业局张冠雄（部队文化干事转业）为文艺演出队正、副队长。一周以后，当月 26 日，文艺轻骑队到广州参加全省新成立的 100 多个县文艺演出队的集训，一个月的时间，学习党和毛主席的文艺方针、理论，学习由省专业文艺团体教给的舞蹈、演唱、曲艺、小戏。然后，文艺轻骑队将学到的一台晚会节目，加上回本队自编自导的小节目，9 月 9 日开始到宝安西部片区的南头、西乡、沙井、松岗、公明和光明农场巡回演出。演了两个月，文艺轻骑队回到县委党校（今笋岗路深长加油站附近）休整，总结经验和研究下一步创作演出的计划。

以前县文工团、社教宣传队配置的大篷车被县里收回去了，“轻骑队”上山下乡全靠自己一双腿。老百姓说的县轻骑队，其实不“轻”，每人除了背着自己日常使用的被褥背包外，还要背乐器、锣鼓、道具、服装、照明汽灯、幕布、字幕灯和挑上一些大米（每月口粮定量供应）、油盐、鱼干等食品徒步跋涉。每到一地，“轻骑队”借用生产队废弃食堂或老乡家里的锅灶，自己开伙，不去麻烦贫下中农，所以他们在“文艺”中又多了一门“厨艺”。如果公社（镇）通公共汽车的，就坐车到公社，然后背着行李包，挑着演出行头和伙食，步行到一个大队（村庄）又一个大队演出。

1972年，宝安县文艺宣传队扛着道具和乐器从盐田往葵涌巡回演出

演出的舞台既有田头、土坡、球场、营房，也有学校土舞台、工厂礼堂和公社（镇）露天剧场（戏院）。“轻骑队”睡的地方常常是老村祠堂、大队部、肥料仓库，如果赶上住小学课室或墟镇露天舞台已是相当不错的条件了。每逢演出完毕，“轻骑队”把雨布铺在泥地上，打开背包躺下就一觉到天亮。由于条件限制，经常男女队员共屋，幕布在地铺中间一挡，男队员睡在一边，女演员睡另一边，鼻鼾声彼此互扰，亦无大碍。就这样，大家在风霜岁月中练就“铁脚、马眼、神仙肚”，也就是说，每个人能走山路，能熬夜，也能忍饥挨饿，甚至睡觉也像马一样，累的时候站着也能睡着，从不计较吃住条件。

“轻骑队”包括演员、乐队、行政领导和服装、舞台等后勤人员在内总共才“十几条枪”，却要在舞台上演足 2 个小时的节目，除了节目短小精干外，还要求每个队员“一专多能”，也就是思想上要“专”，业务上要多能：能唱、能跳、能弹、能说、能演。演员跳完这个舞下来，拿起乐器马上演奏，曲子刚奏完立即换装上台演小戏。队员中甚至还要有人兼任创作、导演和服装道具设计制作的工作。

深圳跟其他县市不同，分别讲粤语和客家两大方言，所以要为一套节目准备两种方言——到东片地区用客家话演出，到西片就用广府话演唱。有需要用普通话演唱的时候，便是到边防部队和海岛驻军慰问演出，比如表演唱《边防军下山来》《铁道兵志在四方》、小戏《小保管员上任》、小话剧《新兵巡逻》等。

两年后，县里了解到宣传队的艰苦，把上缴得来的偷渡去香港的“逃港者”扔下的自行车拨 4 辆给轻骑队使用，运载幕布、服装和道具。其余的人员仍然背着背包走路，风雨无阻。后来，又多拨了几辆旧单车，男队员载行李有余可载体弱的女队员。那年月，“轻骑队”把全县 21 个公社（含深圳镇、沙头角镇）的 190 多个大队 900 多个自然村全部走遍，有的村一年还能走上几遍。从东部最偏远的大鹏半岛南澳大队半天云、岭澳村，最高的山村坪山公社马峦、三洲田村，到西部珠江边的松岗公社塘下涌、江边、沙井和平等大队，北面与东莞相邻的龙岗五联诸鼓石、观澜白花村，南面的内伶仃岛、大铲岛以及梧桐山哨所等地，“轻骑队”全部“刷”演了几遍。

有些山村（部队）人数少，面对几户人家，“轻骑队”照样演出。比如，到西乡公社九围大队簕竹角村，村子很小，演出地点在生产队的谷仓里，结果全队15个人为十几个社员演出。又比如，有“南海前哨千里眼”之称的梧桐山哨所，只有一个班，除了执勤人员外，“轻骑队”分两次演出，每次演给三几个战士看。哨所当时没自来水，队员就去帮解放军挑水、洗菜做饭。到了农村，“轻骑队”还常常帮群众剃头、扫地、插秧、割稻等，极受欢迎。

1973年，为了排演《沙家浜》全剧及《智取威虎山》《红灯记》《沂蒙颂》《红色娘子军》选场，“轻骑队”队伍不断壮大，人数也增至38人，配备了舞台幻灯背景、道具和字幕，这时的演出规模和艺术水准在全省已有了些小名气。文艺轻骑队精选了一台富有深圳特色的节目，被选调到广

宝安县文艺轻骑队在九龙海关（今深圳海关）
为庆祝“四届人大”胜利召开演出（何煌友摄）

州文化公园演出一个多月。“轻骑队”演出时间之长，观众欢迎之程度，在当时的全省县级文艺团队中实属少有。

10多年来，宣传队创作了不少富有地方特色的文艺节目，颇受欢迎。比如，根据全国著名的广深铁路段广深二组为香港旅客服务的先进事迹，创作女声弹唱《飞车向前》，在广州演出时省歌舞团要了此节目去改编排演。比如，把著名特产沙井蚝改编为舞蹈《蚝田英姿》，又利用附城公社莲塘军民围歼敌特的故事，原创二幕话剧《边防枪声》（后改为8场粤剧），1977年获广东省文艺调演最高奖项优秀奖。宣传队还编创演唱《边防女民兵》《一笼鸭》《插秧比赛》、反映军民关系的小粤剧《送马草》、歌颂勤俭节约美德的小话剧《一粒花生》、小舞剧《丰收之后》以及女声独唱《三代犁田手》《山区沙梨红》、九龙山歌《军民同心守海防》等，特别是演出的为反映全省农业学大寨先进典型——西乡翻身大队事迹所创作的四幕歌剧《征海夺粮》，产生了很好的影响。宣传队的多部作品多次参加惠阳地区文艺会演，并代表惠阳地区参加省文艺调演，取得优异成绩。打倒“四人帮”后，县宣传队排演大型话剧《于无声处》和滑稽戏《又一春》全剧，舞台布景、灯光幻灯、道具一应俱全，这在当时全省县级文艺宣传队（剧团除外）中并不多见。

值得引以为荣的是，县文艺宣传队先后为珠江电影制片厂演员剧团、省话剧团、省军区歌舞团、惠阳专区歌舞团、惠阳专区汉剧团、军分区文工团以及香港无线、丽的（今亚洲）电视台等输送10多名文艺人才；在县排演全剧《沙家浜》饰演郭建光主角的冯刚毅，后来在深圳市粤剧团两次获得全国“梅花奖”。直至1980年深圳经济特区建立，宝安县文艺宣传队才结束了其历史使命。不久，特区成立了深圳乐团和深圳歌舞团（现为深圳歌剧舞剧院），保留和发展了深圳粤剧团。深圳的文艺演出事业上了一个新的台阶，获得了国内外许多荣誉。

（原载2015年6月29日《深圳晚报》）

50年前《边防枪声》创作演出始末

改革开放以来，深圳的文艺舞台争奇斗艳，艺术精品琳琅满目，不仅夺得市、省级戏剧花会、曲艺小品、音乐舞蹈、杂技艺术、美术书法、摄影比赛等奖项无数，就连全国权威的群星奖、央视选播及国外的艺术比赛也频频捧杯。

然而，有一部文艺精品获奖却鲜为人知，这就是50年前在各种条件极其艰苦的情况下，宝安县文化部门创作演出的本土题材的8场粤剧《边防枪声》，在全县及周边地市巡回演出引起轰动，同时获得省文艺调演最高奖项，省内外多个剧种的剧团纷纷移植演出。这种情形在当时县一级的文化团体中实不多见。

大型粤剧《边防枪声》取材深圳河畔

话说20世纪六七十年代，我在宝安县专业文艺团队里担任文艺创作员和演员。1971年，奉“县革委”（全称是宝安县革命委员会）政工组（相当于今宣传、组织、文教卫体等部门合署办公机构）指示，我们文艺队全体人员被派驻附城公社莲塘大队体验生活数月，跟村民“同吃、同住、同劳动”，接受贫下中农的再教育。

莲塘（今罗湖区莲塘街道）是深圳河畔的一个边防村庄。蜿蜒的边防线上发生过很多故事，其中有一件事让我难以忘却。1969年党的九大召开前夕，我国跟苏联发生了震惊全国甚至世界的“珍宝岛”武装冲突事件。潜藏在香港的台湾国民党敌特分子以为是个袭扰的时机，便派遣小股武装偷越我深圳边境线。这年的3月18日凌晨2时30分左右，夜空正下着小雨，驻莲塘边防部队8连的一位老班长带着刚入伍的窦明生，在边防线上执行潜伏哨。老班长在雨夜中通过稻田里水的反光仿佛见到一头“牛影”移动，紧接着又从“沙沙沙”的雨点声中听到轻微的蹚水声。此时，新兵窦明生也发现了黑影，紧张地大喝一声：“口令！”

话音刚落，“啪！啪！”两颗子弹从黑暗中射了过来。幸亏老班长有经验，一下子把新兵按倒，两人侧身翻滚，同时朝子弹打来的方向还击数枪，随着“啊！啊！”的两声惨叫，当场击毙了两个特务。另一个已偷越边境到了我方深（圳）沙（头角）公路的特务组长闻声掉头藏在一人高的芦苇丛中，企图待后再逃回香港边境。

枪声就是命令。莲塘部队彭连长听到枪声，立刻带领一个班的战士牵着军犬赶来，会合莲塘大队民兵快速包抄深圳河边，在草丛中活捉了30来岁的特务组长，缴获手枪、匕首、手榴弹一批，子弹一小脸盆。我军无人员伤亡，只有一条立过战功的军犬受了重伤，一个月后医治无效死亡，全团为军犬开了追悼会。

莲塘大队民兵营长周仁生（后任党支部书记）说，他为什么对这个日子记得这么清楚？因为事件3天前是他宣誓入党的日子。3月18日晚，他参加县学习“毛著”积极分子会议回来，被大队党支书叫去一个村干部家里帮忙“炆狗肉”，准备请驻军的连首长吃夜宵，表示欢送。谁知，下半夜就发生了抓特务的行动。

刘祥凤1967年调到宝安沙头角连队守卫边防线，后来，他在口述边防生活中也说道：“为什么我对1969年3月18日发生的事件记得这么清楚？因为那一天正是我们所在的守备5团与在珠海守备6团（后为支队）换防的日子。”看来，深圳河对岸的敌特窃取了我边防守军调防的情报，以为新驻防的连队有机可乘。

莲塘边防部队和民兵高度警惕，胜利击毁一小股敌特的偷潜，当即引起县、地区、省和北京有关部门的重视。时任民兵营长的周仁生告诉我说：“3天后，上面来人重新调查、勘查现场和补拍事件的经过。”

这个真实的故事，颇具深圳边防重镇的特色，体现“军民团结如一人，试看天下谁能敌”的主题，既有积极的时代意义，又有生动的情节吸引人。1971年，我就创作成独幕话剧《新兵巡逻》，然后再创作二幕话剧《边防枪声》，由县文艺团队排练巡回演出。

用丰富的边防斗争故事进行艺术再创作

历史上，宝安有257公里的海岸线，其中，深圳与香港陆地接壤的边防线长达23公里。宝安无论是大鹏所城还是屯门（南头）要塞，明清以来一直是守卫南海和扼守珠江口的军事重地。“南海前哨”的梧桐山哨所、沙头角连队、文锦渡及渔农村民兵连等军民守卫边防的事迹，闻名遐迩。1960年4月，沙头角民兵连长罗奕光、皇岗渔农村民兵营长郭胜全和龙华民治民兵邓贤新出席全国民兵代表大会，他们3人从毛主席手中光荣获得了一支半自动步枪的奖励。

长期以来，边防斗争的生活始终能引起我浓厚的兴趣，我也收集了不少海边防斗争的故事。我觉得，光是创排演出一个独幕剧不过瘾，仍有许多鲜活的人物和动人的故事还在我的脑子里打转。有一天，我忽然冒出写一部“大一点的东西”的念头。于是，便把平时采访到的军民联防事迹和县公安局老戴、老黄和老刘等许多侦察员在边防对敌斗争的素材梳理一下，开始有了一点眉目，但是为了实现搞“大一点”作品的目的，还需要拥有更多的创作材料。随后，我通过县文化局开了一个请示公函，报请县委方苞书记签字同意，到公安局了解有关对敌特斗争故事和查阅封存的侦破敌特的档案。

部队和地方上的反特斗争史实很生动，比如部队巡逻，战士们凭小路上打的草结有没有被踢散，而判断有没有陌生人经过。县公安局侦察员老戴说的一个细节，更让我几十年都无法忘记。他们在执行“蹲坑”任务的时候，常常潜伏守候十几个小时，甚至几天几夜。肚子饿了，就抓起身上卡包里的馒头咬一口，结果满嘴都是蚂蚁。原来埋伏时间久了，馒头上爬满了数不清的蚂蚁。他们轻轻拍掉蚂蚁，喝口水壶的凉水，强咽充饥。守着这么多故事、这么多生动的生活细节，1972 年 12 月，我们县文艺创作组曾文炳、廖虹雷、张波良、邓维新、何玉生等集体创作出 4 幕话剧《边防线上》（曾文炳执笔）；1973 年，我个人利用业余时间创作了 5 万多字的《边防枪声》电影文学剧本。

电影文学剧本写出后，我想广东这边的珠江电影制片厂已经拍出许多反特题材的电影了，比如《羊城暗哨》《跟踪追击》《秘密图纸》等，不如给上海电影制片厂那边试试。主意一定，我就去邮局把电影文学剧本挂号寄出。过了一个多月，接到了上海那边的来信，说剧本很有地方特色，有修改价值。两个月后，上海电影制片厂文学部党支部书记陈玮若和编剧郑洞天（后为北京电影学院教授）、顾泽民等专家专程从上海来到深圳，和我们详谈剧本的修改工作。

1975 年春节过后，我和曾文炳获上影厂正式通知，带着电影文学剧本去上海参加为时半年的电影创作学习班。与从湖北、湖南、广西、广东、江苏、浙江、贵州等省来的 40 多位作者，一起听取上影厂著名导演、编剧系统地给我们讲授电影的创作、拍摄等课程，参观《难忘的战斗》《战船台》《春苗》《龙江颂》等电影拍摄现场，边学习电影编导，边交流讨论各自带来的电影文学剧本，然后酝酿进一步的创作修改。

5年终于磨出《边防枪声》8场大型粤剧

文艺界常常有种说法："十年磨一戏。"我们的《边防枪声》打了个"5折"，也磨了足足 5 年。

1975 年下半年，我从上海电影制片厂回来，县文艺创作组安排我按照上影的意见继续修改电影剧本。粉碎"四人帮"后，上影厂对此剧本没有回音。我和曾文炳合作创编 8 场粤剧《边防枪声》。我是客家人，粤剧曲牌我不熟，曾文炳是行家，自然由他执笔。县文艺创作组再次集体讨论主题、人物、故事、情节等，修改的剧本出来后，由大家逐字逐句斟酌润色。而后，设计唱腔、制作服装道具、投入排练，县审查通过后就下乡演出，并且不停地边演出边修改。

为了进一步提高这部作品的质量，广东省和惠阳地区的文化部门对此很重视。省文联副主席兼剧协主席李门、省剧协秘书长曾炜、省作协副秘书长欧阳翎、《广东文艺》杂志副主编黄培亮，惠阳地区文化局副局长吴复光、科长唐波、著名导演王守一、剧作家古光华、作家范怀烈（王守一、古光华、范怀烈其时由省下放惠阳，“文革”后返回省文艺部门），以及郑家光等先后多次来深圳，具体指导《边防枪声》的创作修改与排演。1976 年 3 月，该剧参加惠阳地区文艺会演大会，然后又修改、打磨、提高，

8场粤剧《边防枪声》剧照（何煌友摄）

被选送参加省文艺调演。

《边防枪声》“序幕”是舞台上的天幕下有一条小河，河边有碉楼和蜿蜒曲折的铁丝网。黑夜里，在虫子、青蛙的叫声中军民轻步巡逻。突然有 3 个黑影偷潜越境，“谁？”一声吆喝，紧接着“砰砰”两声枪响，天幕马上跳出“边防枪声”四个大字。然后切光，灯光慢慢由暗转亮，第一

场开始……

在1976年6月2日广东省文艺调演的剧场一亮相，这部戏就引起了强烈的反响，获得当时最高的“创作优秀奖”和“演出优秀奖”等奖项。省文艺调演办公室专门出了一期简报，全面评论推介此戏；《南方日报》《羊城晚报》《广东画报》《广州日报》和广东人民广播电台纷纷刊播消息、评论文章与照片。1977年3月，《东江文艺》第一期刊登《边防枪声》全剧剧本；紧接着，《广东文艺》（后来复刊的《作品》杂志）第5期破例刊登剧本全文（该杂志以刊登文学作品为主）；后来，省内外的山歌剧、潮剧、粤剧、雷剧、花朝戏、采茶剧、江西赣剧、广西彩调剧等60多个剧团（剧种）对该剧进行移植演出。真所谓《边防枪声》响遍省内外。

尽管这个大型粤剧是当年阶级斗争的产物，仍有不少可商榷之处，但它是个非常有深圳特色题材的作品，剧情跌宕起伏，引人入胜；再者，当时刚刚粉碎“四人帮”，许多剧目难以适合演出，国内很多剧团正处在一个“青黄不接”的时候，《边防枪声》的反特斗争内容填补了这段时间的剧目空白。据各地剧团移植演出的情况反映，老百姓喜欢观看，同时给剧团带来可观的经济收入。不管怎么说，这样大型的粤剧出自县一级创作排演是非常不简单的，足以说明宝安文化的实力雄厚。后来，北京的人民美术出版社、广东人民出版社也来信来人联系，拟把它改编成连环画和其他文学作品，然而因为各种原因，电影文学剧本和改编文学作品的工作都被搁置了。

为了留下文化史料，2009年9月，我把当年的《边防枪声》剧本、剧照、省文艺调演的评论简报和省报刊发表的有关文章资料，悉数捐给了深圳博物馆。

（原载2013年5月13日《宝安日报》“文化周刊”）

《宝安文艺》杂志的前世今生

1979年前，深圳文艺园地虽谈不上繁花怒放，但也并非“文化沙漠”。它有着县一级完整的艺术门类，如文学、戏剧、音乐、舞蹈、曲艺、美术、摄影等架构，有专业、业余文艺工作者200多人，创作过不少好作品，分别在地级和省级报刊发表，或参加美术摄影展览，或参加地、省文艺会演获奖。1958年，宝安县还荣获惠阳专区文化先进县（1979年前仅评选一次）称号。

宝安毗邻香港，是著名侨乡和祖国南端的边防县。20世纪六七十年代，开国元勋朱德、董必武、陈毅、贺龙、叶剑英、陶铸等以及诗人、文化名人郭沫若、陆定一、周扬等都曾视察深圳，留下题词诗篇。

宝安县文艺创作的农渔蚝盐题材、华侨港澳题材和海边防斗争题材丰富，吸引不少著名文学艺术家前来采风，如时任省文联副主席陈残云于1954年9月至1955年4月，挂职宝安县委副书记8个月，走遍边防线，创作出反特斗争故事片《羊城暗哨》；粤剧表演艺术家红线女于1960年到横岗蹲点，还在深圳水库建筑工地上劳动、慰问民工；著名作家杜埃、秦牧，戏剧家李门、于逢、曾炜，评论家李育中、黄树森、易征及导演王守一等，先后多次来深圳采访，辅导文艺工作者。

军旅作家梁信（电影《红色娘子军》编剧）、金敬迈（长篇小说《欧阳海之歌》作者）、诗人张永梅，上海作家沈西蒙（电影《霓虹灯下的哨兵》编剧），以及美术书法家邵宇、关山月、黎雄才、商承祚、林墉、秦咢生、麦华三等到宝安罗湖桥、文锦渡、沙头角等地参访，留下足迹和风采。

省内外文学艺术家的来访交流，加上著名的中国京剧团、中央乐团、中国芭蕾舞团、总政歌舞团、东方歌舞团等42个艺术团体，在深圳戏院为香港同胞及当地居民演出192场，让宝安人民深受艺术熏陶，获益匪浅。

宝安有一个《南天门》文艺刊物

罗湖桥，连接香港和深圳两地。深圳，常被称为祖国的南天门。

1958年，宝安县各地成立“南天门”“超英”“红旗”“超美”“光明”“红色”等人民公社；同年12月，《南天门》文艺月刊应运而生，由宝安人民出版社创刊，“南天门”文艺月刊编委会编辑，宝安印刷厂印刷，宝安新华书店发行。《南天门》16开本，刊名选摘毛主席手书字体，每期25个版面，封底封面及插画套色木刻印刷，每册定价一角钱。

《南天门》文艺月刊刊登来自全县具有乡土特色、歌颂工农兵的小说、小小说、诗歌、戏剧、曲艺、散文、特写、故事和连环画、漫画等作品。如1959年第1期（总第2期）刊有：周向荣的山歌《全民办钢史无前》《指向山神要宝藏》，骆波的小说《田野的早晨》，陈雁君的革命故事《战斗在阳台山下的三虎队》，陈天成的龙舟说唱《深翻三尺更丰年》，方振文的山歌《提高警惕保边防》，超美公社宣教办的顺口溜《人人爱惜粮食》，李龙添的山歌剧《新婚之夜》，陈贵华的作品评论《谈谈“一堆牛粪”》，龙岗刘的之的诗词《赠别深翻兵团》等。后来的几期，刊有杨义隆的小说《分水岩》、文国明的特写《插秧机引起的故事》、张汉天的咸水歌《歌唱石岩水库》、何铿的革命故事《梁嫂》、郑天送的革命故事《突袭》、黎伯群的散文《香港友人》、沙井文工团的粤剧《打破保守获丰收》、布吉文工团的山歌剧《实现万斤才结婚》、大鹏文工团的古装粤剧《天上不如人间》及李龙添的电影文学剧本长篇连载《红花岭》等。

尽管当时《南天门》刊登的是大量的“土法炼钢诗歌”“深翻土地夺高产”“大唱公社好处多”等群众作品，但真情实感，很接地气。如龙岗刘的之浪淘沙《赠别深翻兵团》：“万人齐翻田，干劲冲天。晨迎月出夜同眠，尺半深翻都突破，且看今年。三军大团圆，乐也无边。大哥大嫂笑连连，握别回营多少话，声声共勉。”

《南天门》文艺杂志一共出版了6期，后因遭遇“三年困难时期”，经费压缩，杂志停刊，在敬告作者读者通知中写到，“今后请作者的稿件转入《宝安报》”。

1959年5月号（总第6期）《南天门》文艺杂志

其实，宝安并不是在“大跃进”年代才“跃”出个《南天门》。追溯起来，宝安历史上一直有文化杂志。据《宝安县志》载，1935年，民国政府划拨经费，在南头城成立县民众教育馆，办有文化普及书刊，先后出版的刊物有《先声通讯社》《正说月刊》《深圳通讯》《大鹏魂》《鹏声》《民意报》《新生报》等。

抗日战争时期，南头中学校长（中共地下党员）梁金生于1938年4月，在进步刊物《宝安抗战周刊》《宝安青年》报上发表他编写的抗日民谣《赶快团结练武装》《送郎参加自卫队》《民兵御敌立功劳》等作品。

1941年3月，广东人民抗日游击队在阳台山抗日根据地创办了油印的《新百姓报》，后经邹韬奋提议更名并题写报头《东江民报》。1942年3月，广东人民抗日游击总队决定将《东江民报》改名为《前进报》，至1945年日本投降，东江纵队奉命北撤时，《前进报》一直作为游击总队的机关报，当时延安的《新华日报》还转载过《前进报》的文章。

1949年，宝安县民众教育馆改为宝安县人民教育馆。1950年，在县城南头设立宝安县人民文化馆，深圳镇设立人民文化馆。4年后，县、镇人民文化馆合并为宝安县文化馆。

新中国成立后的新气象、新生活激发了全县文艺爱好者的热情。那些刊物团结和培养了一批作者。1951年，观澜乡农民张明、黄平、黄官祥写的诗歌、散文刊登在《华南文艺》杂志第1、3、5、6期；固戍村农民姜国洪、谭英的诗歌发表在《华南新农村》第8期。

20世纪50年代，据不完全统计，全县创作诗歌1874首，出版诗集155本。特别是，1959年庆祝中华人民共和国成立10周年期间，全县创作了6部电影剧本，其中有《红花岭》《孩子们的笑声》《梧桐山的春天》3部故事片和《沙井蚝》《边沿春色》《反走私展览会》3部纪录片作品。[①]

《宝安文艺》的几次“变脸”

1963年2月，为配合“四清”教育运动，宝安县再创刊《宝安文艺》，主要刊载地方山歌、演唱、粤曲、诗歌、散文和民间文学等作品。其时，全县城乡蓬蓬勃勃成立起许多农村俱乐部和乡镇剧团，这些团体排演小戏《走错路》《嫁错郎》《天堂之夜》，县社教文工团还演大型歌剧《夺印》等。群众的创作不断为《宝安文艺》提供稿源，《宝安文艺》刊登的作品又免费提供给基层剧团排演。

1967年，宝安县文化馆经费从原来的2万元增至3万多元。《宝安文艺》由县文化馆张荣辉一个人编，不定期用钢板蜡纸誊刻油印。1968年，贯彻毛主席关于“文艺为工农兵服务”的“三为方针”，《宝安文艺》改名《工农兵文艺》《宝安红艺》，改油印为县印刷厂铅字印刷，每月出版一期，32开本，由曾韶城一人负责编辑出版，免费发送全县农村、工厂、学校和各机关部门。当时，付给作者的稿费每篇几角钱至三五元钱。但本馆作者的作品没有稿酬，如廖虹雷的独幕话剧《深圳河畔》《新兵巡逻》刊在1971年11期宝安县《工农兵文艺》，后惠阳地区《东江

1973年第2期《宝安文艺》

① 《关于我县庆祝国庆10周年筹备工作情况报告》，深圳市宝安区档案馆，深宝档《宝庆办字第01号》，1959年5月15日。

文艺》杂志选载。

1971 年底，恢复《宝安文艺》刊名并请广州著名书法家麦华三题写刊头，正刊 32 开本（后改为 16 开本），套色木刻印刷，内部月刊，不收费。1972 年，县财政拨给文化馆经费一年大约增至 7 万元，含 10 多名馆员工资、办公费和出版刊物费用。此时，文化馆成立创作组、辅导组、展览组（后析出成立美术展览馆）及蛇口、沙头角、盐田和南澳 4 个国家文化站。《宝安文艺》编辑部由县文化馆文艺创作组负责，创作组成员张波良、廖虹雷、邓维新、何玉生、曾韶城和曾文炳（后调县粤剧团），在负责全县和本身文艺创作的同时兼任杂志编辑、组稿、印刷、发行工作，具体由何玉生主持日常编务，傅军馆长审稿签发。

为照顾宝安西部讲白话和东部讲客家话的习惯，在编印的作品中要有粤剧、粤曲、龙舟、白榄、广东音乐、客家山歌、山歌剧、客家快板和客家演唱等。作品中还增加民间传说和故事，提供文化室和村头村尾“故事台”讲古仔。如 1973 年 3 月出版的第 2 期：广州方言表演唱《插秧比赛》、客家方言快板《赞科六》（“科六”为稻谷良种）、女声小组唱《红色女报务员之歌》、歌曲《万担金谷万担歌》《做一个雷锋式的好战士》、故事《母女会》、文艺评论《写好回忆对比》、木刻《山村兽医》《厂小志大》等。1972 年 9 月出版的第 5 期，刊登小歌剧《春苗茁壮》《小理发师》、客家方言表演唱《山区沙梨红》、小演唱《山村阵地》、南澳渔歌《水上民兵》、民歌《丰收乐》、诗歌《送粮路上》《田园新曲》《猪舍灯火红》《哨兵的脚步》、小说《早春新晖》、故事《小故事员的故事》等。

办刊初期，全县积极为《宝安文艺》写稿的骨干供稿人有 50 多位，后来发展到县机关、中小学教师、工人、农民、渔民、蚝民和边防部队、边检海关人员共 170 多人，如布吉的刁善飞、唐瑞鹏，坂田的田青、温玉莲、张锦春，李朗的凌剑韬，草埔的梁兆华，龙华的彭佩兴，观澜的林雨纯、袁琪，平湖的薛国良、刘好学，石岩的叶彬、叶恩麟，横岗的李玉洪、廖官云，龙岗的曹建良、叶万片、陈照兴、邱远光、张世雄、叶书勃、巫伯鸣、曾洪友、刘玉梅，坪山的曾野、彭国华，坪地的萧茂生、萧石聪、萧月珊，葵涌的蓝运彰、梁佛金、薛丁奎，大鹏的萧玉崇、罗育灿，沙头角镇的刘伟强、张玉祺、吴天生，深圳镇的李建国、刁燕雄、张克深、钟化良、曾锦棠、龚衍明、黄自存、曾国宝、梁兆松、李秋光、吴梦远、何鉴明、曾景生、郑渭滔、黎珍宇、叶志坚，南头的李龙添，西乡的陈天成、姜礼权、周鹤鸣、周伟初，沙井的潘强恩、陈毅涵、饶凯玉，公明的陈贵华、雷作嘉等，县文化馆的美编黄松鹏、郭炳安、黄菊芬、陈炳林、陈宏新、林为农、陈德兴，摄影何煌友，深圳边防与海关的邱云、石桂玖、许典水、黎德奎，侨社的杨德祺、马广淮等作家、诗人、美术家、摄影家。

队伍壮大了，《宝安文艺》也源源不断收到作品。县文化馆创作组一年召开两三次作品讨论会，请作者带作品到县里修改。编辑人员也不定期到村镇和作者研究作品的提高。1978 年 8 月、10 月间，惠阳地区和广东省文化工作检查组先后到宝安县听取文艺创作汇报，并深入公明公社玉塘大队，龙岗公社罗瑞合村，深圳附城公社莲塘大队，平湖公社平湖、木古两个大队等地了解基层创作演出情况，选调优秀剧目赴地区和省文艺会演。

值得一提的是，在《宝安文艺》刊发的作品，有许多经过不断加工成为文艺精品。张波良、邓维新创作的小戏《换种》于1968年发表在《惠阳报》;陈照兴、叶万片的客家快板《农村阵地占得牢》于 1973 年 8 月 18 日刊登在《惠阳报》，全地区近 10 个县都将其搬上舞台；刁燕雄、黎乔筑的女声弹唱《飞车向前》，陈贵华、曾文炳的小粤剧《送马草》及县文艺宣传队创作的舞蹈《蚝田英姿》《边防岗哨》、九龙山歌《军民同心守海防》等，入选惠阳地区优秀节目，于 1973 年代表惠阳地区参加广东省文艺会演。

凌剑韬、陈照兴的表演唱《边防铁姑娘》，叶万片、邓维新的小戏《一笼鸭》，林雨纯的小粤剧《贾主任蹲点》，雷作嘉的《准不准》，温玉莲、廖虹雷的歌舞等节目，由布吉坂田大队宣传队代表宝安县和惠阳地区参加 1977 年的全省农村文艺会演。何玉生编剧、李法清和张波良作曲的四场歌剧《征海夺粮》（反映西乡翻身大队学大寨事迹）于 1975 年参加地区会演。由曾文炳（执笔）、廖虹雷合作的 8 场粤剧《边防枪声》参加 1976 年广东省文艺调演，获当时最高的创作优秀奖和演出优秀奖，1977 年《东江文艺》

第1期和《广东文艺》第5期全剧刊登，后来省内外60多个剧团移植演出。

文学创作方面，邓维新的报告文学《沙田上的队长》发表在1973年的《广东文艺》。曾锦棠、廖虹雷、刘学强的散文《阿卡提的心》入选1973年广东人民出版社出版的散文集《丽日南天》。廖虹雷编，黄菊芬、司徒勤参、杨德祺绘画的长篇连环画《春满月台》在1974年参加广东美术作品展览，于1975年由广东人民出版社出版，这是宝安第一部正式出版的长篇连环画。邓维新、刘学强采编的革命斗争回忆录《东江星火》，20世纪70年代由广东人民出版社出版（后加入曾生等东纵领导回忆文章，1983年11月再版）。

1979年建立深圳经济特区后，《宝安文艺》最后更名为《深圳文艺》，由著名作家茅盾先生题写刊名。编辑部人员由何玉生、蓝运彰、黎乔筑、刁燕雄及廖虹雷等负责，编辑出版单位宝安县文化馆改为深圳市群众艺术馆（地点在东门老街解放路150号原博雅画廊二楼，今拆），原月刊变为双月内刊，免费发送及与外地文化部门交换。

为贴近特区现实和火热的生活，《深圳文艺》适时改版为文化综合杂志，新设立《今日深圳》《故乡情》《百花丛》《电视与观众》等专栏。如1980年第1期至第5期，《今日深圳》刊登了来自深圳市国土规划局作家郑家光的《写给关心深圳的人们》，系列介绍深圳大规模建设和远景规划，包括邓维新和刘学强的报告文学《蛇口浮雕》，曾锦棠特写《朝阳喷薄》，肖茂生组诗《深圳情》，刘学强的《访赵青——记中国歌剧舞剧团抵深演出》，黎乔筑的《深圳彩印即将诞生》，廖虹雷散文《深圳解放的那一天》，晓瑛的《美国玉米在我市安家落户》，郑家光的《华强，你打响了第一炮》等54篇作品。《故乡情》专栏刊登了刘学强的《深圳谈往录》，李龙添的《寻游访故西沥行》，刁燕雄的《传统名菜——客家原汁狗肉》，邓维的《赤湾的风景、古迹及传说》，陈贵华的《阿婆髻传奇》，刘学强的《猪仔、乡情及其他》，陈照兴的《清香甘醇的三洲田茶》，宋晖的《考古》，廖虹雷的《深圳曾有绿毛乌龟》和《深圳曾有海市蜃楼》，叶万片的《龙岗鸡杂咏》等34篇作品。

《百花丛》专栏刊登了薛国良的小说《啊！奖金》，谭日超组诗《深圳行》，梁广道的小说《街坊邻里间》，李建国的小说《绝招》，肖玉崇、薛国良的小说《此恨绵绵》，贺志强的小说《意想不到的伴侣》及散文、诗歌、诗词、歌词、歌曲等82篇。

因为国门刚打开，港台流行音乐、香港电视剧、迪斯科、夜总会风靡深圳及广东沿海，特别是香港电视剧开始闯入深圳人的生活，香港电视剧《鳄鱼泪》《奇女子》《网中人》《大地恩情》《上海滩》等成为百姓街谈巷议的中心话题，我们设立一个评论专栏《电视与观众》，发表对香港电视节目进行点评和介绍的文章。还有《深圳人物》《艺术·随谈》《杂文·随笔》等栏目，丰富多彩。据说，当年有好多内地热血青年投身深圳建设，就是受该杂志文章的“启发”和“吸引”。

《深圳文艺》杂志办到1982年初，共出版11期后结束。不久，由新成立的深圳市文联创刊的《特区文学》所代替。

星移斗转，岁月如斯。

从《南天门》《宝安文艺》到《深圳文艺》的数十年，已经为本土文学艺术的发展打下了坚实的基础。此后，刘学强、林雨纯、廖虹雷、张黎明、李建国、田青、薛国良、梁佛金、潘强恩、萧玉崇、梁兆松、黎珍宇、蓝运彰、黎乔筑、罗育灿、薛丁奎等创作出版了一批长篇小说、中篇小说集、报告文学集、散文集、电影、电视剧和大型舞台剧，曾获得全国“五个一工程”奖、群星奖、省级鲁迅文学艺术奖等。

宝安文艺“风雨一甲子”，尽管这个乡土刊物如今已不在，但它深耕的文化影响还在。今天，深圳市文艺繁荣的局面和获得林林总总的国内国际艺术奖项，无不与这块土地上文化基因的延续有关……

（原载2018年6月20日《宝安日报》文化周刊）

60多年前宝安广播回荡山乡

在电视、广播、报刊和自媒体等资讯多元化、文化娱乐异常发达的今天，我对60多年前挂在深圳墟（今东门老街）我家墙角上的小喇叭广播，仍然情有独钟。

每当从小喇叭播出《我们走在大路上》《咱们工人有力量》《社员都是向阳花》《红军不怕远征难》等雄浑激越的歌曲和《谁不说俺家乡好》（电影《红日》插曲）、《我的祖国》（电影《上甘岭》插曲）、《绣红旗》（电影《江姐》歌曲）、《敖包相会》（电影《草原上的人们》插曲）等悠扬抒情的音乐时，我的心绪都会随着婉转动人的旋律久久难平。这得感谢宝安人民广播站给了我们两代乃至三代人的精神食粮。他们通过那根小小的银线，连接着无数个小小的喇叭，每天清晨和黄昏，准时向千家万户播送新闻和音乐节目。人们年复一年地听着熟悉的播音员的声音，了解了国家大事、国际时事和天气预报……

广播，成为那个年代深圳人生活的一部分。

木杆、石杆、水泥杆上的广播线

1949年10月19日，边城深圳镇迎来了新中国灿烂的阳光。中共沙（头角）深（圳）宝（安）边委属下的工人总会，在深圳墟缴获了国民党一部广播器材的基础上设立工人广播站，不断地向市民宣布各项政策，播放《解放区的天》等歌曲，边城人民沉浸在一片翻身解放的喜庆当中。

1952 年底，广播站迁至宝安县城所在地——南头，设在 1952 年 10 月经过拆除、重建竣工的南头戏院，编制 1 人，为宝安县委“收音站”，专门抄收中央广播电台的新闻，编印成小报供领导参阅，以及发放给全县城乡黑板报使用。“收音站”还预告广播节目，组织群众收听。

1953 年，宝安县委、县政府机关由南头迁到深圳墟（今东门老街解放路市公安局侧的电大校址），“收音站”亦搬迁到深圳墟南庆街 20 号宝安县邮电局大楼（抗战期间为鸿安酒家地下交通站，是叶挺将军东江抗日游击队指挥部旧址）三楼，播音员由粤赣湘边纵队三团解放深圳时的文宣队队员刘成仪担任。深圳墟工人广播站自行取消。

1956 年 1 月，宝安县有线广播站正式建立，站址在宝安县委对面的蔡屋围燕贻小学三楼（今地王大厦）。自此，宝安县人民有了自己的广播，也就是现在深圳广播电台的前身。

其时，广播站借用县邮电局农村电话线路传输广播信号。播音时间为每天晚上 7 时至 8 时，广播站编制 4 人，工作人员杨洪，主播刘成仪，后来调入刘茂兰、王慧琳，3 人成为县站第一代主播。到了 1957 年底，初步形成以县城深圳镇为中心，各区（乡）为传输点，广播直接通到各自然村落的广播网。1958 年，全县的公社或重点大队办起了 40 个广播站，喇叭入村入户发展到 1492 个，平均 31 户拥有一个喇叭。1959 年，万官英和林成友相继调入广播站，分别负责线路和机修工作。

1960 年，全县实现社社村村通广播。1963 年，兴建广播转播台 633 台，台址另设在深圳墟晒布岭 3 号（现人民北路 109 号），主要转播中央一台和省二、三、四台节目，亦采播一些当地新闻。此时，中央、省和县的新闻可以直达乡村。

1968 年，张少威调任县广播站副站长（后因李煌清调走，张接任站长至 1982 年退休）。1969 年，王秀英、叶丽梅调入县广播站，为第二代主播。1972 年，刘妙娟从深圳镇广播站借调，与随后调入县站的杨佩华为第三代主播。一直担任编播的陈焕波，与 20 世纪 70 年代调来的刘润松、黄新华、陈来复等一起，增强了编播力量，增多了县站采访当地新闻和自办的节目。

广播站的节目输送出去开始是靠电话线路，后来网点发展了，县站自行架设广播线路。广播站用高三四米的杉木线杆，每隔三五十米竖立一杆，从县城深圳镇一直铺往布吉镇、沙头角镇、南头镇、西乡镇、沙井镇、公明镇等，杉木杆上拉上没有绝缘包裹的裸线。由于输送的信号电流微弱，所以不会发生触电危险；但是又很怕雷电，一旦遭雷击，容易出事。

1958 年 11 月，横岗、龙岗、坪山公社从惠阳县划归宝安县管辖后，铺设广播线路拉长了，致使木材紧缺，于是采用就地取材办法，用花岗岩石打成的石条代替杉木杆。到了 1975 年，花岗岩石杆又被水泥杆替换。因为，水泥杆可以在每一个公社制作，就近铺设，经济实惠。故此，水泥杆线路从东边的大鹏南澳，铺到西部的公明、光明，南面从蛇口南头起，北至观澜、平湖等地，覆盖全县。线路维修分工负责，县站负责从县城（深圳镇）至各公社（镇），公社广播站负责各大队（自然村），大队（村）广播站负责本村的各家各户。

那时，如果线路被台风吹倒或者发生故障，室外维修非常辛苦。维修人员要骑着单车，背着工具和竹梯，沿线逐杆逐杆地检查，对几米高的线杆故障，套上一副像“牙剪”的“脚爬”（脚扣的俗称）蹬踏，左右脚一步一步交替往上攀，维修架空的电线。他们风吹日晒，行走于乡间。

用白话、客家话方言播送节目

宝安原居民分别讲本地白话（广府话）和客家话，方言地域分布刚好一半对一半，讲客家方言的人数占全县总人口的 60%左右。所以，全国推广普通话之前，县广播站要用两种方言播送节目：对东片的公社（镇）则用客家话播送，对西片的公社（镇）则用广州话读播。重要新闻和天气预报，就加上普通话，用白话、客家话和普通话轮流广播。

村村通广播后，榕树头、巷墙角、祠堂边、大队部和村民家里都挂了个四方箱子。像小信箱般大小的木箱里安装个小喇叭，我家的墙上也装了一个。每天早上 5 时 55 分开播，“五星红旗迎风飘扬，胜利歌声多么嘹

1972年，宝安县广播站主播叶丽梅在广播

亮……”音乐骤然而起，预示着新的一天开始。久而久之，这开播的音乐成了“闹钟”——该起床了，上学的上学，做工的做工。

20世纪60年代中期，“东方红，太阳升……”《东方红》成为开播音乐。你别说，这音乐确实振奋精神。但是，十年如一日，难免出错。有个笑话，老居民还记忆犹新：有一天早上，县站的一位女主播看错钟，当播出“东方红……”时，太阳没升起来，人们在睡梦中一看时钟，是凌晨4点55分，竟然提前了一个小时播出。坪山公社田坑大队广播员跟着转播县站也开播，于是把全大队村民都吵醒了。这次时间错报，被村民善意地笑了好一阵子：宝安人民广“错”站，田坑村民臜火佾（sàng，嗔怪语）。当时，在1966年至1975年，因为处在火红的年代，中央广播电台会在半夜播出毛主席最新指示，县和公社便马上在半夜转播，倒是常有的事。

县广播站播出的节目中，当地渔民、蚝民和农民很关注天气预报，特别是有关台风暴雨方面的资讯。除了特殊天气格外注意外，平时“有时有雨，有时无雨”“局部地区有阳光”的播报听多了，却成为大家茶余饭后的笑资。

文艺节目广播也是听众喜欢的内容。凡是县粤剧团、县文艺队伍演出或者全县农村文艺会演，县广播站都带着一台录音机去录制，择时播出。

最受欢迎的是，广东粤剧院红线女主演的《山乡风云》《搜书院》《关汉卿》，上海越剧院的《追鱼》《红楼梦》，中央歌剧舞剧院歌剧团《茶花女》《春雷》，中央芭蕾舞剧《红色娘子军》《白毛女》，总政歌舞团的《柯山红日》，空政文工团的《江姐》，广西歌剧团的《刘三姐》，北京京剧团的《红灯记》，湖北歌舞剧团的《洪湖赤卫队》，中国铁路文工团的《红岩》，四川歌舞团和上海女子弦乐四重奏小组沈榕、俞丽娜、丁芷诺演出《梁祝》等国家顶级剧团的剧目。到深圳戏院为港澳同胞及深圳人民演出时，广播站经请示演出单位同意现场录制节目或片段，回到站里分时段连播。让全县人民分享国家一流的文化艺术精品，为陶冶市民的精神和情操作出了贡献。

从有线广播站华丽转身广播电台

宋代诗人苏轼著名诗句：“竹外桃花三两枝，春江水暖鸭先知。”“改革开放了！”1979 年春天，宝安广播人从中央广播电台先知；宝安人民又从县广播中先知。3 月 5 日，深圳人记得这个日子：国务院批准撤销宝安县，建立深圳市。

蛇口工业区的开山第一炮，第一家港商独资企业新南新印染厂在葵涌兴建，第一家外资补偿贸易的莲塘乌石鼓采石场开工，第一家中美合资企业深圳饮乐汽水厂签约，夏巴汽车装配厂投产，专门接待海外游客的深圳水库“东湖宾馆”及附设西餐厅、游泳池建成开业，国内首座 53 层高的国贸大厦奠基……应接不暇的新闻，忙坏了广播站的采编人员。为适应热火朝天的特区建设，广播时间也变为一日三次：早上 6 点至 8 点，中午 11 点至 1 点，晚上 6 点至 8 点。在转播中央和省电台联播节目后，接着播报本地新闻，也开始插播一些商业广告。

市委书记兼市长梁湘同志，经常从住地的广播喇叭里注意全市各区、各行业的新闻。他批示给广播站和有关部委，要加强发展有线广播。市政府马上拨给经费，增加编制，调入专业广播和采编人员。广播站内部增设了由采访、编稿、播报组成的编播组，又充实了机修组和线路组。

广播站地点也由东门老街文化馆小楼搬进新盖的三层半县广播站大楼（解放路 170 号今电视大学东侧的阿锋酒楼）。因为当时特区报（1983 年 12 月 1 日由试刊改为正式出版日报）和电视台（1984 年正式开播）正在筹备阶段，市委宣传部从筹办中的特区报社临时借调几名记者支援广播站，并建立了全市广播通讯员队伍。

其时，笔者在深圳市文化局（1980 年初调至罗湖区委）工作，很荣幸被聘为通讯员。1980 年至 1983 年被广播站采用播报的新闻稿有《深圳与香港联合举办摄影艺术展览》《深圳与香港合办舞蹈进修班》《深圳举办青年摄影展览》《京穗深港文艺工作者深圳同台联欢贺新年》《松岗试办贸易货栈》《沙头角镇开展文明礼貌月见成效》《特区灾区心相连》《香港姑娘嫁深圳郎》《记蔡屋围村当家人冯树泰》《拒腐蚀永不沾的向西村党支书张星南》《渔民村带头人吴柏森》《莲塘村邓建华支部副书记带头养鸭致富》《访因地制宜发展经济的下梅林党支书郑富妹》《罗湖区体委举办足球力学讲习班》等通讯和消息稿数十篇，其中不少被广东人民广播电台转播及被《南方日报》《羊城晚报》《广东农民报》转载。尽管当时一篇新闻稿费只有 2 元或 4 元钱，通讯专稿 8 元左右，但是收到稿费通知后还是很高兴的，尤其是经过播音员的播放，顿时街知巷闻，令人有满足感。

1983 年 3 月，深圳市政府决定兴建深圳科学馆、电视台、博物馆、大剧院、深圳大学、体育中心等 8 大文化设施，时任市委宣传部副部长的张强亲自抓梧桐山顶上的广播电视塔建设。由于梧桐山只有简易的边防公路，不通汽车，所以建筑材料及发射机器设备全是雇请民工肩扛、骡背，一件一件搬运上 943.7 米的山顶。

经过一年的艰苦奋斗，1984 年元旦，梧桐山广播电视塔建成，深圳电视台也在该日试播成功。1986 年 10 月 12 日，深圳广播电台也正式开播。深圳有线广播站结束历史使命，华丽转身广播电台，部分工作人员也转入电台工作。

经过30年的发展，深圳广播电台不断发展壮大。创办了知名的898新闻频率、971音乐频率、1062交通频率、942生活频率并机直播，每天播出节目时长达11个小时。特别是“动听102”和“飞扬971”全天24小时不间断播出经典流行音乐，让听众大呼过瘾。目前，深圳电台在各类节目的编播实力和市场收听率、广告创收等方面，跻身全国广播电台的第一方阵。

（原载2017年9月26日《深圳商报》“发现深圳”专栏，本文采访得到万官英、叶丽梅、刘润松支持）

廖虹雷：在繁华都市留住一方乡风民俗

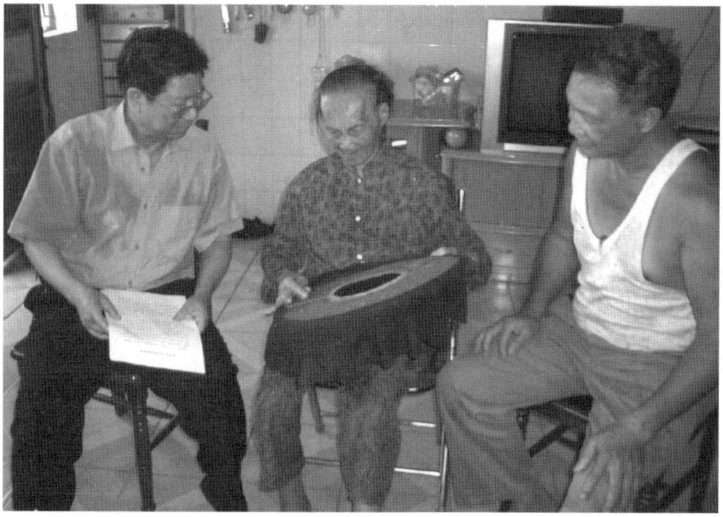

2005年，廖虹雷（左）采访石岩郑义和凉帽店廖亚友母子俩老艺人

老街纵横交错，巷陌鸡犬相闻。足踏台上藓，头顶一线天。竹竿伸到邻里人家，晾衣随风飘扬。黄昏时分，老人围坐一团摇着蒲扇扯家常，孩童三五成群打闹嬉戏捉迷藏……近日，在深圳本土文化艺术研究会举办的座谈会上，会长廖虹雷回忆起旧日时光，唏嘘不已。

“仅仅 30 多年时间，这些人间烟火就离我们越来越远；市井市井，有市无井，这种千百年传统生活不再，不得不让人反省。”作为土生土长的深圳人，廖虹雷对这块土地有着浓浓的乡愁。为了留住深圳的根和魂，他多年奔走，在繁华都市打捞渐渐被淡忘的乡风民俗，寻找炊烟袅袅的田园故里。

“童年印象最深的事，就是和几个发小爬阳台山，渴了饿了去果林摘沙梨吃，累了热了光着屁股泡山潭。”时至今日，那温馨的记忆犹在廖虹雷眼前，但水果之乡石岩街道梅李、柿子、沙梨、荔枝、龙眼等著名水果消失了，所有果场荡然无存；宽阔而清澈见底的石岩河流干枯了，只成为一条雨天排洪的渠道。

千年的古村被更新为高楼林立的社区，百年的老屋一夜之间被夷为平地。古桥、古树、古井、古塔、古牌坊、古祠堂等所剩无几，传统民俗渐渐远去……中国城市化进程中出现的种种弊端，在高速发展的特区交替上演，让廖虹雷忧心如焚，他的家乡情结日渐浓郁。几十年的工作生活与本土文化在他身上有了深深的交集。

长期在文化领域耕耘，廖虹雷经常会听到这样一种不负责任的说法：深圳是“一夜之城”，压根儿没有历史名人，没有名山大川，没有文化积淀，更没有名优特产，甚至还说是“文化沙漠”。上千万的深圳人在这座城市工作、生活多年，但不少人对这座城市的历史茫然不知，认为特区成立之前的深圳就是一个小渔村，也就是因为沾上一个富有的邻居（香港），被伟人画了一个圈后，才成为用金钱堆积出来的物质城市。

“这种认知和印象，一直到今天还弥漫在某些人的津津乐道中，甚至一些媒体报道和民间舆论也在无知地传播着。”各种非议，无疑戳痛了廖虹雷这个当地人的心。他四处奔走，在多种场合发声疾呼：深圳不是一夜之间破土而出的城市，她拥有丰富的非物质文化遗产资源和深厚的民俗文化根基。南头的东晋古城、赤湾的宋少帝陵、大鹏的明清要塞、龙岗的客家围屋、千年的沙井蚝乡……无一不浸润着厚重的岭南历史；石岩山歌、龙岗皆歌、疍家咸水歌、甘坑凉帽、下沙大盆菜、南山天后宫辞沙……无一不显现着斑斓的民俗文化生态。

7000 多年的人类开发史，3000 多年的古越族文化史，2000 多年的海洋经济发展史，1600 多年的郡县史，800 多年的广府移民史，600 多年的海防史，300多年的客家移民史和华侨史……这些权威的考古资料，佐证了深圳这座现代文明城市具有悠久历史的事实。

“或许是改革开放的成就太过耀眼，掩盖了深圳曾有的辉煌；或许是人们过于功利，忽视了自己的文化血脉，无意间毁坏了本土文化遗产的传承环境。”目睹了城市化对历史文化的无情伤害，廖虹雷说话言辞尖锐，不留余地。

在现实的逼迫下，这位倔强的老人，穿着一双时尚球鞋，和势头正猛的“造城挖掘机”赛跑。在30多年前走遍宝安县的19个公社、2个镇、190多个大队的基础上，廖虹雷又重走全市10个行政区（含新区）的1000多个“自然村”（实际上变为社区），对日渐稀少的农村、沙田、渔港、海岛和蚝场重点打捞，笔记不离身，相机不离手，每到一地，他都做好资料记录，以留典籍。

看着每天忙碌的廖虹雷，有人不以为然，调侃他说：“深圳那点仅有的乡土文化和一些文物古迹，正以‘深圳速度’在流失，你捡得回来吗？”“常常是这个月去的古村落还在，下个月再去就被拆掉了。”廖虹雷痛心又无奈。

“人要像地瓜一样，根深扎土地，藤苗伸向远方。无论走到哪里，都要守住故土的根。”廖虹雷说，看到家乡在短短的30多年变成现代化大都市，一边由衷地高兴，一边又焦虑和惋惜大量鲜活的民俗文化的消逝。一种乡土情结驱使他要尽早寻找、挖掘和记录远去和即将远去的民俗文化，让子孙后代知道这块热土上曾经有过悠久的历史和浓厚的民俗风情。

为了澄清社会上“深圳是文化沙漠”的无稽之谈，廖虹雷常常走访古村、查看祠堂、翻阅族谱、研究墓碑，和长老座谈，了解立村渊源、姓氏迁徙、风俗演变，掌握了大量的第一手史料。他在报刊上开设专栏，撰写了很多民俗文化随笔和民俗遗产研究论文，用翔实的史实论证：深圳不是传统文化一无所有的新都市。

深入乡野的日子，廖虹雷翔实地采访过石岩“郑义和凉帽店”传承人廖亚友、南澳草龙舞传承人李容根、观澜山歌手陈瑞强、甘坑织凉帽师傅张正保、龙岗皆歌传承人罗盘颂等。几年后，这几位耄耋之年的民间老艺人相继去世。“许多民俗文化和民间工艺，随着传承人的离世而逐渐沉寂甚至消失。”香港学者说，100年后，香港将会消失客家话。廖虹雷担心，不用100年，深圳也会没有了客家话。没有了方言，地方的粤剧、粤曲、客家山歌、咸水歌等民间艺术，也不会存在。廖虹雷认为，必须趁早以文字永久记录民俗，给后人留下有价值的研究史料。

早在40多年前，廖虹雷就以乡土文学作家的身份亮相文坛。他的《老街》《老村》《老墟》《老厂》《老弟》《边境渔村》《深圳河畔》等文学作品，颇有浓郁的地方风味。他的《深圳民俗寻踪》《深圳民间熟语》《深圳民间节俗》《深圳风物志·风土人情》《深圳风物志·民间美味》《宝安历史文化民俗》（此书与人合作）等200多万字的民俗专著，字里行间，渗透着一位逾七旬老人对本土民俗文化的执着与热忱。

“民俗学研究中很大的弊病，就是只瞄准大型活动，很少关注民间日常生活习俗。”国家非物质文化遗产保护工作专家委员会副主任乌丙安认为，廖虹雷的文章不仅对岁时节日、信仰祭典、婚嫁礼仪、游艺表演等大型活动作了翔实的评说描述，而且还对深圳民间衣食住行的民俗细节作了探索和叙写，饶有情趣。

“越是现代化的城市，民俗文化越是耀眼。”廖虹雷去过很多国家，了解和研究很多人与自然、城市协调发展的生动事例，对国内一些城市依旧大拆大建、先破坏后治理的做法深感痛心。“即便守不住百年老屋，守不住千年古村落，也要留住一方乡风民俗。”廖虹雷掷地有声。

（原载2017年9月21日《中国文化报》记者　温秋圆　陈建平）

深圳乡间文化的50年坚守者

提到深圳本地人，人们的第一反应常常是他有多少套房子，他有多么土豪，然而，廖虹雷却是一个例外。这个 1946 年生于深圳的“本地人”，50 年坚持不懈从事深圳本土文学创作，他用自己的方式，诠释着深圳人的另一种可能。

近日，廖虹雷的两部新作——深圳风物志丛书之《深圳风土人情》《深圳民间美味》出版。已步入古稀之年的廖虹雷，常常“忘了年龄”，笑称自己是“70 后”。QQ、MSN、博客、微博、微信，这些新玩意他一个也没落下。廖虹雷活跃在各个古村考察保护、深圳地名溯源、传统节俗讲座、历史文化研讨及海洋文化、客家文化高级论坛等活动中。记者约访他时，他穿着牛仔裤、条纹 T 恤和运动鞋出现，像年轻人一样阳光、时尚。

“深圳土著”一不经意码字50年

从 1966 年发表处女作起，廖虹雷至今坚持文学创作 50 年，这对于生于深圳、长于深圳的“土著”们来说，他的经历实属不多。记者问他为什么能坚持这么久，廖虹雷淡淡地说，一是对写作的兴趣，二是深圳是个有故事的宝地。

从 1966 年到 2016 年，廖虹雷的创作之路可以分为两个阶段：第一阶段是“乡土文学”。自 1966 年参加惠阳地委文工团（2 年后调回宝安县文艺轻骑队、宝安县文化馆）开始，他就开始了创作的历程。特别是由于《老街》《老村》《老墟》《老厂》等“老字号”系列中篇小说及散文有浓烈的乡土特色，被中山大学中文系著名教授黄伟宗和《南方日报》文艺部负责人、评论家李钟声撰文称为“深圳有代表性的乡土作家”。

廖虹雷在古村落采访

第二阶段是“乡愁文学”，廖虹雷把研究的方向投射到迅猛的城市化建设当中，认真关注深圳那些已经消逝或即将消逝的古村、古镇、古桥、古井、古树、古牌坊、古祠堂以及乡间广府、客家民系中的物质生产生活民俗、社会组织民俗、精神信仰民俗和语言民俗。十年磨一剑，《深圳民俗寻踪》《深圳民间熟语》《深圳民间节俗》《深圳风物志·风土人情》《深圳风物志·民间美味》《宝安历史文化民俗》（此书与人合作）等6部200多万字的民俗专著，填补了深圳民俗研究的空白，廖虹雷也被称为“深圳本土民俗守护者”。

在创作过程中，廖虹雷这位老深圳，与外来移民作家有什么不同的视角？廖虹雷莞尔回答：“大凡写作的规律和目的基本上是一样的。所谓不同的是，我的命运与这块土地的命运交集在一起。深圳有独特的地域环境，独特的民间习俗，有着不同于别的地方产生的人物和事件。有人说广府文化是‘咸水’，客家文化是‘淡水’。我的视角就是深挖这些独特的文化元素，叙述这广府和客家交融的‘咸淡水文化’的故事。一句话，就是深圳当地的风土民情。”

他的作品有着浓浓“深圳味”

先说廖虹雷的“乡土文学”。1966年，廖虹雷从县文艺专业演出队开始，数十年间走遍深圳的山山水水。从大鹏半天云山村袅袅的炊烟，到盐田渔港的点点帆影；从阳台山革命遗址的硝烟烽火，到蛇口开山填海的第一声炮响；从沙井蚝场丰收的欢歌笑语，到内伶仃岛上龙腾虎跃战士的军歌嘹亮，无不引起他的创作冲动。一山一溪，一草一木，如同肌肤般熟悉，诗意般地悄然流进他作品的字里行间。

廖虹雷举例，1971 年，他在宝安县文化部门工作时，为参加惠阳地区文艺会演创作，深入附城公社莲塘大队体验生活 3 个月。他根据发生在莲塘边防线上歼灭一股特务越境事件，写出小话剧《新兵巡逻》、小歌剧《深圳河畔》，他创作的小舞剧《边防岗哨》在全县巡回演出，参加地区文艺会演。后来他觉得不过瘾，又广泛搜集素材，执笔写成 5 万多字的电影文学剧本《边防线上》，投寄到上海电影制片厂。1975 年春，他和合作者接到上海电影制片厂通知，去上海学习半年，修改剧本。1976 年，粉碎“四人帮”后，他和合作者曾文炳把这个电影剧本改编为 8 场粤剧《边防枪声》，1977 年参加广东省文艺调演，获得当时最高奖项的创作优秀奖和演出优秀奖，周边省市的采茶剧团、花朝剧团、山歌剧团以及彩调剧团等 60 多个团体（剧种）演出此剧。这在当时，是一个小县非常值得自豪的文化盛事。

1985 年，东门老街引进港资进行拆迁改造成“文山楼”“西华宫”的华城。东门老街是具有 300 多年历史的“深圳墟”，廖虹雷在老街生活了几十年，对老街有着深厚的感情。他说，面对拆迁，小街风情、市井生活一直在脑海翻腾。于是，1986 年，他写成了 5 万多字的反映生存环境的中篇小说《老街》，当年获广东省第六届新人新作奖。

1986 年 10 月，世界野生生物基金会会长爱丁堡公爵菲利普亲王一行，从香港米埔红树林到深圳福田红树林鸟类自然保护区参观，廖虹雷得到启发，运用福田下沙村党支部女书记改造红树林“填海造田”的素材，在 1987 年创作发表了反映生态环境的中篇小说《老村》。后来，他又以家乡一个小镇为原型，创作反映改革开放时人们心理环境的中篇小说《老墟》。接着，他又创作反映引进外资后竞争环境的《老厂》及《老弟》《老妈》等“老”字号系列中篇小说。1993 年，他结集出版 20 多万字的中篇小说集《老街》，获深圳市大鹏文学奖、第七届全国城市出版社优秀图书二等奖。其间，他写了一系列散文作品《深圳一家》《深圳河畔》《深圳水》《小桥印象》《时间在田野里》等，通过人物的纠葛、事件的交错、情感的跌宕和对民俗风情的描写，揭示了深圳这块热土的历史和现实的文化背景与形态。他大量接地气的、有浓郁地方风味的作品，被省市文学评论家撰文称之为“非常有深圳味道的寻根文学”。

古村镇的支离破碎让他有了乡愁

当廖虹雷的乡土文学已经名声在外时，他却突然转换创作方向，将注意力放在被他称为“乡愁文学”的深圳本土民俗文化研究上。究竟是哪一个节点，让他发生了从乡土文学到乡愁文学之间的转换？

廖虹雷稍稍思索一下说，改革开放后，当看到家乡在短短的30多年间变成现代化都市，他一边由衷地高兴，一边又焦虑和惋惜历史悠久的古村落和鲜活的民俗文化的悄然远去。他年轻时到过的老村，生活过的古桥、古井、古塔、古庙、古炮楼、古祠堂，现在已所剩无几。最令人生气的是，他采访到布吉李朗村有座160多年历史的乐育神学院，是由教会举办的深圳第一个高等学府，竟然被人半夜拆毁。

300多年前，清康熙《新安县志》记载有800多座村落（含香港地区），1984年全市普查村落、地名时，登记有1500个自然村，1992年再次普查时，还有1200个自然村；20多年后的今天第三次普查，上报到市自然村普查办为1025个。但真正意义的完整古村子不到200个，20年间平均每月消失4个古村。古村古镇的支离破碎，让人无限嘘唏，乡愁绵绵。

廖虹雷动情地说，20年前促使他暂不写小说，转而关注和研究深圳本土民俗文化的，有这么三件事：一是有个英国华侨表亲，20世纪90年代初回到“深圳墟”，跟他提出吃儿时的“深圳云片糕”“鸡屎藤粄”，想到北门街旁边的布吉河（今新园路）戏水抓鱼，寻找童年的记忆。可是这些都消逝了。

二是，他参加了不少文化沙龙和论坛，在会上听到好些人说深圳没有历史、没有文化沉淀、没有历史名人、没有名山大川，更没有什么名优特产；讹传“深圳是从小渔村发展来的”“深圳地名源自一条小沟圳”“大梅沙因有一大片梅花而得名”“南头地名是各取南山和沙头的一个字”“龙岗传说古代有十条龙，九条飞去香港，一条落在龙岗，成为龙岗和九龙的地名”；等等。这些杜撰乃至无知的言论，戳痛了他的心。他深感深圳有点不重视本土文化，没有出版多少历史文化的书籍。反观广州、佛山、东莞、惠州、梅州和汕头等地，都出版了不少当地乡土文化丛书。

第三件事是，2005 年全国著名的民俗专家乌丙安来到深圳，在全市非物质文化遗产培训班上讲课，使他对物质文化遗产和非物质文化遗产有了认识。会上有人表示，深圳是一个新兴的城市，没存下多少文化艺术，也没有非物质文化遗产。廖虹雷说，深圳的民间舞蹈、山歌、音乐、文学和民俗很丰富。20 世纪六七十年代，他在文化馆工作时，每年春节都在县城深圳镇组织舞麒麟、舞狮、舞龙、舞鱼灯表演，他当年采写甘坑凉帽、新安大盆菜、沙井蚝等文章，还发表在省级报刊上。2006 年，他带着“非遗”普查人员三进甘坑凉帽村，还去了石岩、观澜、龙岗、大鹏、南澳等地，挖掘、研究和申报了客家凉帽、黎围麒麟舞、南澳草龙舞、大鹏千音山歌、大鹏清醮习俗等多个“非遗”项目，以上项目成功入选了省、市级“非遗”保护名录。

在此基础上，廖虹雷更是闲不住，照相机不离身，笔记本不离手，常常到横岗、龙岗、坪山、坑梓、葵涌、大鹏、观澜、平湖、龙华、石岩、公明、松岗、沙井、福永、西乡、南山、福田、罗湖、盐田等地田野调查、寻访古村，采风问俗，看祠堂，翻族谱，勘墓碑，查资料，了解村落渊变，姓氏迁徙和风俗变化，撰写了系列民俗文章和论文，发表在全国、省、市报刊上，结集出版了《深圳民俗寻踪》《深圳民间熟语》《深圳民间节俗》《深圳风物志·风土人情》《深圳风物志·民间美味》《宝安历史文化民俗》（此书与人合作）等著作，分别获得广东省鲁迅文学艺术奖和广东省民间文艺著作奖，以及广东省优秀民间文艺家、深圳市首届“非遗”保护工作先进个人奖等荣誉称号。最令他欣慰的是，他研究和发表的《深圳客家山歌》

《深圳客家凉帽》《深圳麒麟舞》《南澳草龙舞》和《大鹏清醮》等被百度百科收入词条。

廖虹雷的新书《深圳风土人情》《深圳民间美味》刚刚由海天出版社出版。《深圳风土人情》分风物、风俗、风情和风景4章，收入57篇文章共25万字，力图记述深圳原汁原味的民间风情。《深圳民间美味》分佳肴、佳节、佳点和佳果4章35篇文章，共26万余字，书中几乎囊括深圳民间的饮食与食俗。这两部书采用目前流行的手绘配图方式，图文并茂地为吃货们提供本土特色的游览、觅食资讯。

自从从事深圳本土民俗文化研究以来，廖虹雷按民俗学的理论和分类，已经完成出版了关于物质生产生活习俗、语言习俗、节日习俗、风土习俗和饮食习俗等6部专著，目前按出版签约方要求，他正在采写《深圳民歌民谣》一书，同时与别人合作完成出版另一本宝安传统风俗的书。廖虹雷说，希望有生之年，为深圳本土民俗文化留下一些宝贵史料，为弘扬深圳传统文化贡献绵薄之力，这是他一个老深圳最想为深圳做的事。

（原载2016年11月20日《深圳晚报》记者　李福莹）

后　记

有位诗人说过，人的一生有两样东西是不会忘怀的，一个是母亲的面孔，另一个是城市的面孔。细想，这两个面孔正是我最难以忘却的。

尽管我已皓首之年，母亲的面容却无时无刻不浮现在眼前。

75年前，我无法选择地出生在深圳这块弥漫战火和贫瘠的土地上。

朦朦胧胧地记得，我一两岁那年趴在妈妈的背上，随着阳台山许多逃难的乡民，慌忙躲避“呵呵鸡”（当地人咒骂国民党匪兵如同发瘟鸡一样）的大肆搜杀抢掠，躲到香港的元朗、粉岭等地。逃难中，不时听到难民队伍后面传来吓人的枪声。这要命的枪声永远烙在我幼小的心灵深处。

1949年新中国成立的那天，我跟着山村一帮顽童混在腰鼓队后面，看着我姑姑和村里那些大人兴高采烈地庆祝游行。这欢乐的锣鼓一直激动地敲击我那童年的心。当我十几岁，成为“小大人”的男子汉时，在学校老师的带领下，唱着“我们走在社会主义大道上”激越奋进的革命歌曲，参加石岩水库、西沥（丽）水库的建设，当年那人山人海挖土筑坝的情景，在睡梦中常常闪现。后来参加工作，每年的春耕插秧、夏收夏种、秋收割稻、冬季修整农田水利，随着县政府机关干部到田地多劳力少的莲塘、罗芳等边境农村“帮耕”。再后来，“下沉”各村镇，参加路线教育运动、反外逃（港）促生产，和农民群众“同吃同住同劳动”，发展农村集体经济。场场运动，首尾相接，看不见头，也望不到尾。

那时绝对不明白，大家使出了九牛二虎之力，还是“辛苦做一年，不如寄信八分钱”（时下群众口头语，意指年终集体分配极少，不如花8分钱寄封信给海外亲人，汇钱回来接济）。农村经济越来越差，农民生活越来越穷，逃港群众越来越多。

时间的轮盘转到1978年，中国出现了历史的拐点。改革开放的春风，越过黄河长江，拂绿深圳河北岸。我们照样到边境村庄一边为村民帮耕，一边宣传党的基本路线，但是，现在眼前的情景完全不一样了。干部群众把“实践是检验真理的唯一标准”不是简单挂在嘴上，而是落实在了行动中。他们不争论，不犹豫，各自利用优势，抢占先机，沙头角、莲塘、罗芳、向西、黄贝岭、罗湖、渔民村、蔡屋围、上埗、岗厦、皇岗、水围、上沙、下沙、大涌、湾厦及西乡、福永、沙井、松岗各镇村……恢复过境耕作、下海捕鱼养蚝、开展小额贸易，悄悄地比安徽小岗村10多户农民干得早，干得红火。

深圳河晨曦（唐桂生摄）

1979年，蛇口一声“开山炮”响，拉开了深圳建设的序幕。深圳撤县立市，经济特区建立，正式进入中国特色社会主义建设黄金时期。此后40年间，我有幸投进轰轰烈烈的特区建设热潮当中，目睹深圳从一个边陲小镇，变成一座世界瞩目的现代化大都市。

晚霞夕照，华灯当上。徜徉在车水马龙、流光溢彩的深南大道上，过去这一带不是农田水沟吗？那一片原来应该是荒野山岭吧？倏然间，我感慨人生重要的不是你站在哪里，而是你所朝的方向。

我庆幸半个多世纪前站立的地方，方向朝对了。不仅方向对了，路走对了，劲也使对了。40年来，会同成千上万的打工者夜以继日地拼搏着。汗洒之处，获得回报。每天早晨，看着一幢幢高楼大厦拔地而起；每日黄昏，看着一辆辆满载深圳制造产品的货柜车出境，源源不断输送到世界各地。短短的40年间，深圳创造了世界城市建设史的奇迹，被戴上各种闪亮的光环：中国特色社会主义先行示范区、中国经济中心城市和国际化城市、粤港澳大湾区引领城市、国际科技产业创新城市……

深圳身份变换之快，城市面貌变化之大，令人目不暇接。每一步都使老百姓得到实惠——幸福满满，溢于言表：好日子推着咱不停地走呢。道路新，商厦新，小区新，新得每天都有新邻居，新得常常连回家的路都认不得。自己一同长大的小伙伴10年碰不上一面，相处几十年的老街坊也不知道隐藏在哪里。游客在街上问路，得到的是匆匆一句回话：“对不起，我不是当地人。”30多万名的原住民，像几滴雨水般融进大海里，汇合着2000万名建设者扎堆这块边陲之地，白天追着时间奔流，夜晚延续人生梦想，创造出全国前几名的GDP和财富，更是孕育出崭新的价值观念和宝贵的深圳精神。

深圳不是在沙滩垒出来的，也不是“一夜之城”“空中楼阁”。

树影再长，也离不开树根。

我们不会忘记，百年罗湖桥上留下了当年外商进来投资的脚印，南山半岛的蛇口港湾还未散尽“开山炮”的烟尘，盐田港百万吨巨轮的航道上仍然漂移着白帆点点，证券交易所敲响上市公司的钟声，让我联想到的是村头树下社员开工钟声的萦绕……

故乡深圳，每一个角落都深藏着神奇的故事。我好奇，我掂量和留意这些故事，在产生这些神奇故事的土壤里寻找闪光的旧址，又在消逝的岁月缝隙中去细抠历史的深痕，接着呆想，接着用粗糙的文字记录整理起来，再通过报刊宣扬开去，利用各种沙龙、讲座、论坛让新老移民，了解脚下这方既熟悉又陌生的土地。

不曾想到，这三四十年存放自己记忆的文章，竟然有数百篇，合计100万字之多。2020年，世界各地相继发生来势汹汹的新冠肺炎疫情，我国多地对疫情严防死守，正常的工作、学习和生活节奏全被打乱。我欲参加的各项学习、研讨活动受限，外出采风亦受到极大的影响。没办法，只好赋闲在家看书，翻看这些年在全国、省、市期刊发表的文章，发觉许多作品仍未“过时”，于是挑选出其中41篇30万字，分为“山间岁月”“烽火岁月”“文化岁月”三章，借深圳特区创建40周年和庆祝中国共产党建立100周年的契机，结集出版《收藏深圳岁月》散文一书。

感谢《深圳特区报》《深圳晚报》《晶报》等报刊早些年为我开设专栏；感谢《宝安日报》给我足够的版面刊登故乡的民间文化逸事；感谢《深圳商报》的“发现深圳”文化周刊连续用整版篇幅刊登拙文；感谢深圳史志办公室从2003年创刊的《深圳史志》杂志，至今18年来每期不间断地刊出我的文章；感谢《广东史志》杂志、广东作协《作品》杂志、广东《神州民俗》杂志、深圳市政协《深圳文史》、深圳档案局《深圳档案》《宝安史志》，以及深圳市文化系统的《特区文学》《深圳文学》《文化天地》《罗湖》《羊台山》《伶仃洋》《合澜海》《红棉》《福海》等杂志，不时刊载本人拙作。

这本散文集能够出版，感谢多年来在乡间采风、访古问俗中给予我支持和帮助的张一兵、杨耀林、刘丽川、张卫东、彭全民、孙宵、蒋荣耀、梁佛金、孙骞、廖清清、蔡伟强、陈志超、唐桂生、罗育灿、黄毓明、谢为民、陈保元、黄晓天、肖更浩、吴坤华、林为农、薛云麾、陈智常、王兆宇、刘悠扬、李凌云、叶万片、郑栋桥、张钟辉、郑浩胜、蔡保中、俞智楠、廖锦洪、廖显军、廖彪、廖知祥、廖小帆、朱赤、李秋妮等老师和老乡，他们不吝提供村史、族谱、人文史料、照片等供我参考使用。在此，还要感谢中国出版集团华文出版社的编辑老师付出的努力和心血。感谢以上没有提及但是在幕后默默支持的朋友们，再道一声谢谢！

鉴于作者的水平、视野和时间所限，本书难免有纰漏之处。恳请各位宝安乡亲、老朋友、读者和方家提出宝贵的批评与建议。

廖虹雷

2021 年 3 月 深圳罗湖